Simona Ahrnstedt

The promises we made. Als wir uns wieder trafen

Simona Ahrnstedt

The Promises We Made

Als wir uns wieder trafen

Aus dem Schwedischen
von Maike Barth

Ullstein

Besuchen Sie uns im Internet:

www.ullstein.de

Deutsche Erstausgabe im Ullstein Paperback

1. Auflage Juli 2021

Titel der schwedischen Originalausgabe: *Med hjärtat som insats* (Forum, Stockholm)

Published by agreement with Salomonsson Agency

Umschlaggestaltung: zero-media, München

Umschlagmotive: © FinePic®, München

Gesetzt aus der Quadraat Pro powered by pepyrus.com

Druck und Bindearbeiten: CPI books GmbH, Leck

ISBN 978-3-86493-157-4

~ 1 ~

Sam Amini warf einen demonstrativen Blick auf seine Rolex. Dann sah er ebenso demonstrativ zur Wanduhr hinter dem Empfangstresen. Er hasste es, warten zu müssen, und jetzt waren es schon zehn Minuten über der verabredeten Zeit.

»Er kommt gleich«, sagte die Rezeptionistin, die sich als Johanna vorgestellt und seinen Blick bemerkt hatte.

»Danke!« Sam blickte sich in der Rezeption von Lodestar Security um. Nicht zum ersten Mal. Der fensterlose, anonyme Raum hätte ebenso gut zu einem Wirtschaftsprüfer gehören können, aber Lodestar auf der Insel Kungsholmen in Stockholm war der beste private Sicherheitsdienstleister in Schweden. Er beschäftigte ausschließlich ehemalige Militärangehörige und Polizisten. Johanna mit der leisen, freundlichen Stimme würde ihn vermutlich auf zehn verschiedene Arten töten können. Hierher kam man, wenn man Probleme hatte. Und die hatte Sam.

Große Probleme.

Wieder schaute er auf seine Uhr. Stand auf und setzte sich abermals hin. Johanna schenkte ihm ein reizendes, aber auch bestimmtes Lächeln, das ihm bedeutete, dass er störe und damit aufhören solle. Sam griff sich ein Wirtschaftsmagazin vom Tisch. Von der ersten Seite blickte ihm ein bekanntes Gesicht entgegen: Douglas Ankarcrona, sein ehemaliger Geschäftspartner und Kumpel. Beim Gedanken an ihn musste er grinsen. Douglas und er waren damals wirklich komplett durchgeknallt gewesen. Sie hatten zusammen studiert, zusammen gefeiert und zusammen ihr erstes Unternehmen gegründet. In Interviews und Pressemitteilungen hatten sie sich selbst großspurig als verrückte

Visionäre bezeichnet. Verrückt, ja, hatten die meisten Journalisten befunden.

»Hallo, Sam! Entschuldige, dass du warten musstest. Wir hatten ein akutes Problem im Irak«, sagte Tom Lexington, als er die Rezeption betrat und Sam die Hand hinstreckte.

Sam legte die Zeitschrift weg. »Kein Problem.« Sogar er kapierte, dass akute Probleme im Irak dringender waren als die eines nervösen Hotelkönigs. Er erhob sich, und sie gaben sich die Hand. Sam hatte zwar schon mit Tom telefoniert, aber heute begegneten sie sich zum ersten Mal. Tom Lexington war ein beeindruckender Mann, dunkelhaarig und breit wie ein Schrank. Der Beste in seiner Branche, laut Sams Freund und Mentor, dem Finanzmagnaten David Hammar. Das war Sam gerade recht, denn er zog es vor, mit den Besten zu arbeiten.

Tom führte ihn in einen Konferenzraum. Die Fensterscheiben waren getönt, die Wände mattgrau, eine Glaswand gab den Blick in die Büros frei, und Sam vermutete, dass alle Räumlichkeiten praktisch uneinnehmbar waren. So arbeitete Tom Lexington nun einmal, das hatten alle gesagt, bei denen Sam sich erkundigt hatte. Sicherheit hatte bei Tom höchste Priorität, was Sam sehr gelegen kam. Er brauchte seriöse Partner, denn wie es schien, steckte er ernsthaft in der Klemme.

»Also, Sam Amini, womit kann ich dir helfen?«

Sam leitete die Hotelkette Responsibility, die ihm auch gehörte. Er hatte eintausendfünfhundert Angestellte, und er war zur Zielscheibe geworden. »Ich brauche jemanden, der meine aktuelle Sicherheitslage analysiert.«

Tom lehnte sich in seinem Stuhl zurück, formte mit den Händen ein Dreieck und nickte. Sam vermutete, dass Tom schon alles über ihn gelesen hatte, was verfügbar war.

»Und warum kommst du gerade jetzt zu mir?«

»Ich bin daran gewöhnt, dass sich die Leute an mir reiben«, begann Sam. Das war schon so, seit er als Zwanzigjähriger an die Öffentlichkeit getreten war. Damals war er der Skandalpromi gewesen, jedermanns bevorzugtes Hassobjekt, und er hatte gelernt, mit jedem Stuss, der über ihn geschrieben wurde, umzugehen. Das machte ihm heute nichts mehr aus. Aber hier ging es um etwas anderes. »Ich werde bedroht. Das Unternehmen und ich.«

»Welche Art von Drohungen?«

»Hass-Mails. Extrem intensive Aktivitäten im Netz.«

Die Hotelbranche war viel komplexer, als die meisten glaubten. Im Prinzip verkaufte man sein Produkt an Menschen auf der ganzen Welt und musste sie dann dazu bringen, an diesen einen bestimmten Ort zu reisen. Sams Hotels hatten zufriedene Gäste, was man auch an den Bewertungen ablesen konnte. In der letzten Woche hatten alle Hotels der Responsibility-Gruppe allerdings haufenweise negative Bewertungen erhalten. Dabei handelte es sich ganz offensichtlich um einen gezielten Angriff. »Und ein paar eigenartige Vorfälle«, fügte er hinzu.

Heutzutage sahen sich Unternehmensbosse fast schon automatisch einem Bedrohungsszenario gegenüber. So war es einfach. Sam, der als Flüchtling aus dem Iran gekommen war und sich darüber hinaus für die Zukunft eingewanderter Jugendlicher, die Umwelt und die Chancengleichheit engagierte, erhielt eigentlich ständig mehr oder weniger bizarre Drohungen. Dass er sich in der Öffentlichkeit provokativ gab, trug dazu bei, das war ihm klar. Einige Menschen konnten es schlichtweg nicht ertragen, dass ein Mann wie er eine Meinung zu gesellschaftlichen Fragen hatte. In seinen eigenen Augen war er einfach nur »Sam« oder vielleicht noch »Sam aus Akalla«, aber für viele andere war er ein Schlag ins Gesicht. Allein schon wegen seines Aussehens. Das war zermürbend.

»Diesmal fühlt es sich anders an«, fuhr er fort. »Als ob eine geplante Operation dahinterstecken würde.«

Sam hatte sich schon immer auf sein Bauchgefühl verlassen, und als er gestern eine Mail bekommen hatte, in der stand, »du gehörst aufgeschlitzt, du Araberschwein«, und heute eine mit »du sollst verrecken«, hatte er entschieden, dass es jetzt so weit war.

»Kürzlich ist ein Auto direkt auf mich zugerast. Ich weiß nicht, ob ich mir das einbilde.«

Tom hörte zu.

»Ich habe auch ein paar Anrufe bekommen. Dass ich mich vorsehen soll oder dass sie mich abknallen, wenn sie mir auf der Straße begegnen. Aber das Schlimmste ist, dass sie meine Mutter bedroht haben.«

Gestern hatte seine Mutter angerufen und ihm erzählt, dass sie eine SMS bekommen hatte, in der stand, ihr Sohn sei Ungeziefer und sie würden ihn kaltmachen. Sam konnte die Angst in Azitas Stimme nur schwer ertragen. Er selbst war vor allem wütend.

»Wir können uns das einmal anschauen. Hast du die Polizei informiert?«, fragte Tom.

»Wir haben Anzeige erstattet, aber es hat sich nichts getan.« Sam konnte sich nicht einmal mehr darüber aufregen. Schon als er neunzehn war, hatte er sein Vertrauen in die Polizei vollständig verloren und seitdem auch nicht wiedergefunden.

»Ja, so läuft es leider meistens. Wenn ich ehrlich sein soll, bekommst du sogar noch weniger Unterstützung für präventive Maßnahmen, wenn du reich bist. Sie gehen davon aus, dass du es dir leisten kannst, dich selbst darum zu kümmern. Sie würden es zwar niemals zugeben, aber so ist es. Du musst schon ziemlich übel zusammengeschlagen werden, damit sie deine Anzeige nicht nach ganz unten in den Stapel legen.«

»Ich möchte möglichst gar nicht zusammengeschlagen werden. Die Drohungen gegen mich habe ich alle aufgehoben.«

»Was glaubst du, wer dahintersteckt?«, fragte Tom.

Darüber hatte sich Sam natürlich auch schon seine Gedanken gemacht. »Ich würde auf Rechtsextreme tippen.« Sie machten ihm das Leben zur Hölle, hassten ihn für alles, hassten ihn dafür, dass er der war, der er war. Sie rotteten sich zusammen, bewerteten in regelmäßigen Abständen auf verschiedenen Internetportalen seine Hotels negativ und organisierten Hasskampagnen in den sozialen Medien und auf der Seite des Reiseforums Flashback. Meist ignorierte er das und versuchte, sein Leben normal weiterzuleben, aber jetzt nahm das Ganze gerade völlig neue Dimensionen an.

»Ich habe in der letzten Zeit ziemlich im Fokus der Öffentlichkeit gestanden. Wir haben ein Event eines bekannten schwedischen rechtsextremen Politikers abgesagt, und er hat sich auf Twitter darüber beschwert. Ich vermute, dass sie das getriggert hat. Und ich weiß nicht, ob du davon gelesen hast, aber wir wollen hier in Stockholm ein großes Hotel eröffnen, Lux by Mälaren. Wir haben dort ganz bewusst viele Migranten eingestellt, was für ziemliches Aufsehen gesorgt hat.«

»Ich habe davon gehört. Was erwartest du von uns?«

»Zum einen will ich wissen, inwieweit ich Grund zur Beunruhigung habe, vor allem was mein Personal betrifft, zum anderen brauche ich jemanden, der mich in Sicherheitsfragen berät.« Responsibility war ein großes Unternehmen, und es war höchste Zeit für gebündelte Sicherheitsmaßnahmen. Wenn seinen Angestellten, für die er schließlich eine Fürsorgepflicht hatte, oder einem seiner Gäste etwas zustieße oder sogar seiner Mutter – hier lief ihm ein Schauer das Rückgrat hinunter –, würde er damit nicht leben können.

Tom wischte über sein iPad. »Wie ich sehe, hast du früher eine andere Sicherheitsfirma beauftragt. Weshalb kommst du jetzt zu uns?«

Sam gefiel dieser Mann. Tom stellte direkte Fragen und wusste offensichtlich, was er tat. »Ich will den Besten haben, und David Hammar sagte, das seist du. Die andere Firma war ganz in Ordnung.« Wenn man zwei Meter große Muskelpakete wollte, die überall auffielen.

»Ich hätte da ein paar passende Leute«, sagte Tom. »Aber zuerst sammeln wir Informationen, und zwar umfassend. Denn wir *sind* die Besten. Und wir führen gründliche Hintergrundrecherchen durch.«

Tom Lexington musterte Sam durchdringend und ohne zu blinzeln. »Ich erwähne das nur, um klarzustellen, dass wir alles herausfinden werden. Auch solche Dinge, die du vielleicht lieber verschweigen möchtest.«

»Das ist okay«, antwortete Sam. Toms Männer durften seine Geschäfte gern eingehend unter die Lupe nehmen.

»Dann schlage ich Folgendes vor«, sagte Tom.

Sam blickte durch die Scheibe des Konferenzraums und war kurzzeitig abgelenkt. Eine Bewegung und eine Farbe draußen vor dem Raum hatten seine Aufmerksamkeit erregt. Er war im Allgemeinen nicht unkonzentriert, aber es gab gewisse Dinge, auf die er immer noch reagierte, auch noch nach so vielen Jahren.

Er konnte einen blonden Kopf erahnen und ein bestimmtes Profil, das er bisher noch bei keiner anderen Frau gesehen hatte.

Er musste es sich eingebildet haben. Das kam hin und wieder vor. Dass er glaubte, sie zu sehen. Aber es war niemals sie, sondern immer eine Fremde.

Mal abgesehen davon, dass sie es diesmal wirklich war.

Zum ersten Mal seit fünfzehn Jahren hatte Sam sich nicht getäuscht. Sie war es, und sie war hier.

Er rührte sich nicht. Tom Lexingtons leise Stimme verklang. Sam starrte, ohne zu blinzeln, vor sich hin, und die Erinnerungen überrollten ihn. Das hysterische Weinen. Die Anschuldigungen und der unerhörte Verrat. All das, wovon er sich nie mehr erholt hatte. Es kam ihm vor, als sähe er wieder das Blaulicht damals in der Frühlingsnacht und als hätte er wieder den Geschmack des Alkohols im Mund. Abermals durchlebte er die höhnischen Blicke und all die Gefühle, von denen er sich geschworen hatte, sie niemals wieder an sich heranzulassen.

»Sam?«

Toms Stimme erreichte ihn wie durch einen langen Tunnel. Der Puls hämmerte in seinen Schläfen und dröhnte ihm in den Ohren. Er zwang sich dazu zu atmen. Sich zusammenzureißen. Für einen kurzen Moment war er wieder in jene Nacht zurückversetzt gewesen. Er hatte die Schreie förmlich hören können.

Sam zeigte durch die Scheibe des Konferenzraums. »Arbeitet sie hier?«, fragte er so gleichgültig er konnte.

Tom war seinem Blick gefolgt. »Meine rechte Hand.« Seine Stimme klang entspannt, aber Sam hörte dennoch die Frage darin.

Er räusperte sich und warf Tom einen betont gelassenen Blick zu. »Tatsächlich?« Das Ganze klang so unwahrscheinlich. Dessie Dickson. In einer Sicherheitsfirma. Sie arbeitete doch sicher in der Verwaltung?

»Sie ist eine der Besten in meinem Team«, sagte Tom.

Sam starrte ihn als, als ob er angekündigt hätte, gleich aus dem Fenster zu springen und einen Rundflug zu machen. Dass Dessie im Personalmanagement oder in der Rechtsabteilung arbeitete, hätte er sich noch vorstellen können. Aber Personenschützerin? Sein Herz hämmerte wie der Kolben einer Dampflok. Das war Schicksal. Es konnte nur Schicksal sein. Aber was hatte es zu bedeuten?

»Macht sie das, wovon wir gesprochen haben? Hintergrundrecherchen?«

»Sicher, aber ...«

»Kann ich sie haben?«, sagte er, ohne nachzudenken. Hätte er das getan, hätte er natürlich nicht nach ihr gefragt. Hätte er nachgedacht, dann wäre er aufgestanden und gegangen, statt um die Unterstützung der Frau zu bitten, die seine Jugend zerstört hatte. Aber die Worte waren raus.

»Ich weiß nicht ...«

Sam betrachtete den groß gewachsenen Securitychef, schätzte ihn in Sekundenschnelle ein und manipulierte ihn mit Leichtigkeit. »Ist sie nicht gut?«

Toms Gesicht zuckte, als ob Sam ihn geohrfeigt hätte. »All meine Mitarbeiter sind gut«, entgegnete er brüsk.

»Aber?«

»Sie ist mehr als bloß gut.«

Klar. Sam sah wieder zu dem blonden Kopf hinüber. Dessie hatte schon immer in allem geglänzt, was sie anpackte: Schule, Sport, Herzenbrechen.

»Dann will ich sie.« Jetzt war er sich sicher. Er *wollte*, dass Dessie durch sein Unternehmen ging, für ihn arbeitete, sah, was er erreicht hatte. Dann bekäme er vielleicht sein ... sein ... was? Er wusste es nicht. Seine Rache? Seinen Abschluss?

»Bist du dir sicher?«, fragte Tom.

Und wie, dachte Sam nachdrücklich, nickte aber nur, weil er wusste, dass seine Stimme ihn verraten würde.

Dessie. Was für eine Ironie, dass er ihr ausgerechnet hier begegnen musste.

»Ja, ich will sie«, sagte er dann gefasst und in entspanntem Ton. »Unbedingt.«

Ja, dachte er, wieder und wieder. Er saß da wie versteinert und unterdrückte all seine Gefühle.

Ja!

~ 2 ~

Nein!

Dessie Dickson duckte sich blitzschnell hinter den Computerbildschirm und versuchte so zu tun, als wäre alles in Ordnung. Aber sie wusste, dass sie sich nicht getäuscht hatte. Sie kannte den dunkelhaarigen, groß gewachsenen Mann, der sie durch die Scheibe des Konferenzraums hindurch anstarrte.

Es war *er*.

Dessie blieb hinter dem Computer hocken, denn was hätte sie auch sonst tun sollen?

Es hatte damit angefangen, dass sie plötzlich ein Brennen an ihrer Stirn gespürt hatte wie von einem Laserstrahl. All ihre Instinkte und Reflexe, all das, was sie an einigen der gefährlichsten Orte der Welt am Leben erhalten hatte, hatte sie gewarnt. Hatte ihr befohlen, sofort die Flucht zu ergreifen. Und, hatte sie darauf gehört?, dachte Dessie bitter, als sie sich hier wie ein Feigling verkroch. Keineswegs. Schließlich saß sie ja im Büro, wo sie in Sicherheit war. Also hatte sie die Gefahrensignale ignoriert und stattdessen den Kopf gehoben, um zu sehen, was los war. Und da war er.

Sam Amini.

Wie ein Geist aus der Vergangenheit.

Vielleicht hätte sie ahnen sollen, dass dieser Tag komplett in die Hose gehen würde. Manche Tage waren einfach so. Doch in letzter Zeit hatten sie sich gehäuft. Schlechte Tage. Schlechte Nächte. Erinnerungen und Geheimnisse, die wieder hochkommen wollten. Mentale Barrieren, die zu kippen drohten. Dinge, die sie getan hatte und die sie nun wieder einholten.

Eigentlich hatte es gestern schon angefangen. Nach einem langen Arbeitstag mit jeder Menge Papierkram, Besprechungen und Problembewältigung war Dessie zu ihrem ersten Tinderdate seit Ewigkeiten gehastet. Mit einem Sachbuchautor. Er schrieb als Ghostwriter Biografien für Prominente, und Dessie hatte schon zwei Tage lang mit ihm gechattet. Sie hatte ihn treffen wollen, um auf andere Gedanken zu kommen und vielleicht ein bisschen Sex zu haben, um einen Teil der Dunkelheit und der Angst zu verjagen, mit der sie zu kämpfen hatte, seit DEM EREIGNIS. Das war jedenfalls der Plan gewesen. Ein netter Fremder auf Tinder, was konnte da schon schiefgehen? Als sie chatteten, schien er ihr ganz okay zu sein. Er mochte IPA-Bier, joggte und reiste gern. Ein ganz gewöhnlicher Typ. Ziemlich witzig. Viel mehr erwartete sie gar nicht. Sie hatten sich in einem Hipsterpub auf Kungsholmen getroffen, ein paar Gläser getrunken, und sie war schon drauf und dran, mit ihm nach Hause zu gehen, als er den Mund aufgemacht und gesagt hatte: »Wie, Black Lives Matter? Alle Leben sind doch wohl gleich wichtig?«, als sie sich gerade über etwas unterhielten, was sie beide im Internet gelesen hatten.

Dessie war erstarrt, hatte sich aber gedacht, dass er ja *vielleicht* einfach nur keine Ahnung hatte. »Ja, genau. Aber wenn du das so sagst, meinst du es ja eigentlich gar nicht«, hatte sie entgegnet.

»Ich habe ja wohl ein Recht auf meine eigene Meinung«, hatte er gesagt, wobei seine Nasenflügel vor Empörung bebten.

Dessie hatte sich bemüht, höflich und pädagogisch zu sein. »Auf jeden Fall, aber das ist ja keine Meinung, sondern eher eine Wertung, und zwar eine Scheißwertung.«

»Black Lives Matter ist umgekehrter Rassismus. Darf man Weiße etwa nicht mehr verteidigen?« Er hatte defensiv geklungen, und zu ihrer Schande musste Dessie bekennen, dass sie den Bruchteil einer Sekunde gezögert hatte. Sie wollte Sex, wollte ihren eigenen Gedanken mal für ein paar Augenblicke entkommen, wollte sich wie eine normale junge Frau ohne Traumata und blutige Geheimnisse fühlen. Aber das funktionierte nicht. Der Typ war ein Arschloch, und das hatte sie ihm auch gesagt, laut, und dann war sie gegangen, während er ihr beleidigt hinterhergerufen hatte, dass man offenbar in diesem gottserbärmlichen politisch korrekten Land überhaupt nichts mehr sagen dürfe. Sie war erst spät nach Hause gekommen, denn sie wohnte in Gåshaga ganz am anderen Ende von Lidingö und wollte um keinen Preis ein Taxi nehmen, also war sie zuerst mit der U-Bahn und dann mit der Lidingöbanan durch die Gegend gejuckelt und erst nach Mitternacht zu Hause gewesen. Sie hatte miserabel geschlafen, wie immer seit ... seit *dem Ereignis*, dem Schrecklichen, das im letzten Jahr geschehen war und das sie weit mehr belastete, als sie zunächst gedacht hatte. Selbstverständlich belastete es sie. Schließlich waren dabei Menschen umgekommen.

Heute Morgen war sie früh aufgestanden und eine Sechs-Kilometer-Runde am Wasser gelaufen, hatte im Wohnzimmer Liegestütze gemacht und dann rasch geduscht, und nun saß sie hier im Büro, schwitzte nach und war völlig neben der Spur. Außerdem war ihr Haar widerspenstig, egal, wie viel sie föhnte, stylte oder hochsteckte, und dann tauchte auch noch Sam Amini auf. Wie eine scharfsichtige, breitschultrige und durch und durch grauenhafte Erinnerung an ihre Vergangenheit. Ausgerechnet er musste hier und heute aufkreuzen. Sam, der erste Mann, den sie je geliebt hatte. Sam, der sie vernichtet hatte, sodass sie Jahre gebraucht hatte, um sich davon wieder zu erholen.

Dessie streckte den Rücken durch und zog ihre weiße Hemdbluse zurecht. Sie rief sich ins Gedächtnis, dass sie Sicherheitsexpertin war und keine verletzliche und unerfahrene Neunzehnjährige mehr mit dem Herz in der Hand. Sie war darauf gedrillt, zu kämpfen, zu schießen und sich zu verteidigen. Sie hatte Selbstmordattentäter in Afghanistan überlebt, Scharfschützen in Somalia und testosterongesteuerte kampfgeile Militärs in Schweden. Da hatte sie keine Angst vor Sam und den Gefühlen, die er vor langer Zeit in ihr geweckt hatte. Sie hatte keine Angst, und sie empfand auch nichts. Nicht das Geringste. Sie hatte einfach nur beschlossen, sich hier hinter dem Computer und dem Bericht, den sie gerade schrieb, zu verschanzen.

»Desirée?«

Dessie blickte auf. Tom war lautlos neben sie getreten.

»Ja, Boss?« Dessie bemühte sich, den Eindruck zu erwecken, sie sei hellwach und hoch motiviert. Sie hatte eine Schwäche für Tom, er war ein toller Chef, und sie war seine rechte Hand, die Kronprinzessin und Second in Command. Sich seines Vertrauens würdig zu erweisen, stand auf all ihren Listen an oberster Stelle. Tom war einfach so: Für ihn wollte man sein Bestes geben. Dessie schwor sich selbst, bald seinen Erwartungen gerecht zu werden. Sie musste nur zuerst noch die grauenhaften Ereignisse des letzten Sommers verarbeiten. Die Angst überwinden, die Erinnerungen und die Albträume. Und natürlich dafür sorgen, dass die Ereignisse nicht noch weitere Folgen hatten, weder für sie selbst noch für einen der Menschen, die sie liebte.

Sie atmete tief durch. Aber danach, wenn sie das alles hinter sich hätte, würde sie wieder ihr bestes und zuverlässigstes Selbst sein. Und nie, nie wieder irgendwelche katastrophalen Fehler begehen. Niemals wieder, schwor sie sich im Stillen.

»Hast du Zeit?«, fragte Tom.

Er betrachtete sie forschend, als sähe er ihr an, dass sie dunkle Geheimnisse hatte, und versuchte sie zu ergründen. Tom hatte sie schon etliche Male gefragt, wie es ihr gehe, aber sie hatte entgegnet, es sei alles in Ordnung, es gehe ihr gut. Er schien nicht wirklich überzeugt, und da standen sie nun und waren sich des anderen nicht mehr sicher.

Dessie versuchte sich aus der Affäre zu ziehen. »Ich sitze gerade an der Analyse der ...«

Tom unterbrach sie. »Ich habe einen neuen Kunden, den ich dir vorstellen möchte. Er hat nach dir gefragt.«

Es war offensichtlich, wen Tom damit meinte. Er und Sam hatten bestimmt eine Stunde im Konferenzraum miteinander gesprochen, zwei ernste dunkelhaarige Männer mit gerunzelten Brauen und zurückhaltender Körpersprache. Und dann war Tom aufgestanden und auf sie zugekommen.

»Aber ...«, begann sie mit einer vagen Geste in Richtung Computer.

»Komm mit«, sagte er und machte auf dem Absatz kehrt.

Tom war ein ehemaliger Elitesoldat und Hauptmann bei den Streitkräften, und Dessie gehorchte ihm reflexmäßig.

Widerstrebend folgte sie ihm, nahm den Ausblick durch die getönten Fensterscheiben wahr, das glitzernde Wasser, die einzelnen Stockholmer Stadtteile. Sie gingen durch die offene Bürolandschaft, wo ihre Kollegen in voneinander getrennten Sitzgruppen ihre Einsätze besprachen.

Lodestar wuchs unaufhörlich und wimmelte nur so von kompetenten Mitarbeitern. Derzeit befanden sich an die zwanzig Angestellte im Büro, aber die meisten Mitarbeiter waren im Einsatz, sowohl in Schweden als auch weltweit. Man könnte sagen, dass die Leute von Lodestar die Besten der Besten waren. Männer und auch ein paar Frauen, die man praktisch überallhin schicken konnte, um praktisch jedes Problem zu lösen. Wenn sie sich in diesem Umfeld auch weiterhin behaupten wollte, würde sie tun müssen, was von ihr verlangt wurde. Dessie schaute zu ihren Kollegen Bashir und Isak hinüber, die soeben aus Syrien zurückgekehrt waren, wo sie einen entführten Arzt befreit hatten. Johanna Skott glitt an ihr vorüber, um Kaffee zu holen. Sie war nicht nur Rezeptionistin, sondern auch ihre beste Verhandlungsführerin bei Geiselnahmen. Eine Frau, die sich geschickt im Hintergrund hielt und kein Aufhebens um sich machte, aber eine ihrer besten Sicherheitskräfte war.

Wusste irgendeiner ihrer Kollegen, was Dessie im letzten Sommer getan hatte? Nein, das war doch wohl nicht möglich? Sie hatten doch sicher keine blasse Ahnung davon? Tom nutzte die allmorgendlichen Besprechungen dazu, Recht und Gesetz, Moral und Integrität zu predigen. »Niemand steht über dem Gesetz«, erinnerte er sie immer wieder. Das war der Grundsatz von Lodestar. »Sicherheitsfirmen stehen immer unter Beobachtung. Niemand soll Lodestar bei irgendwelchen Unregelmäßigkeiten ertappen«, hatte er erst letzte Woche gesagt und einen Mitarbeiter gefeuert, der an einem illegalen Waffengeschäft beteiligt gewesen war. Die Woche davor hatte einer der Leibwächter gehen müssen, weil er mit einem Auftraggeber im Bett gewesen war. Es nahm Tom jedes Mal richtig mit, wenn er sich nicht auf seine Leute verlassen konnte. Er war einer der moralischsten Menschen, die Dessie kannte. Neben seinen zwei Kindern, die er über alles liebte, waren der Ruf und der gute Name von Lodestar sein drittes Baby. Alle wussten das.

»Alles in Ordnung?«, fragte er und warf ihr noch einen prüfenden Blick zu. Ihr wurde klar, dass sie sich zusammenreißen musste. Immer häufiger sah er sie mit diesem prüfenden Gesichtsausdruck an.

»Alles gut«, log sie. Sie hasste es, vor Tom Geheimnisse zu haben, aber es war besser, dass er nichts wusste. Besser für ihn und besser für das Unternehmen.

»Super. Das ist Sam Amini«, sagte Tom.

Als wüsste Dessie nicht ganz genau, wen sie vor sich hatte. Sie zwang sich, den wohlbekannten Augen zu begegnen, seine kantigen Gesichtszüge zu sehen.

Die Erinnerungen brachen wie eine Sturzflut über sie herein. Gefühle, die sie begraben, und Gedanken, die sie nicht mehr gedacht hatte. Das war doch grotesk. Sie war erwachsen. Damals waren sie Teenager gewesen, und sie hätte längst damit abgeschlossen, alles vergessen und begraben haben müssen.

Sam musterte sie. Es war unmöglich, seine Gedanken zu lesen, und Dessie war immerhin Expertin für Körpersprache. Sie erwiderte seinen Blick, ob eine Zehntelsekunde oder mehrere Minuten lang – sie hatte jedes Gefühl für die Zeit verloren. Die Jahre hatten seine Gesichtszüge markanter und erwachsener gemacht, aber auch schärfer und unversöhnlicher. Trotzdem waren sie ihr so vertraut, dass ihr Herz unregelmäßig schlug, als wollte es das Unerhörte daran betonen, dass Sam und Dessie sich wieder begegneten. Dies war der Mann, der ihr, während er sich in ihr bewegte, zugeflüstert hatte, dass dies für immer sei, dass er sie liebe, dass er ihr gehöre und sie ihm. Um sich dann in jeder Hinsicht von ihr abzuwenden, mental, seelisch und körperlich. Sie hatte nicht gewusst, dass etwas so wehtun konnte. Eine Zeit lang hatte sie geglaubt, sie müsse sterben, und hatte sich fast schon darauf gefreut, nur um diesen Schmerzen zu entkommen. Eine Teenagerliebe, hatten die

Leute gesagt. »Sei froh, dass du ihn los bist«, ihre Mutter. »Das geht vorüber«, hatten ihr alle versichert. Und es war ja auch vorübergegangen. Zumindest hatte sie das geglaubt. Bis jetzt.

Dessie zwang sich, die Rückenlehne des Stuhls loszulassen, und schob beide Hände in die Taschen ihrer hellgrauen Anzughose. Sam hatte ihr nicht die Hand gegeben, also tat sie das auch nicht. Erkannte er sie überhaupt wieder? Schließlich war das schreckliche Wochenende, an dem ihr ganzes Leben in Trümmer gegangen war, schon viele Jahre her. Und sie selbst hatte sich ebenfalls verändert. Sie war nicht mehr die junge, naive und blauäugige Neunzehnjährige. Sie hatte sich selbst sorgfältig wiederaufgebaut und war stärker geworden. Selbstsicherer. Unabhängiger. Ihr Herz war von einer stabilen Mauer umgeben und uneinnehmbar wie eine Festung.

»Und das ist Desirée Dickson. Wie gesagt: eine der besten Personenschützerinnen von Lodestar«, fuhr Tom fort.

Ein Glitzern trat in Sams Augen. Nicht mehr als die Andeutung eines Funkelns, die auch eine Spiegelung der Lampe oder der Leuchtstoffröhren hätte sein können. Aber Dessie wusste auf einmal: Sam erinnerte sich an sie. Er wusste genau, wer sie war, und das war auch der Grund dafür, dass er und Tom jetzt vor ihr standen.

Ihr ganzes militärisches Training, die harten, strapaziösen Jahre, die nur die Zähesten durchstanden, hatten schon vor langer Zeit allen Hass in Dessie ausgelöscht. Man war kein guter Personenschützer, wenn man sich durch das Leben hasste. Hass war eine irrelevante Emotion. Dessie bildete Lodestars Personal dazu aus, nicht impulsiv zu handeln, sondern in schwierigen Situationen ruhig zu bleiben, und so war sie auch selbst, beherrscht und analytisch. Doch jetzt schien all ihre Geistesgegenwart sie verlassen zu haben. Wie konnte Sam es wagen, hierherzukommen und sie treffen zu wollen? Hatte er das Recht dazu nicht schon vor fünfzehn Jahren verspielt?

Sie registrierte seine ebenso vertrauten wie fremden Gesichtszüge. Sog seinen neuen Duft ein. Früher hatte er nach Seife und Waschmittel gerochen, jetzt duftete er nach teurem Aftershave mit Sandelholz und

Teer. Früher hatte er verwaschene T-Shirts und Jeans getragen, jetzt trug er einen langärmeligen pechschwarzen Rippenpullover mit kleinen Knöpfen am Hals, schwarze Cargohosen und eine goldene Uhr am Handgelenk. Smart. Casual. Sie kämpfte gegen ihre Erinnerungen an und versuchte, die Wucht ihrer Gefühle in den Griff zu bekommen. Früher einmal hatte sie Sam so sehr geliebt, dass sie für ihn die Sterne vom Himmel geholt hätte. Sie war verliebt und dumm gewesen und sicher, dass sie für immer zusammenbleiben würden.

Jetzt wusste sie es besser.

~ 3 ~

Sam hätte einiges darum gegeben zu erfahren, was Dessie gerade dachte. Aber ihre Miene war ausdruckslos. Er konnte überhaupt keine Empfindungen darin entdecken, nur glatte, blasse Haut und einen unergründlichen Blick. Sie war noch die Dessie von früher und war es natürlich zugleich auch wieder nicht. Fünfzehn Jahre waren vergangen. Aber sie hatte noch die gleiche weiche Haut, die er stundenlang gestreichelt hatte. Dieselben grauen Augen mit den langen Wimpern. Das dicke blonde Haar, das zu einem strammen Pferdeschwanz zusammengebunden war. Er wusste noch, wie sich ihr Haar anfühlte, wenn er seine Hand darin begrub. Diese Gefasstheit sah ihr gar nicht ähnlich. Er erinnerte sich daran, wie sie nach Luft gerungen hatte, als er ihre Brust umfasst hatte, und wie sie ihre Schreie mit dem Handrücken gedämpft hatte, als sie unter seinen Fingern gekommen war. Von dem jungen, fröhlichen Mädchen, das ihn immer zum Lachen gebracht hatte, war nichts mehr zu sehen. Aus Dessie war eine ernste Frau geworden, und das brachte Sam aus dem Gleichgewicht. Von allen Berufen, die Dessie sich hätte aussuchen können – Juristin, Ärztin, Wissenschaftlerin –, war sie offenbar ausgerechnet Soldatin geworden. Er konnte es immer noch nicht richtig glauben, und es passte ihm nicht, vor ihr aus der Fassung zu geraten. Doch diese Wirkung hatte sie immer schon auf ihn gehabt. Sie hatte ihm das Gefühl gegeben, den Boden unter den Füßen zu verlieren, ausgeliefert und verletzlich zu sein. Vielleicht hatte er gedacht, dass diese Emotionen mit den Jahren verschwunden wären, dass fünfzehn Jahre ihn verändert hätten, ihn stärker und selbstsicherer gemacht hätten, doch da waren sie nun also wieder. Die Gefühle von damals. Komplex und gefährlich.

»Sam erwägt, eine neue Sicherheitsfirma zu beauftragen«, sagte Tom, der die frostige Stimmung überhaupt nicht wahrzunehmen schien. »Er interessiert sich für unser Security-Paket.«

Dessie hatte die Hände tief in ihren Hosentaschen vergraben. Ballte sie sie darin zur Faust? Sam war beklommen zumute.

Während er sich aus der Machtlosigkeit seiner Kindheit heraus- und aus der Armut hochgearbeitet hatte und von einem wütenden und frustrierten Jungen aus der Vorstadt zu einem erfolgreichen Unternehmer in der City aufgestiegen war, hatte er zugleich an sich selbst gearbeitet. Nach einigen ziemlich wilden und gut dokumentierten Jahren im Rampenlicht hatte er sich zielstrebig die Ecken und Kanten der Jugend abgeschliffen.

Je älter er wurde, desto sicherer war er seiner selbst, seiner Motive und seiner Fähigkeiten. Die meisten Lehrer und Studienberater hatten nicht an ihn geglaubt. Allzu viele Menschen hatten ihn bereitwillig wissen lassen, dass aus einem wie ihm nie etwas werden würde, und er hatte ihnen geglaubt und sie dafür gehasst. Aber er hatte gelernt, all das von sich abzuschütteln.

Sam versuchte die Frau, die vor ihm stand, sachlich und unparteiisch zu betrachten. Dessie war schön. Nicht so, dass es einem direkt ins Auge sprang, das war sie nie gewesen, sondern eine Frau, deren Schönheit man sich annähern musste, um sie schätzen zu lernen, um die intelligenten Augen und den sinnlichen Mund wahrzunehmen. Zu der grauen Hose trug sie eine weiße Hemdbluse – schlichte Kleidungsstücke, die die Linien und Kurven verbargen, an die sich Sam nur allzu gut erinnerte. Ihr einziger Schmuck waren kleine Goldohrringe, und sie trug auch keinen Ring am Finger.

»Er braucht jemanden, der die aktuelle Sicherheitslage in seinem Unternehmen gründlich unter die Lupe nimmt«, fuhr Tom fort.

Dessie nickte, als drehte sich das Gespräch lediglich ums Wetter. Bisher hatte sie noch kein Wort gesagt, sondern nur zugehört, ohne allzu großes Interesse zu zeigen. Erinnerte sie sich tatsächlich nicht an ihn? War das überhaupt möglich?

»Du weißt schon, dass wir uns schon einmal begegnet sind?«, konnte er sich nicht enthalten zu fragen.

Dessie hob eine lange, gewölbte Augenbraue.

»Du erinnerst dich vielleicht nicht an mich?«, sagte er rau. Verflixt, wieder einmal war es ihr gelungen, ihn zu verunsichern.

»Ich erinnere mich an dich.« Ihre Stimme war klar und deutlich. Der graue Blick unergründlich.

Sam hatte sich all die Jahre darum bemüht, sie nicht aus den Augen zu verlieren, auch wenn er das nie zugeben würde. Dann und wann, meistens, wenn er getrunken hatte oder wenn er gerade verlassen worden war, hatte er Dessie gegoogelt. Immer Dessie und nie eine andere Frau. Aber Dessie hatte ein Leben im Verborgenen geführt, und er erkannte, dass er nichts mehr von ihr wusste. Er hatte zum Beispiel nicht gewusst, dass sie hier arbeitete. Sie kam aus der oberen Mittelschicht, mit wohlsituierten Eltern, die gute Zeugnisse erwarteten. Sie war mit finanzieller Sicherheit und hohem sozialem Status aufgewachsen. All dem, das Sam nicht gehabt hatte. Wie war sie da bei Lodestar gelandet?

Sam sah sich selbst nicht als jemanden, der mit den Dingen haderte. Das führte zu nichts. Schließlich bedeutete hadern, sich mit sinnlosen Gedanken im Kreis zu drehen. Unsympathische Menschen, Tyrannen oder privilegierte Personen, die glaubten, alles denken und sagen zu dürfen – sie alle ignorierte Sam. Er ließ sie nicht zu Wort kommen oder zeigte ihnen die kalte Schulter. Diese Strategie funktionierte immer. Bei Säufern, die ihm sagten, er solle dahin zurückgehen, wo er hergekommen war, ebenso wie bei Schnöseln aus der Oberschicht, die sich noch nie Gedanken darüber machen mussten, wovon sie im nächsten Monat ihre Miete bezahlen sollten. Außer bei Dessie Dickson. Sie hatte er noch nie ignorieren können. Als er sie das erste Mal erblickt hatte, war die Welt stehen geblieben.

Sam wollte sich gerade Tom zuwenden, um ihm zu sagen, dass das Ganze doch keine gute Idee sei, als dessen Handy klingelte, laut und wütend.

»Gut, dass ihr euch schon kennt«, sagte Tom und starrte auf das Display. »Übernimmst du, Desirée? Das ist ein wichtiger Anruf.« Er hielt sein Handy hoch, weil wohl ein dritter Weltkrieg drohte, und verschwand mit langen Schritten, während er ins Mikro murmelte.

Sam und Dessie taxierten sich gegenseitig. Sie waren jetzt erwachsene Menschen, rief er sich ins Gedächtnis. Er war Unternehmensboss, und sie war genau das, was er brauchte: eine Sicherheitsexpertin.

Im Verlauf seines gesellschaftlichen Aufstiegs hatte Sam sich auch Gegner gemacht. Menschen, nach deren Geschmack er zu sehr in der Öffentlichkeit stand, denen er zu großspurig, zu heftig war. Zweifellos hatte er Feinde, und daher wäre es naiv, keine Sicherheitsmaßnahmen zu ergreifen. Und sosehr er Dessie als Privatperson auch misstraute, so hatte sie jedenfalls alles, was sie anpackte, stets gut gemacht. Klassenbeste. Hochintelligent. Beharrlich und stark und fleißig wie kaum jemand sonst. Ihre Kompetenz stellte Sam nicht infrage. Aber seiner selbst konnte er sich nicht sicher sein. War es klug, sich in eine Zusammenarbeit mit einer Frau zu stürzen, die ihn verraten und erniedrigt hatte – und ihm Narben zugefügt hatte, die bis heute nicht ganz verschwunden waren?

Er betrachtete ihr ausdrucksloses Gesicht und dachte daran, wie sie damals alle gegen ihn aufgehetzt hatte. An die Vorwürfe, die alles zerstört hatten. Wie er ihretwegen verprügelt worden war, wie ihre Eltern seine Mutter gedemütigt hatten. Shit, das hatte er beinahe vergessen. Wut kochte in ihm hoch. War Dessie eigentlich klar, was er seitdem alles erreicht hatte? Dass er erfolgreich war? Sam schämte sich beinahe dafür, dass er sich so sehr wünschte, dass Dessie wüsste, was er alles geleistet hatte. Er spielte verschiedene Szenarien im Kopf durch. Vielleicht konnte er eine Zeit lang mit ihr arbeiten und Tom dann mitteilen, dass es nicht funktioniere, ihn um einen männlichen Kollegen bitten, und damit wäre es das dann gewesen?

»Ist unsere gemeinsame Vergangenheit ein Problem für dich?«, fragte er und hoffte fast, dass sie Ja sagen würde. Dann könnte er sich auf sein eigentliches Ziel konzentrieren: sein Unternehmen zu noch größerem Erfolg zu führen und sein Personal und seine Mutter zu schützen, statt in dem Morast der Verzweiflung zu waten, der seine Jugend war.

»Keine Spur«, antwortete sie.

Ihre Stimme war tiefer, als er sie in Erinnerung hatte. Sanfter, aber auch gefährlicher, mit verborgenen Geheimnissen.

Plötzlich lächelte sie, und sein Blick wurde von dieser Bewegung angezogen. Diese Lippen hatte er geküsst, bis sie rot und geschwollen waren. Hatte zugesehen, wie sie ihn umschlossen. Hatte sie mit seinen Fingern berührt und es geliebt, dass die Unterlippe so viel fülliger war als die Oberlippe.

»Ist das etwa für dich ein Problem?«, fragte sie.

Dessies Augen waren kühl und grau, aber auf einmal sah Sam das, was er brauchte, um seine Entscheidung zu treffen. Hätte er sie nicht so genau beobachtet, hätte er nicht so dicht neben ihr gestanden, wäre es ihm entgangen. Aber jetzt sah er es. Einen Hauch von Verunsicherung. Nervosität. Er ließ sie nicht kalt.

»Quatsch«, antwortete er mit gespielter Unbekümmertheit.

»Na dann.« Sie warf ihm einen Blick zu, als wollte sie ihn herausfordern. Die Unsicherheit war wie weggeblasen, und sie belauerten sich wie zwei Kontrahenten im Ring. Man hätte die Luft zwischen ihnen mit einem Bajonett zerteilen können.

»Mein Assistent schickt dir alle Informationen«, sagte er kurz angebunden und trat einen kleinen Schritt zurück. Leo würde sich darum kümmern.

»Ich muss jetzt gehen, aber ich möchte, dass das Ganze rasch und effektiv erledigt wird. Bist du sicher, dass du das schaffst?«

Zwei rosa Flecken an ihrem Hals verrieten sie. Dessie definierte sich über ihre Kompetenz und hatte es schon immer gehasst, wenn jemand diese anzweifelte.

»Selbstverständlich schaffe ich das«, sagte sie kühl.

Um sie herum war die Geräuschkulisse der Büros zu hören, und irgendwo telefonierte immer noch Tom Lexington. Aber hier und jetzt gab es nur ihn und Dessie, eingeschlossen in eine Blase aus Misstrauen und Erinnerungen. Er bereute es natürlich jetzt schon. Aber er würde nicht einknicken. Nie wieder. Und schon gar nicht vor ihr.

~ 4 ~

»Du musst Kontakt zu deiner Wut bekommen«, sagte Dessie zu einer der Frauen, die sie ausbildete. Sie leitete einen Selbstverteidigungskurs für sechs Auslandskorrespondentinnen, und dieser Satz war ihr ständiges Mantra. Dass Frauen besser darin werden mussten, Zugang zu ihrer Wut zu finden und sie in einer Verteidigungssituation für sich zu nutzen. Dadurch hatte sie selbst wohl auch das überlebt, was ihr mit neunzehn passiert war, dachte Dessie, während sie zusah, wie die Frau ihren Mut für den Gegenangriff zusammenraffte – dass sie endlich zu ihrer eigenen Wut gefunden hatte.

Nach der Geburtstagsparty, auf der damals alles aus den Fugen geraten war, war Sam aus ihrem Leben verschwunden. Das letzte Mal, dass Dessie ihn gesehen und mit ihm gesprochen hatte, war an jenem Freitagabend, als der Streifenwagen ihn mitnahm. Sie selbst war ohne Antworten zurückgeblieben, zerschlagen und am Boden zerstört. Den Rest des Jahres war sie wie ein Zombie herumgelaufen. Sie konnte sich nicht einmal mehr daran erinnern, wie sie es geschafft hatte, die Abiturprüfung zu bestehen. Die ganzen Sommerferien hatten ihre Eltern sie bekniet, geschimpft und gedroht. »Dessie, du musst etwas unternehmen«, hatte ihre Mutter geweint, als Dessie es nicht einmal mehr schaffte, aus dem Haus zu gehen, geschweige denn sich auf das Jurastudium zu konzentrieren, zu dem sie angenommen worden war. »Wie kannst du mir das nur antun? Du warst doch immer so tüchtig.«

Es stimmte, sie war immer fleißig und brav gewesen, dachte Dessie, während sie beobachtete, wie die Journalistinnen den Puppen, die sie aufgebaut hatte, in den Schritt boxten. Hoden, Hals und Augen – das waren die verwundbaren Stellen eines männlichen Angreifers, und keine verließ ihren Kurs, bevor sie sich traute, diese Stellen zu attackieren. Sie war neunzehn Jahre alt gewesen, hatte sich in ihrem Mädchenzimmer in der Villa unter der Bettdecke verkrochen und kaum noch die Kraft zum Leben aufgebracht. In regelmäßigen Abständen war ihr Vater hereingekommen und hatte sie aufgefordert, sich zusammenzureißen. Aber wie machte man das? Wie riss man sich zusammen, wenn man am liebsten nichts und niemanden sehen wollte? Es hatte fast ein halbes Jahr gedauert, bis sie diese lähmende Trauer hinter sich lassen konnte. Doch dann war sie eines Morgens, als sonst niemand im Haus war, aufgestanden, um zu frühstücken, und hatte dabei eine Anzeige in Dagens Nyheter für eine Ausbildung bei den Streitkräften entdeckt, und spontan hatte sie noch in derselben Woche eine Bewerbung losgeschickt. Bis heute wusste Dessie nicht, was sie damals dazu bewogen hatte, diesen Schritt zu machen. Vielleicht hatte das Gemecker der Eltern eine Rolle dabei gespielt, oder vielleicht hatte sie es auch schlichtweg nur gründlich sattgehabt, immer das zu tun, was von ihr erwartet wurde. Womöglich hatte sie unbewusst erkannt, dass sie etwas brauchte, das sie wieder aufrichtete.

Beim Einstellungstest zeigte sie gute Leistungen, bestand alle körperlichen Tests problemlos, war gesund und hatte auch beim Sehtest perfekte Ergebnisse. Offenbar war sie die optimale Soldatin, woran auch ein gebrochenes Herz nichts änderte. Sie war schon immer geschwommen, Rad gefahren und hatte Sport getrieben und bewarb sich jetzt um Aufnahme in ein Jägerregiment. Sie erinnerte sich an die schockierten Gesichter ihrer Eltern, als sie ihnen den Brief mit der Zusage zeigte.

»Wem willst du damit etwas beweisen?«, hatte ihr Vater sie angefaucht. Er war Anwalt und hatte erwartet, dass sie in seine Fußstapfen treten würde. »Du bist ein Mädchen. Warum willst du mit einem Haufen Männer durch den Dreck robben? Glaubst du, das macht Spaß? Hast du unsere Familie nicht schon genug zum Gespött gemacht?«

»Was haben wir nur falsch gemacht? Du wirfst alles weg, was sollen die Leute dazu sagen?«, hatte ihre Mutter gejammert.

In gewissem Sinne konnte sie ihre Eltern sogar verstehen, dachte Dessie, während sie ihre Kursteilnehmerinnen beobachtete. »Super, Antonia«, lobte sie eine der Frauen, die soeben einen gezielten Tritt in den Schritt der Puppe gelandet hatte. Antonia hatte schwer kämpfen müssen, um ihre Aggressivität zu finden, zu Anfang hatte sie gekichert und herumgealbert, aber jetzt kämpfte sie wie eine Tigerin. Zu Dessies großer Freude.

Sie ging herum und leitete die schwitzenden, brüllenden und kickenden Frauen an, während ihre Erinnerungen weiter auf sie einstürmten. Ihre Mutter und ihr Vater hatten damals gerade große Probleme mit ihrer kleinen Schwester gehabt. Patricia, zwei Jahre jünger als Dessie und frühreif, war abwechselnd aufsässig und aggressiv, dann wieder liebreizend oder geradezu beängstigend überschwänglich gewesen. Mit zwei schwierigen, unbegreiflichen Töchtern waren sie nicht fertiggeworden. Ihr Vater verlangte, dass Dessie zur Vernunft komme und sich ihrem Jurastudium widme, und wandte sich danach wieder Patricia zu. Aber Dessie hatte genug davon, sich immer nur nach anderen zu richten. Nie wieder würde sie zulassen, dass jemand sie so verletzte wie Sam. Entschlossen packte sie ihre Koffer und zog zu Hause aus, um Soldatin zu werden.

Bei den Streitkräften hatte es ihr besser gefallen, als sie erwartet hatte. *Endlich* war sie wieder auf die Beine gekommen. Nach dem Grundwehrdienst hatte sie die Offiziersausbildung absolviert, aber das Soldatenleben sagte ihr am meisten zu, also bewarb sie sich mit Unterstützung ihrer Vorgesetzten bei den Spezialkräften in Karlsborg.

Wenn die Grundausbildung schon strapaziös gewesen war, war das noch gar nichts im Vergleich zu den Spezialeinsatzkräften. Dessie erinnerte sich mit einem Lächeln daran. Wahrscheinlich war es Glück, dass sie vorher nicht genau gewusst hatte, *wie* hart es werden würde. Es kam vor, dass sie innerhalb eines einzigen Tages mit dem Fallschirm aus einem Flugzeug in eiskaltes Wasser springen und an Land schwimmen mussten, woran sich eine längere Schießübung anschloss, die mit einer Klettertour abgerundet wurde – all das mit schwerem Gepäck. Es gab keinerlei Vorzugsbehandlung für Frauen, die kleiner, leichter oder schwächer waren. Die Ausbildung hatte sie zu einer Expertin für Nahkampf, Personenschutz, Verhörtechnik, Krankenversorgung und Waffen gemacht. Genau genommen war sie zur Geheimagentin ausgebildet worden, dachte sie. Das war zweifellos das Härteste gewesen, was sie in ihrem Leben gemacht hatte. Aber sie war daran gewachsen! Es hatte ihre Selbstsicherheit enorm gestärkt, als sie entdeckte, dass sie Herausforderungen liebte, sich selbst zu pushen, immer weiterzumachen, auch wenn ihr Körper und ihr Hirn ihr zuschrien, sie solle aufgeben.

Alles, und zwar wirklich alles, in den Spezialeinheiten unterlag der Geheimhaltung. So kannten sie und die anderen einander beispielsweise nur unter ihren jeweiligen Codenamen. Ihrer war Foxy. Ein Name, den sie insgeheim geliebt hatte.

»Toll gemacht«, sagte Dessie, als sie die Stunde für heute beendete. Sie umarmten sich, und Dessie räumte die Sporthalle auf.

Als eine von nur ganz wenigen Frauen in der Welt war Dessie Elitesoldatin geworden. Sie hatte an geheimen Operationen teilgenommen und Dinge getan, die sie mit ins Grab nehmen würde. Schwedische Elitesoldaten wurden zu Einsätzen in die ganze Welt geschickt. Damals war sie zu der Frau geworden, die sie heute war. Eine Frau, die allein zurechtkam. Doch kurz vor ihrem dreißigsten Geburtstag hatte sie gemerkt, dass sie vielleicht auch noch etwas anderes ausprobieren wollte. Ihr Körper musste extrem viel einstecken, immer tat ihr irgendwo etwas weh, und außerdem war sie neugierig auf das Leben als Zivilistin und sehnte sich nach fließendem, sauberem Wasser und einem weichen Bett. Kurz darauf verließ sie die Truppe und begann für Tom Lexington und Lodestar zu arbeiten. Schwedische Offiziere, und besonders Frauen, waren heiß begehrt. Private Sicherheitsunternehmen wuchsen explosionsartig in Schweden, auch wenn nicht jedes ein gutes Ansehen genoss. Tom und Lodestar waren vor einigen Jahren von der Tageszeitung Aftonbladet heruntergemacht worden. Aber er besaß den Respekt der Branche. Er war äußerst integer, befolgte die Regeln und arbeitete unter anderem für das Außenministerium. Tom war The Real Deal.

Dessie nahm ihre Wasserflasche und machte das Licht aus. Sie war Leibwächterin im Irak gewesen, hatte entführte Schweden in Mali gerettet und verdeckte Operationen an den gottverlassensten Orten der Erde durchgeführt. Da würde sie ja wohl mit einem schwedischen Hotelkönig fertigwerden, dachte sie und zog die Hallentür hinter sich zu.

Frisch geduscht, das geföhnte Haar zu einem Pferdeschwanz zusammengebunden, klopfte Dessie an den Türrahmen von Toms Büro. »Hast du einen Moment?«

Er winkte sie herein. Das Büro war voller Ordner und Papiere. Auf dem Tisch stand ein Foto von Toms Familie im Silberrahmen. Er wollte gern mehr Zeit mit seiner Frau Ambra und ihren zwei kleinen Kindern verbringen. Das hatte er Dessie bei einem ihrer Einsätze anvertraut. »Ich will weniger arbeiten«, hatte er gesagt. »Das Leben ist kurz, und ich habe auf jemanden wie dich gewartet. Ich möchte alles an dich übergeben.« Seitdem hatte er ihr alles beigebracht, was mit der Firma zu tun hatte, und sie ermuntert, sich weiterzubilden und sich Kenntnisse im Management anzueignen.

Dass ihr hier so viel Vertrauen entgegengebracht wurde, rührte Dessie immer noch. Frauen, die Bestätigung suchten, waren beim Militär schnell wieder weg vom Fenster. Vielmehr brauchte man eine innere Triebkraft, und die hatte sie gefunden. Es motivierte sie, die Beste zu sein, zu einem Team zu gehören und etwas zu bewegen. Mittlerweile war ihr Bedürfnis nach Bestätigung gleich null. Außer was Tom betraf, vielleicht. Sie nahm seinen Glauben an sie sehr ernst, arbeitete an ihrem MBA, einem Abendstudium für Führungspersönlichkeiten, und machte sich mit allen Fragen der Unternehmensführung vertraut. Es war hart, das in Teilzeit, zusätzlich zu ihrem Job, zu machen, aber sie wollte Tom nicht um alles in der Welt enttäuschen.

»Wie läuft's?«, fragte er und bedeutete ihr, sich zu setzen.

»Ich bin fast fertig.« Sie hatte alle Informationen zusammengestellt, die sie von Sams Assistenten erhalten hatte, einem jungen Mann namens Leopold Garbo. Sie hatte die üblichen Streifzüge durch diverse

Social-Media-Kanäle gemacht, potenzielle Bedrohungen aufgelistet und einen Maßnahmenkatalog erstellt.

»Dessie, ich weiß, dass das eigentlich unter deinen Fähigkeiten ist. Aber vielleicht brauchst du das?« Er betrachtete sie. »Als Abwechslung?«

Tom war fürsorglich, aber Dessie wollte nicht, dass er ihr Sonderrechte einräumte.

»Abwechslung wovon?«, fragte sie brüsk.

Aber Tom ließ sich nicht aus dem Konzept bringen. »Ich mache mir Sorgen um dich. Du hast dich verändert.«

»Was meinst du damit?«, fragte sie, obwohl sie es ja wusste. Sie war nicht sie selbst.

»Eine Second in Command, die neben der Spur ist, kann ich nicht brauchen. Erzähl mir, was los ist.«

»Ich bin aber nicht neben der Spur«, beharrte sie.

Tom betrachtete sie mit gequältem Blick. »Was ist letzten Sommer passiert?«

»Nichts«, log sie.

Im letzten Juni war sie in Toms Büro spaziert und hatte gekündigt, weil sie etwas tun musste, das Lodestar in Verruf bringen könnte. Sie würde lieber sterben, als dem Unternehmen zu schaden. Also hatte sie trotz seiner Proteste gekündigt, war in die Türkei gereist und hatte dort eine entführte Frau befreit. Das war die kurze Version. Die lange ... Nun ja. Die lange Version war, dass der blutige Einsatz sie für das Leben gezeichnet hatte.

»Ich schlafe nicht so gut. Vielleicht liegt es an der Frühlingssonne? Sorry, Boss, ich werde mich zusammenreißen.«

Es war Tom anzusehen, dass er ihr nicht glaubte. Als sie einen Monat später erschöpft und übel zugerichtet zurückgekehrt war, hatte er sie wieder eingestellt, aber seitdem wirkte er nachdenklich, als wäre er sich nicht sicher, ob er die richtige Entscheidung getroffen hatte.

»Es ist nichts«, sagte sie mit Nachdruck.

Tom sah keine Spur überzeugt aus. Er konnte unglaublich hartnäckig sein.

»Du weißt, dass wir eine Psychologin unter Vertrag haben. Sie ist gut. Du solltest mit ihr sprechen. Mal ein paar Dinge klären.«

»Vielleicht«, sagte Dessie ohne Überzeugung.

Tom runzelte die Brauen und verschränkte die Arme vor der Brust. »Es ist mir ernst. Wenn das so weitergeht, müssen wir zwei mal ein ernstes Gespräch führen.«

»Wenn was so weitergeht?«

»Jetzt mach aber mal einen Punkt. Du bist blass, arbeitest viel zu viel, schläfst schlecht und hast miese Laune.«

»Ich verspreche, dass ich heute früher nach Hause gehe. Ich bin mit meinen Nichten und danach mit einer Freundin verabredet. Punkt fünf gehe ich. Und ich werde schlafen.«

Mit jemandem über alles zu sprechen, kam überhaupt nicht infrage. Psychologen waren absolut nicht ihr Ding. Als ob *Reden* helfen könnte bei dem, was passiert war.

»Gut. Dann sprechen wir beide also später noch einmal darüber. Sieh zu, dass du das mit dem Schlaf in den Griff kriegst.« Tom nickte in Richtung der Papiere, die sie mitgebracht hatte. »Jetzt erzähl mir von Sam Amini. Ist das ein Fall für uns?«

Erleichtert über den Themenwechsel ging Dessie die Informationen durch. »Familiärer Hintergrund: Einwanderer der ersten Generation. Ist als Kind mit alleinerziehender Mutter aus dem Iran gekommen.«

»Die Mutter ist uns bekannt?«

»Yep. Azita Amini. Sie leitet ein Unternehmen für biochemische Forschung. Hier in Schweden hat sie wieder ganz bei null angefangen. Vergangenes Jahr hatte sie ein populäres Sommerprogramm im Radio.« Dessie konnte sich noch gut an Azita erinnern. Sie hatte unglaublich hart gearbeitet, um ihr Ziel zu erreichen, und sie hatte sich Sorgen um ihren Sohn gemacht. Wegen dem, was damals passiert war, war sie stinksauer auf Dessie gewesen. Diese Erinnerungen regten sich unruhig in ihr und drängten an die Oberfläche.

»Ambra hat die Radiosendung mal erwähnt«, sagte Tom und lächelte, wie immer, wenn er von seiner Frau sprach.

Es war Dessie immer ein wenig unangenehm, Zeugin zu werden, wie ihr Chef weich wurde, und daran zu denken, wie verliebt er war, also fuhr sie rasch fort: »Sam war bei einer der ersten Dokusoaps dabei, die er übrigens gewonnen hat.« Zwar hatte sie damals die berüchtigte Sendung nicht mitverfolgt, aber nach ihren umfassenden Recherchen wusste sie jetzt mehr darüber, als ihr lieb war. Sie hatte sich einige der übelsten Ausschnitte angesehen. Sam hatte sich sternhagelvoll gesoffen, tätowieren lassen und mit mehreren der Teilnehmerinnen heißen Sex gehabt. Live. Nach diesem Anblick hätte sie sich am liebsten die Augen ausgespült.

»Danach hat er sich dann aber zusammengerissen«, warf Tom ein.

»Mhm.« Keiner hatte geglaubt, dass aus Sam Amini noch einmal etwas anderes werden könnte als ein Skandalpromi, der sein Geld mit unwürdigen Gigs auf Festivals verdiente und in zunehmend schmierigeren Skandalreportagen auftauchte. Aber dann hatte er alle überrascht, einschließlich sich selbst, wenn man einem Interview in Dagens Industri Glauben schenken durfte.

Dessie berichtete weiter: »Er hat Wirtschaft in Uppsala studiert, hat zusammen mit Douglas Ankarcrona ein Unternehmen gegründet und ist Geschäftsmann geworden.«

»Ankarcrona? Der Name kommt mir bekannt vor.«

»Ein Typ von Östermalm aus reicher Familie. Betreibt mehrere Lokale in der City und hat ein paar Jahre lang die kleine Schwester einer guten Freundin einer der Prinzessinnen gedatet.« Auch eine Methode, um bekannt zu werden. Aber in diesen Kreisen schien jeder mit jedem zusammen zu sein.

»Ist zwischen ihm und Sam etwas vorgefallen? Sollten wir uns Ankarcrona näher anschauen?«

Daran hatte Dessie auch schon gedacht. »Ich weiß nicht recht. Die beiden haben ein populäres Restaurant am Stureplan betrieben. Dann ging es mit der Popularität bergab, und sie haben sich getrennt. Und Sam hat sein jetziges Unternehmen gegründet, Responsibility. Im Laufe der letzten Jahre hat es sich von einer kleinen Nummer in der Hotelbranche zu einem Unternehmen mit Milliardenumsätzen und Hotels in ganz Skandinavien gemausert. Alle Häuser sind im Luxussegment angesiedelt und zeichnen sich durch Klimafreundlichkeit und persönlichen Service aus.«

Den Namen Responsibility fand sie angeberisch, aber so war Sam schon immer gewesen – tough und unerschrocken. »Das Unternehmen läuft gut, auch wenn immer mal wieder Probleme auftreten. Die Hotelbranche ist sehr konjunkturabhängig. Aber er hat sich immer wieder angepasst und kreative Lösungen gefunden.«

»Und Ankarcrona spielt dabei keine Rolle mehr?«, fragte Tom.

»Nein.« Aber irgendetwas an der Art, wie Sam und Douglas Ankarcrona sich getrennt hatten, irritierte sie.

»Und weiter?«

»Erfolgreiche Migranten ziehen ja immer den Hass aus der rechtsextremen Ecke auf sich. Die Kombination aus reich, erfolgreich und nicht weiß lässt ihre Synapsen durchbrennen.«

Die meisten dieser Rechten waren ziemlich hohl, das wussten sie beide, aber es kam vor, dass es jemandem gelang, eine größere Gruppe um sich zu scharen, die dann auch entsprechenden Schaden anrichten konnte. Diese Leute waren auf Gewalt aus und fielen unterschiedslos über Männer, Frauen und Kinder her. »Es könnte sich natürlich auch um ganz gewöhnliche organisierte Kriminalität handeln, wie sie jeden in der Branche treffen kann.« In Stockholm existierten mehrere kriminelle Vereinigungen, die die Hotel- und Restaurantbranche unter Druck setzten. Falls Sam mit einer von denen in Konflikt geraten war, saß er in einer bösen Klemme. Sie sah es schon vor sich und musste beinahe lächeln. Man konnte so einiges über Sam Amini sagen, aber er war keiner, der den Schwanz einzog.

»Außerdem sollen wir die Möglichkeit in Betracht ziehen, dass Sam selbst kriminell oder zumindest halb kriminell sein könnte«, fügte sie hinzu. Es kam gar nicht so selten vor, dass Neukunden eine weitaus weniger weiße Weste hatten, als es den Anschein erweckte. In diesem Fall wäre die Situation eine völlig andere. Lodestar hatte Verträge mit der

Regierung und dem Außenministerium, konnte also nicht für Verbrecher arbeiten. Das wäre ein Deal Breaker.

»Dann wäre er angreifbar und erpressbar. Wir müssen ihn einer gründlichen Hintergrundrecherche unterziehen.«

»Ich durchforste schon das Darknet nach Infos.« Das war keine angenehme Beschäftigung, und Dessie hasste die dunkle Seite des Internets, wo Drogen, Prostitution und Kriminalität florierten, aber es war notwendig. Wenn Sam in irgendetwas verstrickt war, würde sie das herausfinden, da war sie sich sicher.

Tom studierte die Unterlagen, die sie vor ihm ausgebreitet hatte. »Irgendwelche ernsthaften Bedrohungen?«

»Ja, Boss. Sogar ziemlich besorgniserregende.«

Sie zeigte ihm einige der drastischsten Beispiele. »Die kamen als SMS, von einer unbekannten Nummer, die wir nicht nachverfolgen konnten. Zu unterschiedlichen Zeitpunkten.«

Ihr Moslems seid die übelsten Schmarotzer, die es gibt.
Wenn wir erst an der Macht sind, wirst du sehen, was wir mit solchen wie dir machen.
Wir schlitzen dir deinen dreckigen Araberbauch auf.

Tom las mit einer Sorgenfalte über der Nasenwurzel.

Dessie war es gewöhnt, auf ihre Instinkte zu vertrauen, und jetzt sagten sie ihr, dass der oder die, von denen diese Drohungen stammten, Sam ernsthaft Böses wollten. »Ich brauche noch vierundzwanzig Stunden.«

Tom nickte zustimmend. »Hast du sonst noch etwas herausgefunden?«

»Nur das Übliche, würde ich sagen. Ein Mitarbeiter, der wegen Diebstahl entlassen wurde. Mehrere wütende Mails wegen Lärm von seinem neuen Hotel auf Blasieholmen. Da wird vor der Eröffnung renoviert. Und dann spuckt noch jemand auf Facebook außergewöhnlich viel Galle.«

Glücklicherweise waren die meisten Leute Vollidioten und schrieben in Foren, in denen sie anonym zu sein glaubten. So hatte es Dessie zum Beispiel nicht einmal eine Stunde gekostet, den Hater auf Facebook zu finden und sein ganzes Leben zu recherchieren.

»Ich bleibe dran«, sagte sie und sammelte ihre Unterlagen zusammen. Sie dachte schon, sie seien fertig, als Tom bedächtig fragte:

»Und was ist das zwischen dir und Sam?«

Dessie blinzelte nicht einmal. Viele hatten Angst vor Tom Lexington, aber nicht sie. Tom hatte sie persönlich rekrutiert, und solange sie ihn kannte, war er stets ruhig und gefasst gewesen. Er bekam nie Wutausbrüche und war Argumenten stets zugänglich. Seine Frage war ihr allerdings unangenehm, auch wenn sie begründet war.

»Wir waren zusammen auf dem Gymnasium. Aber wir haben uns sicher fünfzehn Jahre lang nicht gesehen.«

»Ist das alles?«

Sie hob die Schultern und ließ sie wieder fallen. Ein Muster gespielter Gleichgültigkeit.

»Wir hatten mal was miteinander.«

Damit gab Tom sich jedoch nicht zufrieden. Natürlich nicht. »War es etwas Ernstes?«

Ich will dich heiraten, Dessie. Ich kann ohne dich nicht leben.

Die Erinnerungen waren ebenso überraschend wie ungebeten zur Stelle.

»Wir waren Teenager. Es hat nicht lange gehalten, wie das in dem Alter so ist.«

»Ich kann jemand anderen darauf ansetzen, aber du kennst ja die Situation. Wir haben extrem wenig Leute.«

»Ich weiß. Ich kriege das hin. Aber ich wollte dir das nicht vorenthalten.« Denn es gibt Grenzen dafür, wie sehr ich dich belügen will, dachte sie.

»Er ist ein guter Kunde, genau das, was wir brauchen und uns wünschen. Aber wenn es zwischen euch Schwierigkeiten gibt, lassen wir es lieber«, sagte Tom.

»Keine Schwierigkeiten, Boss. Ich mache das. Ich habe das im Griff.«

Auf keinen Fall sollte Lodestar ihretwegen einen guten Kunden verlieren. Und um nichts in der Welt würde sie es zulassen, dass Sam noch einmal ihr Leben durcheinanderbrachte. Einmal hatte er sie schon am Boden gehabt, doch sie war wieder auf die Beine gekommen. Sie war darüber hinweg. Über ihn. Sie würde derart professionell sein, dass man ihr in einem Profimuseum eine Statue errichten könnte. Sie war die Integrität und Expertise in Person und hatte Nerven wie Stahlseile. Wenn es nötig war, konnte sie sich wie ein Roboter verhalten. Tom hatte recht, Sam war ein guter Kunde. Trotzdem freute sie sich schon auf den Moment, in dem sie mit ihrer Analyse fertig wäre. Dann würde sie ihren Bericht abgeben, Maßnahmen sowie ein Team vorschlagen, das sich um alles kümmern würde, und danach würde sie Sam Amini ein für alle Mal vergessen. Sie würde nicht mehr jedes Mal seinen Namen googeln, wenn sie zu viel Wein getrunken hatte, sondern ganz einfach nicht mehr an ihn denken, Punkt. Sie würde sich einen großen Drink genehmigen und auf Tinder einen nicht rassistischen Typen aufreißen und mit ihm ins Bett gehen. Sie fokussierte noch mal ihr Ziel und atmete tief durch.

Ein verdammt solider Plan.

~ 5 ~

»Sie ist da. Dessie Dickson von Lodestar. Soll ich sie reinführen?« Es war Sams Assistent Leo, der gefragt hatte. Leos Augen strahlten vor Eifer und Erwartung. Wie so oft. Er war der lebhafteste, fröhlichste und optimistischste Mensch, den Sam kannte. Es schien, als ob alles in Leos Leben ihm eine Quelle der Freude wäre. Besuch! Menschen! Besprechungen!

Das konnte hin und wieder etwas ermüdend sein.

»Lass sie noch ein wenig warten«, antwortete Sam.

Er hoffte, dass Dessie da draußen ein wenig schwitzte. Ihm selbst ging es jedenfalls so. Er schwitzte. Was zum Teufel hatte er sich eigentlich dabei gedacht? Vor achtundvierzig Stunden waren sie sich zuletzt begegnet, und seitdem hatte er viel zu viel an sie gedacht. Verflucht ärgerlich.

Leo wippte auf den Zehen auf und ab. Heute trug er blauen Nagellack. In der letzten Woche war der Lack gelb gewesen und hatte eher an eine Infektion erinnert. Außerdem trug er einen Dreiteiler und ein Haarband. Er war ein verwirrender junger Mann.

»Sie sieht ganz normal aus. Ich dachte, sie würde mehr so aussehen wie eine Superheldin.«

»Natürlich ist sie ganz normal«, antwortete Sam schroff. Zu schroff. Jetzt wirkte Leo misstrauisch. Er erinnerte Sam an einen Labradorwelpen, war aber seltsamerweise zugleich smart und gewitzt. Der Junge hatte die Handelshochschule geschmissen, die prestigeträchtigste Wirtschaftsausbildung in ganz Schweden, weil sie ihn offenbar nicht genügend forderte. Dann war er hier im Büro am Sergels Torg aufgeschlagen und hatte sich als Praktikant beworben und war schließlich geblieben. Auch wenn er manchmal eine Nervensäge sein konnte, war er ein erstklassiger Assistent.

»Normal oder nicht, jedenfalls ist sie jetzt hier«, sagte Leo. »Worüber wollt ihr sprechen? Ich wäre gern dabei. Soll ich sie nicht doch hereinführen? So furchtbar beschäftigt scheinst du gar nicht zu sein.«

Sam rieb sich die Stirn. »Ist sonst keiner hier, dem du mal eine Weile auf die Nerven gehen könntest?« Er hatte seine Marketingchefin mit dem kaufmännischen Geschäftsführer bei der Kaffeemaschine stehen sehen. Sollte Leo denen doch die Ohren vollquatschen.

»Ach was, ich lasse sie rein«, entschied Leo und hörte auf zu wippen. »Sie sieht aus wie jemand, der Wichtigeres zu tun hat, als in unserer Rezeption zu sitzen und zu warten. Nicht, dass sie wirklich sitzen würde.«

Bevor Sam eine scharfe Erwiderung einfiel, war Leo schon weg. Sam erhob sich, zwang dann aber seinen Körper rasch wieder in den Bürosessel. Ein persischer Mann blieb nicht sitzen, wenn eine Frau den Raum betrat, aber für Dessie Dickson würde er verflucht noch mal nicht aufspringen. Sie war eine Untergebene, er war der Chef. Basta!

Doch als Dessie ernst und mit geradem Rücken sein Büro betrat, musste er sich zwingen, nicht zu reagieren. Als er sie das allererste Mal gesehen hatte, war das wie ein Schlag in den Solarplexus gewesen. Langbeinig, blond und immer mit einem Lächeln auf den Lippen. Er hatte ihr nachgeblickt und sich gegen seinen Willen von ihr angezogen gefühlt wie eine Motte vom Licht. Jetzt empfand er etwas Ähnliches, obwohl er mit aller Kraft dagegen ankämpfte und sich sagte, dass ihn die vierunddreißigjährige Dessie sicher genauso sehr verletzen könnte, wie es die neunzehnjährige getan hatte. Wenn nicht noch schlimmer.

»Herzlich willkommen«, sagte Leo mit unverhohlener Bewunderung.

»Danke! Hallo!«

Dessie trat einen Schritt vor und streckte Sam ihre Hand hin.

Sam zögerte. Dann erhob er sich aber doch. Es gab eine Grenze dafür, wie unhöflich er sein konnte. Man stand auf, wenn man jemandem die Hand schüttelte, sonst war man ein Flegel. Er wappnete sich gegen die Berührung. Dessies Hand war kühl und fest. Ihre Handfläche verschwand in seiner. Ihre Blicke trafen sich, und die Härchen auf seinen Handgelenken und Unterarmen richteten sich auf. Dessie hatte schon immer diese Wirkung auf ihn gehabt, eine rein körperliche Wirkung, eine Kraft, der er nicht mehr entgegenzusetzen hatte als der Schwerkraft. Sie war einfach da. Wie eine immerwährende Wechselwirkung. Als er sie zum ersten Mal geküsst hatte ... Oh Gott, er konnte sich immer noch daran erinnern. Die elektrisierende Berührung ihrer Lippen an seinen, ihre kleine flinke Zunge in seinem Mund.

Er zog seine Hand wieder zurück und nickte kurz in Richtung Besucherstuhl.

Sie setzten sich. Leo zog noch einen Stuhl für sich heran und lauschte mit interessiertem Gesichtsausdruck, während Dessie ihre Analyse präsentierte. Leos Anwesenheit war Sam etwas unangenehm, aber er vertraute dem jungen Mann, und es war sicher ebenso gut, dass er bei dem Gespräch dabei war, dachte er. Je mehr Hindernisse zwischen ihm und Dessie standen, desto besser.

»Es gibt also eine konkrete Drohkulisse?«, fragte Sam, als sie geendet hatte. Obwohl die Drohungen gegen ihn von brutalster Art waren, hatte er sie irgendwie trotzdem nicht wirklich ernst genommen, sondern sich gefragt, ob er überreagiert hatte und ob man so etwas vielleicht einfach aushalten musste. Und nun saß Dessie hier und redete von Rechtsextremismus hier und organisierter Kriminalität dort. Er war schockiert. Ungefähr wie wenn man wegen eines leichten Ziehens in der Brust zum Arzt ging und dann erfuhr, dass man todkrank war.

»Wir sollten das auf jeden Fall ernst nehmen«, antwortete Dessie.

»Das klingt ziemlich gefährlich«, sagte Leo nachdenklich. »Besonders wegen der Reise, Sam.«

Dessie sah fragend von einem zum anderen. »Welche Reise?«

»Ich werde verreisen«, sagte Sam. Er besuchte seine Hotels in regelmäßigen Abständen. Das war wichtig, denn so erhielt er Input vom Personal, von den Gästen und den Hotelchefs. Manchmal nutzte er die Gelegenheit, um Freunde zu treffen oder um Bloggern oder der örtlichen

Presse Interviews zu geben. Letzteres war übrigens Leos Idee gewesen – Interviews immer in einem seiner Hotels zu führen. Das versprach interessante Artikel und gute Bilder.

»Wohin fährst du?«, fragte Dessie.

Sam machte eine abwehrende Handbewegung. Es fiel ihm immer noch schwer, die Bedrohung ernst zu nehmen. »Innerhalb von Schweden. Mit dem Zug.«

Dessie zog ihre schmalen, langen Augenbrauen zusammen. »Verstehe. Züge sind unter Sicherheitsaspekten nicht optimal. Züge halten, Leute steigen ein und aus.«

»Ich nehme den Zug«, entschied Sam. Keine Diskussion.

»Dann solltest du uns deine Reiseroute überprüfen lassen. Falls wir zusammenarbeiten.«

»Wir arbeiten zusammen«, sagte Leo entschieden.

Sam stimmte widerwillig zu. »Ja, ja.«

»In dem Fall werden wir die Bedrohungslage einschätzen, Empfehlungen für Alternativen erarbeiten, deine Unterkünfte überprüfen und so weiter. Auch wenn ich dir schon jetzt sagen kann, dass du in der nächsten Zeit auf öffentliche Auftritte verzichten solltest.«

Das konnte sie vergessen. Er weigerte sich, seinen Feinden zu erlauben, seine Bewegungsfreiheit einzuschränken. Er weigerte sich einfach.

Er verschränkte seine Finger im Nacken. »Leo hat die Reiseroute. Ich werde eine Rede halten. Und ich werde in meinem eigenen Hotel wohnen. Das mache ich immer so. Ich kenne meine Angestellten.«

»Alle?«, fragte sie skeptisch.

»Natürlich nicht jeden einzelnen«, sagte Leo hilfsbereit.

Sam warf ihm einen finsteren Blick zu.

Dessie schien nachzudenken. »Hast du die Reisedaten? Ich brauche Adressen und den genauen Ablauf für das Event.«

»Ich stelle eine Mappe mit den Infos zusammen«, sagte Leo, und bevor Sam protestieren konnte, strahlte sein Assistent Dessie an, warf seine Haare in den Nacken und verschwand mit federnden Schritten.

Die Atmosphäre im Büro wurde angespannter.

»Wie bist du zu Lodestar gekommen?«, fragte Sam schließlich.

»Ich war beim Militär. Das hat mir gut gefallen. Jetzt bin ich hier.«

Ihre Worte kamen abgehackt, und ihr Ton war abweisend.

Sam, der alles Militärische verabscheute, konnte dessen Attraktion überhaupt nicht nachvollziehen. »Weshalb?«

Dessie zuckte mit den Schultern.

»Was haben deine Eltern zu deiner Berufswahl gesagt?« Er hatte Dessies Eltern als snobistische, herablassende Menschen in Erinnerung. Solche, die von Teilhabe redeten, aber auf alle herabsahen, die sie nicht für ebenbürtig hielten.

Als Sam klein war, hatte seine Mutter schwarz als Putzhilfe gearbeitet und dabei auch ein paarmal in der Villa von Dessies Eltern geputzt. Als seine Mitschüler davon erfuhren, hatte er nichts zu lachen gehabt. Er verabscheute sich selbst dafür, dass er sich damals für seine Mutter geschämt hatte.

Ehe Dessie antworten konnte, war Leo wieder da. Sie wirkte erleichtert, dass sie nun die Papiere durchblättern konnte, die er ihr reichte.

»Ich werde jemanden bitten, sich das noch einmal genauer anzusehen, aber ich kann jetzt schon sagen, dass wir dir empfehlen werden, dass du zu bestimmten Anlässen einen Leibwächter mitnimmst«, sagte sie und blickte auf.

Leo brummte. »Genau was ich immer schon gesagt habe«, sagte er.

»Hast du nicht«, sagte Sam.

»Habe ich doch.«

»Lodestar hat mehrere Mitarbeiter, die dafür infrage kämen«, fuhr Dessie mit konzentriertem Gesichtsausdruck fort. »Wir werden ein Team brauchen, vielleicht drei Personen.«

»Ist das wirklich notwendig?«

Sam hatte bisher nicht eben gute Erfahrungen mit Leibwächtern gemacht. Vor allem standen sie meist im Weg. Und um sich selbst hatte er auch keine Angst.

Leo verschränkte die Arme. »Sam, hör auf sie. Dafür bezahlst du schließlich.«

Dessie fuhr fort: »So lautet mein Rat. Du entscheidest natürlich selbst, ob du ihn befolgen möchtest.«

Er konnte förmlich hören, wie sie dachte: Ist mir doch schnurz.

»Wie du meinst«, sagte Sam bedächtig.

Dessie packte ihre Sachen zusammen, eilig, als könnte sie nicht schnell genug wegkommen. Sie richtete sich auf und sah ihn mit diesem unpersönlichen halben Lächeln an, das er schon jetzt nicht ausstehen konnte. Die kleine Dessie. Glaubte sie wirklich, dass sie ihn ausmanövrieren konnte?

»Eine kluge Entscheidung. Ich rede mit meinem Chef«, sagte sie, und er konnte aus ihren Worten die Siegesgewissheit heraushören. Dessie Dickson. Sie war immer die Klügste und Beste in der Klasse gewesen. Er hatte das gemocht, ihre schillernde Intelligenz, die aber auch ihre Achillesferse war. Sie war so darauf aus, zu glänzen und tüchtig zu sein, dass sie manchmal das Offensichtliche übersah.

»Tu das. Und sag Tom, dass du mitkommst«, sagte er und legte die Handflächen auf den Tisch.

Dessie hielt mitten in der Bewegung inne.

Sam unterdrückte ein schadenfrohes Grinsen. Yep. Sie war geradewegs in die Falle getappt.

»Meine Aufgabe lautete, eine Einschätzung der Lage zu erstellen«, sagte sie brüsk. »Ich habe andere Aufträge, andere Aufgaben. Wir haben kompetente Leute, die das ab jetzt übernehmen.«

Plötzlich kam ihm der Entschluss, sich einen Leibwächter zu nehmen, gar nicht mehr so abwegig vor. Dessie konnte protestieren, so viel sie wollte. Wenn er sie dabeihaben wollte, dann war sie dabei, dachte er, ohne seine Motive zu hinterfragen. Er *wollte* es nun einmal so – und das reichte.

»Ich spreche mit Tom. Ich bin mir sicher, das lässt sich einrichten«, sagte Sam aalglatt. Das VIP-Paket, das er buchen wollte, war kostspielig, da konnte er schon einige Bedingungen stellen.

Dessies Kiefer mahlten.

Ha! Und das war erst der Anfang. Wenn er mit Dessie fertig war, würde sie wissen, wer von ihnen beiden die Hosen anhatte, wer gewonnen hatte, wer erfolgreich war.

~ 6 ~

»Natürlich gibt es eine Bedrohungslage. Schließlich ist der Kunde ein Arsch. Und jetzt will dieser Arsch, dass ich ihn auf einer bescheuerten Reise begleite.«

»Er hat wohl gemerkt, dass du gut bist«, sagte Haddy Camara, die gerade eine rostfreie Schüssel aus dem Regal ihrer gut ausgestatteten Küche in der kleinen Zweizimmerwohnung auf Södermalm genommen hatte. Die Wohnung war winzig, aber die Küche groß, und das hatte für Haddy den Ausschlag gegeben. Mit ihren starken Armen begann sie, den Schüsselinhalt mit einem Schneebesen zu traktieren. Die Arbeit eines Kochs konnte fast genauso körperlich sein wie die eines Elitesoldaten, dachte Dessie.

»Darum geht es nicht«, sagte sie.

»Worum geht es dann?« Haddy hörte auf zu rühren und sah Dessie forschend an. »Du wirkst bedrückt. Ist es wieder wegen der Türkei? Ich mache mir solche Vorwürfe, weil ich dich da mit reingezogen habe.«

Dessie schüttelte energisch den Kopf. »Tu das nicht.« Diese Diskussion hatten sie schon unzählige Male geführt. »Es gab keine andere Möglichkeit. Nicht, wenn wir wollten, dass sie überlebt.«

»Ich weiß. Und ich bin dir jeden Tag dankbar für das, was du getan hast, aber es tut mir so leid, dass es dir deswegen immer noch schlecht geht. Ich wünschte, ich könnte irgendwas für dich tun.«

»Ich weiß«, unterbrach Dessie sie. »Denk nicht mehr dran. Ich wünschte, du würdest dir um mich keine Sorgen machen. Geht das?«

Haddy nickte. Dessie und sie kannten sich schon lange. Sie hatten sich beim Militär kennengelernt, in der supergeheimen Schule in Karlsborg, wo Dessie ihre Ausbildung zur Elitesoldatin absolviert hatte.

Haddy war für das Essen zuständig gewesen. Sie hatte enorme Portionen fantastischer Mahlzeiten auf den Tisch gebracht, denn sie war schon damals ein Genie gewesen. Weil sie beide praktisch die einzigen Frauen dort waren, waren sie ins Gespräch gekommen. Und sie hatten diesen Kontakt auch später über all die Jahre aufrechterhalten, als Haddy diverse schlecht bezahlte Jobs in Stockholmer Restaurants bekommen hatte und Dessie Elitesoldatin war.

»Obwohl. Ich mache mir wirklich Sorgen um dich. Ich muss dir das sagen, nur noch dieses eine Mal«, sagte Haddy, obwohl Dessie ihr einen warnenden Blick zuwarf. »Du solltest mit irgendjemand anders darüber sprechen, wenn schon nicht mit mir. So. Und jetzt rede ich nicht mehr davon.«

»Mir geht's großartig«, sagte Dessie. Sie konnte es nicht ertragen, dass ihr schon wieder jemand erzählte, was sie tun und lassen sollte. Schließlich war nicht sie diejenige, die in Gefahr war. »Habt ihr noch mal etwas gehört?«

»Nicht, seit du dich gestern danach erkundigt hast. Meine Liebe, ich verspreche dir, dass ich dir sofort Bescheid sage, wenn er sich meldet oder wenn auch nur das Geringste passiert, was irgendwie verdächtig ist.«

Aber Dessie ließ nicht locker. »Keine merkwürdigen Anrufe? Keiner, der euch gefolgt ist?«

»Nichts. Vielleicht hat er aufgegeben. Es ist jetzt schon lange ruhig, du hast ihm ja gezeigt, dass wir uns wehren können.«

»Möglich«, sagte Dessie, aber sie konnte Haddy ansehen, dass sie beide dasselbe dachten. Männer wie er gaben nicht auf. Sie machten weiter, bis die Frau, die sie als ihr Eigentum betrachteten, sich fügte. Oder starb. Aber vielleicht hatte Haddy recht, vielleicht war ihm klar geworden, dass seine Gegnerinnen zu stark waren. Haddy und sie waren ein fantastisches Team. Vielleicht hatte er eine andere Frau gefunden, die er quälen konnte.

»Was kochst du da?«, fragte Dessie. Sie musste an etwas anderes denken als an Gewalt, Männer und Komplikationen aller Art. Ohne

Männer wäre die Welt weniger kompliziert, ging es ihr durch den Kopf. Langweiliger natürlich auch, aber einfacher.

Haddy öffnete ihren riesigen Kühlschrank und nahm selbst gemachte Mayonnaise und kleine Döschen mit unbekanntem Inhalt heraus. Sie war beinahe ununterbrochen mit Kochen beschäftigt. Sie kochte, wenn sie wütend war, wenn sie sich freute und wenn sie gestresst war. Kochen war ihr Leben, darum stand sie auch in ihrer Freizeit meist in der Küche, entwickelte neue Rezepte, probierte verschiedene Geschmackskombinationen aus und lud Freunde ein.

»Ein Dressing«, antwortete sie und fing an, grüne Kräuter klein zu hacken. Der Duft von Petersilie und Basilikum zog durch die Küche.

»Essen wir das gleich?«, fragte Dessie hoffnungsvoll. Sie liebte Haddys Essen fast so sehr, wie sie Haddy liebte.

»Kann sein. Du kannst dir schon mal Cracker und Käse nehmen. Ich habe eine Zwiebel-Tomatenmarmelade gemacht, die du probieren kannst.«

Dessie holte eine Papiertüte mit Haddys selbst gemachten Körner-Crackern. Sie legte sie auf einen Teller und aß sie mit würzigem Käse und Marmelade. Bei Haddy wurde auch das simpelste Essen zu einem Kunstwerk aus Farben, Formen und Texturen. »Hammerlecker«, sagte Dessie zwischen zwei Bissen glücklich.

Haddy wandte sich wieder ihrer Arbeit zu. Sie vermengte die gehackten Kräuter mit Essig und zerdrückten Anchovis und rührte mit gleichmäßigen Bewegungen um. »Worum geht es denn nun? Bei diesem ätzenden Kunden, von dem du gesprochen hast.«

Dessie schob sich noch ein Stück des reifen Käses in den Mund und spürte, wie ihre Wangen sich vom Salz zusammenzogen. Aber sie konnte nicht noch mehr erzählen. Alles, was die Kunden betraf, unterlag strengster Geheimhaltung, und schon das bisschen, was sie Haddy gegenüber erwähnt hatte, war grenzwertig.

Es war alles Sams Schuld. Er brachte sie aus dem Gleichgewicht, sodass sie sich unsicher, dumm und unreif fühlte. Sie fand es demütigend, dass sie immer noch auf ihn reagierte. Dass sie sich daran erinnerte, wie er die Innenseiten ihrer Oberschenkel geküsst, wie er sie liebkost und ihren Namen geflüstert hatte, immer und immer wieder, während er in sie eindrang.

»Dessie? Hallo?«, sagte Haddy. »Bist du dir sicher, dass alles okay ist?«

»Mehr kann ich darüber nicht sagen.« Sie war außerstande zu denken. Sie war daran gewöhnt, stark und unverwundbar zu sein. Doch jetzt war sie ... alles andere als das. Es war schrecklich kompliziert. »Erzähl mir lieber, wie es bei deiner Arbeit läuft.«

»Gut. Viele Gäste, obwohl wir eine schlechte Rezension bekommen haben von diesem eingebildeten Restaurantkritiker, du weißt schon.«

»Der mit dem Ziegenbart?«

»Ja, obwohl ich an dem Tag nicht in der Küche war. Ich würde niemals Fisch servieren, der nicht durchgegart ist.« Haddy sah angeekelt aus.

»Natürlich würdest du das nicht tun«, sagte Dessie.

Dass Haddy ihrem Chef, einem angeberischen Sternekoch, mindestens einmal täglich den Arsch rettete, war etwas, was sie schon viele Male durchgekaut hatten. Er war im Fernsehen aufgetreten, hatte Bücher geschrieben und war vor allem bei älteren Damen populär – und in der Küche ein totaler Versager.

»Er brüllt und schreit und spielt sich auf, aber kochen kann er nicht«, konstatierte Haddy.

»Ich begreife nicht, dass die Leute ihn ertragen. Du, hast du noch was zu essen für mich? Ich habe einen Mordshunger.«

Haddy legte dünne Scheiben Trüffelschinken und Salami auf einen Teller, schnitt Gemüse in Streifen und gab ein paar Erdbeeren, Weintrauben und Nüsse dazu. »Iss ein paar Vitamine, die kannst du brauchen. Er ist ein Mann, und darum kann er das Restaurant halten. Weil wir in einem Patriarchat leben und das Leben ungerecht ist. Du weißt ja, die Geschlechterordnung.«

»Und weil es ihm gehört.«

»Das auch«, räumte Haddy widerstrebend ein.

Dessie schob sich von allem etwas in den Mund und kaute rasch. »Du bist ein Genie, und er ist ein Idiot.«

»Wem sagst du das.«

Dessie zeigte auf ein Tablett mit Probierhäppchen. Diese Küche war ein einziges Füllhorn an Delikatessen. »Was ist das da? Darf ich mir was davon nehmen?«

»Das ist eine Bestellung. Asiatische Tapas. Du darfst dir zwei nehmen.«

»Ich nehme drei«, sagte Dessie und steckte sie sich schnell in den Mund. »Du bist der Einstein der Kochkunst.« Sie wischte sich den Mund mit einer Serviette ab, holte sich Wasser und setzte sich wieder hin. »Wo sind Joyce und das Baby?«

Haddy schaute auf die Wanduhr. »Makena müsste jetzt jede Minute aufwachen.«

Im gleichen Augenblick gesellte sich Haddys kleine Schwester Joyce mit ihrer Tochter Makena zu ihnen. Joyce war an einer geheimen Adresse außerhalb der Stadt gemeldet und lebte unter falschem Namen, aber sie war am liebsten in Haddys Nähe. Teils, weil die ihr mit dem Kind half, teils, weil sie immer noch unter den Folgen ihrer Entführung litt. Sie hörte schlecht auf dem einen Ohr, hatte öfter Bauchschmerzen und konnte nicht alles essen.

»Und wie geht es dem süßesten Baby der Welt?«, fragte Dessie, ohne sich zu bewegen oder Joyce zu umarmen. Joyce hatte die Gewalterfahrung immer noch nicht verarbeitet und konnte schlecht mit abrupten Bewegungen und lauten Stimmen umgehen, und sie mochte nicht immer berührt werden, deswegen sprach Dessie leise und hielt sich zurück.

Sie betrachtete Joyce unauffällig. Immer wenn sie sie sah, suchte sie nach Anzeichen dafür, dass die jüngere Frau unter den Ereignissen litt. Aber heute lächelte Joyce, als sie ihr pummeliges Baby auf die andere Hüfte hob. Joyce war die Kleinste in der Familie Camara. Die insgesamt vier Schwestern und zwei Brüder lebten über die ganze Welt verstreut. Einige der Geschwister wohnten in den USA, in Frankreich und Schweden, während Mutter Camara nach Kenia zurückgegangen war. Haddy hatte die Verantwortung für Joyce übernommen, das geliebte Millenniumsbaby, das Kinder, Tiere und die Natur liebte und davon geträumt hatte, Tierärztin zu werden, bevor ihr ein Mann alle Träume und alles Selbstvertrauen raubte.

Die süße, liebe, zerbrechliche Joyce, die so viel hatte erdulden müssen. Dessie schnürte es die Kehle zu, wie immer, wenn sie daran dachte, was passiert war. Es war zum Kotzen.

»Uns geht es gut«, sagte Joyce und gab Dessie ein Wangenküsschen.

Dessie nahm ihr Makena ab und spürte, wie jedes Mal, einen Kloß im Hals. Makena bedeutete »Die Freude schenkt«, und wenn sie daran dachte, wie das Kind entstanden war, war sie unglaublich froh darüber, dass Mutter und Kind eine Beziehung hatten aufbauen können. Makena wurde geliebt, nicht nur von Tante Haddy und Tante Dessie, sondern auch von ihrer Mutter. Nicht alle Kinder, die bei einer Vergewaltigung gezeugt wurden, hatten dieses Glück.

Das Baby gluckste, und Dessie lachte. »Weißt du eigentlich, wie süß du bist«, sagte sie und küsste die weichen Wangen. Es war unmöglich, nicht mit diesem Baby zu schmusen. Sie rieb behutsam ihre Nase an einer runden Schulter. Makena nieste.

»Wie schläfst du jetzt?«, fragte Dessie Joyce.

»Viel besser.« Joyce trank ein Glas Saft und aß ein paar Weintrauben. »Ich mache einen Spaziergang.«

»Ich kann mitkommen«, sagte Dessie schnell.

Joyce schüttelte den Kopf, und Dessie musste sich damit zufriedengeben. Sie konnte sie nicht vor dem Leben behüten. Aber sie musste sich auf die Zunge beißen, um nicht zu rufen, sie solle da draußen vorsichtig sein.

»Mach dir keine Sorgen«, sagte Haddy und wischte die Arbeitsplatte mit einem Handtuch trocken.

»Mein ganzes Berufsleben dreht sich darum, mir Sorgen zu machen.«

Haddy biss in eine Tomate und schien den Geschmack zu analysieren. »Erzähl mir lieber von deinen Dates. Wie ist es neulich gelaufen? Ihr wolltet doch ein Bier trinken gehen?«

Dessie verzog das Gesicht. »Es ist nichts draus geworden.«

Haddy stemmte die Hand auf die Hüfte. »Schon wieder?«

»Er war ein Idiot«, rechtfertigte sich Dessie. »Und ich habe mit der Arbeit und dem Studium alle Hände voll zu tun. Ich habe gerade keinen Nerv für Männer.«

»Muss ich mir Sorgen um dein Sexleben machen?«, fragte Haddy. Sie hatte einen Salat gemischt und schnitt jetzt ein frisch gebackenes Sauerteigbaguette in dicke Scheiben.

»Quatsch. Das Einzige, worum du dir Sorgen machen musst, ist, dass ich verhungern könnte.«

»Du frisst mir gerade die Haare vom Kopf. Möchtest du etwas Pie? Ich habe einen mit Hühnchen, Mango und Curry und einen mit Grünkohl und Nüssen.«

»Ich nehme von jedem ein Stück. Und Brot, und von dem Dressing. Gibt es Nachtisch?«

Sie deckten gemeinsam den Tisch. Dessie strich sich aufgeschlagene, gebräunte Butter auf eine Scheibe Sauerteigbrot. »Ich habe einen Job, den ich liebe. Das können nicht viele von sich sagen«, sagte sie, den Mund voll mit dem besten Brot der Welt. Sie glaubte nicht daran, dass man alles haben könne. Nicht nach dem, was sie von der Welt gesehen hatte. Die meisten Menschen hatten so wenig, und sie war dankbar für das, was sie hatte. Ein Dach über dem Kopf. Freunde. Etwas zu essen.

»Der Job weiß nicht, wo die Klitoris sitzt«, erklärte Haddy, wobei sie die knusprigen Pies in großzügige Stücke teilte.

Dessie schnaubte. »Das, meine Liebe, wissen viele Männer ebenfalls nicht.«

»Traurig, aber wahr«, pflichtete Haddy ihr bei und stand auf, um Servietten zu holen.

»Und dann habe ich ja noch meine Haare.« Dessie knetete ihre Haare, für die sie sich heute eine ausgiebige und teure Pflege gegönnt hatte. Sie liebte ihre Haare. Dabei war sie keine übertrieben eitle Frau, aber sie war zehn Jahre lang schwitzend und stinkend in Tarnanzügen herumgelaufen. Jetzt holte sie Versäumtes nach.

»Stimmt. Du hast deine Haare, und das ist großartig. Fuck Klitoris.«

»Schön wär's.«

»Aber gib das Daten nicht auf. Irgendjemanden wird es ja geben, den du magst.«

»Kann schon sein«, sagte Dessie.

Ich will dich heiraten, Dessie. Ich kann ohne dich nicht leben. Dessie schob die Erinnerung an Sams Stimme aus der Vergangenheit weg, stürzte sich auf die Pies und prostete Haddy mit dem Wein zu, den diese ihnen eingeschenkt hatte. Sie wusste, dass sie eine Entscheidung treffen musste. Es war schwierig für sie, ständig in Sams Nähe zu sein. Sie könnte Tom anrufen und es ihm beichten. Aber das würde bedeuten, dass Sam gewonnen hatte, dass er sie erschüttert hatte, und sie war sich nicht sicher, ob sie damit leben konnte.

Sie würde später darüber nachdenken. Nach dem Wein, nach dem Wochenende. Nur nicht jetzt.

~ 7 ~

Sam war schon seit ein paar Jahren nicht mehr geflogen. Er ging zu Fuß, benutzte öffentliche Verkehrsmittel und fuhr, sooft es ging, mit dem Zug. Er war da gar nicht dogmatisch und nahm auch hin und wieder mal ein Taxi oder das Auto, aber er flog nicht. Sein Umweltbewusstsein hatte sich in langen Gesprächen mit seiner Mutter und mit Freunden ganz allmählich entwickelt und war mittlerweile – neben der Diversität – das Thema, über das er sich vorwiegend profilierte. Zudem hatte er entdeckt, dass er gern mit dem Zug fuhr. Es war eine umweltfreundliche Art zu reisen und außerdem konnte man in der Bahn in aller Ruhe arbeiten, dachte er, als er durch das Fenster sah, hinter dem die frühsommerliche schwedische Landschaft vorbeiglitt. Leo hatte ihnen ein ganzes Erste-Klasse-Abteil reserviert, sodass sie sich mit Laptops, iPads und Kaffeetassen ausbreiten konnten, ohne jemanden zu stören oder gestört zu werden. Hin und wieder gönnten sie sich diesen Luxus. Sam nutzte dann auch die Zeit, um im Zug Besprechungen abzuhalten. Mit Angestellten, die mit ihm zusammen reisten, oder auch online.

»Hast du die Pressemitteilung gelesen?«, fragte er Leo, der ihm gegenübersaß.

»Ich kann dir den neuesten Entwurf schicken, mit meinem Input.« Leo wischte über sein iPad.

In einem Monat wollten sie ein großes neues Hotel in Stockholm eröffnen, Lux by Mälaren. Das war Responsibilitys bislang größte Investition. Und zugleich Sams prestigeträchtigstes Projekt, mitten auf Blasieholmen, zwischen dem Grand Hotel und dem Nationalmuseum und gegenüber vom Königlichen Schloss. Sein Baby. Alle im Unternehmen wussten, dass das wichtig für ihn war, aber es verstand wohl niemand so ganz, wie viel es ihm wirklich bedeutete. Dieses Hotel ... Es war sein Traum, sein Ziel. Seine endgültige Revanche an allen, die ihn fertigmachen wollten. Sie hatten hart dafür gearbeitet, dass möglichst viel Presse zur Eröffnung kam. Teils natürlich, weil das zu einer guten Unternehmenskultur gehörte, aber auch, damit alle sahen, dass er, Sam Amini aus Akalla, der Bürgerschreck aus dem Fernsehen, es geschafft hatte.

»Ich habe mit den Kollegen im Marketing und Vertrieb ein paar Ideen gesammelt. Wir ziehen das ganz groß auf, du landest mit dem Hubschrauber, und es gibt riesige Springbrunnen.«

»Springbrunnen?«

Leo nickte eifrig. »Ja, man kann die mobil aufbauen. Wir engagieren coole Artisten und verteilen schweineteure Goodie Bags. Tausend Gäste, bergeweise Essen und Trinken. Und aus den Springbrunnen schießt gefärbtes Wasser.«

»Äh«, sagte Sam, unsicher, ob Leo ihn auf den Arm nehmen wollte. Leo war heute im Rock. Einem »Männerrock« zwar aus dunkelblauem Jeansstoff und mit einer Menge Haken, Ösen und Bändern, aber trotzdem. Es sah ungewohnt aus. »Halt mich mit den Details auf dem Laufenden. Ich gehe meine Rede noch ein letztes Mal durch, dazu hatte ich bisher noch keine Zeit.« Es brannte gerade an allen Fronten, aber das kam ihm entgegen und spornte ihn an. Er sollte heute einen Preis der Stadt Malmö für sein Engagement für Diversität entgegennehmen. Darauf war er verdammt stolz. »Und noch etwas, Leo.«

»Ja?«

»Kein Hubschrauber.«

Leo schien nicht überzeugt. »Mal sehen. Aber du, ich habe mit Malmö gesprochen. Du hast einen Termin zum Mittagessen mit dieser Fotografin, Ana, die du treffen wolltest. Da könnt ihr euch unterhalten und etwas essen, bevor sie die Fotos macht.«

Ach ja, Ana. »Gut.«

Die Gala mit der Preisverleihung war heute Abend. Vorher wollten sie noch neue Pressefotos machen und hatten beschlossen, Ana Leijonborg damit zu beauftragen, eine avantgardistische Newcomerin. Ein bisschen frech und verrückt sollten die Bilder werden, hatte Leo gesagt. Sam war sich nicht ganz darüber im Klaren, was das bedeutete.

»Diese Fotos ... bist du dir sicher?«, fragte er, auf einmal verunsichert.

»Das wird der Hammer«, sagte Leo überzeugt. »Eine Stylistin kommt auch, wegen Make-up und Klamotten.«

»Make-up?«

Leo warf ihm einen gequälten Blick zu, einen von der Sorte, die Jugendliche für verknöcherte Alte reservierten, deren Schwerfälligkeit nur mühsam zu ertragen war. »Ja, Sam, wir haben das doch besprochen.«

»Und was stimmt nicht mit meinen eigenen Sachen?« Er trug eine graue Hose und ein schwarzes Hemd und fand selbst, dass er unverschämt gut aussah.

»Besprich das mit der Stylistin. Und versuch, open minded zu sein. Das ist Promotion.«

»Du hast gut reden, du musst dich ja nicht zum Affen machen.« Er betrachtete Leos behaarte Beine, die unter dem Rock hervorschauten. »Bei Fransen mache ich aber nicht mit. Und bei Epauletten.« Kein Mann, der sie noch alle hatte, trug so etwas.

Leos Handy klingelte, und er setzte seine Ohrstöpsel ein. Sam schaute aus dem Zugfenster, sah die Menschen auf dem Bahnsteig, das saubere, hübsche Schweden, das er so lieb gewonnen hatte. Er dachte daran, wie seine Mutter und er in Schweden angekommen waren. Man hatte sie in ein Flüchtlingslager in Laxå geschickt, eine kleine schwedische Ortschaft mitten im Wald. Sie waren nur zu zweit, seine Mutter und er. Damals war sie jünger gewesen als er heute. Eine entschlossene, mutige Frau allein mit ihrem Sohn in einem fremden Land. Als sie ankamen, war es Winter gewesen, und seine Mutter hatte Angst gehabt, er könnte erfrieren. Nichts hätte sich mehr vom Menschengewimmel der Millionenstadt Teheran unterscheiden können als das verschneite Laxå. Für sie war alles exotisch und ungewohnt gewesen. Die Farben. Die neuen Düfte, oder vielmehr der Mangel an Düften. Die Menschen.

An sie erinnerte er sich bis heute am besten. All diese blonden, blauäugigen Menschen, die eine Sprache sprachen, die er nicht verstand.

Sam starrte aus dem Fenster. Gewöhnlich mochte er die Ruhe, die ihm eine Bahnreise vermittelte. Aber heute fiel es ihm schwer, seine Gedanken zu sammeln. Er schaute zu Dessie hinüber.

Schon wieder.

Bis Malmö dauerte es noch mehrere Stunden, und es würde eine lange Reise werden, wenn er es nicht schaffte, sich zu fokussieren, sondern dasaß und seine Leibwächterin anstarrte. Er war sich nicht sicher gewesen, ob sie überhaupt aufkreuzen würde. Doch sie war hier. Und sie hatte ihm in einer kurzen Ansprache ihre zukünftige Rollenverteilung klargemacht: »Ich bin der Teamleader. Ich trage die Verantwortung. Ich sorge dafür, dass du am Leben bleibst und in Sicherheit bist. Ich kümmere mich *nicht* um deinen Kram, ich trage nichts, bewache keine Sachen und halte keine Türen auf.« Ihre Miene war unerbittlich gewesen.

Er eiste seinen Blick von Dessie los, öffnete ein Dokument auf seinem Laptop und studierte die geheimen Zahlen darin. Es ging darin um ein Projekt, das er plante, ein Geschäft, von dem niemand wusste. Zu sagen, dass es dabei um etwas Wichtiges ging, wäre die blanke Untertreibung, und das Projekt sollte eigentlich seine Aufmerksamkeit fesseln und ihn Zeit und Raum vergessen lassen, aber sein Gehirn verweigerte die Zusammenarbeit, denn es wollte wissen, was Dessie gerade trieb. Wieder schaute er zu ihr hinüber. Dessie. Seine erste Liebe. Seine erste und intensivste Sexfantasie. Früher einmal sein Ein und Alles.

Sie hatten sich die ersten beiden Jahre auf dem Gymnasium im Nobelvorort Danderyd aus der Ferne beäugt. Zögerlich und scheinbar desinteressiert. Erst danach kamen die Dinge ins Rollen. Es war auf einer Schulveranstaltung, einem Ausflug zu irgendeinem historischen Gebäude in Stockholm. Plötzlich hatten sie beide zusammen auf einer Bank gesessen und sich unterhalten. Er hatte sie unverwandt angeschaut. Die anderen waren weitergegangen, aber Dessie und er waren sitzen geblieben. Es war kalt gewesen, und sie hatte gefröstelt. Er hatte einen Arm um sie gelegt, und sie hatte sich an ihn gelehnt. Wenn er die Augen schloss, konnte er immer noch die Empfindungen heraufbeschwören, die damals in ihm aufgestiegen waren. Lust, Erstaunen und Freude.

»Meine Eltern sind am Wochenende auf dem Land«, hatte sie ihm ein paar Tage später zugeflüstert. Da hatten sie schon jeden Tag miteinander gesprochen. Hatten draußen unschuldig herumgeknutscht, heimlich. »Meine Schwester auch. Wollen wir zu mir nach Hause?«

In der Villa ihrer Eltern hatte sie ihm Kakao und Butterbrote angeboten, und dann hatten sie sich geküsst. Er wusste gar nicht mehr, von wem das ausgegangen war. Nach einer Weile hatte sie seine Hand genommen und ihn in ihr Zimmer geführt. Er war ihr erster Freund gewesen und hatte solche Angst gehabt, er könne etwas falsch machen, nicht gut genug sein. Aber zwischen ihnen war es unkompliziert und entspannt im Bett gewesen, wie bei zwei echten Seelenverwandten. Danach waren sie zusammen, auch wenn sie ihre Beziehung für sich behielten. Dieses Schulhalbjahr war die beste Zeit in Sams Leben gewesen.

Er sah zu der fünfzehn Jahre älteren Ausgabe von Dessie Dickson hinüber. Er hatte sie so sehr geliebt, ihr rückhaltlos vertraut.

Er klappte den Laptop zu und schaute wieder aus dem Fenster. Heute Morgen hatte er mit seiner Mutter gesprochen und wie immer hatte ihn das aus der Balance gebracht. Sie lag ihm ständig wegen Enkelkindern in den Ohren, und wie immer war es ihm nicht gelungen, einfach darüber hinwegzugehen. Sie hatte sich abgerackert, um ihnen ein gesichertes Dasein zu ermöglichen. Und er war kein besonders guter Sohn gewesen. Er versuchte sein schlechtes Gewissen zu beruhigen, indem er ihr Geschenke machte, aber sie wollte weder teure Kleidung noch Schmuck. »Enkelkinder, Sam, ehe ich sterbe«, hatte sie gesagt, bevor sie auflegten. Es reichte ihr nicht, dass ihr Sohn den schwedischen Traum verkörperte. Dass er den Umstand, dass das Studium in Schweden kostenlos war, genutzt und eine zweite Chance bekommen hatte. Oder eigentlich eine fünfte, sechste und siebte Chance, um ehrlich zu sein. Und sie ergriffen hatte. Er war an der Universität angenommen worden, und heute war er jemand – eine bedeutende Persönlichkeit. Ein Mann mit Geld, Macht und Privilegien. Aber seine Mutter interessierte sich nur dafür, dass er heiratete und Kinder bekam, und zwar möglichst viele. Doch seine letzte Freundin hatte ihn mit den Worten verlassen: »Du lässt mich nicht an dich ran.« Sie hatte recht. Und Kinder ... Kinder waren wirklich das Letzte, woran er einen Gedanken verschwendete. Wenn seine Mutter das wüsste, würde sie ihn umbringen. Vielleicht sollte er Dessie und ihr Team auf Lebenszeit anstellen, damit sie ihn vor ihr beschützten.

Leo hatte aufgelegt und begegnete seinem Blick.

»Frauen sind so was von kompliziert«, sagte Sam mit Nachdruck.

»Ich weiß.«

»Wirklich?« Irgendwie war Sam davon ausgegangen, dass Leo schwul war. Sein extravaganter Stil, seine lackierten Fingernägel, der Rock. Vielleicht hatte er sich geirrt. Vielleicht hatte Leo ja zehn Frauen an jedem Finger. Schön für ihn.

»Was hältst du von den Drohungen?«, fragte Sam ihn mit einem weiteren Seitenblick auf Dessie.

»*Sie* scheint sie ernst zu nehmen.«

»Ja.«

Dessie hatte einer Eliteeinheit angehört. Sam konnte es immer noch nicht fassen. Es passte einfach nicht in das Bild, das er sich von solchen Menschen machte: große, muskulöse Männer, die den Nahkampf trainierten und Schurken erschossen. Hatte sie so etwas gemacht? Das konnte man sich überhaupt nicht vorstellen, wenn man sie so sah.

Sie schaute aus dem Fenster, und sein Blick blieb an ihr hängen. Früher hatte er sie stundenlang anschauen können, hatte nie genug bekommen von der Form ihrer Wangenknochen, der Nasenlinie, den dunklen Wimpern, die mit ihrem hellen Haar kontrastierten. Es hatte eine Zeit gegeben, da hatte es sich für ihn so angefühlt, als ob er dazu geboren wäre, sie zu lieben, als ob er allein dafür auf der Welt wäre. Es war eine schwindelerregende Empfindung gewesen. Nicht nur angenehm, sondern auch beängstigend.

Sam schaute auf seine Hände herab. Hinter ihm lag ein lausiges Wochenende. Er hatte ein misslungenes Date gehabt, das er vorzeitig beendet hatte, ohne dass er eigentlich wusste, weshalb. Sie war ein nettes Mädchen, mit dem er sich schon verschiedentlich getroffen hatte, aber diesmal hatte er nur nach Hause gewollt. Die restliche Zeit hatte er darüber nachgegrübelt, ob er Feinde hatte, die ihn in Malmö ermorden wollten. Er wollte noch nicht sterben. Zum einen würde seine Mutter ihm das nie verzeihen, zum anderen hatte er noch so viele Pläne. Sein Wunsch nach Erfolg war so übermächtig, dass es ihn manchmal erschreckte. Denn wenn seine Pläne fehlschlugen – was sollte er dann anfangen?

Außerdem hatte er am Wochenende viel zu viel an Dessie gedacht. Nachdem er anfangs Unbehagen und Zorn verspürt und sich gewünscht hatte, ihr das Leben möglichst schwer zu machen, war seine Stimmung plötzlich umgeschlagen, und er freute sich auf ihr Wiedersehen.

»Was ist?«, fragte Leo.

»Nichts. Wieso?«

»Du runzelst die Stirn und schneidest Grimassen.«

»Ich habe an das Fotoshooting gedacht«, log er.

Dessie musterte sie beide und ließ dann den Blick umherschweifen.

»Willst du die ganze Reise über stehen bleiben?«, rief Sam ihr zu, ohne sich darum zu scheren, dass Leo ihn erstaunt ansah.

Dessie zögerte, kam dann aber zu ihnen und setzte sich mit geradem Rücken auf die äußerste Kante des Sitzes, wie eine Elitegymnasiastin.

»Also, Leibwächterin?«, sagte er.

»Also, Hotelboss.«

Sam zuckte mit den Schultern. Keiner von ihnen lebte so, wie ihr Umfeld es von ihnen erwartete.

Wie hätte sein Leben ausgesehen, wenn aus ihnen beiden ein Paar geworden wäre? Hätten sie überhaupt eine Beziehung führen können, auch wenn Dessie ehrlich gewesen wäre? Wenn man ihn nicht eines so abscheulichen Übergriffs beschuldigt hätte, sodass er unmöglich an die Schule zurückkehren konnte? Wenn Dessie ihn verteidigt hätte? Wenn sie für ihn und für sie beide gekämpft hätte? Junge Menschen waren oft mit ihren Beziehungen überfordert, wenigstens das hatte er bei der Dokusoap gelernt. So viel Drama, so viele Konflikte, so viele Missverständnisse.

Nach Dessie war er mit so einigen Frauen zusammen gewesen, nicht mit übermäßig vielen, aber genug, um zu erkennen, dass das, was er und Dessie gehabt hatten oder wovon er zumindest *glaubte*, dass sie es gehabt hatten, etwas Außergewöhnliches gewesen war. Wenn er Dessie nie kennengelernt hätte, hätte er sich vielleicht mit weniger zufriedengegeben und ein ganz gewöhnliches Mädchen geheiratet, wäre ein gewöhnlicher Mensch mit einem gewöhnlichen Herzen gewesen.

Sein Handy piepte. Er warf einen Blick auf die Nachricht. Unbekannter Absender. Zuerst hielt er es für einen Reminder oder Spam, aber dann erstarrte er. Langsam las er noch einmal.

> *Du Arabersau. Pass auf, wenn du das nächste Mal auf die Straße gehst, du stinkender Verräter. Wir schlitzen dich auf, wie so ein Kadaver wie du es verdient hat.*

»Was ist los?« Dessie stand neben seinem Sitz.

Sam blickte auf.

»Sam? Was ist passiert?«

Er zeigte ihr das Smartphone mit der Nachricht. Sie las sie schweigend und machte einen Screenshot. »Darf ich das an mich weiterleiten?«

Sam nickte.

Sie gab ihm das Handy zurück. »Es tut mir leid«, sagte sie ernst.

Sam versuchte die Drohung abzuschütteln, was ihm aber nicht ganz gelang.

»Du«, sagte sie und ging vor ihm in die Hocke. »So eine Drohung ist richtig übel. Du solltest Anzeige erstatten.«

Sam schnaubte.

»Können wir Malmö noch einmal durchgehen?«, fragte sie sanft.

»Mittagessen, Fotoshooting, Interview, Auszeichnung, Zug nach Hause«, sagte er kurz, wobei ihm innerlich immer noch ganz kalt war. Dieser verfluchte Rechtsextremismus. Die Leute kapierten einfach nicht, wie weitverbreitet und wie abstoßend der war. Für manche war er bloß ein theoretisches Problem, doch für Sam war es eine Frage auf Leben und Tod. Es ließ sich nicht leugnen, dass er Angst hatte, und das war unglaublich hart.

Dessie kratzte sich an der Stirn, sah ihn besorgt an und sagte dann genau das, was sie schon öfter gesagt hatte: »Das Beste wäre, wenn du gar nicht erst zu dem Event gehen würdest. Besonders nach dieser Nachricht. Sie klingt wie eine ernst gemeinte Morddrohung.«

Aber Sam hatte sich schon einverstanden erklärt, auf das Get-together hinterher zu verzichten und die Oper so schnell wie möglich wieder zu verlassen. Noch mehr Zugeständnisse konnte er nicht machen, jedenfalls nicht in diesem Fall und vor allem nicht jetzt, egal, was Dessie sagte. »Das habe ich verstanden. Aber ich muss die Auszeichnung entgegennehmen, und ich muss meine Rede halten. Es geht hier immerhin um Diversität, und da wäre es ein völlig falsches Signal, wenn ich mich wegen rechtsextremistischer Drohungen nicht trauen würde aufzutreten. Kannst du mit einer Situation wie dieser umgehen?«, fragte er. »Falls es gefährlich wird, meine ich.«

Dessies Kiefer mahlten.

Er drehte die Handflächen nach oben, um zu zeigen, dass er friedliche Absichten hatte. »Das sollte keine Beleidigung sein. Ich möchte es wirklich wissen. Das alles ist für mich ziemlich neu.«

Dessie bedachte ihn mit einem kühlen, stahlgrauen Blick, aus dem alles Sanfte gewichen war. »Falls jemand dich angreift, dann: ja, ich kann damit umgehen.«

»Verstehe.«

Sie *konnte* also damit umgehen. Sam hoffte nur, dass sie es auch *wollte*.

~ 8 ~

Dessie war sauer, weil Sam an ihr zweifelte, weil er sie gezwungen hatte, ihn zu begleiten, weil sie am Wochenende hatte arbeiten müssen, um diese Reise vorzubereiten.

Sauer, sauer und noch mal sauer.

Leo linste fragend zu ihr hinüber, aber sie ignorierte ihn. Der Junge war okay, aber sah man ihr denn nicht an, dass sie *sauer* war?

Sie blickte sich um. Sie würde sich wie ein Profi verhalten, auch wenn sie sowohl den Kunden als auch den Auftrag hasste.

Wenn sie aus dem nächsten Bahnhof hinausfuhren, würde sie eine Runde durch die Waggons gehen, beschloss sie. Jedes Mal, wenn der Zug hielt und Passagiere ein- und ausstiegen, bedeutete das ein Risiko. Am Wochenende hatte sie ein Team von Lodestar nach Malmö geschickt. Zwei Männer, die sondiert hatten, wo an der Strecke Krankenhäuser lagen, ob Skånes Universitätskrankenhaus Blut in Sams Blutgruppe vorrätig hatte und welche Polizisten sie in der Stadt kannten, und die das Hotel überprüft hatten. Sämtliche Informationen lagen verschlüsselt auf Dessies iPad. Das Team würde am Hotel auf sie warten. Sie selbst hatte versucht, noch mehr über Sam in Erfahrung zu bringen, da er nun einmal zu ihren VIP-Kunden gehörte. Es gab aber nichts. Keine Kriminalität, nicht den kleinsten Gesetzesverstoß. Ein vier Jahre altes Knöllchen wegen Falschparkens war alles, was sie hatte ausgraben können.

Sam musterte sie mit seinen unergründlichen Augen. Sie ließ sich nicht anmerken, dass sie das bemerkte. Dies war ihre Arbeit, und da waren ihre Gefühle ausgeschaltet. Ein merkwürdiger Zustand: Man war gleichzeitig hellwach und gelangweilt. Natürlich wollte sie nicht, dass etwas passierte, andererseits liebte sie aber auch Action.

Davon mal abgesehen, hätte sie im Augenblick sogar Kabul vorgezogen.

Sie schielte zu Sam hinüber. Nach der Dokusoap hatte er sich vorübergehend als Unterhosenmodel durchgeschlagen, und sie hatte sich die Bilder angesehen. Sam Amini hatte unleugbar einen schönen Körper. Aber das hatte sie ja schon immer gewusst.

Heute trug er Grau und Schwarz. Als er an ihr vorbeiging, stieg ihr der Duft seines Aftershaves in die Nase. Es war eng hier, und sein Arm streifte ihren Ärmel. Sie trug ihre gewohnte Kleidung für Einsätze als Leibwächterin. Einen Blazer, den sie etwas zu groß gekauft und dann von einem Schneider hatte ändern lassen, sodass sie das Funkgerät, Handfesseln, Schlagstock und gegebenenfalls weitere Waffen so bequem wie möglich am Körper tragen konnte. Die Welt, in der sie lebte, war männlich geprägt. Männer waren die Norm, und praktisch alles musste für Dessie geändert werden. Auch ihre dünne Schutzweste war speziell für weibliche Formen und Brüste gemacht. Sie endete oberhalb der Taille, und auf ihrem Rücken trug sie einen schmalen Teleskopschlagstock am Gürtel.

Sie hatte erwartet, dass Sam einfach an ihr vorbeigehen würde, aber er blieb stehen, sodass nur wenige Zentimeter sie voneinander trennten. Er hatte breite Schultern, und sie erinnerte sich daran, wie sie sich mit den Nägeln in diesen Schultern festgekrallt, die Augen geschlossen und sich hingegeben hatte.

»Es ist schon komisch, sich wieder zu begegnen, findest du nicht?«, fragte er leise.

»Schon.« Dieser Blick ... Sie vertraute Sam nicht. Kein bisschen. Vielleicht nicht einmal sich selbst.

»Wo willst du hin?«, fragte sie.

»Mir die Beine vertreten«, antwortete er und öffnete die Tür zum nächsten Wagen.

Dessie folgte ihm, wobei sie ihre Mitpassagiere mit Argusaugen beobachtete. Als sie wieder zurück im Abteil waren, setzte er sich wieder an den Computer.

»Warum wolltest du mich eigentlich dabeihaben?«, fragte sie. Sie verstand es nicht. Was verheimlichte er ihr? Zwar schien er eine blütenweiße Weste zu haben, aber ihrer Erfahrung nach hatte jeder Mensch irgendetwas zu verbergen.

Sam hob den Blick und sah sie lange an. »Ich wünschte, ich wüsste es«, sagte er schließlich und wandte sich wieder seiner Arbeit zu.

~ 9 ~

Sam strich mit der Hand über die Tischplatte. Sie war aus recyceltem schwedischem Holz, das früher einmal Träger, Balken und Fußböden alter Gebäude gewesen war. Er hatte den Lieferanten selbst ausgesucht. Diese Art von Entscheidungen traf er für alle seine Hotels und hatte auch selbst das Konzept entworfen. Darauf legte er Wert – und darauf beruhte zu einem großen Teil sein Erfolg. Alles sollte die Werte des Unternehmens vermitteln. Nachhaltigkeit. Qualität. Teilhabe. Seine Finger strichen über sein Messer. Das Besteck war secondhand, und ihr Geschirr bezogen sie von verschiedenen Handwerkern vor Ort.

Diese Dinge waren so völlig anders als das, was er von zu Hause gewohnt war. Seine Mutter bevorzugte persisches Porzellan und bunte Gegenstände mit Ornamenten. Azurblau, Karmesinrot und Gold. Er selbst war, wie immer, zwischen dem Schwedischen und dem Persischen hin- und hergerissen. Er feierte Nowrouz, das persische Neujahrsfest, hatte immer Granatäpfel im Haus und las persische Gedichte. Aber er liebte auch Hering mit neuen schwedischen Kartoffeln, hörte den Radiosender P1 und war in der schwedischen Innenpolitik auf dem Laufenden. Er hasste Wespen, hatte aber jedes Jahr wieder Sehnsucht nach dem schwedischen Sommer, während er, wann immer er konnte, in den Stockholmer Vorstädten Reis, Gewürze und Safraneis einkaufte. Er war immer sowohl als auch. Weder noch. Er lebte in einem Zwischenbereich, den er mit vielen anderen mit ähnlichem Hintergrund teilte. Er selbst verschwendete daran kaum einen Gedanken. Es waren immer andere, die ständig wissen wollten, wo er ursprünglich herstammte, wie er zu Ehrenmorden stand (äh ... er war dagegen, wie jeder normale Mensch) und warum er kein Schweinefleisch aß.

Er hatte den Hotelchef begrüßt und einen Rundgang gemacht, während Dessie ihm wie ein Schatten gefolgt war und die anderen Leibwächter sich irgendwo im Hintergrund gehalten hatten. Jetzt wollte er eigentlich mit der Fotografin Ana Mittag essen, aber sie hatte ihm gesimst, dass sie sich verspäten würde.

Das Hotelrestaurant war bis auf den letzten Platz besetzt, worüber er sich freute. Sie hatten hart für diesen Erfolg gearbeitet. Lokale Produkte, ein bekannter schonischer Küchenchef, eine durchdachte Einrichtung und eine Speisekarte, die sowohl neue Kreationen als auch Altbewährtes enthielt. Das Personal kümmerte sich effizient und freundlich um die Gäste.

Dessie stand ein Stück entfernt und ließ ihren Blick unauffällig durch den Raum schweifen. Die Restaurantgäste waren Geschäftsleute, Arbeitskollegen und einige Väter und Mütter in Elternzeit mit ihren Babys. Sam konnte keinerlei Bedrohungen entdecken, aber was wusste er schon davon.

Dessie wandte ihren Kopf zu einem schreienden Kind. Sie strich sich mit der Hand übers Haar, und Sams Blick blieb an ihrer Bewegung hängen. Ihre Haarfarbe war im Laufe der Jahre dunkler geworden und hatte jetzt einen tieferen Goldton, wie flüssiger Honig oder ein Feld im Spätsommer, aber sie war immer noch einzigartig, jedenfalls für ihn.

Was wäre wohl passiert, wenn seine Mutter ihn nicht gezwungen hätte, die Schule zu wechseln? »Sam, du sollst in eine Schule mit schwedischen Schülern gehen«, hatte sie gesagt. Er hatte protestiert. Damals hatten sie wegen allem und jedem gestritten. Aber seine Mutter war hart geblieben. So war sie oft. Unerschütterlich. »Du musst gutes Schwedisch lernen. Du gehst auf ein anderes Gymnasium. Keine Diskussion.« Und damit war die Sache entschieden. Sam hatte keine Ahnung, was ihn erwartete. Er hatte noch nie so viele Schweden auf einmal gesehen. Ein Meer aus weißen Teenagern. Ein Klassenraum, in dem es bedeutend ruhiger zuging, als er es gewohnt war. Eine blonde Lehrerin. In den Pausen hatte Sam versucht, sich cool zu geben, aber in Wahrheit hatte er keine Ahnung, wie er sich verhalten sollte. Er hatte Heimweh nach seiner alten Schule, wo Schüler und Lehrer viele verschiedene Sprachen sprachen, wo die Abwesenheit von Erwachsenen, der Mangel an Freizeiteinrichtungen und Wohlstand den Umgangston rau, aber verständlich gemacht hatten. Mit mühsam erkämpfter Ruhe hatte er seine Mitschüler beobachtet und versucht, die Codes zu lernen. Alle hatten teure, gut sitzende Klamotten gehabt, während er selbst meist gebrauchte Sachen trug. Damals galt das als uncool, aber sie waren arm und die Haushaltskasse war am Monatsende immer im Minus gewesen. Er hatte sich ein Mädchen mit sonnengebräunten Armen und blonden Haaren ausgeguckt, das keinen allzu feindseligen Eindruck machte. Dessie.

Sam schaute wieder auf die Tischplatte hinunter. Als sie sich zum ersten Mal begegneten, waren sie sechzehn. Praktisch noch Kinder. Sam hatte mit dem Akzent der Vorstädte gesprochen und feststellen müssen, dass die Schüler in der neuen Schule Wörter benutzten, die er nicht einmal kannte. Dessie war Klassenbeste in Schwedisch.

Jetzt, viele Jahre später, warf Sam Dessie einen Blick zu, wie sie mit geradem Rücken in seinem Restaurant stand, umgeben von den Beweisen für seinen Erfolg.

Er fing ihren Blick auf.

»Was?« Ihre Stimme klang wachsam.

Er erinnerte sich, dass sie am ganzen Körper Sommersprossen hatte, die er einst mit dem Finger nachgezeichnet und gezählt und geküsst hatte. Damals war Dessie nicht wachsam gewesen, sondern zutraulich, und sie hatte vor Lust geglüht.

Sam machte eine Kopfbewegung zum Stuhl, der ihm gegenüber stand. »Würdest du bitte näher kommen?«

Natürlich setzte sie sich nicht. Diese Frau war so stur wie ein Esel, immer schon.

»Was willst du?« Wieder blickte sie sich um, als ob jederzeit ein Meuchelmörder auftauchen könnte. Was ja, rein theoretisch, auch passieren könnte. Ein mordlustiger Rechtsextremist, der Muslime, Juden, Frauen und wer weiß wen noch alles hasste. Vermutlich vor allem sich selbst.

»Hast du etwas gesehen?«

»Nein. Aber ich würde gerne meine Arbeit machen. Und das geht am besten ein paar Schritte entfernt.« Sie machte Miene zu gehen.

»Meine Verabredung hat sich verspätet.«

»Sam ...«

»Warte!« Er musterte sie.

»Was starrst du mich so an?«, fragte sie. Sie klang verärgert.

Er freute sich, dass er sie aus der Ruhe brachte. »Ich versuche zu sehen, wie du dich verändert hast.«

Ihre Augen wurden schmal. »Ich bin älter. Smarter. Wir haben uns alle verändert. Alles andere wäre ja auch seltsam.«

»Mag sein. Siehst du hier jemanden, der eine Bedrohung für mich darstellt?«

»Nein. Aber es könnte passieren, und so etwas kann schnell gehen.«

Ein Teil von Sam war immer noch der Meinung, dass er überreagiert hatte. Es kam ihm so unwirklich vor, mit einem Team aus Leibwächtern durch die Gegend zu fahren. Allerdings galt das heutige Event schon wegen des Themas als Hochrisikosituation. Abartig, dass das der Auslöser für Drohungen und Gewalt sein sollte.

»Glaubst du denn, dass eine konkrete Gefahr besteht?«

»Ich weiß es nicht, Sam. Aber wenn du meine Meinung hören willst – ja, du solltest vorsichtig sein. Das ist mein Gefühl.«

»Gefühl?«

Sie zuckte die Schultern. »Manchmal muss man sich darauf verlassen, auf seinen Instinkt. Seine Erfahrung.«

»Und auf so etwas verlässt du dich?«

»Meine Instinkte haben mir schon mindestens zweimal das Leben gerettet.«

Er wusste nicht, ob sie ihn auf den Arm nahm. »Ist das dein Ernst?«

Sie hob die Hand und zeigte auf ihre Augenbraue.

Sam beugte sich vor. »Was ist das?«, fragte er und versuchte, ihren Duft zu ignorieren. Als er ihr das erste Mal begegnet war, hatte sie geduftet wie die dunkelroten Rosen, die am Rand des Pausenhofs blühten. Frisch und sommerlich. Jetzt traf ihn ein Hauch von schwereren Nuancen. Komplexer. Kein Mädchen mit fröhlichen Augen und einem Duft von lieblichen Blumen, sondern eine ernste Frau mit einer gewalttätigen Vergangenheit.

»Eine Kugel, die ihr Ziel verfehlt hat. Eine Narbe, wo sie mich versengt hat.« Sie beugte sich zurück, als ob sie die Distanz zwischen ihnen wahren wollte.

»Sie hat ihr Ziel nicht ganz verfehlt«, bemerkte er. Es war eine ziemlich große Narbe. Furchterregend.

»Ich habe gespürt, dass er schießen würde, und habe mich zur Seite geworfen. Hätte ich nicht auf diese Vorahnung vertraut, würde ich heute nicht hier sitzen.« Dessie lächelte schmal. »Dann hättest du jetzt einen anderen Leibwächter. Ganz schönes Glück, oder?«

Doch Sam fiel es schwer, ihr Lächeln zu erwidern. Dessie hätte sterben können, ohne dass er etwas davon erfahren hätte. Niemand hätte ihm davon erzählt. Dann hätte er in einer Welt ohne Dessie gelebt und es nicht einmal gewusst. Vielleicht hätte er irgendwann einmal auf Umwegen davon erfahren. *Erinnerst du dich an Desirée Dickson? Sie ist tot. Erschossen.* Es warf ihn fast um. Aber es dauerte eine Weile, bis er begriff, warum. Dann ging ihm auf, dass er sich für sie beide einen Abschluss wünschte. Er musste erst darüber nachdenken. Doch ja, so war es. Das, was zwischen ihm und Dessie geschehen war, war noch nicht vorbei.

Er war froh, dass sie lebte, dass sie hier stand und mit ihm sprach. Als er sie in Toms Büro gesehen hatte, war er zuerst schockiert und dann wütend gewesen. Womöglich war er sogar immer noch ein bisschen wütend, aber er wollte ihr nicht mehr das Leben schwer machen, sich nicht wie ein Arschloch verhalten. Vielleicht wollte er sie ein bisschen aus der Fassung bringen und das Gleichgewicht zwischen ihnen wiederherstellen, das Gefühl haben, dass er sich einen Teil der Macht zurückholte, die sie ihm gestohlen hatte. Aber er wollte ihr nicht schaden. Und mehr als alles andere wollte er verstehen, was zwischen ihnen geschehen war, wollte ihre Geschichte begreifbar machen.

Wieder blickte sie sich um, ließ ihren Blick durch den Raum schweifen, bei bestimmten Personen verweilen und über andere hinweggleten. Sie blinzelte nicht und sah vollkommen seriös aus, und Sam stellten sich die Nackenhaare auf. Einmal war er auf offener Straße angegriffen worden. Ein Verrückter hatte sich schreiend auf ihn gestürzt. Dabei war eins von Sams Lieblingshemden zerrissen, das war aber auch schon alles. Er hatte keinen Personenschutz gehabt, und das Ganze war schon nach wenigen Sekunden vorbei gewesen. Der Mann war weitergegangen, während Sam dastand, zittrig vom Adrenalin, aber unverletzt. Sollte ein Gewalttäter ihn hier und heute angreifen, würde Dessie ihn, ohne zu zögern, verteidigen.

»Du lächelst«, sagte sie.

»Tue ich das?« War er gestört, weil er ihren Schutz sexy fand? Wieder sah er sie an.

»Wann sprechen wir über das, was geschehen ist? Zwischen uns?«

Dessie wartete, bis die Kellnerin ihm Wasser nachgeschenkt hatte und wieder gegangen war. »Ich weiß nicht, Sam. Hat das überhaupt noch einen Sinn?«

»Damals haben wir nicht miteinander geredet.«

»Ich habe es versucht.«

»Davon weiß ich nichts«, sagte er, aber plötzlich erinnerte er sich wieder. Dessie hatte ihn kontaktiert. Einige Tage nach jenem Abend. Mehrmals. Aber er hatte sich geweigert, mit ihr zu sprechen, und hatte sie ausgesperrt. Vermutlich um sich selbst zu schützen.

Sie blinzelte langsam. Sie hatte unglaublich lange Wimpern, die gegen ihre blasse Haut fast schwarz wirkten.

Dessie Dickson, die sich vor Kugeln duckte und die ein Leben hatte, das er sich nicht einmal vorstellen konnte. Er sah die Steine in ihren hellen Ohrläppchen glitzern, ihre starken schlanken Finger und die Sommersprossen am Haaransatz. Er fing Dessies Blick auf und hielt ihn fest.

»Dessie ...«

»Nicht jetzt, nicht, während ich arbeite.«

»Wann dann?«

Sie senkte die Stimme. »Wir waren auf einer Party. Du hast mit einem anderen Mädchen geschlafen. Was mit mir war, war dir scheißegal. Ich bin drüber weg.«

Sie sah ihn an. Trotz des Vorwurfs war da ein Schimmern in ihrem Blick. Es sah fast so aus, als ob er sie verletzt hätte. Weshalb? Er kapierte es nicht. Weshalb hätte Dessie verletzt oder traurig sein sollen? Wieso Dessie? Was sie gesagt hatte, war so weit von der Wahrheit entfernt, dass sie unmöglich selbst noch daran glauben konnte. Außerdem hatte sie ein paar ganz wesentliche Details weggelassen, nämlich dass man ihn der Vergewaltigung beschuldigt hatte. Oder dass die Polizei ihn verhaftet hatte. Dass ihre Eltern seine Mutter beschimpft hatten. Dass er in Wahrheit mit keinem anderen Mädchen geschlafen hatte. Er war in Dessie verliebt gewesen, verflucht noch mal! Wirklich verliebt.

»Ist *das* deine Version der Ereignisse?« Er konnte kaum die Worte herausbringen. Das waren Lügen, das musste sie doch wissen. Das war nicht der Grund für ihre plötzliche Trennung. *Sie* war der Grund dafür, sie und ihre Lügen und Ausraster und haarsträubenden Vorwürfe.

»Was spielt das für eine Rolle?«

Jetzt wich sie seinem Blick aus, aber er kannte sie gut genug, um zu wissen, dass es durchaus eine Rolle spielte. Es sei denn, sie log sich in die eigene Tasche. »Ich habe mit keiner anderen geschlafen, das musst du mir glauben«, sagte er, obwohl er sich geschworen hatte, nicht wieder in sein altes Muster zu verfallen.

In ihren grauen Augen flackerte etwas auf. Etwas Nacktes und Verletzliches.

»Sam ...«, sagte sie leise.

»Hallo, schöner Mann«, erklang hinter ihnen eine Stimme. Als er sich umdrehte, stand Ana da. Sie war eine große rothaarige Frau mit einer starken Ausstrahlung, und sie umarmte ihn fest und gab ihm einen langen Wangenkuss. »Hast du mich genauso vermisst wie ich dich, du Schöner«, sagte sie auf ihre gewohnt übertriebene und kokette Art. Ihr Timing war nicht gerade das Beste, dachte er bei sich.

Richtig. Dessie war jetzt ganz Kälte und Distanz. Sie sah kurz zu ihm hinüber, würdigte die andere Frau keines Blickes und zog sich an einen separaten Tisch zurück, lautlos und graziös.

Sam zog einen Stuhl für Ana heran.

»Du fantastischer Mann, das wird einfach wunderbar. Kann es sein, dass du noch hübscher geworden bist, seit wir uns das letzte Mal getroffen haben? Es sieht ganz so aus. Diese Wangenknochen, ich sterrrrbe. Was wollen wir essen, ich habe sooo einen Hunger«, schwatzte sie.

Sam warf Dessie einen Blick zu. Ihr Gespräch war noch nicht beendet. Die Dinge waren ins Rollen gekommen. Jetzt würde er sehen, wohin die Reise für sie ging. Natürlich nur, wenn ihn nicht vorher irgendwelche Rechtsextremen ermordeten – oder Ana ihm ein Loch in den Bauch quatschte. Er riss sich zusammen und schaltete seinen Charme ein. Er mochte Ana. Sie war einfach nur ... intensiv.

~ 10 ~

Dessie stand in ständigem Kontakt mit John, einem der anderen Leibwächter, während sie gleichzeitig das Umfeld im Auge behielt. Sam aß mit der rothaarigen Starfotografin zu Mittag, die schon für Rolling Stone und Vanitiy Fair Cover geschossen hatte, Single war, viermal in der Woche trainierte und mit den angesagtesten Partyleuten in Stockholm, New York und Los Angeles verkehrte, wie Dessie recherchiert hatte. Ana Leijonborg versuchte nicht einmal zu verbergen, wie attraktiv sie Sam fand, und sie war definitiv nicht die Einzige, die in Sams Richtung mit den Wimpern klimperte und mit ihren Haaren spielte. Von überall trafen ihn interessierte Blicke. Das war verständlich. Sam sah gut aus, und er fiel auf. Zum einen war er ein Riese von Mann, was vielleicht nicht jeden ansprach, jedenfalls nicht diejenigen Frauen, die eher auf den sehnigen, schlaksigen Typ standen, aber den Reaktionen im Restaurant nach zu urteilen, waren von dieser Sorte Frauen – beziehungsweise Männer – nur wenige anwesend. Zum anderen hatten sein intensiver Blick und seine kontrollierten Bewegungen etwas, das ihn immer in den Mittelpunkt rückte, egal, wo er sich befand, dachte Dessie und versuchte herauszufinden, was genau es war. Anziehungskraft – besser konnte sie das Phänomen nicht beschreiben, das es so schwer machte, ihm gegenüber gleichgültig zu bleiben. Und mit einem Mal wurde ihr klar, dass alle Männer, die sie gedatet hatte, jeder einzelne, den sie sich bei Tinder ausgesucht hatte, und auch die Männer, in die sie sich im Laufe der Jahre verliebt hatte, Kopien von Sam gewesen waren. Dessie geriet völlig aus dem Konzept. Dass ihr das nicht früher klar geworden war: Sam hatte ihr ganzes Liebesleben beeinflusst. Wahrhaftig. Jeder einzelne Mann, den sie attraktiv gefunden, jeder, mit dem sie ins Bett gegangen war, war groß, dunkelhaarig und ein bisschen gefährlich gewesen. Jeder Mann, der sie emotional berührt hatte, war ein Abklatsch des Mannes gewesen, der jetzt dort drüben saß. Das Original. Was für eine demütigende Erkenntnis.

Sie starrte zu Sam und der schönen Fotografin hinüber. Sie tranken Kaffee und schauten auf ihr iPad. Ana saß jetzt neben Sam, lachte und zeigte auf irgendetwas, wobei ihr Kopf dicht neben seinem war. Es würde ein qualvolles Fotoshooting werden. Dessie war normalerweise nicht der eifersüchtige Typ. Sie war noch nie eifersüchtig gewesen – außer in ihrer Jugend bei Sam. Sie hatte gedacht, das hänge mit dem Alter zusammen, Teenager waren ja nicht besonders reif, aber vielleicht hatte es in Wahrheit mit Sam zu tun gehabt? Als sie ihn auf diesem Fest nackt im Bett gesehen und begriffen hatte, dass er mit einem anderen Mädchen geschlafen hatte, war sie vollkommen ausgerastet. Ihr waren die Sicherungen durchgebrannt, und sie war zur Tigerin geworden, verrückt vor Eifersucht. Verraten und verschmäht. Wie in einer griechischen Tragödie ... Was meinte Sam damit, dass sie darüber sprechen sollten, was geschehen war? Damals hatte er sie nach Kräften ignoriert. Sie hatte ihn angerufen und Briefe geschrieben, aber er hatte mit keiner Silbe reagiert. Woher also dieser Wunsch? Ausgerechnet jetzt? Wie viele Stunden, Tage, Wochen hatte sie nicht versucht, ihn dazu zu bewegen, sie zu treffen? Ihr zuzuhören? Er hatte sie komplett ignoriert. Hatte kein Wort mit ihr gesprochen und war dann verschwunden. Während sie für die ganze Schule eine Schlampe und Hure war, während Gerüchte und schlüpfrige Details in den Klassenzimmern und auf dem Schulhof die Runde machten, war er einfach abgehauen.

Dessies Magen knurrte. Sie sollte sich etwas zu essen besorgen, dachte sie, während sie registrierte, dass Ana immer noch so dicht neben Sam saß, als würde sie an ihm kleben. Dessie streckte ihren Rücken. Sie erwog, aufzustehen und eine Runde durch den Raum zu machen, wollte aber keine Aufmerksamkeit erregen. Es war erholsam, einmal nicht von Sam beobachtet zu werden. Sie freute sich auf den Moment, in dem dieser Auftrag beendet war. Im nächsten Monat hatte

Sam dieses gigantische Eröffnungsevent, das Lodestar natürlich begleiten musste. Das war eine weitere Hochrisikosituation, und sie würden Personal dafür abstellen müssen, aber glücklicherweise hatte sie diverse andere Projekte, um die sie sich kümmern musste. Jemand anders würde zur Eröffnung gehen müssen.

Jetzt warf Ana ihren Kopf zurück und lachte ein tiefes, sinnliches Lachen. Sam lächelte. Ana lachte noch lauter. Dessie schaute auf die Uhr auf ihrem Handy und spürte, wie ihre professionelle Rüstung mit jeder Minute fadenscheiniger wurde. Gerade legte Ana Sam eine sonnengebräunte Hand mit knallroten Nägeln auf den Oberarm. Sam hatte schon immer eine besondere Anziehungskraft auf Frauen ausgeübt und auch gut mit Frauen umgehen können. Bestimmt hatte es ihn geprägt, dass er bei einer alleinerziehenden Mutter aufgewachsen war. Ana liebkoste Sams Arm mit dem Zeigefinger, und Dessie spürte, wie ihre Oberlippe sich zurückzog, und ihr Körper reagierte, indem er Blut in alle großen Muskelgruppen pumpte. Am liebsten hätte sie sich auf die Frau gestürzt und sie von Sam weggerissen, zwang sich aber, still sitzen zu bleiben.

Sam und Ana standen vom Tisch auf, umarmten sich und brachen *endlich* auf. Sam kam auf Dessie zu, und sie streckte sich, bis sie kerzengerade dastand. Er hatte offensichtlich ganz gute Laune, während sie selbst gereizt war. Das musste der Hunger sein. Es konnte ja nichts damit zu tun haben, dass Sam sich zuerst mit ihr hatte aussprechen wollen, sie mit sanftem Blick angesehen und dann unverhohlen mit Ana geflirtet hatte. Haha! Ausgeschlossen.

»Zeit fürs Fotoshooting«, sagte Sam.

»Sie scheint ja motiviert zu sein«, bemerkte Dessie und schämte sich für ihren säuerlichen Ton. Die Fotografin hatte ihr schließlich nichts getan. Gewöhnlich ärgerte sie sich nicht über Menschen, fühlte sich selten durch andere Frauen bedroht und glaubte an schwesterlichen Zusammenhalt. Sie lächelte, um ihren unfreundlichen Ton zu kaschieren.

»Das wird super«, sagte Sam.

»Mit Sicherheit.« Sie sah sich um. »Wo ist Leo?« Nicht, dass es eine Rolle gespielt hätte, schließlich war Sam ihre Schutzperson, aber Dessie hatte gern den Überblick, wo jeder Einzelne sich aufhielt. Sie konnte Leo Garbo nicht wirklich einschätzen. Manchmal war er fröhlich und hilfsbereit und superaufmerksam und dann wieder wie vom Erdboden verschluckt. Fast schon ein bisschen geheimnisvoll.

Sam fuhr sich mit der Hand übers Kinn. Er hatte schon einen Bartschatten, und Dessie musste rasch ihren Blick abwenden, als sie sich daran erinnerte, wie seine Bartstoppeln sie einmal an den Innenseiten ihrer Oberschenkel gekratzt hatten, während er sie leckte, als ob er von ihrem Geschmack nicht genug bekommen könnte.

»Leo hat eigene Termine. Er kommt dann zum Fotoshooting. Wir machen das hier im Hotel, da kommen wir wohl ohne dich zurecht. Es sind nur Ana und ihr Assistent, Leo und eine Stylistin. Ihr habt doch alle durchgecheckt?«

»Ich komme mit«, sagte sie kurz.

Sam kratzte sich am Ohr. In der Dokusoap hatte er einen goldenen Ohrring getragen, wie sie sich erinnerte. Der hatte ihm gar nicht gestanden. Er grinste sie an. »Okay, Dessie-Boss. Hoffentlich hast du Spaß dabei.«

Das bezweifelte sie.

Wahrscheinlich würde es unerträglich werden.

~ 11 ~

Das Fotoshooting fand in der obersten Etage des Hotels statt. Alle Responsibility-Hotels hatten eine Rooftop-Bar. Als Sam jung und erfolgshungrig war, aber unsicher, ob er es schaffen würde, waren Rooftop-Bars für ihn das Größte und Unerreichbarste, was es gab. Darum hatten alle seine Hotels so eine Bar, und da das schwedische Wetter eine Herausforderung für die gesamte Hotelbranche darstellte, gab es immer sowohl einen Außen- als auch einen Innenbereich.

Trotz des schönen Wetters sollte das Fotoshooting drinnen stattfinden. Die Terrasse schwebte quasi im Himmel, den Wolken ganz nah. Von hier aus hatte man einen 360-Grad-Blick über Malmö, mit dem Västra hamnen und Turning Torso, und über den Öresund, hinter dem in der Ferne Kopenhagen zu erkennen war.

»Magisches Licht, Sam«, sagte Ana begeistert. Sie hatte einen intensiven Blick und entschiedene Ansichten. Das gefiel ihm. In mancher Hinsicht erinnerte sie ihn an Dessie, dachte er und schielte zu seiner Leibwächterin hinüber. Dieselbe Aura von Kompetenz und Effektivität. Das war attraktiv.

Während der schwarz gekleidete Assistent die Beleuchtung und Ähnliches aufbaute, kam die gleichermaßen schwarz gekleidete Stylistin mit einem überladenen Kleiderständer an.

»Keine Fransen«, rief Leo, der zu ihnen gestoßen war und in derselben Sekunde wie Sam die glatte weinrote Lederjacke mit roten Fransen erblickt hatte. Sam schauderte es.

»Kein Problem, also nicht die Jacke«, sagte die Stylistin und nahm stattdessen ein tailliertes marineblaues Hemd vom Ständer. Sam nickte. Viel besser.

Leo kam näher heran. »Ich hab mit Celine und Parisa gesprochen«, sagte er und nahm die Kleidungsstücke auf dem Ständer in Augenschein. »Nichts Geblümtes«, sagte er zu der Stylistin. »Und du darfst ruhig lächeln, Sam, statt so verkniffen vor dich hin zu starren, lässt Parisa dir ausrichten.«

Parisa war die Tochter einer der Freundinnen von Sams Mutter und außerdem bei Lodestar für die PR zuständig. Hochintelligent und extrem tough. »Und Celine braucht sowohl Hoch- als auch Querformate. Und mehrere Bilder, nicht bloß eins.« Celine war die Marketingchefin und mindestens ebenso talentiert wie Parisa.

»Lasst uns jetzt loslegen«, sagte Sam und griff sich das blaue Oberhemd. Der Nachteil daran, sich mit kompetenten Leuten zu umgeben, war, dass sie fortwährend ihre Meinung kundtaten. Die Stylistin hantierte mit Cremes und Puder und machte sich an seinem Haar zu schaffen. Sam schielte in Dessies Richtung. Sie telefonierte und wirkte irgendwie verbissen. Konnte sie sich denn niemals entspannen?

Ana probierte mit einer der großen Kameras verschiedene Winkel aus, wobei Sam nicht wusste, wo er hinschauen sollte. »Du bist perfekt«, flirtete sie mit ihm und blinzelte ihm zu, bevor sie wieder hinter ihrer Kamera verschwand und in schneller Folge Fotos schoss.

Dann senkte sie die Kamera. »Könntest du bitte die Hemdärmel hochkrempeln? Zeig uns deine Muskeln, dreh dich ein wenig seitlich, schöner Mann. So. Amazing. Du bist wahnsinnig fotogen«, fügte sie hinzu.

Hier drinnen herrschte eine sexy Stimmung, fand Sam. Die starken Lampen blendeten ihn, Anas Anweisungen schwirrten durch die Luft, und das Modeln war viel anstrengender, als er in Erinnerung hatte, aber er spürte trotzdem, wie sich dichte, geladene Energie aufbaute. Hinter dem Licht, dem Flirten und der Geschäftigkeit der Stylistin konnte er nur erahnen, dass Dessie ihn im Auge behielt. Ihn mit ihrem Blick streifte, bevor sie schnell wieder woandershin schaute.

»Kannst du die Brust ein bisschen rausstrecken und die Schultern zurücknehmen?«

Sam spannte seine Brustmuskeln und fuhr sich mit der Hand durchs Haar. Vielleicht für Dessie.

»Denk an irgendwas Heißes«, instruierte Ana ihn mit einem provokanten Lächeln.

Was für eine alberne Anweisung, wollte er sagen, aber genau in diesem Moment wandte Dessie ihren Kopf, sodass das Licht ihr Haar glänzen ließ, und schlaglichtartig sah er sie wieder vor sich, wie sie ihn das erste Mal ritt. Ihre Haare, die ihr um die Schultern spielten, während sie rittlings auf ihm saß, wie sie ihn ansah, als sie ihre Handflächen auf seine Brust stemmte und ihm sagte, dass sie ihn liebe, immer und immer wieder, während sie auf seinem Schwanz auf und ab glitt.

»Wow«, sagte Ana andächtig. »Verdammt heiß.« Die Kamera klickte.

Sam schluckte.

Kurz vor sechs waren sie fertig. Da hatten sie drei Stunden gearbeitet, er hatte zweimal das Outfit gewechselt und hatte das Gesicht voller Puder und Cremes. Es war eine Erfahrung gewesen, die er nicht unbedingt noch einmal machen musste, dachte er und nahm dankbar eine Wasserflasche von Ana entgegen. Leo war schon wieder verschwunden. Dessie war mit einem der Jungs von Lodestar in der Malmöer Oper und überprüfte das Gebäude.

Ana machte sich eine Cola Zero auf. Sie nippte daran und betrachtete Sam durch ihre Wimpern. »Nehmen wir noch einen Drink zusammen?«, fragte sie.

Ihre direkte Art gefiel ihm.

»Leider nein. Ich habe einen Termin«, sagte er mit einem entschuldigenden Lächeln.

Ana nickte und schien weder beleidigt noch enttäuscht zu sein. »Dann vielleicht später.« Sie küsste ihn auf die Wange und hauchte: »Du hast meine Nummer. Melde dich, wenn du es dir anders überlegst.«

Dessie hatte sich mit Sam um viertel vor sieben in der Lobby verabredet und war kurz vorher dort. Pünktlich auf die Minute kam Sam herunter und stieg mit ihr ins Auto. Er war frisch geduscht und trug jetzt einen dunklen Anzug und das Hemd mit den Manschettenknöpfen, die er sich gekauft hatte, als sein erstes Hotel Gewinn abwarf. Das wusste Dessie aus einem der zahlreichen Artikel über ihn, die sie durchgeackert hatte. Um eines seiner Handgelenke trug er ein Lederarmband mit Platindetails. Der matte Stein in der Mitte war ein schwarzer Rohdiamant. Das Armband wirkte schlicht und stilecht, aber sie hatte die schwedische Website gegoogelt, über die diese Armbänder verkauft wurden. Für dieses Stück hatte Sam Hunderttausende Kronen hinblättern müssen.

Der Wagen hielt vor dem roten Teppich. Dessie stieg zuerst aus und hielt Sam die Tür auf.

»Danke«, sagte er.

In formeller Abendgarderobe sah er verdammt gut aus, dachte sie bei sich, aber sie musste sich auf ihren Job konzentrieren. Vor dem hell erleuchteten Opernhaus wartete eine Menschenmenge aus Publikum, Passanten und Journalisten. Sam war nicht der einzige prominente Gast und das Presseaufgebot war groß. Eine Ministerin würde die Gastrede halten. Da es sich bei ihr um eine Schwarze handelte, die sich darüber hinaus auch noch in Fragen der kulturellen Vielfalt engagierte, erhielt sie pausenlos Drohungen, und Dessie wusste, dass Sicherheitsleute des schwedischen Geheimdienstes Säpo sie begleiteten.

Dessie ließ Sam vorgehen, während sie das Umfeld im Auge behielt. Uniformierte Polizisten bewachten den Außenbereich. Sie hatte heute mit dem Sicherheitschef gesprochen und ihm Bescheid gegeben, dass Sam bedroht wurde. Türsteher kontrollierten den Einlass, hakten die Namen auf der Gästeliste ab und schienen dabei gewissenhaft vorzugehen. Das sollte die schlimmsten Störenfriede aufhalten, dachte Dessie, während Sam die Ministerin begrüßte. Sie küssten sich auf die Wangen, sprachen leise miteinander und schienen sich ziemlich gut zu kennen. Dessie musterte den Personenschützer der Ministerin, einen großen, muskelbepackten Mann mit leuchtend blauen Augen, kantigem Kinn und Knopf im Ohr. Er hätte sich ebenso gut LEIBWÄCHTER auf die Stirn schreiben können.

Sie trat auf ihn zu. »Ich bin mit Sam Amini hier«, sagte sie höflich.

Er verschränkte die Hände, spannte seine Kinnmuskeln an und sah wichtig aus. »Ich habe gehört, dass er seinen eigenen Personenschutz mitbringt. Dem würde ich gern vorgestellt werden.«

»Da bist du schon an der richtigen Adresse.«

Er schaute auf sie herunter. »Du? Kann er sich keinen ganzen Leibwächter leisten?«

An so etwas war Dessie gewöhnt. Als Frau wurde man gern mal für Personal gehalten, zum Beispiel für eine Kellnerin. Das konnte sogar von Vorteil sein, da sie selten als Bedrohung wahrgenommen wurde und daher mehr im Verborgenen agieren konnte – im Gegensatz zu diesem Typen hier. Die meisten Angehörigen der Säpo, mit denen sie bisher zusammengearbeitet hatte, waren professionell arbeitende, gut ausgebildete Polizisten, aber Idioten gab es überall.

»Ich heiße Dessie«, sagte sie.

»Klar. Thomas.«

Sam und die Ministerin gingen über den roten Teppich, blieben stehen, ließen sich fotografieren und winkten. Dessie und Säpo-Thomas folgten ihnen. Dessie scannte die Zuschauer. Die meisten schienen gut gelaunt, winkten und fotografierten, aber sie hörte auch, wie jemand rief: »Verpisst euch, ihr Kanaken!« Ein uniformierter Polizist näherte sich dem Rufer, während Dessies Blick auf einen Mann mit Kapuze fiel. Er stand hinter ein paar Mädchen mit Smartphones, die ein Selfie mit der Ministerin machen wollten. Der Mann mit der Kapuze trat nach vorn. Sie konnte seine Hände nicht sehen und reagierte darauf ganz automatisch. Kein Applaudieren, kein Handy, an dem er herumfingerte – überhaupt keine Handbewegungen. Verdächtig. Der Kapuzenmann machte noch einen Schritt nach vorn. Jetzt sah sie, dass er eine Hand hinter dem Rücken hielt. Sie konnte seine Augen nicht sehen, aber sie wusste, dass er die Ministerin fixierte. Der Mann machte noch einen weiteren Schritt und hob den bislang verborgenen Arm. Thomas konzentrierte sich gerade auf etwas anderes, und Dessie reagierte ganz reflexmäßig. Situationen wie diese hatte sie Hunderte Male geübt. Der Sinn dieser Übungen war, dass in einer echten Notsituation alles ganz automatisch ablief, und genauso war es jetzt. Ohne nachzudenken, schob Dessie die Ministerin beiseite, und gleichzeitig kam das, was der Kapuzenmann verborgen hatte, wie ein Projektil durch die Luft geflogen. Eine Torte. Sie war für die Ministerin bestimmt, landete jetzt aber auf ihrem Leibwächter. Es gab ein Blitzlichtgewitter, und die Menschen schrien. Die Männer von der Säpo kamen angerannt und bildeten einen Ring um die Ministerin. Rasch wurde sie in die Oper geführt, während Dessie Sam hinter sich herzog.

»Was ist passiert?«, fragte er.

»Ein Verrückter hat eine Torte nach der Ministerin geworfen.«

»Aber du hast es verhindert.« Er sah sie lange an.

»Ich hab meinen Job gemacht«, sagte sie. »Aber ich wüsste gern, wie es ihr geht. Es sah aus wie eine ganz gewöhnliche Torte, aber es besteht immer die Gefahr, dass sie mit einem ätzenden oder giftigen Stoff präpariert wurde.«

»Ich kann mich erkundigen«, sagte Leo, der soeben angekeucht kam. »Verdammt, Dessie, du bist krass cool.«

»Ist alles okay?«, fragte Sam, nachdem Leo wieder abgeschwirrt war.

Sie nickte. Nicht der Rede wert.

»Leo hat recht. Du bist echt cool. Und außerdem verdammt schnell.« Er klang ehrlich beeindruckt. »Aber versprich mir, dass du vorsichtig bist, Dessie. Ich bin es nicht wert, dass du für mich stirbst.«

Er sagte das in scherzhaftem Tonfall, aber mit ernstem Gesicht. Hatte er es immer noch nicht kapiert? Es war ihr Job, notfalls für einen Kunden zu sterben.

Leo kam wieder. »In der Torte war anscheinend nur Farbe. Rot. Knallrot«, sagte er mit einem breiten, jungenhaften Grinsen. »Der Leibwächter sieht aus wie eine Witzfigur.«

Sam wartete geduldig auf seinen Auftritt. Die Preisverleihung begann um zwanzig Uhr, und nach einer kurzen Einführung wurde die Begründung für die Preisvergabe verlesen. Sam wurde vorgestellt, betrat unter Applaus die Bühne und ließ den Blick über das Publikum schweifen.

Früher war er manchmal nervös gewesen, aber mittlerweile machte es ihm nichts mehr aus, vor Publikum zu sprechen, es gefiel ihm sogar. Er erzählte von seinem eigenen Leben, beginnend mit dem Raubein zu Schulzeiten über die wilden Jahre als Bad Boy in der Dokusoap (an dieser Stelle lachten die Zuhörer immer) bis zu seinem Studium und der Unternehmensgründung. Er hatte das schon oft erzählt, sowohl in einem TED-Talk als auch in unzähligen Interviews, aber heute war es etwas Besonderes. Vielleicht, weil Dessie dabei war.

»Meine Mutter ist meine wichtigste Inspirationsquelle«, sagte er und meinte es auch so. Er war immer wieder gerührt, wenn er daran dachte, was sie alles für ihn getan hatte. »Ich möchte betonen, dass ich nichts Besonderes bin, kein Mensch mit herausragenden Talenten. Meinen Erfolg verdanke ich einzig und allein harter Arbeit«, fuhr er fort. »Mit zwanzig wurde ich zum ersten Mal Chef, und zwar ein ziemlich lausiger. Aber damit war mein Interesse an Menschenführung geweckt und auch mein Glaube an Gleichberechtigung, Vielfalt und Engagement in Umweltbelangen als eine Strategie, sich gegen die Konkurrenz zu behaupten, sowohl auf einer ökonomischen als auch einer visionären Ebene.« Er wartete, bis der donnernde Applaus verebbte.

Eigentlich sprach er am liebsten über sein Unternehmen und seine Mitarbeiter, aber sein Führungsteam wollte, dass er das einsetzte, was sie »dein Charisma und deine charmante Bühnenpräsenz« nannten, und er gab sich Mühe. Er lächelte ins Publikum, gestikulierte und riss den einen oder anderen Witz auf seine Kosten.

Dessie stand schräg hinter ihm. Er spürte ihre Anwesenheit und ahnte sie aus dem Augenwinkel heraus.

»Lassen Sie uns einmal in die Zukunft schauen. Sam, wo sehen Sie sich in fünf Jahren?«, fragte der Moderator.

»Ich hoffe, dass ich auch in Zukunft sowohl das Unternehmen als auch mich selbst als Führungskraft weiterentwickeln und meine Kenntnisse im Bereich der Kommunikation ausbauen kann«, sagte er und fügte nach einer kleinen Pause hinzu: »Und dass ich dann mindestens doppelt so viele Hotels besitzen werde wie jetzt.« Das Publikum lachte.

Das lief fast schon automatisch, so oft hatte man ihm diese Frage schon gestellt. Aber seinen geheimen Traum würde er noch nicht verraten und schon gar nicht in der Öffentlichkeit darüber sprechen.

Nach seiner Rede trat die Ministerin zu ihnen. »Vielen Dank, dass Sie mein weißes Kleid gerettet haben«, sagte sie herzlich zu Dessie.

»Keine Ursache«, sagte Dessie.

»Menschen wie Sie werden gebraucht«, fuhr die Ministerin fort.

»Ich hatte erwartet, dass die Veranstaltung abgebrochen wird«, sagte Dessie.

Die Ministerin holte eine runde Dose mit Lippenbalsam aus ihrer Glitzer-Handtasche und trug es auf ihre Lippen auf. »Nein. Ich wollte weitermachen, und der Geheimdienst war einverstanden. Er geht davon aus, dass es sich um einen Einzeltäter handelt, sodass keine Gefahr mehr besteht. Der heutige Abend ist wichtig. Ich bin allerdings froh, dass ich ihn nicht unter einer Tortenschicht absolvieren muss.« Sie warf Säpo-Thomas einen entschuldigenden Blick zu.

Dessie verzog keine Miene, aber Sam bemerkte ein verdächtiges Glitzern in ihren Augen. Er musste lächeln.

Dann kam ihr Auto mit Chauffeur, und Sam schaute in den immer noch hellen Frühlingsabend. Die Luft war kühl und frisch, und er fühlte, wie das Leben und sein Blut – oder vielleicht auch nur das Adrenalin – pulsierten.

»Ich bleibe über Nacht hier«, informierte er Dessie, die ihm die Wagentür aufhielt. Das hatte er ganz zu erwähnen vergessen. Sie hatten ursprünglich den Nachtzug nach Hause nehmen wollen, aber er hatte Leo gebeten, ihnen stattdessen Fahrkarten für den ersten Zug morgen früh zu buchen.

»Du musst mir sagen, wenn sich deine Pläne ändern«, sagte sie unwirsch. Diese Frau sah aus, als lasteten die Probleme der ganzen Welt auf ihren Schultern.

Sam verzog den Mund. »Dessie, meine Pläne haben sich geändert. Ich bleibe über Nacht in Malmö.«

Sie starrte ihn an.

»Ich habe dir ein Zimmer besorgt«, sagte Leo diplomatisch. »Direkt neben dem von Sam, ist das nicht gut?«

»Fantastisch«, murmelte sie und stieg in den Wagen.

~ 12 ~

Dessie lehnte es schon aus Prinzip ab, dass Kunden ohne Vorwarnung ihre Pläne änderten, aber sie war es gewohnt, sich anzupassen, ja, sie war sogar noch deutlich Schlimmeres gewohnt. Eine zusätzliche Übernachtung in Malmö war kein Grund, einen Streit vom Zaun zu brechen. Sie schickte Tom Lexington eine Nachricht, dass sie erst morgen nach Stockholm zurückkehren würden, und bekam ein »Daumen hoch« als Antwort.

Sam hatte im Laufe des Abends getrunken. Zwar nicht viel, aber sie nahm einen schwachen Duft von Champagner wahr. Im Aufzug war es eng, und er war zu groß, zu gut aussehend, einfach zu viel Sam. Seine Rede bei der Veranstaltung hatte sie berührt. Jetzt nahm er all ihre Sinne in Anspruch. Als sie den Aufzug verließen, stieß sie einen erleichterten Seufzer aus. Sie hatte den ganzen langen Tag unter Strom gestanden, das konnte sie im ganzen Körper spüren.

»Wie gesagt, ich habe das Zimmer neben dir«, sagte Sam und sah sie wieder mit diesem Blick an.

»Kann ich kurz einen Blick hineinwerfen?«, fragte sie. Für den Fall, dass etwas passierte, musste sie wissen, wie es drinnen aussah. Sam verzog das Gesicht, öffnete aber die Tür und ließ sie eintreten. Sie ging an seinem großen Körper vorbei, spürte, wie sich die Härchen auf ihren Armen aufrichteten, und hielt die Luft an, bis sie im Zimmer war. Als sie sich umsah, zog sie die eine Augenbraue hoch. »Eine Suite?«

Er lächelte und legte die Schlüsselkarte auf den Tisch.

Es war ein unerwartet intimes Gefühl, Sams Sachen zu sehen. Seine Tasche, seinen Laptop. Seine Kleidung hatte er auf das Bett geworfen. Eine halb ausgetrunkene Kaffeetasse. Dessie war daran gewöhnt, in die

Privatsphäre ihrer Kunden einzudringen und zugleich gefühlsmäßig auf Distanz zu bleiben. Doch bei Sam war das anders. Das Ganze war persönlicher, als ihr lieb war.

Rasch inspizierte sie die beiden Räume der Suite mit einer Sitzgruppe und einem Schreibtisch in dem einen und einem Kingsize-Doppelbett in dem anderen Zimmer. Im Badezimmer hatte er einen Whirlpool. Und die Gemälde an den Wänden schienen echt zu sein.

»Gehst du jetzt ins Bett?«, fragte sie.

»Ich gehe eigentlich nie vor Mitternacht ins Bett. Ich werde noch eine Weile arbeiten«, sagte er.

»Mach nicht auf, wenn es klopft.«

»Ich schwöre, dass ich keinem unbekannten Meuchelmörder die Tür öffnen werde«, lächelte er. »Vielen Dank für diesen Abend, Dessie«, sagte er, und seine Stimme klang wie eine Liebkosung.

Dessie wechselte einige Worte mit den beiden anderen Mitarbeitern von Lodestar, Isak und Jon, dem neuen Mann, für dessen Ausbildung sie zuständig war. Das Hotel hatte seine eigenen Sicherheitsleute, und Sam hatte versprochen, auf seinem Zimmer zu bleiben, deshalb betrachtete sie die Situation als unter Kontrolle.

»Ihr könnt euch jetzt zurückziehen«, entschied sie.

Isak und Jon nickten. Sie waren fähige Männer, und sie arbeitete gern mit ihnen zusammen. Isak war genau wie sie beim Militär gewesen, während Jon von der Polizei kam. Er war noch recht jung, aber vielversprechend, sobald sein übertriebenes Selbstvertrauen sich ein wenig abgeschliffen haben würde.

In ihrem eigenen Zimmer konnte Dessie sich endlich entspannen. Sie zog die Schuhe aus und kreiste die Schultern, dehnte ihren Brustkorb und legte die Schutzweste ab, die sie unter der Bluse trug. Handschellen, Schlagstock und Funkgerät legte sie auf den Tisch. Sie hatte ein luxuriöses Zimmer bekommen, mit einem frischen Blumenstrauß und einem Korb mit Mineralwasser, Obst und einer Dose mit teuer aussehenden Mandeln. Dessie legte sich auf das Bett und verschlang die

Salzmandeln, während sie in Gedanken den Tag noch einmal durchging. Sie schloss die Augen und atmete tief durch. Dann beschloss sie, dass sie sich ein bisschen Freizeit verdient hätte, und rief Haddy an, um ein wenig mit ihr zu plaudern.

»Wie geht es Joyce und dem Baby?«, fragte Dessie.

»Gut. Wo bist du?«, antwortete Haddy.

»Bei der Arbeit. Wie läuft es? Keine besonderen Vorkommnisse? Niemand Verdächtiges?«, hakte Dessie weiter nach.

»Nix.«

»Was machst du gerade?« Dessie schloss die Augen und ließ sich tiefer in die Matratze sinken.

»Ich war beim Sport, und jetzt probiere ich ein Rezept für vegetarisches Bœuf bourguignon aus. Bin noch skeptisch«, murmelte Haddy.

»Klingt seltsam.«

»Kann man wohl sagen.«

Sie unterhielten sich eine Weile, und als sie aufgelegt hatten, warf Dessie sich die letzte Mandel in den Mund und wischte sich die Hände ab. Im Einsatz aß sie meist nur unregelmäßig, weil sie ganz auf ihre Aufgabe konzentriert war, aber hinterher meldete sich der Hunger. Der Adrenalinschub durch die Tortenattacke heute Abend hatte ebenfalls Energie gekostet, und Dessie konstatierte, dass sie einen Bärenhunger hatte. Die Mandeln hatten daran nichts geändert. Es war schon spät, und sie fragte sich, ob der Room Service noch geöffnet hatte und ob sie ihn belästigen sollte.

Jemand klopfte an die Tür, und als Dessie misstrauisch öffnete, stand eine Frau in Hoteluniform mit einem Servierwagen davor. »Hallo, ich heiße Tilde«, sagte sie und schob den Wagen ins Zimmer.

»Von wem kommt das?«, fragte Dessie skeptisch.

Tilde hob eine der blanken Silberhauben an und enthüllte eine Schale mit herzhaftem Pastasalat mit Broccoliröschen, Käsewürfeln und Hähnchenbrust. Unter der anderen Silberhaube verbarg sich eine dampfende Lasagne. In einem geflochtenen Korb lagen frisches Brot, Butter und verschiedene Käsesorten. Und in kleinen Döschen entdeckte

Dessie drei verschiedene Dressings. Auf einem ovalen Teller waren Schichten kalten Aufschnitts und ein Schälchen mit Krabbencocktail angerichtet, und unter einer kleineren Haube lagen knusprige Pommes frites. Was für eine verschwenderische Fülle! Als die Mitarbeiterin sich hinunterbeugte und einen abgedeckten Teller mit einem großen Stück Schokoladentorte hervorholte, war Dessie kurz davor zu schnurren.

»Der Chef hat angerufen und für Sie bestellt. Und er lässt Ihnen ausrichten, wenn Sie noch etwas möchten, bräuchten Sie es nur zu sagen. Es geht alles aufs Haus«, ergänzte Tilde und brachte einen Obstkorb mit Erdbeeren in Schokoglasur, Weintrauben und Ananasstücken sowie kleine Tütchen mit Keksen und Cantuccini ins Zimmer.

Dessie war sprachlos. Sam musste das gleich bei ihrer Ankunft bestellt haben. Mit so viel Fürsorge hatte sie nicht gerechnet. »Vielen Dank!«

Die Frau verschwand, und Dessie setzte sich im Schneidersitz aufs Bett, schaltete den Fernseher ein und machte sich über das Essen her, während sie sich die Wiederholung einer Realityshow ansah, von der sie noch nie gehört hatte. Geliftete Frauen, die sich prügelten. Faszinierend.

Als sie satt war und sich ein paar Notizen für den nächsten Tag gemacht hatte, beschloss sie, bei Sam anzuklopfen und nachzusehen, ob alles in Ordnung war, bevor sie schlafen ging. Er machte nicht auf. Sie klopfte wieder, diesmal lauter. War er schon ins Bett gegangen? Er hatte doch gesagt, dass er nicht vor Mitternacht schlief.

»Wissen Sie vielleicht, wo Sam Amini ist?«, fragte sie eine Frau im Blazer und mit einem goldenen Namensschild, die über den Flur ging.

»Ja«, antwortete sie mit einem freundlichen Lächeln. »Ich habe ihn vor zwanzig Minuten rausgehen sehen.«

»Raus?«, wiederholte Dessie einfältig.

Die Frau nickte.

Dessie konnte es nicht glauben. Sam hatte sich *davongeschlichen*, während sie aß. Das Essen, das er für sie bestellt hatte, war keine fürsorgliche Geste gewesen, sondern ein Ablenkungsmanöver. Als ob sie irgendein blöder Aufpasser wäre, den er überlisten müsste. Rasend vor Wut simste sie ihm:

DD: Wo zum Teufel bist du?

Er antwortete sofort:

SA: Hat es geschmeckt?

Dessie schluckte einen Fluch hinunter. Er provozierte sie absichtlich, dessen war sie sich sicher. Aber sie hatte keine Lust auf Spielchen.

DD: Wo BIST du?

Die Antwort ließ auf sich warten, und Dessie trabte durch ihr Zimmer wie eine Löwin im Käfig.

Was verdammt noch mal machte er bloß?

SA: Chillen.

Dessie zwang sich, bis zehn zu zählen, tief durchzuatmen und mehrere wütende Antworten wieder zu löschen, bevor sie scheinbar ruhig schrieb:

DD: Wann kommst du zurück?

Keine Antwort.

DD: Sam???

Sie schaffte es nicht mehr, sich gelassen zu geben, aber immerhin konnte sie sich noch so weit beherrschen, dass sie keine Emojis mit explodierenden Köpfen schickte. Sie starrte so intensiv aufs Display, dass ihre Augen brannten. Ignorierte er sie jetzt? Aber dann sah sie die Pünktchen in einer Sprechblase.

> *SA: Ich bin in einer Bar ganz in der Nähe, es ist alles in Ordnung, und niemand wird mich ermorden. Ich bin bald zurück. Schlaf gut!*

Dessie war so wütend, dass sie ihr Handy aufs Bett schleuderte. Dann starrte sie sich selbst im Spiegel an. »Es gibt nichts, was du tun kannst«, sagte sie zu ihrem Spiegelbild. Sie konnte Kunden nicht zwingen, sich wie Erwachsene zu benehmen. Sie überlegte, ob sie Tom anrufen sollte, beschloss aber, damit noch zu warten. Aber ansprechen musste sie es. Dass Sam sich wie ein Kleinkind aufführte. Das war so was von daneben.

Sie duschte rasch, machte sich bettfertig – jemand hatte sie mit Deo, Zahnbürste, Zahnpasta und diversen Cremes versorgt – und zog saubere Unterwäsche an. Aus Erfahrung klug geworden, hatte sie auf Reisen immer Kleidung zum Wechseln dabei. Immer noch wütend zappte sie durch die Fernsehsender. Das Ganze war eine einzige Zeitverschwendung. »Hoffentlich schlägt ihm jemand den Schädel ein«, brummte sie, nur halb im Scherz.

Fast hatte sie sich schon eingeredet, dass Sam und sie sich wie normale, reife Menschen verhalten könnten, aber von wegen. Zudem nagte der Verdacht an ihr, dass Sam nicht allein in der Bar war. Sie vermutete, dass Ana ihn dorthin gelockt hatte. Sie hatte ja gesehen, wie die beiden sich ansahen. Dessie stellte das Tablett mit den Essensresten in den Flur, legte sich ins Bett, deckte sich zu, bohrte den Kopf in die Kissen und zappte weiter.

Sie musste eingedöst sein, denn sie erwachte mit Herzrasen und einem fürchterlichen Druck auf der Brust, als ob jemand auf ihr säße. Im ersten Moment wusste sie nicht, wo sie sich befand. Es war still und dunkel, und sie geriet in Panik, als sie sich nicht gleich zurechtfand. Und dann passierte es: Sie spürte die Mündung einer Pistole an ihrem

Kopf, roch den Geruch von Waffenöl. Sie hörte den Abzug klicken und war kurz davor zu schreien. Sie versuchte zu atmen, bekam aber keine Luft.

Du *kannst* atmen, beruhige dich, ermahnte sie sich selbst, während sie vor Panik hyperventilierte. Ihre Erfahrung sagte ihr, dass es sich nur so anfühlte, als müsste sie ersticken, sie war nicht in Gefahr, niemand wollte sie hinrichten, sie hatte überlebt. Sie musste sich davon befreien, dachte sie, während die Panik noch zunahm und ihr logisches Denkvermögen einschränkte. Sie war wach. In einem Hotel in Malmö, nicht in einer Villa in der Türkei.

Der Traum, der sie geweckt hatte und immer noch im Griff hielt, brachte ihr Gehirn dazu, ihr einen Streich zu spielen. Aber es war alles in Ordnung, redete sie sich ein, niemand würde sie töten. Sie atmete jetzt stoßweise und angestrengt und war von kaltem Schweiß bedeckt. Du stirbst nicht. Beruhige. Dich. Jetzt.

Sie zwang sich aufzustehen, stolperte ins Badezimmer und wusch sich das Gesicht mit kaltem Wasser. Sie hatte wieder diesen Traum gehabt: von dem schrecklichen Erlebnis letzten Sommer. Das, wovon niemand wusste. Das, was sie vermeintlich hinter sich gelassen hatte, als sie die Türkei verließ, was sich aber immer öfter bemerkbar machte. Das war das Schlimmste: dass es immer öfter passierte. Sie füllte ein Glas mit eiskaltem Wasser und trank. Ihre Atmung wurde allmählich ruhiger.

Daran, wieder einzuschlafen, war gar nicht zu denken. Sie zog sich den flauschigen Bademantel über, auf dessen Rücken das Logo des Hotels gestickt war, und griff sich ihr Handy. Es war ein Uhr nachts, und sie hatte immer noch nichts von Sam gehört. Sollte sie ihm schreiben? In seinem Zimmer nachschauen? Mit der Security-Abteilung des Hotels sprechen? Ihr Gehirn war immer noch nicht ganz da.

Plötzlich hörte sie Lärm auf dem Flur. Sie spitzte die Ohren und tappte zur Tür. Von draußen waren dumpfes Poltern und unterdrücktes Lachen zu hören. Vorsichtig öffnete sie die Tür und spähte hinaus. Sam und Ana torkelten eng umschlungen durch den Flur. Ana hatte die Arme um Sams Hals gelegt, und er drückte seine Nase an ihre Schulter. Dessie überlegte, ob sie sich bemerkbar machen sollte. Sam schien wohlbehalten zu sein, und es war ziemlich offensichtlich, in welche Richtung sich dieser Abend entwickelte.

Sam hob den Kopf, und seine Miene hellte sich auf. »Dessie!« In seinen Augen glitzerte es gefährlich. Sein weißes Hemd war am Hals offen, sodass Dessie darunter kantige Schlüsselbeine und goldbraune Haut erkennen konnte.

Er musterte sie eingehender. »Was machst du hier? Ist alles in Ordnung?«, fragte er, und es kam ihr vor, als könnte er geradewegs in sie hineinschauen.

»Wo bist du gewesen?«, fragte sie scharf.

Er grinste. »Ana! Meine Leibwächterin will anscheinend wissen, was wir gemacht haben.«

Ana kicherte und schmiegte sich an ihn.

»Ana wollte sich meine Gemälde ansehen«, erklärte Sam, öffnete die Tür zu seiner Suite und ließ die kichernde Starfotografin eintreten. Er zwinkerte Dessie zu, und dann schloss er die Tür hinter sich.

Dessie blieb wie eine Idiotin im leeren Hotelflur stehen. Hinter Sams Tür war gedämpftes Gemurmel zu vernehmen. Als sie wieder in ihrem eigenen Zimmer war, hörte sie die beiden durch die Wand. Lachen und ein leises Poltern, das alles Mögliche bedeuten konnte.

Dessie zog sich ein Kissen über den Kopf.

Sie hasste diesen Auftrag.

~ 13 ~

Sam schaute auf die Uhr. Zwei Uhr nachts. Er konnte sowieso nicht schlafen, da konnte er ebenso gut arbeiten.

Er duschte rasch, putzte sich die Zähne und zog sich dann eine Hose und ein T-Shirt über. Dann warf er einen Blick in die Minibar, aber nichts darin sprach ihn an.

Als er an das Essen dachte, das er für Dessie bestellt hatte, lief ihm das Wasser im Mund zusammen. Er hatte riesige Mengen geordert. Vielleicht fanden sich ja noch Reste auf dem Tablett im Flur? Das Tablett hatte er gesehen, als er mit Ana ins Zimmer gestolpert war. Wie abartig wäre es, wenn er nachsah? Er öffnete die Tür und schaute in den Flur. Bingo! Das Tablett war noch da. Da weit und breit niemand zu sehen war, trat er aus der Tür. In einer Schüssel lagen Pommes frites, die noch unberührt zu sein schienen. Außerdem war noch Weißbrot und Knäckebrot übrig sowie mehrere ungeöffnete Verpackungen mit Butter und Käse. Obwohl ihm das Wasser im Mund zusammenlief, zögerte er. Er war kein halb verhungerter Junge auf der Flucht, sondern ein erwachsener Unternehmenschef und könnte einfach jemanden vom Personal wecken. Aber er hatte einen Bärenhunger. Das Essen auf dem Tablett sah so appetitlich aus, und wer war er schon, dass er müde Hotelangestellte aufweckte?

Er machte einen Schritt auf das Tablett zu und meinte bereits den salzigen Geschmack der frittierten Kartoffeln auf der Zunge zu spüren, als mit einem Knall die Tür zu Dessies Zimmer aufflog. Sam blieb stocksteif stehen. Eine vom Schlaf zerstrubbelte Dessie in Unterwäsche starrte ihn an. Tja, Sam wollte sie zwar nicht anglotzen, aber sie war ja immerhin *da*. Direkt vor ihm und fast nackt. Es war beinahe zu viel verlangt, ihre langen Beine und nackten Oberschenkel *nicht* anzustarren oder das, was durch den dünnen Slip hindurchschimmerte, oder die kleinen harten Brustwarzen, die sich deutlich unter dem Top abzeichneten. Jesus Christus und Allah, wie sollte er mit alldem vor seinen Augen überhaupt denken können? Ihre Haare standen wirr vom Kopf ab, ganz anders als der glatte Pferdeschwanz, mit dem er sie bisher immer gesehen hatte. Dessie war nicht nur sexy verwuschelt und halb nackt. Sie sah außerdem wütend und schlicht lebensgefährlich aus.

Sam starrte auf den Gegenstand in ihrer Hand, der in der schwachen Flurbeleuchtung bösartig schimmerte. »Ist das etwa ein Schlagring?«, fragte er ungläubig. Die ganze Situation war surreal.

Dessie ließ die Waffe sinken. Ihr Brustkorb hob und senkte sich heftig, ihre Brustwarzen wurden gegen den fast durchsichtigen Stoff gepresst, während sie die Waffe immer noch in der Hand hielt. Er konnte sich nicht entscheiden, ob er erregt sein oder um sein Leben fürchten sollte.

Dann fiel ganz plötzlich der professionelle Schleier über ihr Gesicht.

»Was tust du da, Sam?« Ihre Stimme klang ruhig, aber sie hatte rote Flecken auf dem Dekolleté. Das war klar zu erkennen. Weil sie fast nichts anhatte.

»Ich wollte dich nicht erschrecken«, sagte er und streckte beruhigend die Hände zu ihr aus. Es schien, als ob das Adrenalin immer noch durch ihre Adern pumpte. Durch seine übrigens auch. Diese Frau wollte man nicht zum Feind haben.

Dessie blickte sich im Flur um. Er war immer noch verwaist. »Du hast mich nicht erschreckt«, sagte sie, jetzt wieder ganz beherrscht. »Komm rein.«

»Zu dir? Wieso?«

Sie nahm seine Hand. Das ging blitzschnell, aber trotzdem reagierte er auf die Berührung, als sie ihn ins Zimmer zog. »Hier ist es sicherer.« Sie ließ seine Hand wieder los, und er schob sie in seine Hosentasche, damit er gar nicht erst in Versuchung geriet, sie nach ihr auszustrecken.

Dessie wohnte in einem seiner absoluten Lieblingszimmer. Einem von denen, die er selbst mit entworfen hatte. Es war luxuriös und kostspielig mit hellen Farben und samtweichen Textilien ausgestattet. Ein Zimmer, an das man sich erinnerte, in das man sich zurücksehnte. Automatisch glitt sein Blick zu dem hohen, breiten Bett hinüber. Der Überwurf lag zusammengefaltet auf einem Sessel. Die Bettwäsche war kaum zerknittert, als hätte Dessie ganz still und unbeweglich geschlafen, quasi bereit, jederzeit aufzuspringen und Leute auf dem Hotelflur zu attackieren.

Mit einem dumpfen Klonk legte sie den Schlagring auf den Tisch.

»Ist das überhaupt erlaubt?«, fragte Sam und betrachtete die Waffe. Die war beeindruckend und, soweit er wusste, absolut illegal. Dessie riskierte Gefängnis, wenn sie damit herumlief.

Sie antwortete nicht, sondern begann sich ihre Hose anzuziehen. Sie hatte einen besonders hübschen Körper, wie der Mann in ihm bemerkte. Einen femininen, weichen, hellhäutigen und sommersprossigen Körper. Aber auch erkennbar stark und durchtrainiert. Er wäre nicht im Mindesten überrascht, wenn Dessie ihn in einem Nahkampf besiegen würde, obwohl er regelmäßig trainierte und unsäglich stolz darauf war, wie viel Gewicht er beim Bankdrücken schaffte.

»Was hattest du da draußen im Flur zu suchen?«, fragte Dessie und zog den Reißverschluss ihrer Hose hoch. Dann zog sie sich eine dünne Schutzweste über ihr Top, und Sam begutachtete interessiert die dünnen Platten. Sie griff sich ihre Bluse.

»Ich hatte Hunger.«

»Und Ana? Wo ist sie?«

Sam verschränkte die Arme vor der Brust und spannte seinen Bizeps an, nicht ganz unabsichtlich. »Eifersüchtig?«, fragte er.

Dessie, die sich gerade die Schuhe anzog, stand ganz langsam auf und fixierte ihn mit ihrem Blick. »Mir ist es scheißegal, was du machst, aber ich muss dabei sein. Ich kann meine Arbeit nicht machen, wenn du abhaust wie ein kleines Kind. Geht das nicht in deinen Kopf, dass das Vertragsbruch ist? Ich hatte schon Kunden, die Kokain geschnupft oder mit ihren Geliebten oder Prostituierten geschlafen haben. Dazu habe ich keine Meinung, das ist Teil des Jobs. Aber wenn du unsere Abmachungen nicht einhältst, kann ich nicht mit dir arbeiten.«

Sam war perplex. So hatte er das noch gar nicht gesehen.

Dessie band ihr Haar rasch zu ihrem üblichen Pferdeschwanz zusammen. »Ich will wissen, ob du mit Ana zusammen bist, denn in dem Fall muss ich sie durchchecken.«

»Das ist nicht nötig.«

Vermutlich hatte Dessie das Recht, das zu fragen. Er hatte aber nicht mit Ana geschlafen, aus verschiedenen Gründen, aber vor allem, weil sie sternhagelvoll gewesen war. Sie hatten sich in einer Bar getroffen und etwas getrunken – sie mehr als er –, und sie hatte keinen Zweifel daran gelassen, was sie von ihm wollte. Aber sie war betrunken gewesen, und er hatte Skrupel gehabt. Doch ja, er hatte sie mit auf sein Zimmer genommen, obwohl das nicht schlau gewesen war. Ana war nicht mehr sicher auf den Beinen gewesen, hatte mit ihm geflirtet und versucht, ihn zu küssen. Aber ihm war klar geworden, dass er kein Interesse an ihr hatte.

Dessie knöpfte den letzten Knopf ihrer weißen Bluse zu und stopfte sie in die graue Hose. Obwohl es mitten in der Nacht war, machte sie einen wachen Eindruck. Er würde das Bild der halb nackten, verwuschelten Dessie im Hotelflur sein Leben lang nicht mehr vergessen. Sie war reifer geworden. Aus dem langbeinigen Teenager war eine erwachsene Frau geworden. Er fühlte sich zu ihr hingezogen. Es wäre albern, das zu leugnen.

»Ich wollte dich nicht wecken«, sagte er entschuldigend. Er schämte sich, dass er sich aus dem Staub gemacht hatte. Dessie war ein Profi, und er sollte sie nicht respektlos behandeln. Aber Ana hatte ihn überredet, und er hatte nicht damit gerechnet, dass Dessie etwas merken würde.

»Kein Problem. Ich habe einen leichten Schlaf. Aber leider habe ich nichts zu essen hier, falls es das war, was du gesucht hast.«

»Moment.« Sam holte das Tablett aus dem Flur.

Dessie sagte nichts dazu, kochte Kaffee, schenkte jedem einen Becher voll und legte eine Serviette auf das Tischchen, das zwischen den beiden Sesseln stand. Sie aßen Brot mit Butter, tranken den heißen Kaffee und teilten sich die Schokoladentorte, und zu Sams Erstaunen war die Stimmung zwischen ihnen beinahe entspannt.

»Trotz allem muss ich dir ein Lob aussprechen«, sagte Dessie und wischte sich den Mund mit einer Serviette ab.

»Wenn es sich nicht vermeiden lässt«, entgegnete er und strich sich großzügig Butter auf eine Scheibe Vollkornbrot.

»Viele Männer haben große Probleme mit weiblichen Leibwächtern.«

»Inwiefern?«

Sie fegte sich ein paar Krümel von der Hose und griff nach ihrem Kaffeebecher. »Männer wollen sich gern tough geben. Sie kommen mit einer starken Frau nicht klar.«

Sam wusste, dass sie recht hatte. Eine Zeit lang hatte auch er damit gehadert, aber Tatsache war, dass er ständig von starken Frauen umgeben war, integren Frauen, und Frauen, die ihn fortgesetzt hinterfragten. Responsibility stellte gern solche Frauen ein, sowohl Schwedinnen als auch andere Nationalitäten, und er war gefestigt genug, um damit umgehen zu können. Hoffte er.

»Wie gefällt dir dein Zimmer?«, konnte er sich nicht enthalten zu fragen.

»Es ist sehr hübsch. Und danke für das Essen. Oder war das ein Trick? Damit du dich verdrücken konntest?«

»Das Verdrücken war nicht geplant, und ich bitte deswegen um Verzeihung. Das Essen habe ich bestellt, damit ich mitten in der Nacht in dein Zimmer kommen und die Reste vertilgen kann.«

»Ach so, das war also der Plan? Ich hatte mich schon über die vielen verschiedenen Gerichte gewundert, aber jetzt verstehe ich.« Sie lächelte zwar nicht, aber doch beinahe. Sie hatte seine Entschuldigung angenommen.

»Genau.« Er hatte darüber nachgedacht, was er ihr zu essen schicken sollte, hatte es sich mehrmals wieder anders überlegt und schlussendlich von allem etwas genommen. Das Personal musste ja glauben, er hätte sie nicht mehr alle. Aber Dessie hatte schon immer gern gegessen, und das war ihm im Gedächtnis geblieben. Je mehr Zeit er mit ihr verbrachte, desto mehr Erinnerungen kamen hoch. Warum?, wollte er sie fragen. Warum warst du so ätzend? Warum hast du mich nicht verteidigt? Aber er wollte ihre Waffenruhe nicht gefährden.

»Sind deine Hotels alle gleich, oder sind sie unterschiedlich eingerichtet?«, fragte sie und schenkte Kaffee nach. Sie trank ihn schwarz, während Sam Milch und Zucker nahm.

»Sie sind immer dem Ort angepasst, in dem sie stehen, und an ihre Lage – je nachdem, ob in der City, in Strandnähe, naturnah und so weiter. Und auch den Gästen, für die sie gedacht sind.« Es gab Hotels, in denen man übernachtete, weil einem keine andere Wahl blieb. Doch in seinen Hotels sollte man übernachten, weil man gern dort wohnte. Weil sie für sich genommen schon Reiseziele waren. »Alle sprechen immer davon, dass gerade *ihr* Hotel mehr sei als ein Hotel. Aber wir haben das geschafft. Wir haben Personal, das seinen Beruf und die Gäste liebt. Die Zimmer haben alle einen hohen Standard und sind individuell eingerichtet. Alle werden als VIP-Gäste behandelt – vom Landei bis zum Geschäftsreisenden.« Er verstummte, beschämt, weil er ins Schwadronieren geraten war.

»Aber warum die Hotelbranche?«

Er dachte nach. »Wenn man aus der Vorstadt kommt, so wie ich, dann tut man sich im Rap oder im Sport hervor, das haben alle erwartet. Aber ich wollte mehr.«

Dessie schaute in ihren Kaffeebecher, aber er hatte ihr verstohlenes Lächeln bereits bemerkt.

»Ich wollte Geld und Sicherheit, das hat mich anfangs angetrieben. Vielleicht wollte ich auch wichtig sein. Einfluss haben.«

»Und jetzt?«

»Es hat sich herausgestellt, dass mir das hier schon ein wenig liegt.«

»Nicht nur ein wenig. Es läuft gut für dich, Sam«, sagte sie sanft.

»Ich mag es, gut zu essen und gut zu wohnen«, sagte er. Schlussendlich war es doch das, worauf es im Leben ankam. Ein Dach über dem Kopf. Essen auf dem Tisch. Er würde nie vergessen, wie elementar diese Bedürfnisse tatsächlich waren.

»Magst du eins ganz besonders? Von deinen Hotels, meine ich?« Ihr Ton war freundlich, aber nach wie vor unpersönlich. Das konnte sie gut. Informationen einholen und dabei nichts über sich selbst verraten. Aber er sprach wirklich wahnsinnig gern von seiner Arbeit und seinen Hotels. Sie verliehen seinem Leben Sinn und ein Ziel.

»Das neue, Lux by Mälaren«, antwortete Sam, ohne zu zögern. Er liebte dieses Hotel. Brannte dafür. Dies Hotel würde ... Er wusste nicht, was, hatte sich noch nicht richtig bewusst gemacht, was er von diesem Hotel erwartete.

»Das, was demnächst eröffnet werden soll? In Stockholm? Warum?«

»Es ist mein größtes Projekt.« Das war die Standardantwort. Und es war die Wahrheit. Wenn auch nicht die ganze Wahrheit.

»Inwiefern dein größtes?«, fragte sie.

Aber Sam war nicht bereit, mit Dessie über seinen immerwährenden Kampf zu sprechen. Über sein immer noch vorhandenes Bedürfnis, sich zu behaupten.

Seine Gedanken wanderten zu der größten Niederlage seines Lebens. Zu dem, was an seinem neunzehnten Geburtstag passiert war. Dessie und er hatten am gleichen Tag Geburtstag. Das war nur eins von vielen Dingen, die sie miteinander verbanden und die ihm wie Schicksal vorgekommen waren, als sie jung waren.

An diesem einen Geburtstag durfte Dessie zu Hause eine Party veranstalten, während ihre Eltern nicht da waren. Die ganze Klasse und alle ihre Freunde waren eingeladen. Je mehr Gäste eintrafen, desto wilder ging es zu. Es wurde hemmungslos getrunken. Sogar Sam trank. Er war Alkohol nicht gewöhnt, aber er war nervös, weil er Dessies Freunde treffen sollte, und trank deshalb alles, was im Angebot war. Ein paar Jungs veranstalteten ein lautstarkes Wetttrinken mit Shots. Sam wollte nicht dabei mitmachen, erlag dann aber dem Gruppenzwang. Zwei der Jungs hatten ihn ganz besonders bedrängt, wie er sich erinnerte. In seinem Kopf drehte sich alles, ihm war übel, und er wollte aufhören, aber sie stachelten ihn weiter an. Danach nahm er alles nur noch verschwommen wahr und schlitterte geradewegs in die Katastrophe hinein, die sein ganzes Leben verändern sollte.

Sam bemühte sich, die Erinnerungsbilder jenes Abends abzuschütteln, und ließ stattdessen seinen Blick über Dessies Gesicht gleiten, wie sie da im Sessel saß, über ihren Hals, ihre Brüste, ihre Hände. Sie trug nüchterne Farben wie Beige, Weiß und Grau. Sam hatte nichts dagegen, aber er erinnerte sich noch daran, dass Dessie einmal bei einer Weihnachtsfeier in der Schule ein rotes Kleid angehabt hatte. Ihr helles Haar war offen gewesen, und sie hatte hellroten Lipgloss und ein weihnachtsmannrotes, knielanges Kleid getragen. Seitdem war Rot seine Lieblingsfarbe. Es tauchte sogar im Logo von Responsibility auf. Dieser Zusammenhang war ihm bisher nur noch nie aufgefallen.

Dessie setzte sich in den Schneidersitz. »Wenn wir wieder in Stockholm sind, übernehmen meine Kollegen deinen Schutz. Ich habe andere Aufgaben. Ich hoffe, das ist okay für dich.«

Die Enttäuschung traf ihn urplötzlich. »Ich muss ja auch noch nach Umeå. Kannst du dahin nicht mitkommen?« Er rückte näher zu ihr, lehnte sich zu ihr hinüber, streckte seine Beine in ihre Richtung, suchte ihre Nähe. Sie duftete nach Dessie. Angenehm und sauber, aber mit dieser neuen, gefährlichen Note, die er nicht richtig einordnen konnte. Er ließ seine Handfläche auf seinem Oberschenkel ruhen. Ihre Beine waren nicht weit von seinen entfernt. Die Spannung, die sie umgab, nahm zu, wie ein Kraftfeld. Er war sich ihrer Haut, des leisen Raschelns ihrer Hose, wenn sie sich bewegte, und des Dufts ihrer Haare überdeutlich bewusst.

»Sam, ich habe andere Aufträge«, sagte sie. Ihr Brustkorb hob und senkte sich unter der weißen Bluse, und er ahnte, dass ihr Widerstand bröckelte.

Er bewegte seine Finger über den Hosenstoff, spreizte sie und überbrückte mit seinem kleinen Finger den Abstand zwischen seinen und ihren Beinen und berührte sie leicht. Sie erstarrte, und er fürchtete, dass sie aufstehen und ihn beschimpfen würde. Er war darauf vorbereitet, den Rückzug anzutreten. Aber sie entzog sich ihm nicht.

»Ich möchte, dass du mitkommst. Ist das nicht genug?«, versuchte er sie zu überreden.

Sie schaute auf seinen Finger hinunter, der sie berührte. Er folgte ihrem Blick und versuchte, nicht daran zu denken, wie ihre Finger und Nägel ihn damals gekratzt hatten. Dabei scheiterte er auf ganzer Linie.

»Das ist nicht gut«, sagte sie leise. Sie schluckte. Er sah die Bewegung ihrer Kiefer und ihres Halses, in dem es arbeitete. Sie schloss die Augen. Er bewegte seine Hand, legte sie auf ihr Bein, spürte durch den Stoff hindurch Wärme, Kraft und Dessie. Sie atmete vorsichtig aus. »Sam ...«, flüsterte sie. Aber noch immer entzog sie sich ihm nicht. Stattdessen legte sie ihre Hand auf seine, und jetzt war Sam derjenige, der nach Luft rang. »Ich habe noch nie ...«, begann sie, unterbrach sich dann aber.

Das machte nichts. Er wusste, was sie sagen wollte, denn ihm ging es ganz genauso. Er hatte in seinem ganzen Leben noch nie so stark auf einen anderen Menschen reagiert. Selbst zu den Zeiten, da er sie am meisten gehasst hatte, war dieser Hass untrennbar mit Lust, Begierde und Liebe verwoben gewesen.

»Da war schon immer etwas zwischen uns«, sagte er leise.

»Ja«, antwortete sie. Traurig? Fragend? Er konnte es nicht heraushören.

Er lehnte sich eine Ahnung nach vorn, sog ihren Atem ein, atmete den Duft ihres Haars, ihrer Haut ein. »Dessie ...«

Da flog mit einem Knall die Zimmertür auf. Er musste sie angelehnt gelassen haben, als er das Tablett hereingeholt hatte.

Ana stand triumphierend im Türrahmen.

»Aha! Da bist du also!«, sagte sie und stolperte ins Zimmer. Sie hatte sich in ein zerknittertes Laken gewickelt und war darunter ganz offensichtlich nackt. Zerstrubbelt und kichernd. »Ich bin aufgewacht, und das Bett war ganz leer und kalt«, sagte sie mit einem Schmollmund. »Ich habe dich vermisst.«

Dessie zog langsam ihre Hand zurück, stand auf und warf Sam einen fragenden Blick zu. »Ich habe keine Ahnung, was hier gerade abgeht«, sagte sie. »Flirtest du mit mir, während du eine andere Frau auf dem Zimmer hast? Das kommt mir ziemlich bekannt vor.«

Sam hatte tatsächlich völlig vergessen, dass Ana in seinem Bett eingeschlafen war. Allerdings war sie da noch nicht nackt gewesen. Als sie eingenickt war, war sie noch vollständig bekleidet, also musste sie sich ausgezogen haben, um einen denkwürdigen Auftritt hinlegen zu können. Ana hatte etwas von einer Drama Queen, und gewöhnlich hatte er auch nichts dagegen einzuwenden, aber jetzt gerade zerstörte ihr Sinn für Dramatik eine ohnehin schon recht fragile Waffenruhe.

Er schaute zu Dessie hinüber, die kühl und mit klarem Blick am Fenster stand. Ihr Gesicht war verschlossen, die grauen Augen blank. Es sah nicht gut aus für ihn. Er wusste, dass sie sich ihr eigenes Bild von der Situation gemacht hatte. Das konnte er akzeptieren, auch wenn es ungerecht war. Wie immer verurteilte Dessie andere blitzschnell. Sie gab übereilt anderen die Schuld, ohne vorher nachzufragen. Vielleicht war es ja auch ganz gut, dass Ana hereingeplatzt war.

Sam schaute zwischen den beiden Frauen hin und her. Er würde mit Ana mitgehen, das war das einzig Anständige. Aber er war mit Dessie noch nicht fertig, falls sie das glauben sollte. Er sah sie an, und sie starrte eiskalt zurück, sodass er fühlte, wie die Wut in ihm hochkochte. Schon einmal hatte sie ihn nach einem ähnlichen Missverständnis zugrunde gerichtet. Doch dieses Mal würde Dessie nicht die Zügel in die Hand bekommen und die Spielregeln bestimmen. Das würde er sich nicht mehr gefallen lassen.

~ 14 ~

»Meine Brüste kommen darin so schön zur Geltung.«

»Deine Brüste kommen in allem zur Geltung«, konstatierte Dessie trocken, denn ihre kleine Schwester Patricia hatte von ihnen beiden ohne Zweifel das hübschere Dekolleté abbekommen. Nicht, dass sie einen Wettbewerb am Laufen hatten. Aber wenn, dann hätte Patricia in den meisten Disziplinen gewonnen. Sie hatte Kurven, während Dessies Körper ganz gewöhnlich war. Patricia hatte Grübchen sowie dieses Besondere, nicht Greifbare, wegen dem sich die Menschen ständig nach ihr umdrehten und sich immer an sie erinnerten. Männer verliebten sich in Patricia, und Frauen konnten ihre Attraktivität nicht ertragen und zogen über sie her.

Patricia streckte sich vor dem Spiegel in ihrem Ankleidezimmer. Schuhe, Handtaschen und Accessoires standen oder lagen dort ordentlich aufgereiht. Patricia drehte sich, um sich selbst von allen Seiten zu betrachten. »So ist es gut. Jetzt lass uns Wein trinken.«

Dessie klatschte in die Hände und folgte ihr. Sie ließ sich in Patricias luxuriöser Küche neben der Kochinsel nieder, während ihre Schwester die Flaschen im Weinkühlschrank inspizierte und über Weine, Temperaturen und Bouquets redete.

»Kühl und trocken für mich bitte«, sagte Dessie, die sich, ehrlich gesagt, nicht viel aus Wein machte. Patricia murmelte etwas und fuhr mit ihrer Suche fort. Sie wurden von Amelie und Leonore unterbrochen, die hereinstürmten und sich Dessie an den Hals warfen. »Tante Dessie!«

Dessie breitete ihre Arme aus und umarmte beide gleichzeitig. »Wie geht es meinen Lieblingskindern?« Sie hatten sich zwar erst vor einer Woche gesehen, aber sie hatte sie vermisst. Sie gab Amelie einen Kuss auf das Haar und strich Leonore über die Wange, und dann holte sie ihre Tasche und gab jeder ein Geschenk. Ein Kuscheltier für die siebenjährige Leonore, die Tiere liebte und davon träumte, einmal im Zoo zu arbeiten oder »etwas mit Dinosauriern« zu machen. Die neunjährige Amelie bekam Kohlestifte und einen echten Skizzenblock. Sie waren so groß geworden, ihre geliebten Nichten.

»Danke«, sagten beide wie aus einem Mund, wohlerzogen, wie sie waren.

»Das ist doch wirklich nicht nötig«, sagte Patricia und verdrehte die Augen. »Die Kinder haben doch alles.« Sie zupfte an ihrem Kleid, richtete noch einmal ihre Brüste und nahm zwei große Weingläser aus dem Schrank.

»Ja, aber ich habe es ihnen neulich versprochen, und außerdem verwöhne ich sie so gern. Das ist doch wohl das Vorrecht einer Tante«, sagte Dessie und umarmte die Mädchen noch einmal. Mit ihren hübschen Gesichtern, dem langen blonden Haar und den gleichen Strickjacken aus Kaschmir waren die Mädchen kleine Ebenbilder von Patricia. Aber sie ähnelten auch Dessie ein wenig, und das war ihr wichtig. Denn sie war jetzt vierunddreißig und hatte eine ganze Reihe missglückter Beziehungen und Dates hinter sich. Sie bezweifelte, dass sie eigene Kinder haben würde, und war sich nicht einmal sicher, ob sie welche wollte. Alles, was sie an Mutterliebe hatte, schenkte sie den beiden Mädchen.

Als sie geboren wurden, war Dessie vollauf damit beschäftigt gewesen, Karriere beim Militär zu machen, während Patricia auf Östermalm Kernfamilie gespielt hatte. Ihre völlig unterschiedlichen Lebensverhältnisse hatten dazu geführt, dass sie sich voneinander entfremdet hatten. Aber Dessie hatte niemals einen Geburtstag vergessen, hatte immer Spielsachen, Bücher und Bastelsachen geschickt, immer die Fotos ihrer Nichten im Smartphone gehabt, um sie sich in anderen Gefilden oder auf endlosen Autofahrten durch staubige Wüsten ansehen zu können. Für diese Mädchen würde sie, ohne zu zögern, durchs Feuer gehen.

Patricia lachte und hielt eine Flasche Chablis hoch.

»Na gut, ein Gläschen«, sagte Dessie. Wenn sie die Verantwortung für die Mädchen hatte, wollte sie nichts trinken, aber nach den letzten Tagen hatte sie sich definitiv einen Schluck Alkohol verdient.

Patricia schenkte ihnen ein, schwenkte ihr Glas und nickte Dessie zu, sie solle es ihr gleichtun.

Dessie gehorchte pflichtschuldig und trank dann einen herrlichen Schluck von dem frischen, knackigen Wein. »Also, Verabredungen zwei Freitage hintereinander – dann ist es also etwas Ernstes?«

Patricia hielt ihre Nase ins Glas und schaute zu ihren Töchtern hinüber, die sich unterhielten. »Habt ihr keine Hausaufgaben?«

Die Mädchen schüttelten die Köpfe.

»Dann geht zum Spielen in eure Zimmer, wir haben Erwachsenendinge zu besprechen.«

Die Mädchen gehorchten ohne Widerspruch und verschwanden in den Tiefen der riesigen Wohnung.

»Sie sind toll«, sagte Dessie.

»Heute, ja«, entgegnete Patricia.

Patricia hatte jung geheiratet und früh Kinder bekommen. Mit deren Vater, Dan, der aus einer wohlhabenden Familie stammte, hatte sie eine leidenschaftliche Liebesgeschichte gehabt. Sie hatten sich im Laufe nur weniger Monate verlobt und geheiratet. Die Ehe schien glücklich zu sein, bis Patricia weinend bekannt hatte, dass Dan sie und die Mädchen schlecht behandle, dass sie seinen Psychoterror nicht länger aushalte und sich scheiden lassen wolle. Die Scheidung war ein grauenhafter Rosenkrieg gewesen, mit jeder Menge schmutziger Wäsche und Drohungen, und einige Male hatte Dessie ernsthaft um die mentale Gesundheit ihrer Schwester gefürchtet, aber jetzt schien es Patricia besser zu gehen als seit Langem.

Dessie nippte an ihrem Wein. »Lecker«, befand sie.

Patricia lächelte. »Die Flasche hat sechshundert Kronen gekostet, da ist der Wein ja wohl mehr als nur lecker.«

Dessie nahm noch einen Schluck Wein und versuchte, die teuren Aromen herauszuschmecken, die offenbar enthalten sein sollten. In ihrem Kopf herrschte Chaos. Noch immer konnte sie nicht fassen, was in Malmö passiert war. Egal, wie sie das Ganze auch drehte und wendete, musste sie schließlich zugeben, dass Sam eine gefährliche Anziehung auf sie ausgeübt hatte, als sie dort auf ihrem Zimmer saßen. Das war der schlimmste Tabubruch, den ein Leibwächter begehen konnte. Die meisten begriffen wohl nicht, was für ein No-Go das war. Ein Leibwächter durfte keinerlei Gefühle für sein Schutzobjekt haben. Gefühle bedeuteten, dass man seinen Job nicht machen konnte, und das wiederum konnte in einer Notsituation den Unterschied zwischen Leben und Tod ausmachen. So gesehen war es ein Glück gewesen, dass Ana aufgetaucht war. Bevor noch etwas richtig Dummes passiert war. Sie schwenkte ihren Weinkelch und sah zu, wie die Flüssigkeit über die Innenseite des Glases rann.

Patricia war aufgestanden und wuselte in der Küche herum. Sie war fast ständig in Bewegung und mochte Tempo und Action. Sie betrieb ein exklusives Reisebüro, das Paketangebote für teure Jagdreisen schnürte. Wie zum Beispiel Büffel in Südafrika zu töten. Oder in Namibia Antilopen wegen der Trophäen zu schießen. Keine Reise unter fünfzigtausend Kronen. Die Nachfrage danach, in anderen Ländern Tiere zu töten, war offenbar riesig.

»Erinnerst du dich noch an einen Sam aus der Schule?«, fragte Dessie.

Eigentlich sollte sie nicht über ihn sprechen, schließlich war er ein Kunde, aber sie musste zumindest einmal seinen Namen laut aussprechen dürfen, wenn sie nicht verrückt werden wollte. Und sie rechtfertigte sich damit, dass Sam ja eine Person aus ihrer gemeinsamen Jugend war.

Patricia nahm ihr Glas und trank langsam und bedächtig. Dann stellte sie das Glas wieder hin, sagte: »Nicht direkt«, inspizierte ihre Fingernägel und holte eine Flasche mit Nagellack aus dem Schrank.

Dessie trank noch einen Schluck. Sie hatte nicht zu Abend gegessen, und der Alkohol zeigte bereits Wirkung. »Nein?« Allerdings erinnerte sie sich daran, dass sie Sam Patricia und ihren Eltern vorenthalten hatte. Es war alles so neu, so fantastisch gewesen, und sie hatte es für sich allein behalten wollen. Vielleicht argwöhnte sie auch, dass ihre Eltern nicht gerade begeistert davon wären, dass Sam aus einem anderen Land kam. Noch dazu aus dem Nahen Osten, dachte sie spöttisch. Und mit Patricia war damals gar nichts anzufangen gewesen. Sie war völlig mit sich und ihren eigenen Problemen beschäftigt gewesen und hatte in einer Tour mit irgendwem dramatische Kämpfe über Peanuts ausgefochten. Deswegen hatte Dessie Sam für sich behalten, wie ein wunderbares und ein klein bisschen sündiges Geheimnis. »Erinnerst du dich an die Party an meinem neunzehnten Geburtstag? Du warst mit Mama und Papa auf dem Land, bist dann aber abgehauen und zur Party gekommen.«

»Haha! Das klingt echt nach mir. Aber ich bin so oft abgehauen, zu so vielen Partys. Nicht nur zu deiner.«

Als Jugendliche war Patricia sehr temperamentvoll gewesen. Viel mutiger als Dessie. Viel abenteuerlustiger.

»Die Polizei ist gekommen«, sagte Dessie.

»Klingt nach einem gelungenen Fest«, sagte Patricia und pustete auf ihren Nagellack.

Dessie betrachtete sie skeptisch. Aber Patricia war schließlich jünger als sie, und bei Teenagern konnten zwei Jahre einen riesigen Unterschied ausmachen. Allerdings war es ein so großer Skandal gewesen, dass Patricia sich eigentlich daran erinnern müsste.

»Weißt du das nicht mehr? Und hör auf damit, auf den Lack zu pusten, das gibt Blasen.«

Patricia schwenkte ihre Hand durch die Luft. »Ganz dunkel vielleicht?«

Sie hatte nie mit den gleichen Leuten herumgehangen wie Dessie, und dann hatte sie ja geheiratet. Es war eine überaus kostspielige Hochzeit gewesen. In Dessies Augen war das Paar wie füreinander geschaffen, und darum hatte es sie überrascht, dass die beiden sich scheiden ließen, und dann noch unter so schmutzigen Begleitumständen. Schlussendlich hatte Patricia jedenfalls diese riesige Wohnung am Strandvägen zugesprochen bekommen und sie in den folgenden Jahren mit teuren Möbeln eingerichtet. Sie hatte eine Friseurin, eine Näherin, eine Putzhilfe und einen Fischlieferanten. Das war offenbar wichtig, wenn man auf Östermalm wohnte. Seine »Leute« zu haben. Das war fernab von Dessies Lebenswelt. Sie traf sich mit ihren Freunden vom Militär und war das schwarze Schaf der Familie. Als sie jung waren, waren ihre Rollen genau umgekehrt gewesen. Dessie war die ordentliche und berechenbare Tochter gewesen und Patricia das Problemkind.

»Denkst du noch manchmal an die Schule? An deine Mitschüler und so?«

Patricia leerte ihr Glas. »Bloß nicht. Die waren alle so langweilig. Was ist denn mit diesem, wie heißt er noch, Sam?«

Es war dumm von ihr gewesen, Sams Namen zu erwähnen. Aber er hatte selbst schuld, dachte Dessie grimmig. Er brachte sie dazu, Dummheiten zu machen. Ab sofort würde sie sich klüger verhalten. Sams Namen nicht laut aussprechen – check. Nicht daran denken, ihn zu küssen – check. Unglaublich, dass sie da unten in Malmö überhaupt in Versuchung geraten war, ihn zu küssen. Und er war einfach aufgestanden und mit Ana ins Bett zurückgegangen. Das hätte übel ausgehen können.

»Wie geht es Mama und Papa?«, fragte sie.

»Papa hat neulich angerufen und sich beklagt«, sagte Patricia. Sie klang verärgert.

»Wieder sein Herz?«

Ihr Vater hatte Probleme mit dem Herzen, weshalb Dessie ein chronisch schlechtes Gewissen hatte. Sie sollte ihre Eltern wieder einmal besuchen. Sie erinnerte sich kaum noch, wann sie zum letzten Mal in der gelben Villa in Danderyd gewesen war, in der sie aufgewachsen war und in der ihre Eltern immer noch wohnten. Aber sie hatte so viel bei der Arbeit zu tun und dazu noch die Reisen und ihr Abendstudium.

»Schätze ja. Und Mama möchte übrigens wissen, ob du noch lebst«, sagte Patricia. Sie kicherte. »Das wäre krass, wenn du echt tot wärst, wenn sie nächstes Mal fragt. Ich glaube, das sage ich.«

»Du hast einen bizarren Humor. Ich habe viel zu tun.«

Ihre kleine Schwester verzog das Gesicht. »Alle haben viel zu tun.

Ich bin alleinstehend, leite eine Firma und habe zwei Kinder. Aber ich finde trotzdem die Zeit.«

»Stimmt. Du bist eine bessere Tochter als ich. Außerdem schläfst du nie. Jetzt erzähl schon von deinem Date. Ist es immer noch derselbe Mann?«, fragte Dessie und schob den Gedanken an ihre Eltern von sich. Die Wahrheit war, dass sie sich einem Treffen mit ihnen nicht immer gewachsen fühlte. Irgendwann einmal mussten sie eine glückliche Familie gewesen sein, aber mittlerweile hatten sie nur noch sehr wenig gemeinsam und sprachen nie miteinander über wichtige Dinge.

»Ja, derselbe. Er ist ein richtiger Mann, ein Gentleman.«

»Seit wann trefft ihr euch?«

»Seit zweieinhalb Wochen. Aber es fühlt sich perfekt an.«

Dessie stellte ihr Weinglas ab, sie mochte nichts mehr trinken. Patricia konnte besser mit Männern umgehen als sie. Auch wenn Dan, den Dessie ja nett gefunden hatte, sich als grässlicher Mensch entpuppt hatte. Er schob Patricia die ganze Schuld in die Schuhe, nannte sie eine Psychopathin, stritt mit ihr um Geld und weigerte sich, Verantwortung für seine Töchter zu übernehmen.

»Also ist es was Ernstes?«, fragte Dessie. Sie freute sich, dass Patricia so erwartungsfroh aussah. Ihre Schwester machte zwar einen toughen Eindruck, aber für Dessie würde sie immer das temperamentvolle kleine Mädchen bleiben, das nie so richtig zufrieden mit seinem Leben war und immer nach mehr verlangte. Das das Abenteuer suchte und Action liebte.

Patricia streckte die Hand aus, damit Dessie ihr das Armband schloss. »Kann sein. Er sieht gut aus. Und er ist gut im Bett, ausdauernd.« Sie senkte die Stimme. »Wir haben irre viel Sex. Die Chemie zwischen uns ist der Wahnsinn. Wir werden sehen. Aber so habe ich jedenfalls noch nie gefühlt.« Sie drehte das Handgelenk, sodass die Steine daran glitzerten wie ein kleines Feuerwerk.

»Das klingt ja ziemlich ernst. Wie heißt er?«

»Texas«, sagte Patricia und begann ihre Kreditkarten, Schlüssel und Kleinkram aus ihrer Handtasche in eine kleinere Clutch umzuräumen.

»Heißt er wirklich Texas? Ist er Amerikaner?« Vor ihrem inneren Auge sah Dessie einen älteren Mann mit Cowboyhut und einem Whiskyglas in der Hand.

»Hast du denn auch jemanden kennengelernt?«, fragte Patricia.

Wieder dachte Dessie an Sam. Sie konnte nicht anders. Wie er sie berührt hatte. Wie ihr armer, sexhungriger Körper reagiert hatte, obwohl ihr Herz Nein gerufen hatte. Wie übertrieben eifersüchtig sie geworden war, als ihr klar wurde, dass Sam beabsichtigte, die Nacht mit der nackten, kichernden Ana zu verbringen. Wie verraten und verkauft sie sich gefühlt hatte. Wieder einmal.

Ich habe mit keiner anderen geschlafen. Das musst du mir glauben, hatte er gesagt. Und er hatte dabei so ehrlich geklungen.

Vielleicht glaubte sie ihm ja doch. All diese Jahre hatte sie gemeint, ganz genau zu wissen, was sich abgespielt hatte. Doch jetzt kamen ihr Zweifel. Er hatte keinen Grund zu lügen. Das war alles so lange her. Aber es tat immer noch weh, wenn sie an die Geburtstagsparty zu Hause in der Villa dachte. In Panik hatte sie versucht, das immer mehr ausartende Fest unter Kontrolle zu bekommen, obwohl immer noch weitere Gäste aufgetaucht waren, die mitfeiern wollten. Grölende Jungs, die sie nicht kannte. Mädchen aus den Parallelklassen mit Weinflaschen in den Händen. Sie hatte sich mit Sam in ihrem Zimmer verabredet, um einen Augenblick lang Ruhe zu haben. Eigentlich wollte sie sowieso nur mit Sam zusammen sein. Sie war so verliebt, dass sie glaubte, vor lauter Gefühlen explodieren zu müssen. Aber Sam war nicht in ihr Zimmer gekommen. Stattdessen drängten sich zwei fremde Jungen zu ihr herein. Sie standen unter Drogen und begannen, sie grob zu betatschen. Sie festzuhalten. Zuerst dachte sie noch, dass sie sich durch Reden aus der Klemme befreien könnte, aber die Situation wurde sehr schnell unkontrollierbar. Einer der beiden hielt sie in einem Würgegriff fest, während der andere an ihrer Kleidung zerrte. Ihre Bluse zerriss, und sie bekam keine Luft.

»Sam«, versuchte sie zu schreien. Sie hoffte, dass er auftauchen und sie vor dem Schrecklichen retten würde, das ihr gerade widerfuhr.

Noch nie hatte sie sich so hilflos gefühlt. Sam vermisste sie doch sicher schon? »Sam!«, schrie sie wieder.

»Scheiß auf den verdammten Kamelficker«, sagte der eine roh.

»Er vögelt gerade eine andere«, keuchte der andere und grub sich in ihren Slip. Seine Finger waren grob, und Dessie wand sich hysterisch. Als vor der Tür ein Schrei ertönte, hielten die Jungen inne, und ihr Griff lockerte sich.

Entsetzt und verzweifelt, wie sie war, gelang es ihr, sich loszureißen. Sie stürzte zur Tür und hielt dabei ihre zerrissene Kleidung fest.

»Komm zurück! Es wissen doch eh alle, dass du jeden ranlässt!«, höhnten sie.

»Komm her, du kleine Schlampe, damit wir es dir mal richtig besorgen können!«

Vor Angst schlotternd und tränenüberströmt rannte sie immer hektischer umher und suchte nach Sam.

»Der Moslem? Der hat gerade Sex mit irgendeiner Braut«, sagte ein Mädchen. »Ich habe sie gesehen.« Sie schaute Dessie mit alkoholvernebeltem Blick an. »Was ist mit deinen Sachen passiert? War das der Moslem? Scheiße! Du musst ihn anzeigen!« Die anderen Gäste starrten lüstern zu ihnen herüber.

»Wo ist er?«, heulte Dessie. Warum war Sam nicht zu ihr gekommen und hatte sie vor den widerlichen Dreckskerlen beschützt? Und was hatte er über sie herumerzählt?

Als sie die Tür zum Schlafzimmer ihrer Eltern aufriss, lag Sam dort auf dem Bett. Splitterfasernackt. Er war allein. Aber er hatte eine Erektion. Und Abdrücke von Lippenstift auf dem ganzen Körper. Um ihn herum lagen Kondome und Kleidungsstücke verstreut. Mittlerweile war Dessie hysterisch. Sie wäre um ein Haar vergewaltigt worden, während er die Gelegenheit genutzt hatte, um sie zu betrügen.

»Du Arsch!« Sie stürzte sich auf ihn und begann ihn mit Schlägen zu traktieren.

»Aufhören«, lallte er und versuchte sich zu schützen. »Dessie, bitte ...«

»Wie konntest du mir das antun? Uns?«

»Ich habe nichts getan. Glaube ich jedenfalls. Hör auf so zu brüllen.«

»Fahr zur Hölle! Mit wie vielen Mädchen bist du im Bett gewesen, was hast du über mich rumerzählt, du Schwein!«, schrie sie.

Genau in diesem Moment strömten Leute ins Zimmer. Sie sahen den Kampf auf dem Bett. Den nackten Sam. Die zerrissene Kleidung.

»Er hat sie vergewaltigt«, schrie ein Mädchen.

Der Blitz einer Kamera zuckte auf.

»Schaut her!«

»Macht Fotos! Sammelt Beweise!«

»Hat er sie vergewaltigt? Wie widerlich!« Der Mob hatte Blut geleckt. Es war wie in einem Albtraum.

Als die Polizei eintraf, versuchten sich alle gegenseitig zu überschreien. Dessie weinte so sehr, dass sie schluchzte. Sam wurde den Polizisten übergeben und aus dem Haus gezerrt, barfuß und nur in Unterhosen und mit zerzausten Haaren.

Als Dessie zu ihm hinausrannte, schoben ihn gerade zwei grimmig schauende Polizisten in den Streifenwagen. Er blutete aus einer Schnittwunde auf der Wange, und seine Augen waren vom Schock weit aufgerissen.

»Wie konntest du mir das antun? Noch dazu im Bett meiner Eltern! Du perverses Arschloch«, brüllte sie und wollte sich auf ihn stürzen.

Die Polizisten hielten sie zurück. Einige der Mädchen erklärten ihnen ganz außer sich, Sam hätte Dessie vergewaltigt, deswegen sei sie so wütend, und deswegen sei ihre Kleidung zerrissen.

»Dessie! Ich habe dich doch nicht ... Ich habe nichts von dem getan, was sie behaupten. Gar nichts. Dessie! Sag das der Polizei. Ich habe dich doch nicht vergewaltigt. Und ich habe mit keiner anderen geschlafen, ich bin nicht untreu gewesen. Verdammt! Dessie, antworte mir!« Sams Stimme war kaum wiederzuerkennen.

Die Nachbarn starrten aus ihren Gärten zu ihnen hinüber, ihre Mitschüler lachten höhnisch, und die Gerüchteküche war schon in vollem Gange. Dessie brummte der Kopf, und sie schrie zurück, bis in ihr Innerstes verletzt: »Du verfluchter Araber, du lügst doch, wenn du den Mund aufmachst.«

Sam brüllte wie ein Tier und warf sich auf sie. Die Polizisten rissen ihn zurück. Dessie hielt ihre Kleider zusammen.

»Fass mich nicht an, du Arschloch! Ich will dich nie wiedersehen.«

»Fuck you, du Schwedenhure! Das wirst du bereuen!«, schrie er, während er im Streifenwagen angeschnallt wurde.

Übers Wochenende verbreitete sich das Gerede zwischen den Schülern. Es wurde telefoniert, geschwatzt und hinzugedichtet. Jedes Mal, wenn die Geschichte weitergetratscht wurde, wurde sie um neue schlüpfrige Details ergänzt. Die Fotos von der Party wurden verbreitet, und die Gerüchte wurden stündlich abstruser. Als Dessie am folgenden Montag angstvoll in die Schule kam, »wussten« schon alle, dass Sam wegen Vergewaltigung im Gefängnis saß und dass Dessie mit »weiß der Geier wie vielen Typen« Gruppensex gehabt hatte. Oder vergewaltigt worden war. Oder beides. Aus den Übertreibungen war Wahrheit geworden. Sam war ein Sexualverbrecher, Dessie eine Hure, eine Schlampe oder ein Luder. Nichts, was sie sagte oder tat, machte noch einen Unterschied. Sie waren abgestempelt. Das war etwas, das sie nicht einmal ihrem ärgsten Feind wünschen würde.

Vor zehn Tagen bei Lodestar waren sie sich zum ersten Mal wieder begegnet.

»Dessie? Hallo? Triffst du dich mit jemandem?«

Sie tauchte gedanklich aus der Vergangenheit auf.

»Nein, ich treffe mich mit niemandem«, sagte sie. »Wenn man Tinders größte Loser nicht mit einrechnet.« Obwohl – vielleicht war sie selbst ja Tinders größter Loser. Der Gedanke kam ihr nicht zum ersten Mal. »Kannst du dich wirklich nicht an die Party erinnern?« Immerhin war Dessies Leben damals zerstört worden.

»Sorry! Aber, Dessie, du hattest noch nie ein Händchen für Männer. Ich kapier nicht, wie du das machst.«

»Du brauchst gar nicht so selbstzufrieden zu sein. Hier geht's nicht ums Gewinnen.«

Patricias Lächeln war so breit, dass ihre Grübchen hervortraten. Sie lockerte ihre Frisur. »Das ist doch gar nicht so kompliziert. Männer sind wie Maschinen, man muss nur wissen, wie man mit ihnen umgeht.«

Dessie war vierunddreißig Jahre alt und war schon mit einer Reihe Männern im Bett gewesen. Sie brauchte keine Ratschläge. »Ich weiß, wie es läuft.«

»Tatsächlich?«

»Vielleicht nicht immer«, räumte Dessie nach kurzem Nachdenken ein.

Früher hatte sie manchmal in Patricias Zimmer gesessen und zugesehen, wie ihre zwei Jahre jüngere Schwester mit großem Ernst Foundation, Puder und diverse Lidschatten auftrug und mit guten Ratschlägen im Stil von »Man darf Männern nie geben, was sie wollen« um sich warf. Dessie hatte für ihre frühreife kleine Schwester, die Stunden im Badezimmer verbrachte, sich nachts aus dem Haus schlich und Dessie dazu brachte, für sie zu lügen, nur ein müdes Gähnen übrig gehabt. Trotzdem war es Patricia gewesen, an die Dessie sich gewandt hatte, um sich Tipps abzuholen, wie man am besten das Interesse von Jungs weckte. Und mit Jungs hatte sie Sam gemeint.

»Manchmal frage ich mich, ob deine Ratschläge bezüglich Männern mir jemals etwas genützt haben«, bemerkte Dessie trocken. Irgendwie hatte sie nie ein glückliches Händchen in diesem Spiel, in dem Patricia so geschickt war. Sie selbst verliebte sich immer entweder zu sehr (in Sam) oder gar nicht (in alle anderen Männer).

»Du nimmst das zu ernst. Und du hast viel zu hohe Erwartungen.«

»Habe ich das?«

Patricia nickte. »Männer sind wie Möbelstücke. Austauschbar.«

Dessie überlegte, ob sie Wein nachschenken sollte. Dieses Gespräch war deprimierend. »Sind Männer jetzt Maschinen oder Möbelstücke?«, sagte sie irritiert. »Deine Metaphern verwirren mich.« Patricia und sie hatten unterschiedliche Einstellungen zu Beziehungen, was sie hin und wieder bedauerte. Denn bei einer Beziehung ging es doch wohl um mehr als um Manipulation und oberflächliche Erwartungen? Aber was wusste sie schon darüber.

Patricia nahm den Mantel, für den sie sich entschieden hatte, vom Bügel über der Schranktür. »Der Witz ist doch, dass ich jemand bin, der weiß, wie es läuft, und der möchte, dass es dir gut geht.«

»Danke.«

Patricia zog den Abendmantel über und band den Gürtel in der Taille. »Wie sehe ich aus?«

Sie klang verunsichert, und Dessie ging das Herz auf. Ihre komplizierte kleine Schwester. Nach außen hin so hart und voller Stacheln. Patricia war nicht einfach. Sie neigte zu Wutausbrüchen, geriet mit anderen in Clinch und war auf die anerkennenden Blicke von Männern und auf Bestätigung angewiesen. Aber sie hatte auch einen weichen Kern, und sie war Dessies kleine Schwester.

»Wer auch immer es ist, er hat dich nicht verdient«, sagte Dessie loyal.

»Du bist lieb.« Patricia schien zu zögern. »Weißt du, manchmal denke ich, du bist der einzige Mensch, den ich liebe.«

»Ich liebe dich auch, Dummerchen. Aber du liebst doch auch deine Kinder, und Mama und Papa.«

»Ja. Natürlich. Das tue ich.« Patricia verstummte und schien in Gedanken versunken.

»Ich simse dir, falls etwas ist«, sagte Dessie.

»Es wird schon nichts passieren«, sagte Patricia. Sie schnappte sich ihre Abendtasche. »Sie sind so brav, und du bist so zuverlässig«, sagte sie und ging.

Nachdem die Mädchen zu Abend gegessen, sich die Zähne geputzt, noch etwas auf dem iPad geschaut hatten und dann eingeschlafen waren, während Dessie ihnen vorlas, legte sie sich aufs Sofa und atmete einfach. Die Tage seit Malmö waren nur so verflogen. Auf der Zugfahrt nach Hause hatten Sam und sie nicht viele Worte gewechselt. Danach hatte sie sich in der Arbeit vergraben und war zu einer Konferenz für skandinavische Sicherheitsunternehmen nach Kopenhagen gefahren. Jetzt war sie völlig platt.

Der Duft von Zitrone stieg ihr in die Nase, und auf einmal bekam sie keine Luft mehr. Eine Panikattacke rollte auf sie zu. Sie blickte sich verzweifelt um. Auf einem Sideboard an der Wand lagen Apfelsinen und Limetten in einer Obstschale aus Keramik. Dessie schloss die Augen und konzentrierte sich darauf, sich zu entspannen. Sie sprach nie mit Außenstehenden über das, was sie bei Einsätzen erlebte. Niemals. Man hielt die Klappe oder redete mit denen, die dabei gewesen waren. Das waren sowieso die Einzigen, die einen verstehen konnten. Aber über das, was sie im letzten Sommer getan hatte, konnte sie mit niemandem sprechen, wollte es auch nicht, wollte nur vergessen. Haddy hatte es ihr schon mehrfach angeboten, aber es ging nicht. Dessie hatte die ganze Operation im Alleingang geplant. War allein in die Türkei gereist. Vor Ort hatte sie einige gute, zuverlässige Männer angeheuert und einen Fixer aufgetrieben, den sie gut kannte. Aber es war sehr vieles schiefgegangen. Manchmal gelang es ihr nicht, sich die Erinnerungen vom Leib zu halten, egal wie viel sie atmete, trainierte oder an anderes zu denken versuchte. Manchmal stürzten ihre Erinnerungsbilder einfach auf sie ein. Die Pistole, die auf ihren Kopf gerichtet war, die Gewissheit, dass sie jetzt sterben müsse. Und dann der Klang des Abzugs und das Geräusch, als die Waffe unfassbarerweise nur klickte. Eine Scheinhinrichtung gehörte zu den traumatisierendsten Erlebnissen, denen man einen Menschen aussetzen konnte. Sie wusste das. Aber sie war Soldatin, sie sollte damit fertigwerden. Und dennoch waren die Erinnerungen oftmals so wirklich, dass ihr einen Moment lang gleichsam ihr Realitätssinn abhandenkam. Dass die Pistole geklickt hatte – so etwas gab es nicht, es musste sich um eine schlechte Waffe oder um minderwertige Munition handeln, und sie hatte so ein unverschämtes Glück gehabt. Sie wurde so unglaublich WÜTEND auf sich selbst – warum war sie nicht einfach dankbar, dass sie überlebt hatte?

Und dann der Mann, der später durch ihre Hand umgekommen war. Das quälte sie ebenfalls. Sie hatte keine Wahl gehabt, das war ihr bewusst. Er oder sie. Also hatte sie ihm ihr kleines schwarzes Messer in den Hals gestochen, tief hinein, und mit aller Kraft seine Schlagader durchtrennt. Er hatte geröchelt und sie schreckerfüllt angestarrt, während sein Blut aus seinem Körper gepumpt wurde und sich über Hände und ihre Kleidung ergossen hatte. Noch bevor er zu Boden fiel, war er tot.

Die Stresssymptome waren erst viel später aufgetreten, und zwar so schleichend, dass es eine Weile dauerte, bis sie ihren immer wieder unterbrochenen, angstvollen Schlaf, ihre Reizbarkeit und ihre vermehrte Risikobereitschaft mit dem Erlebten in Zusammenhang brachte. Natürlich wusste sie, dass ihre Albträume mit den Geschehnissen zusammenhingen. Mit der Angst. Den Gerüchen. Den vorwurfsvollen Blicken.

Dessie war kurz davor zu hyperventilieren, schaffte es aber auch diesmal wieder, die Kontrolle zurückzuerlangen. Sie reagierte mittlerweile auf bestimmte Gerüche, völlig widersinnige Gerüche wie Zitrusfrüchte und ölige Fahrradketten, und bei bestimmten Klicklauten oder wenn jemand eine Tür zuschlug, schrak sie zusammen. Sie wusste, dass Tom das nicht entgangen war. Deswegen lag er ihr auch in den Ohren, dass sie die Psychologin aufsuchen solle, aber das hatte sie nicht nötig. Dessie atmete ein. Langsam. Hielt die Luft an. Atmete aus. Langsam. Noch einmal. Und noch einmal. Und noch einmal …

Als sie von einem Pling und einer Nachricht geweckt wurde, war es um sie herum pechschwarz. Sie war mit dem Handy auf der Brust auf dem Sofa eingeschlafen. Das Display summte und blinkte. Sie setzte sich auf, gähnte und horchte nach den Mädchen. Aber alles war ruhig, also wandte sie sich dem Handy zu. Eine Nachricht von Tom Lexington. Sogar seine Textnachrichten klangen schroff, überlegte sie. Wie auch immer er das hinkriegte.

Theoretisch hatte sie dieses Wochenende frei, aber so ganz frei war sie nie, das wusste und akzeptierte sie. Krisen und Katastrophen machten niemals Ferien. Es konnte jederzeit etwas passieren. Sie hoffte, dass es nichts Ernstes war.

TL: Du fährst mit Sam nach Umeå.

Dessie stöhnte. Sie wollte protestieren, fühlte sich aber nicht dazu in der Lage, nicht jetzt, wo Tom ständig hinter ihr her war. Besser, sie biss die Zähne zusammen. Aber sie hatte gehofft, dass Sam es sich anders überlegt hätte, dass er eingesehen hätte, dass es zwischen ihnen nicht funktionierte.

DD: Klar, Boss.

Noch eine Reise. Mit Sam. Dem charismatischen, unberechenbaren, magnetischen Sam.

Sie verschränkte die Arme im Nacken, starrte an Patricias Stuckdecke und ging systematisch all diejenigen Fehler durch, die sie dieses Mal nicht machen wollte. Damit hatte sie eine ganze Weile zu tun.

~ 15 ~

Sam versuchte, Dessie zu ignorieren. Er musste die Oberhand in dieser Beziehung zurückgewinnen, dachte er, und ein bisschen souveräner werden. Sich wie der erwachsene, erfolgreiche Mann verhalten, der er de facto war. Nicht hier herumsitzen und nach ihr schmachten, nicht daran denken, wie nahe sie sich in ihrem Hotelzimmer in Malmö gewesen waren, wie einfach es gewesen wäre, sich vorzubeugen und sie zu küssen. Vorausgesetzt natürlich, Ana wäre nicht hereingeplatzt und hätte sie unterbrochen. Dessie war deswegen sauer gewesen, und er konnte sich vorstellen, wie es für sie ausgesehen haben musste. Aber es war nichts geschehen. So im Nachhinein war ihm auch durchaus klar, dass es gut gewesen wäre, Dessie gegenüber dieses kleine Detail zu erwähnen.

Noch einmal schaute er zu ihr hinüber, wie sie mit geradem Rücken dasaß und ihren Blick unablässig durch den Waggon schweifen ließ. Ihr Körper schwankte im Takt mit den Bewegungen des Zuges. Ihre Haare waren straff hochgebunden, und sie trug einen locker sitzenden Blazer und eine adrette Hemdbluse. Als sie heute Morgen am Stockholmer Hauptbahnhof aufgetaucht war, hatte sie Guten Morgen gesagt, seitdem aber geschwiegen. Stundenlang. Und bis Umeå war es noch weit. Tja, er hatte das Ganze wohl doch ein bisschen falsch eingeschätzt, dachte er trocken.

In der vergangenen Woche hatte er fast täglich an sie gedacht. An ihre gemeinsame Geschichte. Er war sehr lange sehr wütend auf sie gewesen. Die Wut und sein selbstgerechter Zorn hatten in ihm gekocht, waren immer mächtiger geworden und hatten ein Eigenleben entwickelt. All diese Jahre hatte er das, was geschehen war, nur aus seiner eigenen Perspektive wahrgenommen. Er war so wütend gewesen, dass er die ganze Welt gehasst hatte. Die Schule und Dessie. Man hatte ihn wegen Vergewaltigung angeklagt. Zwar war die Klage fallen gelassen worden, aber da war der Schaden bereits irreparabel gewesen. Bis heute wusste er nicht, was sich damals im Schlafzimmer wirklich abgespielt hatte. Er konnte sich lediglich daran erinnern, dass er davon aufgewacht war, dass Dessie sich hysterisch auf ihn gestürzt hatte.

Wir waren auf einer Party. Du hast mit einem anderen Mädchen geschlafen. Was mit mir war, war dir scheißegal. Ich bin drüber weg.

Das hatte Dessie zu ihm gesagt. Aber so war es nicht gewesen. Nicht, soweit er sich erinnern konnte. Jemand hatte ihn ausgezogen, aber er hatte mit niemandem Sex gehabt, da war er sich ganz sicher. Allerdings hatte Dessie verletzt gewirkt, als sie das von dem anderen Mädchen gesagt hatte. Verletzt und traurig. Als ob sie wirklich daran glaubte, dass er mit einer anderen zusammen gewesen war. Glaubte sie das? Ernsthaft? Und was hatte sie damit gemeint, dass es ihm scheißegal war, was mit ihr passierte?

»Sam? Hörst du mich?«

Sam sah Leo an, der ihm gegenübersaß. »Entschuldige, ich war mit meinen Gedanken woanders. Was ist?«

Der Tisch zwischen ihnen war wie gewöhnlich mit Schreibblöcken, elektronischen Geräten, Obst und Kaffeebechern übersät. Sam bereitete sich auf ein Interview vor, das er bei seiner Ankunft geben wollte, während Leo mit tausend anderen Dingen beschäftigt war, vorwiegend solchen, die mit der Eröffnung in Stockholm zusammenhingen. Bis dahin waren es nun noch dreieinhalb Wochen, und es wurde allmählich ernst. Alle waren hoch motiviert, aber es gab immer noch buchstäblich Hunderte Details, die geklärt werden mussten. Von Kleinigkeiten wie dass für die Schränke in den Einzelzimmern die falschen Knäufe geliefert worden waren, bis zu größeren Problemen wie den vier maßangefertigten Betten, die im Zoll hängen geblieben waren.

»Was machen wir mit dem verspäteten Teppich für den Eingangsbereich?«, fragte Leo.

»Haben wir keine Leute, die sich um so was kümmern?«, sagte Sam müde.

Vielleicht hätte er doch nicht darauf bestehen sollen, dass Dessie auf diese Reise mitkam, dachte er bei sich. Das fiel ihm allerdings reichlich spät ein. Aber es war so verflucht deprimierend, dass sie ihm noch immer misstraute. Er war schließlich derjenige, dem unrecht getan worden war. Er war es, den man unschuldig an den Pranger gestellt hatte.

»Wir brauchen unbedingt Leute, die sich um Teppiche kümmern«, pflichtete Leo ihm bei. Er klappte die Hülle des iPads zu und rekelte seinen schlaksigen Körper auf dem Sitz. »Aber seltsamerweise haben wir das nicht. Ich weiß nicht, ob du schon davon gehört hast, aber unser oberster Chef ist ein Kontrollfreak. Er kümmert sich um jedes kleinste Detail, einschließlich der Teppiche im Eingangsbereich. Das kann manchmal ganz schön nervig sein.«

»Dass ich dich noch nicht gefeuert habe, ist mir ein Rätsel«, sagte Sam mit einem ergebenen Seufzer.

»Eines schönen Tages macht es mich vielleicht mal ernsthaft traurig, wenn du so etwas sagst«, entgegnete Leo leichthin. Sam war sich nicht sicher, ob sein Assistent das ernst meinte. Er selbst hatte es im Scherz gesagt, schließlich war Leo eines seiner besten Pferde im Stall.

»Wegen des Teppichs rufe ich da noch einmal an. Wir brauchen ihn unbedingt, und wenn ich ihn selbst fertig weben muss«, sagte Sam. Es ging um einen handgeknüpften, maßangefertigten persischen Teppich, den er einfach für sein Flaggschiff haben MUSSTE. Weder Leo noch sonst jemand konnte verstehen, was ihn antrieb. Niemand konnte diese Lücke sehen, die in seiner Brust klaffte und der Grund dafür war, dass er sich um jedes Detail selbst kümmerte. Er wollte, dass die Leute sich um die Zimmer in seinen Hotels rissen, dass die Gäste sich dort wohlfühlten, darüber sprachen und ihren Freunden davon erzählten. Darum durfte er nie nachlässig werden. Er war stolz auf das, was er erreicht hatte, und darauf, dass seine Hotels so beliebt waren. Die Lobbys in allen seinen Häusern sollten Wärme und Willkommen ausstrahlen, mit angenehmer Musik, frischen Blumen sowie Personal, das die Gäste so umsorgte, dass sich jeder wahrgenommen fühlte. Elegant, ohne protzig zu sein. Authentisch. Und Responsibility war eine Erfolgsstory. Beinahe jeden Monat erhielt er Anfragen von Interessenten, die eins seiner Hotels kaufen wollten, doch er lehnte immer ab. Die Hotels gehörten ihm, und er hing an jedem einzelnen. Und sobald die Eröffnung von Lux by Mälaren vorüber war, würde er seinem Führungsteam von seinem nächsten Projekt erzählen. Seinem neuen Baby.

Nach einer gefühlten Ewigkeit hob Leo den Kopf und schaute aus dem Fenster. »Wir sind da.«

Draußen tauchte Umeå mit seinen Wahrzeichen auf. In diese Stadt hatte Sam sich verliebt. Wasser und helle Nächte im Sommer, Schnee und Nordlichter im Winter. Überhaupt waren schwedische Städte ganz wunderbar, von Ystad mit seinen weißen Sandstränden im Süden bis zu Kirunas schneebedeckten Bergen und tiefen Wäldern im Norden.

Als Kind hatte er als Erstes das kleine Laxå kennengelernt, an das er kaum noch Erinnerungen hatte, später dann die Betonbauten von Akalla – und natürlich das Gymnasium in Danderyd. Aber das war auch schon alles. Seine Mutter und er hatten kein Geld für Reisen gehabt, und darum war er zu Hause geblieben, während seine neuen Klassenkameraden nach Bali, Vietnam und New York flogen. Er hatte in allen Schulferien gearbeitet und wie ein Ackergaul in mehreren Sommerjobs gleichzeitig geschuftet. In einem Jahr hatte die Kommune die Freifahrkarten für den öffentlichen Personennahverkehr abgeschafft, und Sam hatte überhaupt nirgendwohin fahren können, sondern zu Hause im Asphaltdschungel geschwitzt, während seine Freunde beim Baden waren.

Jetzt als Erwachsener liebte er das Reisen. Bevor er das Fliegen aufgab, hatte er all das nachgeholt, was so viele der Gleichaltrigen für selbstverständlich nahmen. Er hatte auf der Spitze des Empire State Buildings gestanden, die dekadentesten Nachtclubs in London besucht und in Buenos Aires Party gemacht. Jetzt genoss er die Zugfahrten durch Schweden und die Nachbarländer und freute sich, dass er seine Beine ausstrecken und sich bewegen konnte, während der Zug durchs

Land zuckelte. Nur heute war ihm die Zugfahrt quälend lang erschienen.

Er sah wieder verstohlen zu Dessie hinüber. Sie wirkte genauso beherrscht wie immer, während sie alles und jeden im Auge behielt und ihre knitterfreie Kleidung glatt strich.

Er fing ihren Blick auf und hielt ihn fest. Das Seltsame war, dass Dessie wahrscheinlich Verständnis für sein Bedürfnis hätte, alles, was er anpackte, zum Erfolg zu führen. Er dachte daran, wie sie sich früher über ihre Zukunftsträume unterhalten hatten. Sie, die aus einer wohlhabenden Familie kam, hatte studieren und den Menschen helfen wollen. Er, der den Stellenwert des Geldes kannte, träumte davon, reich zu werden. Sie hatte aber dennoch verstanden, was ihn antrieb. »Du willst es allen zeigen«, hatte sie gesagt und dann ihre Nase in seiner Halsbeuge begraben.

Das Hotel in Umeå war von einem Journalisten verrissen worden, von dem Sam wusste, dass er ihn nicht leiden konnte, und der Hotelchef hatte ihm zu verstehen gegeben, dass die Übernachtungszahlen zurückgingen. Dagegen wollte Sam jetzt angehen.

»Wir packen das jetzt an«, sagte er zu Leo. Er würde einem positiveren oder zumindest objektiv eingestellten Journalisten ein Interview geben, seine Angestellten treffen und die Arbeitsabläufe mit ihnen besprechen. Seinen ganzen Charme aufbieten und sie anspornen. Er würde den Trend umkehren. »Aber am liebsten würde ich mir diesen verdammten Journalisten einmal vorknöpfen«, murmelte er, während er seine Sachen zusammenpackte.

Leo nickte. »Unbedingt. So kann man auch eine Marke aufbauen. Das könnte doch unser Plan B werden?«, schlug er vor.

»Möglich«, sagte Sam finster. Wenn jemand schlecht über eins seiner Hotels schrieb oder sich über sein Personal beschwerte, war das für ihn wie ein Angriff auf seine Familie. Und die verteidigte er mit Zähnen und Klauen.

Wenn das Hotel in Malmö, wo er beinahe Dessie geküsst hätte, ein kosmopolitisches Cityhotel war, das von der geografischen Nähe zu

Europa geprägt wurde, so könnte man das Hotel in Umeå als nordisches Küstenhotel beschreiben. Weiß gestrichene Zimmer mit Blick auf den Fluss, ein luxuriöser, preisgekrönter Spa-Bereich sowie große, helle Konferenzräume.

»Dieses Hotel ist ein Juwel«, knurrte er.

»Ich weiß, Sam. Aber der Typ hat dich schon im Visier, seit du seine Frau beschimpft hast.«

»Sie ist zu Maren in der Rezeption unverschämt gewesen.«

»Ich weiß. Ich weiß. Aber wir sollten uns beruhigen und klug taktieren.«

Was, wenn dieser Journalist ihn so sehr hasste, dass er es nicht dabei beließ, nur einen bösen Artikel zu schreiben? Normalerweise hätte Sam an so etwas keinen Gedanken verschwendet, doch jetzt war er verunsichert, denn heute Morgen hatte er den Eindruck gehabt, dass jemand ihn beobachtete, und das war etwas völlig Neues für ihn. Während sie auf dem Bahnsteig auf den frühen Morgenzug warteten, hatte er das Gefühl gehabt, als ob jemand oder auch mehrere Personen ihn beschatteten. Er hatte sich umgeschaut, aber nichts Verdächtiges entdecken können, nur die üblichen gähnenden Reisenden mit Kaffeebechern in den Händen. Wurde er vielleicht paranoid?

Sam betrachtete Leo nachdenklich. Er war schon ziemlich lange sein Assistent, und sie hatten viel Zeit zusammen verbracht.

»Leo?«

»Yep?«

»Warum hast du dich eigentlich bei Responsibility beworben?«

Leo zuckte unbekümmert mit den Schultern. »Weiß ich nicht mehr.« Sein Handy klingelte. »Sorry, da muss ich rangehen.«

Dessie trat zu ihnen. »Was ist? Was ist los?«

Sam senkte die Stimme. Er ärgerte sich darüber, wie schnell die Paranoia die Oberhand gewonnen hatte. »Heute Morgen, als wir auf den Zug gewartet haben, ist dir da jemand aufgefallen? Der mich beobachtet hat? Oder uns?«

Sie runzelte die Stirn, wischte aber seine Bedenken nicht beiseite, was auch nicht gerade beruhigend war. »Mir ist nichts aufgefallen. Aber ...« Sie verstummte. Sam wartete. »Ich hatte das Gefühl, dass irgendetwas nicht stimmte.«

Sam lief ein kalter Schauer den Nacken hinunter. »Das gefällt mir gar nicht. Ich fange schon an, allen zu misstrauen.«

»Verstehe. Aber wenn irgendwas passiert, dann erzählst du mir davon. Lass mich meinen Job machen. Ich weiß, was ich tue, vertrau mir.«

Sam musterte Leo, der leise telefonierte und ihnen dabei den Rücken zuwandte. »Gehen wir immer noch davon aus, dass es Rechtsextreme sind?«

»Ja, aber wir schließen niemanden aus. Wieso?«

»Nichts.« Aber er sagte es ohne Überzeugung.

~ 16 ~

»Ist alles in Ordnung?«, fragte Dessie. Sie versuchte neutral zu klingen, aber irgendetwas war im Busch, und sie verspürte ein Kribbeln am ganzen Körper.

»Selbstverständlich«, sagte Haddy laut. Sie war im Restaurant, und im Hintergrund hörte man ein lautes Scheppern.

»Ich sollte dich nicht mitten im Mittagsgeschäft stören, aber ich wollte nur kurz mal hören. Keiner, der euch folgt? Keiner, der Joyce Angst einjagt?« Dessie musste sich räuspern. Ihr brach der Schweiß aus. Normalerweise liebte sie es, Haddy in der Küche herumwirtschaften zu hören, aber jetzt verursachten die Geräusche ihr Stress.

»Nein, ich glaube wirklich, es ist vorbei. Joyce geht es viel besser. Wo bist du? Entschuldigung, ich muss eben das Besteck hier reinwerfen.« Ein lautes Scheppern drang an ihr Ohr.

Das Geräusch war ohrenbetäubend. Dessie atmete ein, langsam, in den Bauch, und zwang sich, die Schultern sinken zu lassen, ihre Lungen mit Sauerstoff zu füllen und nicht oberflächlich zu atmen. Sie war klatschnass geschwitzt. Eine Panikattacke war im Anmarsch. »Im Einsatz. Ich rufe morgen wieder an. Grüß bitte alle.« Sie legte schnell auf. Beugte sich nach vorn und versuchte, an Blumen und Wiesen zu denken und sich vorzustellen, dass sie joggte. Atmete.

Sie ging ins Badezimmer und wusch sich die Hände. Auch diesmal hatte sie wieder ein wunderschönes Zimmer mit Golddekor im Bad, und sie versuchte sich darauf zu konzentrieren und die Angst, die Beklemmung und den Tunnelblick zu unterdrücken. Umständlich kühlte sie ihre Handgelenke unter eiskaltem Wasser, drehte dann den Hahn wieder zu und schaute durch das Hotelzimmer zu dem großen Fenster hinüber, wobei sie ihre Aufmerksamkeit auf die fantastische Aussicht über das Meer lenkte. Falls Sam sie damit beeindrucken wollte, war es ihm gelungen.

Diese Attacken, die sie wie aus dem Nichts überfielen, waren beängstigend. In Gedanken war sie wieder in der Türkei. Erinnerungsbilder blitzten auf, und in ihren Ohren dröhnte es. Sie musste sich zusammenreißen.

Als ihr Handy klingelte, zuckte sie zusammen. Es war ihre Mutter. Im ersten Moment war sie versucht, das Gespräch wegzudrücken, aber vielleicht würde sie ja dadurch abgelenkt.

»Hallo, Mama!«

»Dessie, wie schön! Darf man fragen, warum du nie von dir hören lässt?«

»Ich hab so viel um die Ohren«, entgegnete Dessie schuldbewusst. »Wie geht es dir?«

»Ich kann nicht klagen, aber Papa geht es nicht besonders. Außerdem sind wir ziemlich erschöpft. Die Mädchen waren seit Samstag bei uns.«

»So lange.«

Patricia hatte auch Dessie gefragt, aber sie hatte noch einen Haufen für die nächste Prüfung lernen, die Reise nach Umeå vorbereiten und sich mit Isak und Jon absprechen müssen, die ebenfalls dort sein sollten, deswegen hatte sie Nein gesagt.

»Was hatte Patricia denn vor?«, fragte sie. Schon wieder dieser neue Mann? Texas? Sich derart von einem Mann in Beschlag nehmen zu lassen, sah Patricia gar nicht ähnlich. Meist datete sie mehrere Männer gleichzeitig und legte sich auf keinen fest. Und ihre Töchter drei Nächte hintereinander allein zu lassen ... Dessie versuchte, sie nicht zu verurteilen. Sie vertrat den Standpunkt, dass man nicht an Müttern herumkritteln sollte.

»Ich weiß es nicht. Deine Schwester erzählt genauso wenig wie du. Ihr Mädchen habt immer alles gehabt, schöne Zimmer, interessante Reisen, aber jetzt habt ihr euer eigenes Leben, das merkt man. Nicht, dass ich mich beschwere. So soll es ja wohl auch sein. Aber manchmal verstehe ich euch nicht. Patricia wird sauer, und du tauchst ab.«

Dessie starrte ihr Spiegelbild an. »Können wir uns darüber unterhalten, wenn wir uns das nächste Mal sehen? Ich bin bei der Arbeit. Oder wolltest du etwas Bestimmtes?«

»Entschuldige, ich wollte dich nicht stören. Aber Patricias Art, das eine zu sagen und etwas ganz anderes zu tun, das ...«

»Entschuldige, Mama. Du störst nicht, aber ich muss jetzt gehen.« Sam wollte auf seinem Zimmer arbeiten, aber sie wollte ihn trotzdem im Auge behalten und keine Privatgespräche führen. »Bis dann«, sagte sie und legte so schnell wie möglich auf.

Sie wusch sich noch einmal die Hände, konzentrierte sich und klopfte an Sams Tür.

»Komm rein!«

Sie steckte den Kopf durch die Tür. »Wann ist das Interview?«

»Um zwei. Bis dahin habe ich zu arbeiten. Du könntest doch so lange mein Spa ausprobieren. Ich bleibe hier.« Er deutete auf seinen Laptop und einen halb aufgegessenen Salat.

»Du gehst nirgends hin?«

»Nix. Du solltest dir unbedingt die Relaxabteilung ansehen. Ich glaube, die wird dir gefallen.«

Das klang unwiderstehlich, also ging Dessie in den nach Chlor duftenden Bereich des Hotels hinunter.

»Hallo, ich würde gern eine Runde schwimmen«, sagte sie zu einer weiß gekleideten dunkelhaarigen Frau.

»Dessie Dickson, stimmt's?« Die Frau trug ein Namensschild, auf dem Maret stand, und sprach mit einem weichen västerbottnischen Dialekt. Ihre leicht schräg stehenden Augen strahlten Kompetenz aus sowie eine Ruhe, um die Dessie sie beneidete. Robust wie eine västerbottnische Birke. Maret lächelte. »Hier liegt schon ein Badeanzug, ein Handtuch und ein Bademantel für Sie.« Sie reichte ihr ein weiches Paket. »Sie finden bei uns Wasser, Obst und Smoothies. Bedienen Sie sich einfach. Und sagen Sie Bescheid, wenn ich Ihnen irgendwie helfen kann. Ach so, das hätte ich beinahe vergessen«, sagte sie und gab Dessie ein Necessaire mit Seife, Haarpflegeprodukten und Cremes.

»Danke«, sagte Dessie, ganz überwältigt von dem Luxus und der zuvorkommenden Behandlung.

Schnell zog sie den Badeanzug an. Er saß perfekt. Und im Poolbereich wurde sie von Kronleuchtern, Palmen in großen Körben und Servierwagen mit Snacks und Getränken empfangen. Sie tauchte ins Becken ein, schwamm mit langen Zügen, wendete unter Wasser und stieß sich mit den Füßen an der mit Mosaiken verzierten kurzen Beckenseite wieder ab. Sie liebte Wasser. Und mit Schwimmen ließen sich die Nachwirkungen der Panikattacke, die sie um ein Haar überwältigt hätte, gut bekämpfen, dachte sie dabei. Irgendetwas an dem, was ihre Mutter gesagt hatte, irritierte sie, aber sie kam nicht darauf, was. Stattdessen holte sie tief Luft und tauchte unter.

Sie konnte ihre Energie schon immer gut in Arbeit und Training umleiten. Dank dieser Fähigkeit hatte sie sich nach den schrecklichen Ereignissen bei der Party, nach dem Chaos, als es zwischen ihr und Sam zu Ende war, zusammenreißen und das Militär, den Job, das Leben bei den Hörnern packen können. Erneut wendete sie und stieß sich ab. Früher hatte sie sich geschämt, wenn sie daran dachte, wie am Boden zerstört sie in den Monaten nach Sam gewesen war. Aber sie hatte sich selbst verziehen, und mittlerweile gab es viele Dinge in ihrem Leben, die wichtiger waren. Sam Amini war nur ein Job, redete sie sich ein. Ein Job, den sie erledigen musste. Sie hatte auch vorher schon gut aussehende Kunden gehabt, Männer, die sie angebaggert, mit ihr geflirtet und ihr Angebote gemacht hatten, aber sie hatte nie auch nur das Mindeste für einen von ihnen empfunden und hatte sich nie von einem von ihnen angezogen gefühlt. Sie tauchte und schwamm am Grund des Beckens entlang.

Das Problem war, dass sie sich von Sam sehr wohl angezogen fühlte. Es war lange her, dass sie so empfunden hatte, und es machte ihr Angst. Damals, als sie jung und voller Hoffnung war, war es dermaßen übel ausgegangen. Dann hatte sie eine Tür zugemacht. Und im Laufe der Jahre hatte sie wohl noch mehr Türen zugeschlagen. Vielleicht sogar mehr, als gut für sie war. Das bedeutete allerdings nicht, dass sie bereit war, sich dem Erstbesten zu öffnen, und schon gar nicht Sam.

Als sie mehrere Bahnen gezogen hatte und ihre Muskeln richtig warm geworden waren, drehte Dessie sich auf den Rücken und ließ sich gemächlich unter den Kronleuchtern treiben, während sie sich den zurückliegenden Tag noch einmal durch den Kopf gehen ließ. Sie hatte sich genau wie Sam heute Morgen auf dem Stockholmer Hauptbahnhof beobachtet gefühlt, als ob jemand sie und Sam beschattete. Sie hatte alles wieder und wieder gecheckt, aber nichts und niemanden entdeckt. Sie wackelte mit den Zehen und schloss die Augen. Im Zug hatte sie jedenfalls niemand beobachtet, dessen war sie sich ziemlich sicher. Sie ließ sich treiben. Das Wasser hatte genau die richtige Temperatur, und sie lauschte dem Gluckern, während sie ihre Energiereserven wieder auffüllte.

»Hallo da unten«, hörte sie eine Stimme.

Als sie die Augen öffnete, stand Sam am Beckenrand und schaute auf sie herunter. Außer einer schwarzen Badehose hatte er nichts weiter an. Dessie ließ den Blick auf ihrem Schutzobjekt ruhen. Well. Sam Amini war wahrhaftig erwachsen geworden. Sie ließ sich tiefer ins Wasser sinken und betrachtete ihn durch die Wimpern. Sam war fantastisch in Form, größer und muskulöser, als sie ihn in Erinnerung gehabt hatte. Mit einer faszinierenden Tätowierung, einem schwarzen Muster, das seitlich an seinem Brustkorb ansetzte und bis unter seine Badehose verlief. Sie bemühte sich, ihn nicht anzustarren. Aber sie hatte schon Elitesoldaten gesehen, die weniger gut gebaut waren.

Sam und sein Bizeps und seine muskulösen Oberschenkel setzten sich auf den Rand des Pools. »Das Interview ist um eine halbe Stunde verschoben worden, und da dachte ich, ich könnte noch rasch eine Runde schwimmen. Wie ist das Wasser?«

»Herrlich«, murmelte sie, während ihr verhärtetes Bodyguardherz vor Freude Purzelbäume schlug.

Sie hatte erwartet, dass Sam aufstehen und vom Beckenrand ins Wasser springen würde, um einen auf Macho zu machen, aber er glitt ohne Weiteres ins Becken. Sein Körper zeichnete sich im Wasser verzerrt ab.

»Willst du noch schwimmen?«, fragte er und nickte in Richtung der Wasserfläche.

»Ich bin gerade fertig. Du hattest versprochen, in deinem Zimmer zu bleiben und zu arbeiten«, erinnerte sie ihn. »Ich kann es nicht fassen, dass ich schon wieder darauf reingefallen bin.«

Sam grinste. In seinen Augenwinkeln hatte er feine Lachfältchen, und seine Gesichtszüge waren klar und gleichmäßig. Er sah aus wie jemand, der viel lachte, dachte sie bei sich. Aber in den Tiefen von Sams Blick lag auch eine gewisse Härte, als hätte das Leben ihn vieler Illusionen beraubt. Was ihn natürlich nur noch attraktiver machte. Sie sollte sich nicht von zynischen Männern angezogen fühlen, rief sie sich streng zur Ordnung, doch schien das keinerlei Eindruck auf sie zu machen. Er machte sie an, und der sexuellen Spannung nach zu urteilen, die in der Luft lag, fühlte er genauso. Das einzig Richtige, was sie jetzt tun konnte, war, aus dem Becken zu steigen, das Hotel zu verlassen und nach Hause zu fahren. Das Wasser war nicht besonders tief, es reichte ihr bis zu den Schultern und ihm bis zur Brust, und sie bewegte sich schwebend, wie man es im Wasser immer tat, wie Astronauten in einem Raumschiff. Dessies Blick folgte einem Wassertropfen, wie er an seidenweichen, sonnengebräunten Muskeln hinunterrann.

»Wartest du noch, während ich meine Runden drehe? Oder willst du schon hochgehen?« Sein Blick liebkoste sie. Es war schon lange her, dass ein Mann sie so angesehen hatte. So verwegen.

»Ich bin deine Leibwächterin, ich bleibe«, sagte sie, wobei es ihr gelang, sich ihre Atemlosigkeit nicht anmerken zu lassen. Dass ihr sozusagen das Wasser bis zum Hals stand.

Sam war ein guter Schwimmer, schnell und kraftvoll, und sein Körper glitt durch das Wasser, ohne zu ermüden.

Während sie ihm mit den Augen folgte, sah sie mit einem Mal wieder sich selbst in seinen Armen, wie sie sich geküsst und miteinander geredet hatten. In vielerlei Hinsicht hatte Sam sie für alle anderen Männer verdorben, dachte sie und konnte immer noch seinen Geschmack spüren und seine Hand, die über ihre Taille wanderte bis zu ihren Haaren hinauf. Wie leidenschaftlich er sie geküsst und wie heftig sie den Kuss erwidert hatte.

Sam schwamm zu ihr hinüber und strich sich die Haare aus dem Gesicht.

»Schön?«, fragte sie.

»Ja.«

Die Luft zwischen ihnen knisterte förmlich. Dessie bewegte sich rückwärts, bis sie mit dem Rücken am Beckenrand stand, und legte die Arme darauf ab. Sam kam auf sie zu. Ihr dummer Körper wollte ihn umschlingen, aber sie widerstand dem Impuls.

»Versprich mir, dass du nicht austickst, wenn ich dir etwas sage«, sagte er.

»Ich ticke niemals aus«, sagte sie. Es war fast nicht gelogen.

»Ich möchte über uns sprechen.«

»Sam ...«

»Du tickst aus.« Sam kam näher.

»Tue ich nicht.«

Er kam noch näher, so nah, dass sie die Wassertropfen an seinen Wimpern sehen konnte und die neu hinzugekommenen Fältchen in seinem Gesicht, und dass sie den Wasserdampf spürte, der von seiner Brust aufstieg.

»Ich schwöre beim Leben meiner Mutter, dass ich damals mit keinem anderen Mädchen geschlafen habe.«

Dessie schluckte. So würde Sam niemals schwören, wenn es nicht die Wahrheit wäre, denn seine Mutter war ihm heilig. Jetzt glaubte sie ihm. Ihr ging auf, dass Sam keine Ahnung hatte, wie wütend sie auf ihn gewesen war und wie im Stich gelassen sie sich gefühlt hatte, weil er sie nicht gegen die Typen beschützt hatte. Dagegen, dass jemand versucht hatte, sie zu vergewaltigen. Aber sie hätte ihn ebenfalls beschützen sollen. Sie hätte ihn, in den sie so verliebt gewesen war, gegen alle Gerüchte, die nach dem verfluchten Fest aufkamen, in Schutz nehmen sollen. Viele waren überzeugt gewesen, dass Sam derjenige gewesen war, der ihre Kleidung zerrissen hatte und sie vergewaltigen wollte.

Sie stand ganz still, während Sam eine Hand aus dem Wasser hob und ihr eine Haarsträhne aus dem Gesicht strich.

»Ich schwöre. Und mit Ana hatte ich auch keinen Sex«, fügte er mit einem schiefen Lächeln hinzu.

»Ana tut nichts zur Sache«, sagte sie, obwohl sie ihm gern auch das glauben wollte. Obwohl sie ihre Wange in seine Handfläche schmiegen wollte.

»Doch, das tut sie«, sagte er und zog seine Hand wieder zurück. Aber er sah sie auch weiter so an, als ob sie die einzige Frau auf der Welt wäre. Wie leicht es doch war, sich so etwas einzureden.

»Du und ich sind uns auf deinem Zimmer nähergekommen. Dann ist sie hereingeplatzt, und du dachtest, ich hätte mit ihr geschlafen«, fuhr er fort.

»Kann schon sein«, gab sie zu.

»Aber das habe ich nicht, und ich möchte, dass du das weißt. Entschuldige, dass ich das nicht sofort klargestellt habe.«

Dessie rückte zur Seite, um Wasser und Abstand zwischen sich und Sam zu bringen. »Ich glaube dir«, sagte sie langsam. »Und mir tut leid, was passiert ist. Nicht in Malmö, sondern damals. Bei der Party. Ich hätte zu dir halten sollen, der Polizei die Wahrheit sagen und nicht nur an mich selbst denken sollen und an das, was mir passiert war. Das war wohl mein verletztes Ego.«

»Deine verletzten Gefühle, meinst du? Du warst gekränkt, und das ist auch kein Wunder.«

»Aber du warst auch verletzt. Ich habe dir Vorwürfe gemacht, dich angeschrien und alles nur noch schlimmer gemacht. Und dann habe ich dich nicht verteidigt, wie ich es hätte tun sollen. Aber ich konnte es einfach nicht.«

»Es ist schwierig, sich Gehör zu verschaffen, wenn alle sich das Maul zerreißen«, sagte Sam.

»Ich hätte mir noch mehr Mühe geben müssen. Verzeih mir. Es tut mir wirklich leid.« Es tat gut, das einmal auszusprechen. Sie war durch die Hölle gegangen. Er aber auch. Und teilweise ihretwegen. Das lastete schwer auf ihr.

»Ich habe auch Dinge gesagt, die ich jetzt bereue. Mein Gott, wir waren noch so jung.«

»Ja.«

Sie waren wirklich sehr jung gewesen, und sie hätte das alles hinter sich lassen sollen, aber die Wahrheit war, dass Sam ihr das Herz gebrochen hatte, und als es endlich zu heilen begann, war irgendetwas schiefgelaufen. Wie bei einem schief zusammengewachsenen Knochen. Die Gerüchteküche in der Schule, die Blicke und das Getuschel hatten das Ihre dazu beigetragen, ihr Vertrauen zu untergraben. Seitdem hatte sie keinem Mann mehr vertraut, keinen mehr an sich herangelassen, und sie hatte bis heute Schwierigkeiten damit. Was für ein Klischee!

Sam ließ seine Hände durchs Wasser gleiten, und sie folgte seiner Bewegung mit den Augen. Eigentlich sollte sie gehen, konnte sich aber nicht dazu durchringen. Sie hatten das Becken ganz für sich allein. Sam schaute sie an. Ihr Badeanzug war von der schlichten und funktionalen Sorte und hatte weder ein hoch angeschnittenes Bein noch ein besonders großzügiges Dekolleté, aber unter Sams Blick fühlte sie sich trotzdem völlig nackt. Sie war aufgewühlt von seiner Nähe, seiner nackten Haut, von all den tausend Dingen, die Sam ausmachten. Von seinem Antrieb und seiner Leidenschaft. Seiner Liebe zu seiner Mutter und seiner persischen Herkunft. Seinem Bizeps. Seinen freundlichen Augen. Den kurzen Brusthaaren, die an seiner nassen Haut klebten. Den Wassertropfen, die langsam an seinem Hals hinunterliefen und die sie am liebsten abgeleckt hätte.

»Sam …«, sagte sie nur und wusste nicht recht, was sie wollte. Oder vielmehr: wusste genau, was sie wollte.

Sein Gesicht näherte sich ihrem. Das geht gar nicht, rief etwas in ihr. Aber sie schob ihn nicht von sich, als er ihr nahe kam, sie schaffte es einfach nicht.

Sein Zeigefinger berührte leicht die Narbe, wo die Kugel sie gestreift hatte, und er strich ihr über die Augenbraue. »Ich hätte dich verlieren können«, murmelte er.

Sie erzitterte.

Seit sie Teenager waren, war viel Zeit vergangen. Sie hatte seitdem viel über sich selbst gelernt. Und sie war nicht wütend, wie ihr jetzt klar wurde, nicht mehr. Nicht auf Sam und auch kaum noch auf sich selbst. Mit neunzehn glaubte man, erwachsen zu sein, aber das war man nicht. Sie hätten sich so vieles ersparen können, wenn sie miteinander geredet hätten. Wenn Sam auf einen ihrer vielen panikartigen Anrufe in den Wochen nach der Party reagiert hätte. Wenn sie nicht so am Boden zerstört gewesen wäre. Wenn, wenn, wenn.

»Es hat keinen Sinn, alles noch einmal durchzukauen«, sagte sie jetzt, weil schlussendlich alles sehr, sehr lange her war und es das war, was man in einer Situation wie dieser üblicherweise sagte.

»Du hast vermutlich recht«, sagte er leise.

Sie versuchte ein Lächeln. »Freunde?«

»Absolut. Freunde.«

Sie sahen einander an. Keiner sagte etwas.

»Wo sind die anderen Leibwächter?«, fiel es Dessie ein.

»Vor dem Eingang. Ich habe ihnen gesagt, dass du hier bist.« Seine Wimpern bewegten sich langsam, und dann streckte er im Wasser seine Hand aus und ergriff ihre, wie um per Handschlag zu besiegeln, dass sie nun Freunde waren. Etwas albern, vielleicht, aber so machte man das nun mal.

Dessie hielt seine Hand, hatte eigentlich lächeln wollen und sich so natürlich geben wie möglich, konnte aber nicht wieder loslassen. Stattdessen behielt sie seine Hand in ihrer und beugte sich vor, um ihn auf die Wange zu küssen. Wie man das bei alten Freunden so machte. Ein Wangenküsschen. Ganz platonisch. Aber ihr Mund verweilte an seiner Wange, bekam gleichsam nicht genug von seiner rauen Haut und dem Gefühl von angewärmtem Wasser auf seinem Körper, sodass ihre Lippen einfach dort liegen blieben.

»Dessie ...«, flüsterte er, und seine Kiefer bewegten sich unter ihrem

Mund, und dann küsste er sie ebenfalls sachte auf die Wange. »*Sheereenam*«, wisperte er, und als sie die wunderschönen Worte wiedererkannte, wurde alles in ihrem Inneren ganz weich und nachgiebig. Es war ihm nie wirklich gelungen, die Worte für sie zu übersetzen, aber sie hatten etwas mit Süßigkeiten zu tun, und sie hatte es geliebt, wenn er sie so nannte. Sie rieb ihre Wange an seinem Mund. Er erwiderte die Berührung, und die Rauigkeit seiner Haut ließ sie erschauern. Ihre Münder und Lippen näherten sich einander. Er zog sie an sich. Küsste sie wieder auf die Wange. Noch einmal, in den Mundwinkel, federleicht. Sie küsste ihn zurück.

Das konnte nicht gut gehen, das wusste sie. Aber wo Sam Amini ins Spiel kam, war sie weder stark noch smart. Sie war nichts von alldem, was sie sonst für sich in Anspruch nahm.

Dessie presste ihren Mund auf seinen, schloss die Augen und überließ sich ganz ihrer Empfindung, dem sie umgebenden Wasser, seinem warmen Körper, seinem weichen Mund. So standen sie da, Lippen auf Lippen. Und dann küsste Sam sie.

Ihre Zungen begegneten sich, und jemand rang nach Luft, vielleicht kam das Wimmern von ihr, vielleicht auch von ihm, der genauso aufgewühlt war wie sie. Sam presste sich an sie, bedeckte ihren Körper mit seinem, umfasste ihren Rücken mit einer Hand und küsste sie. Nicht fest, aber intensiv. Sie zog sich zurück, und er folgte ihr, bis sie wieder mit dem Rücken am Beckenrand stand. Ihre Beine öffneten sich, und er stellte sich dazwischen. Eines ihrer Beine glitt an seinem hinauf, er fasste es unter dem Knie und verankerte es an seiner Hüfte, um sie offen zu halten. Sie küsste ihn härter, wollte mehr, sehnte sich nach …

Auf einmal wurde es um sie herum stockdunkel. Dessie blinzelte und unterbrach den Kuss. Aus den Lautsprechern dröhnte Musik, und lauter fröhliche, lebhafte Menschen strömten herein, die trainieren wollten oder was auch immer. Dessie entzog sich Sam und ging auf Abstand.

Er sah sie fragend an. Sie war kurz davor, in Panik zu geraten. Von allen bescheuerten Ideen …

»Das ist ein großer Fehler«, sagte sie mit unsicherer Stimme.

Sam antwortete nicht. Was, wenn jemand sie gesehen hatte? Wenn Jon oder Isak hereingekommen wären – was für eine Katastrophe! Sie drehte sich um, stützte sich auf den Beckenrand, kam aus dem Wasser und lief eilig hinaus. Sie versuchte den Kopf hoch zu tragen, aber sie schämte sich für ihr Verhalten.

~ 17 ~

»Hattest du schon mal eine Frau als Bodyguard?«

Sam wusste nicht, warum er das gefragt hatte. Er war schon lange nicht mehr so verwirrt gewesen wie jetzt. Aber er hatte Dessie geküsst, richtig geküsst, und jetzt war er völlig verstört. Darum. Er hatte gefragt.

»Eigentlich hatte ich noch nie einen Bodyguard«, antwortete David Hammar am anderen Ende der Telefonleitung.

Wenn Sam Probleme hatte, über die er reden wollte, wandte er sich an David. Nicht, dass er vorgehabt hätte, sein Problem genau zu benennen: dass er mit seiner Leibwächterin geknutscht hatte und mit ihr schlafen wollte.

»Nicht einmal in den Zeiten, als du die hiesige Wirtschaft am wildesten aufgemischt hast?«, fragte er stattdessen.

Ein paar Jahre zuvor war David Hammar ein richtiger Bad Boy gewesen. Er hatte hinter einem der aufsehenerregendsten Coups in der schwedischen Wirtschaft gestanden, einem, über den man bis heute sprach und der sogar im Wirtschaftsstudium Thema war. In jenem Sommer hatte er mit seinem Risikokapitalunternehmen die feindliche Übernahme des Investum-Konzerns hingelegt. David hatte Investum praktisch vernichtet und danach die Tochter des Mehrheitseigentümers geheiratet. Das war jetzt einige Jahre her, aber es hatte die gesamte schwedische Finanzbranche umgekrempelt.

Zu der Zeit war Sam damit beschäftigt gewesen, sein eigenes Imperium aufzubauen, und David und er waren sich auf einem Business-Get-Together begegnet, wo es bei Snacks und Sekt klick gemacht hatte. Sie waren dann auf ein Bier in den Sturehof weitergezogen, und am folgenden Tag hatte David Sam angerufen und war danach sein Mentor geworden. Sie beide ähnelten sich in mehrfacher Hinsicht. Auch David hatte sich aus dem Nichts hochgearbeitet. Andererseits waren sie aber auch wieder recht verschieden. So war David beispielsweise Schwede und würde nie verstehen können, wie es war, aus einem anderen Land zu kommen. Außerdem war er mit einer Finanzprinzessin aus Djursholm verheiratet und verkehrte in den besten Kreisen, in denen sich Sam wiederum nie ganz zu Hause fühlte, obwohl er mittlerweile auch dazu eingeladen wurde. Klar konnte er sich durch eine schicke Abendeinladung oder eine Cocktailparty hindurchlavieren, aber ihm war nicht wohl dabei.

»In den härtesten Zeiten hatte ich Tom an meiner Seite«, sagte David.

»Niemand legt sich mit Tom Lexington an«, bestätigte Sam. Tom hatte sowohl Folter als auch Hubschrauberabstürze überlebt und war schon zu Abrahams Zeiten Elitesoldat gewesen.

»Genau. Bleib mal eben dran.«

David sprach mit jemandem im Hintergrund. Sam hörte Kinderstimmen, ein Hund bellte, und dann war David wieder da. »Entschuldige! Warum fragst du nach Leibwächtern? Ist was passiert?«

Sam hatte David noch nicht von den Hasskommentaren erzählt, die er bekam. Warum, wusste er selbst nicht. Vielleicht war das so ein Machoding. Aber er hatte einfach keinen Nerv für dieses Thema, also unterschlug er ihm, dass es so aussah, als wollten irgendwelche Rassisten ihn fertigmachen. »Nur so«, sagte er unbestimmt und fragte sich, wieso er überhaupt damit angefangen hatte. Aber das Erlebnis mit Dessie hatte ihn aufgewühlt. Ihr Kuss war ihm durch und durch gegangen. Ein einziger kleiner Kuss. Aber ihr Geschmack, der vertraute Geschmack von Dessie. Ihr nasser Körper. Ihre Zunge, die hungrig mit seiner spielte.

»Sam? Hallo? Was ist los?«, fragte David. Dieser Mann war ein menschlicher Lügendetektor. Sam kannte ihn zwar noch nicht besonders lange, aber er wusste, dass David ein Menschenkenner war, ein Experte darin, Schwächen und Ungereimtheiten aufzuspüren.

»Es könnte sein, dass ich Mist gebaut habe«, sagte Sam.

»Wer keinen Mist baut, lebt auch nicht«, sagte David.

Das war so eine neue Masche von ihm, mit Kalendersprüchen um sich zu werfen, und Sam vermutete, dass das der Auftakt zu einer Midlifecrisis sein könnte.

»Wenn du jetzt auch noch Carpe diem sagst, lege ich auf«, drohte er ihm.

»Obwohl ein bisschen Carpe diem dir guttun würde. Du kannst nicht immer nur arbeiten. Du musst auch mal genießen«, erklärte David selbstzufrieden und gönnerhaft.

»Wer hat behauptet, dass ich nicht genieße?« Sam genoss es, Geld zu verdienen. Er genoss es, erfolgreich zu sein und andere auszustechen. Er genoss es sogar in vollen Zügen. Klar kam ihm sein Leben manchmal leer vor, aber das ging doch wohl allen so? Das Problem mit Menschen wie David Hammar, Männern, die glücklich verheiratet waren und eine Familie hatten, war, dass sie urplötzlich zu wissen glaubten, was der Sinn des Lebens war. Ein bisschen so wie die Leute, die auf Yoga oder Selleriesaft schworen. Sie hielten es für die Antwort auf alle Fragen. Aber Menschen waren nun einmal unterschiedlich.

»Meine Frau macht mir Zeichen. Ich habe versprochen, mit den Kindern auf den Spielplatz zu gehen«, sagte David.

»Grüß Natalia. Und die Kinder«, sagte Sam und legte auf. Keinen Deut klüger als zuvor.

Es klopfte an seiner Tür, und natürlich war es Dessie.

Keine rosa überhauchte Haut, keine erweiterten Pupillen. Nur ein kühles Äußeres. Schon wieder. Als ob nichts gewesen wäre.

»Die Journalistin ist jetzt hier«, sagte sie.

Sam winkte sie herein. Ihr Haar war nun trocken und erfüllte sein Zimmer mit dem Duft des Shampoos. Sie wirkte frisch und ausgeglichen. Während er kaum einen klaren Gedanken fassen konnte, sah sie so aus, als wäre sie kompetent genug, um den Weltfrieden auszuhandeln. Wie konnte es sein, dass der Kuss sie nicht mehr aufgewühlt hatte? Er selbst hatte danach eiskalt duschen müssen. Hatte er ihr etwa persische Zärtlichkeiten ins Ohr geflüstert? Oh Gott, jetzt wurde er auch noch beinahe rot.

Ihr grauen Augen musterten ihn unverwandt, wie zwei Projektile. Obwohl er jetzt, wo er genauer hinsah, erkennen konnte, dass Dessies Wangen doch ein klein wenig rosa überhaucht waren. Er freute sich darüber.

»Sam ...«

»Dessie?«

»Was da passiert ist.«

»Im Pool?«

Sie machte einen gequälten Eindruck, als hätte er einen Fauxpas begangen, indem er es laut aussprach. Aber sie nickte.

»Ich muss es Tom sagen. Ich kann nicht mehr mit dir zusammenarbeiten.«

Sam lehnte sich in seinem Sessel zurück. Darauf war er nicht vorbereitet gewesen. Jetzt übertrieb sie doch wohl?

»Das war doch nichts. Ich finde nicht, dass Tom das wissen muss. Ich fühle mich wohl mit dir, das ist das Wichtigste.«

»Aber das war höchst unprofessionell von mir. Wenn Jon oder Isak uns gesehen hätten ...«

»Haben sie aber nicht. Es ist nichts passiert. Belass es dabei«, befahl er ihr. Sie durfte die Zusammenarbeit nicht beenden. Nicht jetzt.

»Aber ...«

»Wir sprechen später darüber«, schnitt er ihr das Wort ab. »Würdest du die Journalistin hereinbitten?«

Dessie schien widersprechen zu wollen, aber dann sagte sie nur frostig: »Selbstverständlich.«

»Wie gefällt Ihnen Umeå? Was ist Ihrer Meinung nach das Beste an der Stadt? Werden Sie hier noch weitere Hotels eröffnen?«

Es waren dieselben Fragen wie immer, dachte Sam bei sich, aber er beantwortete sie höflich, eine nach der anderen. Er war hier auf einer

Charmeoffensive, um die Belegschaft zu retten, darum gab es keine Fragen, auf die er nicht bereitwillig geantwortet hätte.

Leo servierte ihnen Kaffee und setzte sich dann ein wenig abseits auf einen Stuhl.

»Gibt es etwas, das Sie bereuen?«, fragte die Journalistin, während sie einen Keks knabberte.

Sie war freundlich und entgegenkommend, aber voll konzentriert. Sam mochte sie, denn sie war gut informiert und machte einen seriösen Eindruck.

Sam dachte über diese Frage nach, die ihm so häufig gestellt wurde. Wenn er ehrlich war, und das war er in Interviews nur selten, gab es so einiges, was er bereute.

Nach der Party damals hatte er die Schule geschmissen. Obwohl er unschuldig angeklagt wurde, obwohl das Verfahren eingestellt wurde, obwohl nichts passiert war, war das Kind bereits in den Brunnen gefallen und sein Ruf ein für alle Mal zerstört. Leute riefen bei ihm zu Hause an und bedrohten ihn. Seine Mutter weinte. Er ging nie mehr in die Schule zurück, nicht einmal zum Schulabschluss und zur Abiturfeier. Das hatte seine Mutter rasend gemacht, sie hatte sich geweigert, das Ganze aus seiner Sicht zu betrachten, und sie hatten sich furchtbar gestritten, woraufhin er sich bei der Dokusoap beworben hatte. Dort hatte es ihm dann vollends den Boden unter den Füßen weggezogen.

Wenn er irgendetwas in seinem Leben bereute, dann war es die Zeit bei der Dokusoap. Er hatte so viele Menschen verletzt und schämte sich furchtbar für einige der Dinge, die er getan hatte. Er hatte gelogen, manipuliert und sich niederträchtig verhalten. Und es gab niemanden, dem er die Schuld dafür in die Schuhe schieben konnte. Er hatte alles und jeden gehasst und war immer selbstzerstörerischer geworden. Er hatte gesoffen, gevögelt und sich geprügelt. Damit war er natürlich der perfekte Teilnehmer. Nach seinem Sieg war seine Zerstörungswut geblieben und hatte sogar noch zugenommen. Er war ständig blau, ließ keine Party aus, schlief sich durch die Betten und prügelte sich mit jedem, der ihm dumm kam. Manchmal konnte er kaum fassen, dass er diese Jahre überlebt hatte. Seine Scham darüber, wie er sich anderen Menschen gegenüber verhalten hatte, auch seiner Mutter gegenüber, lastete schwer auf ihm, und manchmal fühlte es sich an, als ob alles, was er heute tat, nur dazu diente, seine Schuld abzutragen.

Jetzt ließ er seinen Blick über Umeå schweifen, das sich draußen vor dem Fenster erstreckte. Er hatte so viel erreicht. Warum war er immer noch nicht zufrieden? Davids Worte gingen ihm offenbar immer noch nach. Aber sich nie zufriedenzugeben, brachte einen auch weiter.

»Ich schaue lieber nach vorn. Meine Mitarbeiter leisten hervorragende Arbeit. Unsere Gäste lieben uns«, sagte er, und die Journalistin akzeptierte die nichtssagende Antwort.

»Ihr Hotel wurde kürzlich verrissen. Was sagen Sie dazu?«

Er schenkte ihr sein gewinnendstes Lächeln. »Darauf habe ich keinen Einfluss. Das Wichtigste sind die Gäste. Dass sie immer wiederkommen, ist das beste Zeugnis.«

Sie erwiderte sein Lächeln. »Sie werden auch der Bad Boy der Hotelbranche genannt. Wie sehen Sie sich selbst?«

Sam suchte Leos Blick, und sein Assistent stand auf und erklärte bedauernd, dass die Zeit leider um sei. Nachdem sie sich verabschiedet hatten und Sam der Journalistin das Versprechen abgenommen hatte, seine eigenen Zitate vorab lesen zu dürfen, begleitete Leo sie hinaus. Dann schaute er wieder durch die Tür: »Bist du bereit?«

Sam nickte, und sie gingen zusammen ins Restaurant. Jon, einer der anderen Leibwächter, »der mit den Polizistenaugen«, wie Sam ihn insgeheim nannte, blieb an ihrer Seite. »Wo ist Dessie?«, wollte Sam wissen. War sie etwa doch verschwunden?

»Sie ist unten und sondiert.«

Das Restaurant war vorübergehend für die Hotelgäste geschlossen worden, und alle Angestellten, die gerade abkömmlich waren, hatten sich dort mit einem Glas alkoholfreiem Sekt in der Hand versammelt. Sam stellte sich vor sie hin und ließ den Blick über Rezeptionisten, Reinigungspersonal und Küchenmitarbeiter schweifen. Die meisten kannte er, sowohl hier als auch in seinen anderen Hotels. Viele von ihnen, wenn auch natürlich nicht alle, waren schon seit vielen Jahren bei ihm angestellt und hatten ihren Teil zu seinem Erfolg beigetragen. Er mochte seine Mitarbeiter. Ihr Wohlergehen lag ihm am Herzen, und er war stolz auf sie.

»Ich möchte, dass ihr wisst, dass ich hinter euch und der großartigen Arbeit stehe, die ihr hier im wunderschönen Umeå leistet. Ich bin stolz auf unser Hotel und stolz darauf, wie ihr unsere Gäste empfangt, und darauf, dass ihr rund um die Uhr einen guten Service bietet und immer den Gast in den Mittelpunkt stellt. Ohne euch und eure harte Arbeit ist all das hier nichts wert.« Er räusperte sich, sah seinen Angestellten in die Augen und erblickte Dessie. Sie sah ihn unverwandt an. Dann wandte er sich wieder dem Personal zu. »Und ich möchte, dass ihr wisst, dass ihr auf meine Unterstützung rechnen könnt. Jederzeit. Kommt zu mir, wenn ich irgendetwas für euch tun kann. Lasst uns nach vorn schauen und unser Bestes geben!«

Nachdem er mit seinen Angestellten Small Talk gemacht, mit dem alkoholfreien Sekt angestoßen und sich bemüht hatte, mit jedem einzelnen ein paar Worte zu wechseln, ging er in Gedanken versunken zurück auf sein Zimmer. Er stellte sich ans Fenster und betrachtete die Stadt, die sich zu seinen Füßen ausbreitete. Für sein Büro suchte er sich immer eins der ganz oben gelegenen Zimmer aus. Er liebte das Gefühl, über allem zu schweben.

Ach, scheiß drauf. Er schnappte sich das Sakko von der Stuhllehne, kontrollierte, dass er seine Brieftasche und sein Handy dabeihatte, und öffnete die Tür. Er musste hier weg. Einmal durchatmen. An etwas anderes denken als an schlanke Gliedmaßen im Wasser und Küsse, die nach Chlor schmeckten.

Im Flur machte Dessie leise einen Schritt auf ihn zu, und er fuhr zusammen.

»Was zum Teufel!«, sagte er und versuchte sich nicht anmerken zu lassen, dass sie ihn erschreckt hatte. »Was stehst du hier herum?«

»Das ist mein Job. Wohin willst du?«

»Raus.« Sam ging los, und Dessie folgte ihm.

»Wohin raus?«, fragte sie, während sie auf den Aufzug warteten.

»Weg. Du kannst hierbleiben, wenn du willst«, sagte er gereizt.

Sie antwortete nicht und folgte ihm einfach. Ihr Duft war allgegenwärtig. »Musst du mir so auf die Pelle rücken? Solltest du nicht diskret sein? Unsichtbar?«

Sein Ausbruch schien sie völlig kaltzulassen. »Du weißt schon, dass du mich dafür bezahlst, oder? Also hör auf, dich so anzustellen, und mach mir das Leben ein bisschen leichter.«

Dann hör du auf, mich zu küssen, dachte er grimmig.

»Was willst du wissen?«

»Sag mir, wohin du gehst. Dann kann ich jemanden hinschicken und dafür sorgen, dass dich keiner umlegt.«

Dessie hatte natürlich recht. Er führte sich kindisch auf. Aber er war frustriert und übellaunig und hatte keinen Plan. Eigentlich wollte er nur fliehen. Aber auf einmal fiel ihm etwas ein. Wenn er darüber nachdachte, war es sogar ganz offensichtlich: Er wusste genau, wo er hinwollte.

»Ich will mit jemandem sprechen, den ich haben will.«

»Haben?«

»Yep, du wirst schon sehen.«

~ 18 ~

Es war nicht Sams Schuld, dass sie die Kontrolle über sich und ihre Hormone verloren hatte, dachte Dessie, während sie ihm durch das abendhelle Umeå hinterherlief. Ab sofort würde sie sich zusammenreißen und das tun, was sie am besten konnte: ihre Schutzperson am Leben erhalten. Total verrückt. Sie hatte also einen Kunden geküsst. Das war ihr noch nie passiert, und schon beim Gedanken daran brach ihr der Schweiß aus. Und was für ein Kuss! Oh Gott! Es gelang ihr nur mit Mühe, mit Sam Schritt zu halten. Er hatte lange Beine, und er ging schnell.

»Sam, würdest du mir verraten, wo wir hingehen«, wiederholte sie.

Er blieb abrupt stehen, und sie wäre beinahe in ihn hineingerannt. »Hierher.«

Sie schaute hoch. Eine Bar, ausgerechnet. Sehr viel besser besucht, als sie an einem Montagabend in Umeå erwartet hätte. Verdammt schwierig. Sie nickte Jon zu, der sie rasch eingeholt hatte, und wies ihn an, nach Notausgängen Ausschau zu halten.

»Lass mich zuerst reingehen«, befahl sie Sam.

Er lächelte schief. Sie verabscheute es, wie seine Nähe sie aufwühlte, wie ihr Puls sich beschleunigte, wenn er sie mit seinem intensiven Blick ansah, wie ihre Nasenflügel sich weiteten, um seinen Duft aufzunehmen, wie ihre Härchen und ihre Zellen sich ihm förmlich entgegenstreckten. Und das, während Sam ganz unbeeindruckt, effektiv und energisch aussah. Als würde er am laufenden Band seine Leibwächter küssen und sie mit seiner magnetischen Ausstrahlung in Schach halten. Während er gleichzeitig herzerwärmende Reden an sein Personal hielt. Das war richtig ergreifend gewesen.

Sam hielt ihr die Tür auf. Dessie ging an ihm vorbei, wobei sie ihm viel zu nah kam und die Luft anhielt, als ihre Brüste ihn berührten. Sie sollte Tom anrufen und ihm beichten, was passiert war, und verlangen, dass er sie von dem Auftrag abzog. Oder sollte sie Tom einfach vergessen und lieber Haddy anrufen und ihr von dem besten Kuss aller Zeiten erzählen? Ihrer besten Freundin verraten, dass sie einen Kuss bekommen hatte, der alle andern in den Schatten stellte. Oder sollte sie diesen Kuss zusammen mit all ihren anderen Geheimnissen, Dummheiten und Fehlern mit ins Grab nehmen?

Sie überblickte rasch den Raum. Jede Menge Leute, laute Musik und grölende Grüppchen. Alles andere als ideal.

Sie ging an die Theke und zeigte auf einen Stuhl. »Setz dich hierhin, ich spreche rasch mit Jon.«

Zu ihrer Verwunderung gehorchte Sam ohne Widerrede, und sie hätte beinahe die Augen verdreht, bevor sie Jon anwies, sich vor der Bar zu postieren, worauf sie Sam das Okay gab. Sein Lächeln erwiderte sie nicht. Stattdessen stellte sie sich ein bisschen entfernt hin, zwischen Sam und die Ausgangstür. Sie hatte ein Messer dabei, Handfesseln, einen Teleskopschlagstock und stabile Schuhe. Wenn etwas passierte, sollte sie damit zurechtkommen. Anpassung an unvorhergesehene Situationen sowie Problemlösung – das war ihr Spezialgebiet.

Sam sprach mit dem Barkeeper, einem jungen, tätowierten Mann mit Lederband um seinen Man Bun und einem breiten Lächeln.

»Komm mal her, Dessie«, sagte Sam. »Das ist Egil.«

Dessie grüßte knapp.

Sam zeigte auf den Barhocker. »Setz dich kurz hierhin.«

»Ich stehe lieber.« Sie konnte ihren Job nicht machen, wenn sie sich mit dem Kunden zusammensetzte.

»Bitte.«

Sie hatte nicht die Kraft, um zu diskutieren. Mit diesem Mann war alles ein einziger Kampf, und sie beschloss, keine weitere Energie in diese kleine Auseinandersetzung zu investieren. Sie setzte sich auf den Barhocker, die Füße am Boden, und ging in Gedanken schnell die anwesenden Personen durch, die sie im Auge behalten sollte. Eine Gruppe junger Männer in Windjacken und Sneakers – Studenten. Ein Mann, der allein dasaß und an seinem Ehering drehte, ohne jemanden anzusehen. Zwei Männer mit rasierten Köpfen, die bei Sams Ankunft bedeutungsvolle Blicke gewechselt hatten. Sie glaubte zwar nicht, dass sie Neonazis waren, aber leider stand das den Menschen ja nicht auf die Stirn geschrieben.

»Mach ihr einen Drink«, sagte Sam.

»Alkoholfrei«, sagte Dessie rasch.

»Er soll dir einen richtigen Drink mixen, und du sollst ihn probieren«, verkündete Sam. »Ich überlege, ob ich ihn für meine Hotelbar anwerben soll. Du kannst mir helfen, wenn du probierst.«

Dieser Mann konnte ihre Geduld wirklich auf die Probe stellen. War ihm eigentlich nicht klar, dass sie ihn innerhalb von zehn Sekunden erwürgen könnte? Es war zwar nicht üblich, die Schutzperson um die Ecke zu bringen, wie Dessie vor sich selbst zugab, aber für Sam könnte sie vielleicht eine Ausnahme machen. Er sollte eigentlich Respekt vor ihren Fähigkeiten haben, dachte sie und war ihm ernsthaft böse. Den Kunden zu küssen, untergrub offensichtlich ihre Autorität als Bad-Ass-Leibwächterin. Das hatte sie jetzt davon.

»Ich bin nicht hier, um dir zu helfen«, herrschte sie ihn äußerst unprofessionell an.

»Nur ein Schluck, Dessie«, bat er und machte irgendetwas mit seinem Gesicht, das ihm einen bezaubernden Schimmer verlieh. Sie widerstand ihm, obwohl es ihr schwerfiel, und biss die Zähne zusammen.

Ein Drink wurde vor sie hingestellt. Sie ignorierte ihn. Egil sah verletzt aus.

»Warum sind wir hier?«, fragte sie und zog den Drink zu sich heran. Egils Miene hellte sich auf.

»Bar und Restaurant sind wichtig für ein Hotel. Egil ist einer der besten Barkeeper Schwedens. Ich will ihn haben.« Sam nickte auffordernd in Richtung des schäumenden hellgelben Getränks, das vor ihr stand. »Probier mal.«

Um ihn zum Schweigen zu bringen, nippte sie daran und ließ die Flüssigkeit ihre Zunge benetzen. Natürlich war der Drink hammerlecker. Das war ihr auch anzusehen, und Egil strahlte.

Sam bedachte ihn mit einem zufriedenen Nicken. »Mach ihr noch einen anderen.« Er nahm den Drink, den Dessie beiseitegeschoben hatte, und leerte das Glas in wenigen Schlucken.

Dann zog er eine Grimasse. »Sauer.«

Dessie musste lachen, als sie sich daran erinnerte, dass er Saures verabscheute. »Du mochtest schon immer lieber Süßes.«

»Je süßer, desto besser«, stimmte er ihr zu.

Er fing ihren Blick ein, und sie begann beinahe zu zittern. *Sheereenam*. Bei der Erinnerung an die zärtlichen Worte rückte sie von ihm ab, ordnete ihre Gesichtszüge und kämpfte gegen den Impuls an, mit ihren Haaren zu spielen, ihre Lippen zu befeuchten, sich wie eine Frau zu verhalten, der er den Kopf verdreht hatte, statt wie der Profi, der sie in Wahrheit war. Sie warf einen Blick aus dem Fenster und stellte erleichtert fest, dass Jon ihnen den Rücken zugewandt hatte.

»Du hast mal mit einem Restaurant angefangen, oder?«

»Ja, als ich jung war, habe ich gern gefeiert, und ich kannte einen Typen, der Kontakte in der Kneipenszene hatte, und dann haben wir zusammen ein Restaurant eröffnet. So hat alles angefangen.«

»Douglas Ankarcrona?«

»Mhm.«

Dessie dachte über das nach, was sie über Douglas herausgefunden hatte. Oberschicht. Reich. Partytyp. Sams Partner während mehrerer sehr erfolgreicher Jahre.

»Wie ist eure Beziehung heute?«

»Nichts Besonderes. Wir hören vielleicht einmal im Jahr voneinander. Wir haben uns voneinander entfernt, aber er ist kein Rechtsextremist, falls du das wissen willst.«

»Bist du sicher?«

»Ich verstehe, was du meinst, aber ganz ehrlich – Douglas ist viel zu faul, um jemanden zu hassen. Und außerdem hat er keinen Grund dazu. Er kommt aus einer wohlhabenden Familie, er hat alles, was er braucht. Ich kann mir nicht vorstellen, dass er mit Nazis abhängt, Drohbriefe verschickt oder Abartigkeiten im Internet postet.«

Damit könnte er recht haben. Er könnte sich aber auch irren. Allerdings hatte Dessie nichts Verdächtiges über Douglas herausgefunden, und sie schloss sich Sams Einschätzung an. Für einen Mann wie Douglas gab es keinen Grund, sich mit Sam anzulegen.

Sie unterhielten sich weiter und testeten sich durch Egils Drinks wie gehabt: Dessie probierte einen Tropfen, und Sam trank den Rest. Die Musik wurde lauter.

Dessie nippte am nächsten Drink, den Egil vor sie hingestellt hatte. Er war ganz rosa, süß und dabei auch ein wenig säuerlich, schaumig und mit einer bitteren Note. Perfekt ausbalanciert. Sie identifizierte Preiselbeeren, süßen Tannensirup und den Geschmack von Wacholderbeeren wie im Gin. Als wäre die Landschaft Västerbottens in diesem Drink eingefangen. Nur widerstrebend schob sie ihn zur Seite.

»Gib her«, sagte er.

»Du musst doch morgen arbeiten?«

»Ich kann einiges vertragen. Das hab ich der Dokusoap zu verdanken.«

Dessie wappnete sich innerlich. Sie musste es sagen. Sie stand auf, warf einen Blick auf den Ausgang, die Gäste und das Lokal, und dann sagte sie es: »Sam, der Kuss im Pool war ein Fehler.«

Er reichte ihr einen neuen Drink, diesmal in Blau, und nahm ihr den anderen ab.

»Das hatte nichts zu bedeuten, hab ich doch schon gesagt«, sagte er und trank das Glas mit dem schäumenden Preiselbeerdrink fast ganz aus.

Also. Das ärgerte sie jetzt maßlos. Dass Sam der Meinung war, was sie getan hatten, hätte nichts zu bedeuten.

»Wenn mein Chef davon erfährt, fliege ich raus«, sagte sie und nippte an dem blauen Getränk. »Und das hätte ich auch verdient.«

»Du stellst hohe Ansprüche an dich selbst. Das hast du schon immer getan. Soweit ich mich erinnere, warst du jedes Mal am Boden zerstört, wenn du bei einem Test nicht alle Antworten richtig hattest. Mach dich locker, Dessie.«

»Gott, wie ich das hasse, wenn die Leute mir erzählen, dass ich mich locker machen soll.«

»Pech für dich, dass du das vermutlich täglich zu hören kriegst. Hier.« Er nahm den blauen Drink und gab ihr stattdessen einen grün gestreiften.

Die Lampen über der Bar spiegelten sich in seinen Augen. Er sah aus wie die fleischgewordene Sünde. Nur durch pure Willenskraft schaffte sie es, nicht darauf zu reagieren. Er provozierte sie, und sie ging direkt in die Falle.

»Sam«, sagte sie kühl und nippte an dem grünen Drink, der sich wie eine flauschige Decke an ihren Gaumen schmiegte. Sie zog eine Grimasse. »Was in Gottes Namen ist das denn bloß?«

»Nicht gut?«, fragte Egil über den Tresen hinweg.

»Ist mal was anderes«, antwortete sie diplomatisch.

Egil nahm den Drink zurück und kippte ihn aus. Sams Handy klingelte. Er entschuldigte sich und ging beiseite, um das Gespräch anzunehmen.

Dessie ließ ihn nicht aus den Augen. Egil reichte ihr ein Glas Wasser, das sie dankbar trank.

»Woher kennt ihr zwei euch?«, fragte sie, während ihr Blick weiter an Sam klebte.

»Wir haben uns bisher nur SMS geschrieben. Aber er ist okay, ich kenne Leute, die für ihn gearbeitet haben. Er ist ein beliebter Arbeitgeber. Seid ihr zusammen?«

Sie ignorierte die Frage und sah zu Sam hinüber, der sein Gespräch beendet hatte und zurückkam. Er kam an den Männern vorbei, die ihr schon aufgefallen waren. Sie spannte ihren Körper an und scannte die Hände der Männer nach Waffen, ihre Gesichter nach ihren Absichten, wieder und wieder. Das war das Leibwächter-Mantra: schützen, evakuieren. Hände und Gesicht im Auge behalten. Sie war zu tausend Prozent bereit und kurz davor, auf Sam zuzugehen und ihn dort wegzuziehen, aber nichts geschah, und Dessie atmete auf.

»Wie läuft's bei euch?«, fragte Sam unbekümmert, als er bei Dessie ankam.

»Du kannst mich nicht zwingen, noch mehr von diesen Drinks zu trinken. Das ist gegen die Europäische Menschenrechtskonvention oder so ähnlich. Unter anderem will ich nicht aufs Klo müssen.«

»Wieso nicht?«

»Ich will nicht gezwungen sein, meinen Kunden allein zu lassen, um auf die Toilette zu gehen.«

»Faszinierend. Und Egil ist wirklich toll, oder?«

»Super. Mit wem hast du telefoniert?«

»Leo.«

Dessie konnte Leo immer noch nicht so ganz einschätzen. Er war ein komischer Vogel. »Wie lange arbeitet ihr zwei schon zusammen?«

Sam zog eine Grimasse. »Ein paar Jahre. Er redet viel und stört mich oft, aber noch öfter kommt er mit Ideen, die total hilfreich sind.«

»Vertraust du ihm?«

Sam sah sie neugierig an. »Du nicht?«

»Ich vertraue niemandem.«

»Wirklich?«

»Ja.«

Sam war jetzt zu Bier übergegangen. Egil unterhielt sich mit einer größeren Gruppe junger Frauen an der Bar.

»Glaubst du, dass du ihn nach Stockholm locken kannst?«, fragte Dessie. Egil schien sich hier in Umeå wohlzufühlen.

»Ich bin ziemlich gut darin, Leute anzulocken.«

»Was du nicht sagst«, entgegnete sie trocken.

Sie selbst hatte ja zum Beispiel all ihre Prinzipien schon über Bord geworfen, als Sam sich die Badehose angezogen und sie eine Spur zu lange in einem Pool angesehen hatte. Ihr Glück, dass er nicht genauso aufgelöst war wie sie. Dass er fand, es habe »nichts bedeutet«.

Sie konnte sich noch daran erinnern, wie es früher gewesen war, als sie jung waren. Wie sie stundenlang herumgeknutscht hatten. Schon damals hatte Sam gut geküsst. Aber er hatte sich nie aufgedrängt. Womöglich hatte er nicht das Gleiche für sie empfunden wie sie für ihn? Womöglich hatte er sich nur das genommen, was sie ihm so bereitwillig geboten hatte? Man redete sich nur allzu leicht ein, dass ein anderer Mensch die gleichen Gefühle hatte wie man selbst, und glaubte schönen Worten nur zu gern, wenn man so verliebt war, dass man sich auserwählt und besonders fühlte.

»Um Himmels willen, Dessie, woran denkst du gerade? Du siehst aus, als wolltest du jemanden ermorden – oder leidest du an Verstopfung?«

Sie verzog das Gesicht. Vielleicht hatte Patricia ja recht, wenn sie sagte, dass Dessie sich mit Männern nicht auskenne, dass sie nicht begreife, wie sie tickten.

»Sam, ich muss dich das jetzt fragen.«

»Was?« Sein Gesichtsausdruck war gequält. »Es gefällt mir nicht, wenn du so guckst.«

»Wie denn?«

»Als wenn du ein ernstes Wörtchen mit mir reden willst.«

Dessie lehnte sich vor. »Es ist auch ernst. Wirst du Tom etwas sagen? Oder möchtest du, dass ich es ihm erzähle?«

»Herrgott, denkst du etwa immer noch daran? Nein, ich werde Tom nichts sagen, weil nichts passiert ist. Wenn ich jedes Mal, wenn ich einer Frau ein bisschen zu tief in die Agen gesehen habe, ein Krisengespräch führen wollte, würde ich zu nichts anderem mehr kommen.«

»Es war mehr als das«, fühlte sie sich gezwungen zu sagen, wie eine selbstquälerische Besserwisserin.

»Dessie, lass es einfach. Es ist vorbei und vergessen. Schnee von gestern. Spuren im Sand. Fürze im Weltraum.«

»Ja, ja, schon klar.«

Sie versuchte einen abgrundtiefen Seufzer zu unterdrücken. In den vergangenen Jahren hatte sie Einsätze in der ganzen Welt gehabt. Sie hatte Dinge erlebt, von denen die meisten Menschen nur Albträume bekommen konnten. Aber diese Reise nach Umeå war mit das Seltsamste, was sie bisher erlebt hatte.

»Sind wir hier bald fertig?«, fragte sie und hatte urplötzlich die Nase voll von Sam, Drinks und allem, was Nachtleben hieß.

Er betrachtete sie lange, viel zu lange. Dann beugte er sich zu ihr hinüber. »Ich weiß nicht, Dessie. Sind wir fertig?«

Da war es wieder. Das Prickeln. Die Anziehung. Die Dunkelheit.

Resolut verschloss sie Türen und Mauern und alles andere um sich. »Ja«, entgegnete sie kurz angebunden. »Jetzt gehen wir nach Hause.«

Und Sam gehorchte, erstaunlicherweise. Es war ein verdammtes Wunder.

~ 19 ~

Manche Gedanken konnten einem an einem späten Abend in Umeå unglaublich geistreich vorkommen, dachte Sam. Doch Eingebungen, die einem in einer netten Bar mit mehreren Weltklasse-Drinks im Blut und einer extrem attraktiven Frau an der Seite wie ausgezeichnete Ideen erschienen, entpuppten sich einige Tage später im brutalen Tageslicht des Stockholmer Büros wieder einmal als ziemlich bescheuert.

Wie zum Beispiel, seine Leibwächterin zu küssen.

Sam nickte, während Federico, sein kaufmännischer Geschäftsführer, ihm irgendetwas von einem Diagramm erzählte, von dem Sam jetzt schon vergessen hatte, was es darstellen sollte.

Sam wusste, dass er in der Wirtschaft als tough galt. Er wusste es, weil neunzig Prozent aller Artikel über ihn um diesen Punkt kreisten. Journalisten liebten das Thema und bespielten es dankbar. Vielleicht war er auch wirklich tough gewesen, als er noch jünger und zorniger war. Aber mittlerweile war er in erster Linie Geschäftsmann. Er analysierte Daten, hielt sich in der Wissenschaft auf dem Laufenden und fasste seine Beschlüsse auf der Grundlage seiner Kenntnisse und mithilfe seiner Kollegen. Wer nicht wahrhaben wollte, dass man in der Hotelbranche Neuerungen gegenüber aufgeschlossen sein musste, wurde in dieser Welt nicht alt. Und Männer, die nicht auf ihr Führungsteam hörten, weil sie nichts anderes im Kopf hatten, als dass sie mit ihrer Leibwächterin ins Bett wollten, würden ebenfalls nicht sehr alt werden, fürchtete er. Schade, dass er Dessie so verdammt attraktiv fand.

Der Bleistift in seiner Hand zerbrach in zwei Teile. Seine Marketingchefin Celine, eine blonde Frau mit überdimensionierter Brille, warf ihm einen besorgten Blick zu. Sam lächelte entschuldigend. Celine hatte fünf Kinder und einen Ehemann, der in Teilzeit in einem Kindergarten arbeitete, und außerdem war sie einer der klügsten Köpfe, denen Sam je begegnet war. Sein Führungsteam bestand aus ebenso vielen Frauen wie Männern. Seit Sam einen Forschungsbericht gelesen hatte, in dem es hieß, dass die meisten männlichen Vorgesetzten Idioten seien (»inkompetent« hatte in dem Bericht gestanden, aber Sam war der Meinung, »Idioten« treffe es besser), hatte er aktiv daran gearbeitet, genauso viele Frauen wie Männer auf die höheren Posten bei Responsibility zu berufen, zudem eine so große Diversität und einen so breiten Erfahrungshorizont wie möglich abzubilden. Es war gesunde Unternehmensstrategie, ein gemischtes Team mit unterschiedlichen Herangehensweisen zu haben. Denn gerade die Kollegen, denen jeder Respekt vor verkrusteten Strukturen abging, hatten ein großen Anteil an seinem Erfolg. Wenn er es nun nur noch bleiben lassen könnte, sich in seine schöne Leibwächterin zu vergucken, und außerdem die mörderischen Hasser fand, die ihm Drohbriefe schickten, den Bartender Egil nach Stockholm lockte und sich generell nicht lächerlich machte, dann würde er vielleicht auch diesen Frühling überstehen.

»Es gibt ein neues Problem mit der Eröffnung in drei Wochen«, sagte Leo, als er an der Reihe war zu berichten.

Sam presste zwei Finger an seine Schläfen. Natürlich gab es schon wieder neue Katastrophenmeldungen. »Welches?«, fragte er.

»Unser Küchenchef, Gunnar, ist abgesprungen. Er hat ein anderes Angebot, und weg ist er. Hat seine Schürze hingeworfen, sein ...«

»Jaja«, unterbrach Sam ihn. Er hatte schon verstanden. Um ehrlich zu sein, hatte er Gunnar noch nie gemocht. Ein Wichtigtuer, der jammerte, wenn eine Soße mal nicht perfekt war, und bei jeder Gelegenheit über die anderen Köche herzog. Er würde Gunnar keine Träne nachweinen, aber es störte ihn dennoch, dass ihm jemand den Koch abspenstig gemacht hatte. »Von wem kam das Angebot?«, erkundigte er sich.

»Douglas Ankarcrona«, sagte Leo.

Ein Raunen ging durch das Führungsteam. Celine hob die Augenbrauen. Federico brummelte etwas vor sich hin.

»Fuck«, sagte Sam mit Nachdruck.

»Ja. Fuck!« Leo machte ein finsteres Gesicht.

Jetzt hatten sie ein ernsthaftes Problem. Ihr Flaggschiff brauchte unbedingt einen erstklassigen Küchenchef, nach Möglichkeit einen berühmten, preisgekrönten Publikumsmagneten. Dass es zudem ausgerechnet Douglas war, der Gunnar abgeworben hatte, tat besonders weh.

»Ich kümmere mich darum«, sagte Sam entschlossen. Das war seine Aufgabe und sein Spezialgebiet – Supertalente aufzuspüren und sie dazu zu bringen, für ihn zu arbeiten.

»Wir haben extrem wenig Zeit«, gab Leo zu bedenken.

»Ich kriege das hin«, sagte Sam nachdrücklich. Scheitern kam für ihn nicht infrage.

»Wie ich höre, ist es in Umeå gut gelaufen«, warf sein kaufmännischer Geschäftsführer ein, und eine kurze, panikartige Sekunde lang dachte Sam, er spiele darauf an, dass er Dessie geküsst hatte, aber dann fiel es ihm wieder ein. Er lächelte Federico zu. »Ja, ich glaube, ich kann den Barkeeper, von dem ich schon gesprochen habe, für uns gewinnen. Ihr wisst ja, Egil Gunnarsson, der zweimal hintereinander ›Barkeeper des Jahres‹ war. Er scheint Bock zu haben. Ich glaube, dass er zur Eröffnung hier sein kann.«

Sie würden Champagner ausschenken, hatten sie beschlossen. Und zwar echten. Leo, der zusammen mit Parisa die Party vorbereitete und den Kontakt zu den Sponsoren hielt, plante einen langen roten Teppich auf dem Kai, schwedische Künstler, die im Foyer sangen, die berüchtigten Fontänen und noch viele weitere spektakuläre Details. Dazu kam die absolute A-Liste an Promis, mit deren Zusammenstellung Leo sich die Zeit vertrieb. Sam musste halt einen noch besseren Koch auftreiben als den, den Douglas ihm weggeschnappt hatte. Das musste klappen. Um jeden Preis.

Sie kamen zum nächsten Punkt auf der Tagesordnung. Aber der Diebstahl des Kochs nagte noch an Sam. Spontan schickte er unter dem Tisch eine SMS an Douglas.

SA: Lunch? Geht auf mich.

Die Antwort kam sofort.

DA: Klar. 12.30?

Sam würde nicht da stehen, wo er jetzt war, wenn er den Menschen immer nur Gutes zugetraut hätte. Die Hotel- und Restaurantbranche war eine durch und durch männlich geprägte Welt, und die Erfolgreichsten waren weiße Männer, die einander aus Djursholm, aus dem Internat Lundsberg und von der Handelshochschule kannten. Männer, die mit dem Kapital ihrer ebenso weißen Väter gemeinsam Unternehmen gründeten. Eine unendliche Reproduktion von Macht und Sozialkapital. Netzwerke und soziale Kontakte spielten in Schweden eine sehr viel größere Rolle, als die Leute gemeinhin glaubten. Darum sahen die Vorstände auch so aus, wie sie aussahen: weiße Männer, die andere weiße Männer protegierten. Sam war die Katze unter den Hermelinen, der Straßenköter zwischen den Rassehunden. Einer von nur wenigen People of Color mit wirklicher Macht. Douglas und er hörten nur noch sporadisch voneinander, und es war schon mehrere Monate her, seit sie zuletzt miteinander gesprochen hatten, aber irgendwie respektierten sie einander noch – trotz des Personaldiebstahls, hoffte Sam. Sie waren unterschiedliche Persönlichkeiten, aber sie hatten eine gemeinsame Vergangenheit, und ihre Treffen verliefen meist zivilisiert.

Sam sah demonstrativ auf die Uhr. Leo bemerkte es und beendete das Meeting auf ein Nicken von Sam hin.

»Was liegt an?«, fragte Leo, als die anderen weg waren.

»Ich treffe Douglas Ankarcrona zum Lunch.« Er würde dem Mann zumindest einmal auf den Zahn fühlen.

»Ist das eine gute Idee?«

»Keine Ahnung«, antwortete Sam aufrichtig und riss die Tür auf.

Dessie trat einen Schritt auf sie zu.

»Du musst damit aufhören«, sagte Sam und tat so, als griffe er sich vor Schreck ans Herz.

»Womit?«

»Aus dem Nichts einfach so aufzutauchen. Was tust du hier?«

Nach Umeå waren sie auseinandergegangen, und seitdem hatte er sie nicht mehr gesehen. Seinen Personenschutz hatten die anderen zwei anonymen Typen übernommen. Abgesehen davon, dass er hundertmal am Tag an Dessie dachte, hatte er sie vergessen.

Sie musterte ihn eingehend, so wie sie es immer tat, wie ein Röntgengerät, dem nichts entging. »Isak hat Magen-Darm. Er hat in zwei Papierkörbe gekotzt, wenn du es genau wissen willst.«

»Nein danke.«

»Keine neuen Drohungen, wenn ich richtig informiert bin.«

»Nope. Die Rassisten haben was anderes vor. Ich hoffe, du magst Fleisch.«

»Du isst doch gar kein Fleisch«, bemerkte sie, als sie zum Aufzug gingen.

»Stimmt. Aber verzweifelte Situationen verlangen verzweifelte Maßnahmen. *Bia berim*, los geht's, Leibwächterin. Höchste Zeit, mal ein wenig zu arbeiten.«

~ 20 ~

In dem Restaurant, in dem Sam zu Mittag essen wollte, hingen Fleischstücke an Haken von der Decke, und in der offenen Küche zischten die Grills. Das Lokal war bis auf den letzten Platz besetzt. Wenn Dessie es sich hätte aussuchen können, hätte sie ein anderes Restaurant gewählt, aber nun waren sie einmal hier, und sie passte sich der Situation an. Sie versuchte sich ein Bild von dem blonden Mann zu machen, mit dem Sam gerade sprach. Douglas Ankarcrona.

Im Großen und Ganzen sah Douglas sympathisch aus. Sonnengebräunt, lächelnd und irgendwie locker, als wäre das Leben ein Fest und er wäre auf die VIP-Liste abonniert. Neben ihm wirkte Sam ziemlich finster und verbissen.

Sam und Douglas hatten sich zur Begrüßung umarmt. So eine männliche Umarmung mit ausführlichem Rückenklopfen. Die beiden waren gleichaltrig, sie hatten gemeinsam studiert und zusammen ein Unternehmen gegründet. Sich dann aber getrennt, soweit sie wusste, allerdings im Guten. Douglas war reich, auch wenn er nicht aus einer Finanzdynastie stammte. Seine hart arbeitenden Eltern hatten in den Siebziger- und Achtzigerjahren ein Vermögen auf dem Aktienmarkt gemacht. Douglas war der zweite von vier Brüdern, die allesamt regelmäßig auf den Gesellschaftsseiten der Zeitungen auftauchten. Douglas war mit mehreren bekannten Frauen zusammen gewesen, im Moment war er aber Single. Dessie taxierte ihn. Er war leger gekleidet, hatte ein wenig zu lange Haare und flirtete mit der Bedienung. Meist wusste Dessie nach einem einzigen Blick auf eine Männerrunde sofort, wie die Machtverhältnisse verteilt waren, wer das Sagen hatte, zu wem alle aufblickten und wie die Rangordnung war. So war der Umgang unter Männern nun einmal geregelt, über Hierarchien, und darin unterschied er sich von dem mehr beziehungsorientierten Verhältnis der meisten Frauen untereinander. Zwischen Sam und Douglas ging die Macht allerdings hin und her wie beim Tauziehen.

Dessie hatte sich ein bisschen weiter weg hingesetzt, von wo sie Sam im Auge behalten konnte. Sie hatten sich ein paar Tage lang nicht gesehen, und sie hielt ihre Gefühle streng an der Kandare. Nicht, dass sie irgendwelche besonderen Gefühle gehabt hätte, sagte sie sich zum wiederholten Mal. *Einen* Fehler hatte sie gemacht, und mehr würden es nicht werden. Darum weigerte sie sich zum Beispiel zu bemerken, wie sein Bizeps sich unter dem exklusiven Stoff seines Sakkos abzeichnete. Wie seine dunklen Augen die ihren suchten, ihren Blick eine Sekunde lang festhielten und dann wieder wegsahen.

Dessie hatte bei ihrer Ankunft das Restaurant einmal rasch gescannt und gleichzeitig den Salat des Tages bestellt. Den bestellte sie meistens, weil es so am einfachsten war. Der Nachteil daran war, dass man nicht immer satt wurde. Sie hatte Douglas nicht begrüßt, was sie jetzt bereute. Es sagte ziemlich viel über einen Menschen aus, wie er jemanden begrüßte, den er noch nicht kannte, und sie hätte Douglas gern einmal näher in Augenschein genommen.

Als hätte er ihre Gedanken gelesen, wandte Sam sich ihr zu und rief: »Dessie, komm, setz dich zu uns.«

Gewöhnlich hätte sie das abgelehnt. Ein Leibwächter saß nicht mit seinen Kunden zusammen, das sollte Sam mittlerweile wissen. Ihr Job war es, ihn zu beschützen, und das konnte sie nicht, wenn sie mit in der Gesprächsrunde saß. Small Talk führte zu Unaufmerksamkeit, und sie war fest entschlossen, sich in Zukunft einhundertprozentig korrekt zu verhalten. »Der Teufel steckt im Detail«, pflegte Tom zu sagen. Aber heute gehörte es zu ihrem Job, sich ein Bild von dem Kerl zu machen, der früher einmal Sams Partner gewesen war, also ging Dessie zu den Männern hinüber, wobei sie die Seite des Tisches ansteuerte, von der aus sie das Restaurant überblicken und dabei zwischen Sam und dem Ausgang sitzen konnte.

Beide Männer standen für sie auf, und sie hätte fast geseufzt. Schwedische Männer standen für Frauen nicht auf, sondern zeigten ihren Respekt auf andere Art. Aber Sam war kein gebürtiger Schwede, und in Situationen wie dieser kam immer seine persische Herkunft durch. Und darauf, dass Douglas für sie aufstand, legte sie keinen gesteigerten Wert. Viele gebildete Männer der Oberschicht hielten unbekannten Frauen die Tür auf, um dann nach Hause zu fahren und ihre Ehefrau zu verprügeln oder die thailändische Putzhilfe zu vergewaltigen. Über diese Art von Höflichkeit machte sich Dessie exakt null Illusionen.

Aber vielleicht irrte sie sich auch. Die Möglichkeit bestand ja immer.

Der freundliche, lächelnde und höfliche Douglas Ankarcrona könnte ja auch ein Superfeminist sein, ein Verfechter weiblicher Chefs in der Wirtschaft, der sich mit seiner Frau die Elternzeit zur Hälfte teilte.

Und der Mond könnte aus Käse sein.

»Desirée«, stellte sie sich vor und ließ ihren Nachnamen dabei absichtlich weg.

»Du bist also Sams Bodyguard.« Er feixte, als ob er einen Insiderwitz gemacht hätte. »Schön, dich kennenzulernen, Desirée.« Er streckte ihr die Hand hin. Douglas hatte diesen typischen Internats-Handschlag, übertrieben fest, wie um zu zeigen, wie männlich er war, und Gott möge ihr verzeihen, aber Dessie konnte es sich nicht verkneifen, ordentlich zuzudrücken. Sam schien ihn allerdings zu mögen, und Dessie respektierte seine Menschenkenntnis, also überreagierte sie vielleicht, was Douglas und sein Auftreten betraf. Oder vielleicht waren auch einfach nur ihre Eierstöcke heißgelaufen und glaubten an alles, was Sam sagte und tat. Sie hatte schon immer eine Schwäche gehabt für ... tja, für Sam, um es mal beim Namen zu nennen. Es hatte keinen Zweck, es noch länger zu leugnen. Nachts, wenn sie im Bett lag und eigentlich schlafen sollte, hatte sie unziemliche Fantasien über ihren Kunden. Schmutzige Fantasien. Aber Gedanken und Fantasien hatten keine Bedeutung, rief sie sich zur Ordnung, weil sie sich nämlich nicht von ihnen leiten ließ. *Sie selbst* bestimmte über sich und ihr Verhalten, sie ganz allein.

»Wir haben uns lange nicht gesehen«, sagte Douglas, nachdem sie sich hingesetzt hatten.

»Ja, aber du hast mir meinen Koch abgeworben, und da fand ich, es sei an der Zeit, dass wir uns treffen.« Sam klappte die Speisekarte auf.

»Haha! Ja. Aber letztes Jahr hast du mir meinen Sommelier geklaut, also hast du angefangen.« Douglas wandte sich erklärend an Dessie, wie um sie in das Gespräch hineinzuziehen. »So ist das in dieser Welt. Ich bin der Kneipenkönig, und Sam ist der Hotelkönig. Und wir schnappen uns gegenseitig die Leute weg. Das gehört alles zum Spiel.«

Dessie taxierte sein freundliches Gesicht. »Jeder trägt eine Maske«, hatte einer ihrer Ausbilder gesagt. »Erst wenn wir unter Druck geraten, kommt unser wahres Ich zum Vorschein.« Ihrer Erfahrung nach war dafür nicht einmal besonders viel Druck notwendig. Zu Beginn ihrer Karriere als Leibwächterin war sie mit einem jungen, gut aussehenden männlichen Schriftsteller auf Lesereise geschickt worden, der umstrittene Ansichten über schwächere Bevölkerungsgruppen äußerte. Die ganze Lesereise über hatte sie sich seine Meinung über Frauen und Transpersonen angehört und darüber, dass man heutzutage über nichts mehr Witze machen dürfe. Die Reise hatte damit geendet, dass er sich mit einigen Kumpels ein achtzehnjähriges rumänisches Mädchen gekauft hatte, mit dem sie dann Würgesex hatten und das sie anal vergewaltigten. Dessie hatte die Polizei gerufen, die kam und alle Beteiligten verhaftete. Am nächsten Tag durften sie allerdings wieder gehen. Der Schriftsteller hatte Lodestar verklagt, doch Tom hatte zu hundert Prozent hinter ihr gestanden.

»Bist du immer noch Veganer?«, fragte Douglas, während er die Speisekarte studierte, auf der sich ein Fleischgericht ans andere reihte. Dessie bemerkte ein Glitzern in seinen strahlenden grünen Augen. Aha, er hatte das Restaurant also mit Absicht gewählt, als Statement.

»Ich lebe nicht vegan, aber ich meide Fleisch aus ethischen Erwägungen. Ich möchte diesen Planeten gern noch eine Weile erhalten. Für Kinder und Enkelkinder.«

»Kinder?« Douglas klappte die Speisekarte zu. »Ich wusste gar nicht, dass du Kinder hast. Gratuliere.«

»Nein, aber man kann ja trotzdem Verantwortung übernehmen«, lächelte Sam.

»Mag sein. Aber es taucht doch ständig etwas Neues auf, für das man sich einsetzen soll, oder? Ich will nicht auf Fleisch verzichten, dafür schmeckt es mir einfach zu gut. Und Kühe sind ja wohl nicht vom Aussterben bedroht?« Douglas blinzelte.

Sam hob die Brauen.

»Auch wenn mein Rindfleisch aus Japan kommt«, sagte Douglas nachdenklich und schien zu zögern. »Ach, was solls, ich will es haben.«

Dessie hörte zu. Es stand ihr nicht zu, eine Meinung dazu zu haben, dass dieser Typ Fleisch von der anderen Seite des Globus aß und Sam das Personal ausspannte. Das war kein Verbrechen und genau genommen nicht einmal etwas Besonderes. Im Gegenteil, die Welt hatte die Tendenz, den zu begünstigen, der sowieso schon alles hatte. »Der Teufel scheißt immer auf den größten Haufen«, wie Haddy zu sagen pflegte. Douglas fand sicher, dass er verdient hatte, was er besaß. Wie jener Finanzmann, der sich darüber beklagte, dass er für die vielen Steuern, die er bezahlte, so wenig Gegenwert erhielt. So war die Menschheit.

Ihr Essen kam, aber Dessie konnte sich nicht entspannen. Sie schob sich ein Stück Spargel in den Mund und saß still und stumm da wie eine graue Maus.

»Und du? Wie sieht dein Leben jetzt aus? Hast du jemanden kennengelernt?«, fragte Sam. Er hatte sich das einzige Fischgericht auf der Karte bestellt, und Dessie kam nicht umhin, ihn deswegen sympathisch zu finden.

Douglas schnitt sich ein Stück rotes Fleisch ab und steckte es in den Mund. Er erinnerte Dessie an Männer, denen sie beim Militär begegnet war. Männer, die nicht an Misserfolge gewöhnt waren, die sorgenfrei durchs Leben gingen und überzeugt waren, sie seien die Besten. Solche Männer konnte man leicht brechen.

»Wie kommt die Einweihung deines neuen Hotels voran?« Douglas war der Beantwortung der Frage ausgewichen und hatte das Thema gewechselt, wie Dessie automatisch feststellte.

»Es läuft.«

»Logisch.« Douglas aß elegant. Er nahm keine zu großen Bissen, legte das Besteck zwischendurch auf dem Tisch ab und sprach kein Wort mit vollem Mund. Sam wiederum attackierte sein Essen, als wäre es noch lebendig.

Dessie legte ihr Besteck hin und folgte dem Gespräch der Männer. Wenn man sowohl auf das achtete, was laut ausgesprochen wurde, als auch auf das, was unausgesprochen blieb, wenn man dazu noch Blicke, Pausen und Gesichtsausdrücke wahrnahm, bekam man ziemlich viel mit. Dessie wusste genau, wie man Menschen zum Reden brachte, und Sam schien diese Kniffe ebenfalls zu beherrschen. Er stellte Fragen, nickte, spiegelte Mienenspiel und Körpersprache seines Gegenübers und nahm sich selbst weitgehend zurück, schaltete sozusagen seinen Magnetismus aus. Dessie fiel auch auf, dass Sam deutlich weniger von dem Wein trank, den sie bestellt hatten, als Douglas. Ein simpler, aber effektiver Trick.

»Es läuft gut. Obwohl mein Sternekoch abgehauen ist.« Sams Lächeln wirkte echt. Das beherrschte er, und sie tat gut daran, das im Hinterkopf zu behalten.

Dessie legte gerade ihre Serviette auf den Tisch, als eine Bewegung im Augenwinkel ihre Aufmerksamkeit erregte. Sie kam von einem kleineren Grüppchen, das einige Tische entfernt saß. Dessie hatte sie bereits bei ihrer Ankunft bemerkt. Ihr war aufgefallen, dass auf dem Tisch der drei Männer um die fünfunddreißig, alle ganz seriös in Oberhemden mit Schlips und Sakko, mehrere Weinkühler standen, obwohl es gerade erst Mittag war. Alle drei hatten kurze Haare, einer von ihnen einen gepflegten Dreitagebart, ein anderer eine Tätowierung im Nacken. Und je mehr sie tranken, desto öfter schauten sie zu Sam hinüber. Dessie hatte kein gutes Gefühl dabei. Sie hörte auf ihren Bauch und beschloss, das Mittagessen zu beenden.

»Sam, wir müssen gehen«, sagte sie leise, aber bestimmt. »Jon, wir sind auf dem Weg zum Auto«, sagte sie ins Funkgerät und war zutiefst erleichtert, dass sie heute zu zweit waren.

Einer der Männer am anderen Tisch stand auf. Seine eine Hand war zur Faust geballt. Die andere hielt er in der Hosentasche verborgen. Hatte er eine Waffe? Dessie versuchte, eine Position zu finden, die es dem Mann erschwerte, an Sam heranzukommen, und die ihr die Chance gab zu reagieren, falls er zu einem Schlag ausholte oder eine Waffe zog. Diese Erwägungen hatte sie im Blut, und sie hatten sie weniger als eine Sekunde gekostet. Der Mann war groß, er wog bestimmt hundertzehn Kilo und schien betrunken und aggressiv zu sein.

Dessie machte sich bereit. Sie trug eine Schutzweste, hatte einen Schlagstock im Rücken, und im schlimmsten Fall konnte sie sich vom Tisch noch ein Grillmesser schnappen und es als Stichwaffe benutzen. Aber sie hoffte noch immer, dass das nicht nötig sein würde.

»Sam?«, sagte sie wieder.

»Sicher, ich bezahle nur noch schnell.«

»Nein, wir gehen jetzt«, teilte sie ihm kurz und leise mit, ohne die Aufmerksamkeit auf sich zu ziehen, aber auch nachdrücklich, damit klar war, was sie bezweckte. Bezahlen konnte er später. »Jon, mach dich bereit, wir kommen auf drei«, sagte sie ins Funkgerät und ignorierte Douglas, der immer noch mit aufgerissenen Augen am Tisch saß.

Dessie machte sich so breit, wie sie konnte, denn jetzt war der Mann an ihrem Tisch. Sie wollte sich nicht prügeln. Schützen und evakuieren lautete die Strategie der Wahl, aber zuerst musste sie den Angreifer aus dem Weg schaffen.

»Was zum Teufel willst du hier?«, brüllte der Mann und versuchte, sich an ihr vorbeizuzwängen.

Jetzt schoss ihr das Adrenalin ins Blut, und sie nahm alles nur mit Tunnelblick wahr, bemerkte bedeutsame Details – wie er aussah, wo er seine Hände hatte – und ignorierte alles andere.

»Weg da, du dreckige Schlampe«, brüllte er.

Hinter ihr rührte sich Sam. »Lass sie in Ruhe!«

»Warte, bis wir mit dir fertig sind, du Scheißkanake«, schrie der Mann gellend.

»Geh, Sam! Jetzt!«, sagte Dessie ruhig und schob ihn rückwärts in Richtung Ausgang. Der Angreifer war ein Nazi, da war sie sich ziemlich sicher. Das Problem mit denen war, dass sie keine Angst hatten, jemanden zu verletzen oder im Gefängnis zu landen. Sie *wollten* sich prügeln. Man durfte sie nicht unterschätzen, auch wenn sie wie Idioten aussahen.

»Ja, verpiss dich, du feiger Moslem. Geh nach Hause! Beim nächsten Mal kriegen wir dich!« Der Mann brüllte so laut, dass der Speichel sprühte.

Sie mussten schnell weg hier. Vor ihrem inneren Auge konnte Dessie ihren Fluchtweg wahrnehmen, sah ihn sich wie einen roten Faden von hier bis zum Auto im Parkhaus ziehen. Ihr Puls war hochgegangen, und das Adrenalin schärfte ihre Wahrnehmung. Für Augenblicke wie diesen war sie ausgebildet, und auch wenn es eine schwierige Situation war, empfand sie sie als stimulierend. Sie war beinahe high. *Beruhige dich, Dessie! Konzentrier dich!*

»Richtung Notausgang, in zwei da«, sagte sie ins Funkgerät.

Sie führte Sam zum Notausgang. Davor hatte jemand einen Karton gestellt, den sie mit einem Fußtritt zur Seite beförderte. Sie blickte sich um, um sich zu vergewissern, dass ihnen niemand folgte, und sie war als Erste draußen, um sicherzustellen, dass ihnen dort niemand auflauerte. Zwei Sekunden später standen sie vor der Stahltür, die ins Parkhaus führte. Sie rüttelte daran, aber sie war mit einem Mal verschlossen. Verdammt!

»Wir müssen die Treppe rauf. Fahr eine Etage höher«, sagte sie über Funk zu Jon, während sie mit Sam die Treppe hinaufrannte. »Schnell, schnell!« Sie riss die Tür auf, schob Sam hindurch und rannte vor ihm her. »Sind jetzt im Parkhaus«, sagte sie ins Funkgerät und wollte schon aufatmen, als ihnen plötzlich der Weg abgeschnitten wurde. Zwei der

Anzugträger aus dem Restaurant grinsten sie an. Jeder mit einem Eisenrohr in der Hand.

»Zwei Männer fangen uns ab«, sagte sie ins Funkgerät.

»Auf dem Weg!«, war Jons Stimme zu hören, und im gleichen Moment hallte das Geräusch quietschender Reifen durchs Parkhaus.

Dessie schob sich zwischen Sam und die Männer, während sie auf die beiden zuging und sich ein Bild der Lage zu machen versuchte. Sie waren groß und schwer und außerdem betrunken oder von etwas anderem high. Das Problem mit Drogenkonsumenten war, dass sie weniger Schmerz fühlten. Sie schob ihren Blazer zur Seite. Unten rechts war ein Bleigewicht eingenäht, damit der Blazer beiseiteschwang, wenn sie ihre Waffen zog. Sie holte den kleinen Teleskopschlagstock hervor und fuhr ihn aus. Diese Bewegung hatte sie unzählige Male geübt. Dann machte sie einen Scheinausfall. Einer der beiden sprang sofort darauf an und ging zum Angriff über. Sie parierte ihn mit einem perfekten Treffer auf seine Kniescheibe, sodass er laut schreiend zusammenbrach. Sie verzog den Mund. Der andere kam brüllend auf sie zu und hielt sie offenbar immer noch für harmlos. Dessie schlug ihm mit dem kleinen, aber extrem effektiven Schlagstock auf die Schulter, hörte ein Splittern, und dann war Jon mit dem Auto da. Sie riss die hintere Tür auf, schubste Sam hinein und sprang hinterher, während Jon Gas gab. Sie streckte sich nach dem Türgriff und schlug die Tür zu. Dann warf sie Sam einen Blick zu, um sich zu vergewissern, dass er unverletzt war, bevor sie Lodestar anrief und die Nachrichtenabteilung informierte. Zum Schluss lieferte sie noch eine Beschreibung der drei Männer. Jetzt würden ihre Kollegen übernehmen und die Polizei oder die Säpo benachrichtigen.

Sie fuhren mit quietschenden Reifen. Neben ihr atmete Sam.

»Geht es dir gut?«, fragte sie.

»Geht es dir gut? Verdammt, wenn sie dich verletzt hätten, hätte ich sie getötet!«, brüllte Sam.

Dessie musste lächeln. »Ganz so läuft das nicht, weißt du. Ich bin diejenige, die sich opfern soll. Das ist mein Job.«

»Sterben?«

»Die Arschlöcher hätten mir nichts anhaben können«, sagte sie großspurig, immer noch high vom Kampf. Doch es stimmte, Dessie war bereit zu sterben. Natürlich würde sie lieber drum herumkommen, aber wenn es notwendig wäre, würde sie eine Kugel fangen. Sie verzog den Mund. Zwar würde sie es nie zugeben, aber manchmal hielt sie sich für unsterblich. Im tiefsten Innersten wusste sie natürlich, dass das nicht stimmte, aber trotzdem.

»Du bist verrückt«, sagte Sam.

»In diesem Job muss man wohl ein bisschen verrückt sein.«

»Verflixt, Dessie, manchmal machst du mir wirklich Angst.«

Nachdem sie sämtliche Geschwindigkeitsbegrenzungen überschritten hatten, kamen sie bei Sams Büro an. Sie versuchte, ihren Adrenalinspiegel wieder unter Kontrolle zu bekommen. Es fühlte sich an, als wäre der ganze Körper voller Kohlensäure. Schon bald würde sie abstürzen, aber noch nicht jetzt. »Es macht nichts, Angst zu haben, Sam. Angst zu haben bedeutet, dass du lebst.«

»Und der Plan lautet, das auch weiterhin zu tun. Versprich mir, vorsichtig zu sein, Dessie.«

»Ich bin immer vorsichtig«, sagte sie.

»Wer waren die?«, fragte Sam.

»Keine Ahnung. Aber sie sahen aus wie Nazis. Du kanntest sie nicht?«

»Nein.«

Dessie runzelte die Stirn und grübelte. Die Männer, die sie angegriffen hatten, schienen jedenfalls zu wissen, wer Sam war. Der Zwischenfall stand mit ziemlicher Sicherheit mit den Drohungen in Zusammenhang. Und das wiederum bedeutete, dass jemand Sam ernsthaft Schaden zufügen wollte. Diese Männer hatten sich durch nichts aufhalten lassen. Sie würden weitermachen, bis Sam aufgab. Oder tot war.

~ 21 ~

Sam liebte es zu trainieren. Er suchte das Fitnessstudio auf, joggte, und zweimal in der Woche ging er zum Boxen. Meistens trainierte er mit einem Personal Trainer oder mit einem anderen Klubmitglied, aber heute hatte er Leo mitgebracht.

Sein Leibwächter, ein junger Mann, stand draußen. Seit dem gestrigen Zwischenfall hatte Sam Dessie nicht mehr gesehen, aber er wusste, dass sie Tom Bericht erstattet hatte, weil der ihn besorgt angerufen hatte. Sam war ebenfalls besorgt, wenn auch vielleicht nicht ganz so sehr wie Tom. Dessie hatte ihn beschützt wie eine Superheldin.

Leo hielt den Boxsack fest, den Sam methodisch mit Schlägen bearbeitete. Seine Schultern schmerzten, und der Schweiß lief ihm nur so herunter.

»Mach die Handbremse los«, forderte Leo ihn auf.

Sam zwang sich, das Tempo weiter zu erhöhen, härter zu schlagen und den ganzen Frust zu verbrennen. Er war ein cooler Unternehmenschef, sagte er sich und schlug so hart auf den Sack ein, dass der erzitterte. Ein Mann, der seine Chancen genutzt hatte, dachte er und atmete grunzend aus. Er ließ die Schläge auf den Sack regnen. Groß – peng – stark – peng – furchterregend – peng!

Schließlich musste er sich vorbeugen und atmen, die Fäuste in den Boxhandschuhen auf die Oberschenkel stützen und Sauerstoff inhalieren.

»Erzähl noch mal, was Dessie gemacht hat«, sagte Leo. Er hatte den Sack losgelassen und hüpfte vor Sam auf und ab.

»Das habe ich doch schon erzählt.« Sam machte einen schnellen, geraden Schlag auf den Jüngeren, der beiseitesprang und dann Sam eins mit der Linken verpasste. Und so machten sie weiter. Schon bald waren beide schweißgebadet. Leo war leichter und unerfahrener, aber er hielt dagegen, und Sam musste sich gewaltig anstrengen.

»Mach schon, erzähl von Dessie«, keuchte Leo. Er trocknete sich die Stirn und hüpfte hin und her wie ein Profiboxer.

»Sie hat die beiden niedergeschlagen, schneller als der Blitz sozusagen. Aber das hast du doch schon gehört.«

»Das ist so geil! Ich wünschte, ich wäre dabei gewesen.«

Sam wischte sich den Schweiß aus dem Gesicht.

»Sie ist hammercool.« Leos Stimme war voller Bewunderung.

»Sie hat ihren Job gemacht«, sagte Sam verärgert. Dass er von Dessie völlig hingerissen war, war das eine, aber dass Leo sich vor Bewunderung überschlug, war etwas ganz anderes. Dessie gehörte *ihm*.

»Das ändert nichts daran, dass sie cool ist.«

Leo täuschte links an und landete rechts einen Überraschungstreffer. Sam schüttelte den Kopf, um das Klingeln aus seinen Ohren zu bekommen. Dessie wiederzusehen hatte die Dinge weitaus mehr kompliziert, als er geahnt hatte. Er hatte erwartet, dass er mit seinen Gefühlen umgehen könnte, aber das stimmte nicht, dachte er und stürzte sich auf Leo. Worauf er noch einen Treffer einstecken musste.

»Verdammt«, murmelte Sam.

»Reiß dich zusammen, alter Mann, sonst erwischen dich die Typen beim nächsten Mal.«

»Was für ein geschmackloser Witz.«

»Sorry! Aber du wirkst unkonzentriert. Willst du Schluss machen?«

Sam hob die Fäuste. Er sollte sich Dessie ein für alle Mal aus dem Kopf schlagen und lieber ein nettes iranisches Mädchen kennenlernen. Er täuschte einen Schlag an, worauf Leo zur Seite sprang. Er hatte Dessie schon einmal vergessen, also könnte er sich dazu zwingen, es wieder zu tun. Mal davon abgesehen, dass er sie nie wirklich vergessen hatte. Er schlug so hart zu, dass Leo das Gleichgewicht verlor und rückwärtsstolperte. Ha! Aber Leo kam wieder auf die Beine und hüpfte sofort weiter durch den Ring. Seine Ausdauer war nervtötend.

»Du solltest dich irgendwie bei ihr bedanken«, sagte Leo.

»Mich bedanken?«

»Sie hat dein Leben gerettet und ihr eigenes dabei riskiert.«

»Hm.«

»Du weißt, dass ich recht habe. Das habe ich immer.«

Nachdem sie geduscht, sich umgezogen und jeder einen Proteindrink getrunken hatte, fuhr Sam noch im Warenhaus NK vorbei. Leo hatte er ins Büro zurückgeschickt, weil er seine Ruhe haben wollte.

Der Leibwächter, der jüngste im Team, der mit den Polizistenaugen, hielt sich im Hintergrund, sodass Sam ihn kaum bemerkte. Wenn Dessie dabei war, war er sich ihrer Gegenwart unaufhörlich bewusst. Jetzt nickte er dem Mann zu, der den Abstand zwischen ihnen vergrößerte, um Sam im Kaufhaus mehr Privatsphäre zu lassen. Sam sog die Düfte ein. Es roch nach Luxus. Er kaufte häufig hier ein, nicht, weil er das Sortiment besonders ansprechend gefunden hätte, sondern weil dieser Ort so viele Jahre lang unerreichbar für ihn gewesen war. Für ihn war NK immer noch der Inbegriff von Reichtum. Uncool, aber wahr.

Er kam an unterbezahltem Personal, gelifteten Luxus-Hausfrauen und sprachgewandten weißen Männern vorbei und unterdrückte das Unbehagen, das ihn hier immer befiel. Hatte er Komplexe? Ja, die hatte er. Vielleicht sogar eigene Vorurteile. Obwohl die Angehörigen der Oberschicht ja mit ihren Codes, ihrer Sprache und ihrem Geschmack andere ausgrenzen wollten. Das war der Sinn von Luxuskaufhäusern, Svenskt Tenn und der Östermalmshalle. Und Sam fragte sich immer wieder, ob er immer noch draußen stand oder ob er mittlerweile dazugehörte.

Er schlenderte durch die Gänge. Trotz des schönen Wetters war das Kaufhaus gut besucht, und die Angestellten hinter den Tresen ignorierten ihn. Vielleicht hätten sie ihn auch noch ignoriert, wenn er im Anzug gekommen wäre. Vielleicht sogar, wenn er blond gewesen wäre. So etwas wusste man nie. Es war das ständige Dilemma des Einwanderers. Wurde man wegen seines Aussehens schlechter behandelt, oder war man nur übertrieben misstrauisch? Heute trug er Jeans, T-Shirt und Hoodie und sah wahrscheinlich so aus wie der Junge aus der Vorstadt, der er genau genommen auch immer noch war.

Immer wenn Sam ein Geschäft betrat, egal, ob es sich dabei um einen Lebensmittelladen, eine kleine Boutique oder ein Kaufhaus handelte, achtete er bewusst darauf, wie er sich verhielt. Das war ihm in Fleisch und Blut übergegangen, wie allen, die nicht als Weiße durchgingen. Man repräsentierte eben nicht nur sich selbst. Ethnische Schweden konnten nicht verstehen, dass man immer für eine ganze »Gruppe« stand.

Noch heute sah er die Szene vor sich, die seine Mutter einmal vor langer Zeit im Supermarkt erlebt hatte. Eine Frau hatte sie als Diebin beschuldigt, denn man wisse ja schließlich, was man von solchen wie ihnen zu halten habe. Sam hatte schockiert und verängstigt danebengestanden. Seine Mutter hatte geweint, und dann waren sie ohne ihre Einkäufe nach Hause gegangen und hatten sich mit Brot und Tee zum Abendessen begnügen müssen. Wenn er daran zurückdachte, verspürte er noch immer den Wunsch, etwas kaputtzuschlagen. Und das Gefühl kam jedes Mal wieder hoch, wenn er bestimmte Läden betrat. Selbst heute, wo seine Brieftasche von Kreditkarten überquoll, die die Bank ihm quasi aufgedrängt hatte, und wo er zumindest rein finanziell zur Oberschicht gehörte, hatte er stets den Gedanken im Hinterkopf, dass das, was er sagte, wie er aussah und wie er sich verhielt, bei anderen Menschen Misstrauen hervorrief. Und er konnte mit niemandem darüber sprechen. Teils, weil er sich schämte, teils, weil die Menschen sein Erleben gern kleinredeten und nicht wahrhaben wollten, dass es wirklich so schlimm sei. Weil sie glauben wollten, dass er übertrieb. Aber es gab vieles, vor dem Sam sich hütete, wenn er sich in der Öffentlichkeit bewegte. Es ist, wie es ist, dachte er sich meistens, wenn er exklusive Lebensmittel in seinen Einkaufskorb legte oder sündhaft teure Kleidung kaufte. Er genoss das Shopping. Leute, die noch nie arm gewesen waren, konnten das nicht nachvollziehen: den unstillbaren Hunger, die Unsicherheit, die dazu führte, dass man teure und auffallende, neue und protzige Sachen kaufte, nur um nicht als armer Schlucker dazustehen.

Eines Tages würde er vielleicht satt sein. Aber nicht heute. Noch war er unersättlich.

Sam blieb bei den Schmuckstücken in der Juwelenabteilung stehen. Die skandinavischen Designer wie Ole Lyngaard und Georg Jensen und die eisig funkelnden Diamanten von Cartier und Bulgari in ihren beleuchteten Glasvitrinen hatten es ihm angetan. Er dachte dabei an Dessie. Allerdings trug sie kaum Schmuck. Er blieb bei den Uhren stehen und wusste auf einmal genau, warum er hergekommen war. Er würde Dessie gern eine Uhr schenken. Er wollte, dass sie etwas trug, was er ihr geschenkt hatte. Etwas Solides, Praktisches und Stilechtes, das richtig teuer war. Je teurer, desto besser.

Sein Handy klingelte. Es war seine Mutter, und er sprach Persisch mit ihr, während er die verschiedenen Uhren begutachtete und überlegte, was Dessie wohl gefallen könnte. Eine Breitling? Tag Heuer? Sie war kein Rolextyp, dessen war er sich sicher. Rolex war zu neureich für Dessie.

»Isst du auch ordentlich? Wann besuchst du mich mal wieder?«

Er lächelte. »Mama. Ich esse, weil ich vierunddreißig bin und selbst denken kann, und ich besuche dich bald. Versprochen.«

»Danke!«

»Geht's dir gut? Ist alles in Ordnung?«

Er hatte ihr nichts von dem gestrigen Zwischenfall erzählt. Es war unnötig, sie noch mehr zu beunruhigen, als sie es sowieso schon war. Er beugte sich tiefer über eine Vitrine, in der er eine schlichte Uhr aus Stahl entdeckt hatte.

»Jaja, aber ich habe bei der Arbeit viel zu tun.«

Als Sam hochschaute, erkannte er, dass er einem Wachmann aufgefallen war, der sich bei den Vitrinen postiert hatte, um ihn im Auge zu behalten. Nur ihn, keinen der anderen Kunden.

»Warte mal eben, Mama«, sagte er auf Persisch, als ein weiterer Wachmann auftauchte. Beide starrten Sam an.

»Kann ich Ihnen helfen?«, fragte er die Männer und drückte dabei das Handy an seinen Pullover.

Die Wachmänner bauten sich vor ihm auf, während der eine mit jemandem über sein Headset sprach.

Sam hielt sich das Handy wieder ans Ohr. Sein Herz hämmerte. »Mama, ich muss gehen. Ich melde mich wieder«, sagte er und legte auf.

»Wollten Sie mich etwas fragen?«, fragte Sam, jetzt ernsthaft provoziert. Er sollte besser den Mund halten, schaffte es aber nicht.

Die Wachmänner kamen auf ihn zu, die Hände am Schlagstock, und ihre Handschellen klirrten. Sam ballte die Fäuste. Plötzlich trat der Leibwächter von Lodestar zwischen Sam und die zwei Wachmänner. Ihn hatte Sam ganz vergessen, und er musste sich dazu zwingen, sich ruhig zu verhalten, während der Leibwächter seinen Ausweis vorzeigte und lange und leise auf die Männer einredete. Schließlich entfernten sich die beiden. Der Leibwächter nickte Sam entschuldigend zu. »Sorry, das hätte nicht passieren dürfen. Ich werde das melden, das war extrem unprofessionell von den beiden.«

»Verstehe«, sagte Sam, aber die Lust auf Shopping war ihm vergangen.

Rasend vor Wut und gedemütigt verließ er das Kaufhaus. Er sollte sich das nicht so zu Herzen nehmen, dachte er, als er die Hamngatan überquerte. Er kannte den Besitzer von NK persönlich … Verdammt, wenn er wollte, könnte er den ganzen Laden *kaufen*. Aber die lächerliche Episode hatte ihm die Laune verdorben. All die vielen kleinen Stiche immerzu, dass er nichts tauge, dass er schlechter sei als die anderen, dass er nur einer von den Kanaken sei, die sich in Acht nehmen sollten, die man genau im Auge behalten müsse. Nie, niemals als normal durchzugehen, egal, wie assimiliert man war, nie einfach nur Schwede sein zu dürfen, egal, wie sehr er sich für die Gesellschaft engagierte. Eigentlich sollte er damit umgehen können, aber vielleicht machten ihn die Zwischenfälle der letzten Zeit, die Drohungen und die Ungewissheit schon paranoid, und er reagierte deshalb stärker als sonst. Vor Wut ganz verkrampft und erschüttert darüber, wie unsicher und verstört er war, ging er zum Kungsträdgården hinüber. Er wollte diese Gefühle am liebsten einfach abschütteln. Er hasste es, dass er sie überhaupt hatte, dass er sich dermaßen gekränkt fühlte, und verabscheute sich dafür, dass er es diesen armseligen Rassisten heimzahlen wollte, dass es ihm nicht egal war, wie sie über ihn dachten, und dass er nicht aufhören konnte, daran zu denken.

Er stampfte in den Kies und zog dann sein Handy aus der Tasche. Er musste jetzt irgendjemanden anrufen.

Er wählte Dessies Nummer.

»Ja?«, meldete sie sich kurz angebunden.

»Ich bin's.«

»Ich weiß.«

»Natürlich.« Er verstummte. Sein Leibwächter stand ein Stück von ihm entfernt. Die Sonne schien, die Tulpen blühten, und die Luft war mild, aber ihm erschien alles hoffnungslos. Würde es immer so sein? War das sein Leben? Bei NK bloßgestellt zu werden. Rechtsradikale, die ihn hassten. Leibwächter.

»Sam? Ist was passiert? Wo ist dein Leibwächter?«

»Er ist hier. Ich weiß nicht, warum ich überhaupt angerufen habe.«

»Sam?« Dessies Stimme klang weicher, und Sam schloss die Augen und ließ die Sonne seine Lider liebkosen. Nach dieser sanften Stimme hatte er sich viele Jahre lang gesehnt. Niemand sonst konnte ihm das Gefühl vermitteln, ein ganzer Mensch, wichtig und auf dem richtigen Weg zu sein, außer Dessie.

»Was ist los? Kannst du es mir erzählen?«

»Dessie?«

»Ja?«

»Kannst du herkommen?« Er flehte niemals jemanden um etwas an, aber diesmal war er nah dran.

Sie antwortete nicht, und Schweigen machte sich breit. Vielleicht dachte sie, er sei verrückt geworden. Manchmal fragte er sich das selbst. All dieser Zorn, der so dicht unter der Oberfläche schwelte, das ständige

Ohnmachtsgefühl. Es machte ihm Angst. Er wollte sich nicht von seiner Vergangenheit bestimmen lassen, sein Leben nicht in ständiger Anspannung verbringen.

»Vergiss es«, sagte er und bereute, dass er sie angerufen und Schwäche gezeigt hatte. Es war eine blöde Idee gewesen.

»Ich komme, Sam. Wo bist du?«

»Kungsträdgården. Es ist aber nicht nötig.«

»Ich bin gleich da.«

Und damit legte sie auf.

~ 22 ~

»Danke, dass du hergekommen bist«, sagte Sam. Es war ein warmer Freitagnachmittag und die Menschen schlenderten ohne Jacken und mit Tüten vom Weinhandel in der Hand durch den Park. Jugendliche aßen Eis. Eigentlich sollte alles Friede und Freude sein, aber Sam sah verstört aus.

Dessie nickte Jon zu, der sich diskret etwas entfernt von ihrer Bank postierte. Dann wandte sie ihre ganze Aufmerksamkeit Sam zu. Seine Haare standen zu Berge, als ob er sie sich gerauft hätte. Er hatte einen Bartansatz und war dem Duft nach zu urteilen frisch geduscht. Sein schwarzes Haar glänzte in der Sonne, und er hatte etwas Verletzliches an sich.

»Wie geht es dir?«, fragte sie.

»Es ist nur ein bisschen viel auf einmal. Wie geht es dir? Habe ich dich bei einem Date gestört? After Work?«

»Ich war noch auf der Arbeit«, sagte sie.

Eigentlich hatte sie nur dagesessen, den Computerbildschirm angestarrt und Sachen bestellt, die sie nicht brauchte, aber das brauchte Sam ja nicht zu wissen.

»Ich vermute, dass ich nicht dein einziger Kunde bin.«

»Nein.«

»Was hast du gemacht?«, fragte er.

»Eine Reise vorbereitet.« Das war zumindest das, was sie hätte tun sollen. Aber sie hatte vor allem dagesessen und geträumt. Das sah ihr gar nicht ähnlich.

»Willst du verreisen? Wohin?«, fragte er.

»Darüber kann ich nicht sprechen.« Sie sah ihn nicht an. Es ging um einen kürzeren Routineeinsatz. Ein älterer Geschäftsmann, den sie öfter auf Reisen begleitete, wollte übers Wochenende nach London.

Sam legte seine Hand neben ihre. Seine Haut war goldbraun, und er hatte schwarze Härchen auf den Knöcheln und kurz geschnittene Nägel. Er bewegte seine Finger.

»Du wirkst schon ruhiger«, sagte sie. Irgendetwas an seiner Stimme am Telefon hatte sie beunruhigt, aber jetzt war er entspannt. Seine Gesichtszüge glätteten sich, und seine Schultern sanken herab. Der gehetzte Ausdruck verschwand aus seinem Gesicht. Aber er wirkte immer noch bedrückt.

Er lehnte sich zurück und fuhr sich übers Kinn. »Du hast keine Ahnung, wie kraftraubend es sein kann, immer der einzige Nicht-Weiße im Raum zu sein. Immer aufzufallen, immer anders zu sein.«

»Tja. Ich bin eine Frau in einer extrem von Männern dominierten Welt. Aber ja, exakt das kenne ich nicht.«

Aber sie erinnerte sich an Sams ständigen Kampf. Wie er immer gegen Vorurteile ankämpfte und dagegen, dass sein Erleben von anderen nicht ernst genommen wurde. Damit wollte er sich nicht abfinden. Das war eins der Dinge, wegen der sie sich zu dem Jungen, der er einmal gewesen war, hingezogen gefühlt hatte, seine ruhelose Leidenschaft und seine Integrität. Sam warf niemals die Flinte ins Korn, sondern kämpfte, egal, wie hoffnungslos die Situation sein mochte. Das war es auch, was sie jetzt zu ihm hinzog, dachte sie. Er war ein Fighter, ein Krieger. Und er hatte die schönsten Augen der Welt.

»Sam?«

»Ja?«

»Ich habe es mir anders überlegt. Ich glaube, ich möchte doch über das reden, was damals passiert ist«, sagte sie bedächtig. »Ich möchte verstehen, wieso alles so schieflaufen konnte.«

Sam sah sie ernst an, ernst und unendlich zärtlich. »Ja.«

»Es tut mir alles so furchtbar leid«, begann sie. Nichts von dem, was sie erlebt hatte, konnte entschuldigen, was sie ihm an den Kopf geworfen hatte. Nichts außer der Tatsache, dass sie neunzehn Jahre alt gewesen war, voller Emotionen, Hormone und jenes »Alles oder nichts«-Gefühls, das nur eine Jugendliebe in einem auslöste. Und sie hatte unter Schock gestanden. Aber hinterher, als sich alles ein wenig beruhigt hatte, hatte sie ihm alles erklären und ihn um Verzeihung bitten wollen. Sie hatte ihn angerufen und ihm Briefe geschrieben, aber er hatte sie von sich gestoßen.

»Mir auch«, sagte er langsam.

Dessie schaute zu Jon hinüber. Er ließ sich zwar nichts anmerken, aber er fragte sich bestimmt, worüber sie sprachen.

»Wenn du wüsstest, wie sehr ich mir gewünscht habe, dass wir damals miteinander gesprochen hätten, als es alles noch frisch war. Dass ich die Situation überblickt hätte und nicht nur wütend und gekränkt gewesen wäre«, sagte Sam.

»Ich habe ja versucht zu reden«, erinnerte sie ihn sanft.

Sam sah beschämt drein. Aber sie hätte schneller sein sollen, dachte sie. Wenn sie doch nur stärker gewesen wäre. Aber am Wochenende nach der Party hatten ihre Eltern sie in einer Tour ausgeschimpft. Sie hatte sich nicht getraut, ihnen von dem Vergewaltigungsversuch zu erzählen. Sie hatte geweint und sich verschlossen. Erst als sie am Montag wieder in die Schule ging, war ihr aufgegangen, wie weit sich die Gerüchte über Sam schon verbreitet hatten, was für eine Lawine aus Lügen losgetreten worden war. Sie hatte zwar versucht, die Dinge geradezurücken, aber auf jeden, den sie davon überzeugen konnte, dass Sam sie nicht vergewaltigt hatte, kamen zehn andere, die sie als Hure beschimpften und Sam als Vergewaltiger.

»Ich weiß. Ich konnte dir damals einfach nicht zuhören«, sagte Sam. »Ich habe mich verraten gefühlt. Ich habe das Handy weggeworfen und mir eine neue Nummer besorgt, die Briefe zerrissen und bin abgehauen. Ich war jung und dumm, das ist meine einzige Entschuldigung.«

Dessie schluckte. »Ich hätte dich in Schutz nehmen sollen. Ich war so wahnsinnig enttäuscht. Und schockiert. Und ich dachte, dass du mit einem anderen Mädchen geschlafen hättest.«

»Ich weiß, dass es so ausgesehen haben muss, aber ich ...«

Dessie unterbrach ihn. »Zwei Jungs sind über mich hergefallen.«

»Was? Das wusste ich nicht.« Sam sah schockiert aus. »Wann? Was ist passiert? Haben sie dich ...?«

»Sie haben mir die Kleider heruntergerissen und mich festgehalten ... in meinem Zimmer, als ich auf dich gewartet habe.« Sie holte tief Luft. »Sie wollten mich vergewaltigen. Aber erstaunlicherweise konnte ich mich losreißen.«

Sam saß ganz still da. Es war, als verstünde er all das, was sie *nicht* erzählte, und mit einem Mal fühlte sich in ihr alles anders an. Leichter.

»Ich glaube, ich habe dir übel genommen, dass du nicht da warst«, bekannte sie. Denn so hatte es sich angefühlt. Sie wurde überfallen, während er mit einer anderen im Bett war.

»Ich hätte da sein müssen. Dich beschützen.«

»Hast du dich nicht über meine zerrissenen Sachen gewundert?«, musste sie fragen. Das hatte an ihr genagt.

Er wandte seinen Blick ab. Die Sehnen und Muskeln an seinem Hals arbeiteten, ehe er antwortete: »Doch, aber, Dessie ... Verzeih mir. Ich dachte, du hättest sie vielleicht absichtlich zerrissen. Um mich reinzureiten.« Sein Blick war offen und verletzlich. »Verzeih mir«, wiederholte er.

»Sam«, sagte sie leise.

Sie hatten einander so sehr verletzt. Das hätten sie sofort aus der Welt schaffen sollen, gleich damals. Aber Reden war das gewesen, was ihnen am schwersten gefallen war.

Er berührte vorsichtig ihre Hand. »Es tut mir so leid, dass ich nicht für dich da war, Dessie, dass ich dich hängen gelassen habe. Ich hoffe, dass du mir das irgendwann verzeihen kannst. Verdammt, ich hatte ja keine Ahnung. Natürlich hätte ich jeden aufhalten müssen, der dir wehtun wollte.«

Es war, als hätte sie bis jetzt unter einer dunklen Wolke gelebt. Einer riesigen dunklen Wolke, die auf ihr gelastet hatte. Er nahm es so gut auf. Glaubte ihr, zweifelte nichts an. Das war wie Balsam für ihre Seele. Dass jemand ihr glaubte und ihre Wahrnehmung bestätigte. Das tat so gut.

»Ich verzeihe dir«, sagte sie sanft. »Kannst du mir auch verzeihen? Es tut mir nämlich wirklich leid.«

»Ja, Dessie, das kann ich, und ich tue es liebend gern.«

»Danke!«

Sie sahen einander lange an. Sie lächelte vorsichtig, und er erwiderte ihr Lächeln. Sie schwiegen, aber es war ein angenehmes Schweigen, ohne all die alten Missverständnisse zwischen ihnen. Sie würde gern mehr mit Sam reden, dachte sie. Auch wenn es mittlerweile kaum noch etwas gab, das sie nicht über ihn wusste. Sie wusste zum Beispiel, dass er reihenweise Frauen gedatet hatte. Schwedische und iranische und mindestens eine Amerikanerin. Er war verlobt gewesen. Dessie hatte das Foto von der Verlobungsfeier lange angestarrt. Sam und diese Frau hatten glücklich ausgesehen.

»Darf ich dich etwas ganz anderes fragen?«, sagte sie.

»Sicher.«

»Was ist aus deiner Verlobten geworden?«, fragte sie, obwohl sie sich eigentlich nicht nach seinen anderen Frauen hatte erkundigen wollen. Das hatte nichts mit ihr zu tun.

»Das ist lange her. Wir haben nicht zusammengepasst«, sagte er endlich. »Sie hat mit mir Schluss gemacht. Es war das Beste so, auch wenn es damals wehgetan hat.«

Irgendwie fühlte sich Dessie erleichtert.

»Jetzt bin ich dran mit Fragen«, sagte Sam.

Dessie nickte.

»Wenn wir uns irgendwo in der Stadt begegnet wären, wenn du nicht mein Bodyguard wärst, hätte das etwas verändert? Zwischen uns?«

»Wenn ich ehrlich sein soll, weiß ich das nicht. Ich bin so viele Jahre wütend auf dich gewesen.«

»Was du nicht sagst.«

»Du etwa nicht?«

»Nö, ich bin doch so erwachsen.«

Sie kicherte. »Ich bin deine Personenschützerin, das ist meine Aufgabe«, sagte sie. »Du und ich ... das ist lange her.«

»Willst du damit sagen, dass du nichts fühlst? Dass du das nicht spürst, was zwischen uns ist?«

»Ich glaube, es ist zu spät. Nur weil da etwas ist, muss man ja nicht darauf eingehen. Dem nachzugeben, würde so viele Komplikationen nach sich ziehen. Man hat ja eine Wahl.«

»Hm.« Er wirkte nicht überzeugt.

»Und du hast gesagt, dass der Kuss nichts bedeutet hat«, sagte sie. Sie war deswegen immer noch eingeschnappt.

Sam schnaubte und hob eine Augenbraue. »Wenn du darauf reingefallen bist, bist du nicht so gut darin, Menschen zu durchschauen, wie ich gedacht hatte. Ich habe gelogen.«

Dessie ignorierte die Erleichterung, die in ihr aufstieg. »Wir haben eine berufliche Beziehung. Etwas anderes kann es nicht sein und darf es nicht sein.«

»Ich habe dich angerufen, weil bei NK etwas passiert ist«, sagte Sam.

»Was denn?«

»Eine Sache, die die ganze Scheiße von früher wieder aufgewirbelt hat. Vielleicht nichts Superernstes, aber es hat mich aus der Bahn geworfen.« Sam sah sie an. »Und da ist mir klar geworden, dass der einzige Mensch, mit dem ich darüber sprechen wollte, du bist.« Er verstummte.

»Aber du hast ja noch nichts erzählt«, sagte sie sanft.

»Ich war in der Schmuckabteilung und wollte etwas für dich kaufen.«

»Du sollst mir nichts kaufen.« Es war ihr ernst. Trotzdem ... Sie wurde beinahe rot.

»Meine Mutter rief an, wir haben geredet, und ein Wachmann wurde auf mich aufmerksam.«

»Du hast doch Personenschutz. Was ist dann passiert?« Sie schaute zu Jon hinüber. Wenn er seine Arbeit nicht gemacht hatte, würde sie ihn sich einmal gründlich vorknöpfen. Und NK anrufen. Himmel und Erde in Bewegung setzen.

»Es hat Ärger gegeben.« Seine Stimme war ruhig, aber sie sah die

Verletzlichkeit in seinem Gesicht, und das berührte sie. Dass Sam sich so empfindsam zeigte … vor ihr. Sie musste den Blick abwenden, um sich wieder in den Griff zu bekommen.

Sam rieb sich das Kinn. »Ach, ich glaube, ich habe Hunger. Und die Nase voll von den Leuten. Von diesem ganzen Leibwächter-Elend.«

Einen Personenschutz zu haben, war anstrengend, das wusste Dessie. Viele hatten ein Problem mit der ständigen Verletzung der Privatsphäre, die das mit sich brachte. Für sie selbst war es Arbeit, aber für Sam bedeutete es ein Eindringen in seinen Alltag.

»Es tut mir leid«, murmelte sie und meinte es auch so. Sam war in vielerlei Hinsicht der Stärkere von ihnen beiden, aber sie hatte ihm gegenüber trotzdem schon immer den Wunsch verspürt, ihn zu beschützen, auch als sie noch jung waren.

»Drüben im Kaufhaus ist mir klar geworden, dass das vielleicht bis in alle Ewigkeit so weitergeht. Rechtsextremisten, rassistische Wachleute – das fühlt sich an, als würde es nie ein Ende nehmen. Oder glaubst du, dass die Nazis aufgegeben haben? Nach der Sache im Parkhaus?«

Dessie schüttelte den Kopf. »Wahrscheinlich nicht«, sagte sie aufrichtig.

»Das habe ich befürchtet«, sagte Sam. »Dessie, ich will nicht, dass jemand meinetwegen sterben muss. Vielleicht sollte ich klein beigeben, die Einweihung abblasen und mich nicht mehr zu Flüchtlings- und Umweltfragen äußern. Einfach die Klappe halten.«

»Klein beizugeben, sähe dir aber gar nicht ähnlich.«

»Mag sein. Kommst du noch mit auf einen Kaffee?«

»Unbedingt. Wohin?«

Sam sah sie an. Lange. Da war etwas zwischen ihnen, etwas Dunkles und Abgründiges, das gefährlicher war als früher. Wie wenn man mitten in der Nacht in der Türöffnung eines Hubschraubers stünde und darauf wartete hinauszuspringen. Das gleiche Gefühl.

»Zu mir nach Hause?«

»Sam …«

»Da können wir ungestört reden. Das wolltest du doch.«

Dessie war sich absolut sicher, dass es das Dümmste wäre, was sie tun konnte, mit Sam nach Hause zu gehen. Schlimm genug, dass sie hier saß und sich Fantasien über seinen Mund auf ihrem oder über seine liebkosenden Hände hingab, aber mit ihm allein zu sein würde womöglich ... Sie wagte es nicht, den Gedanken zu Ende zu denken.

»Ich komme mit«, sagte sie wider alle Vernunft. Sie war schließlich nicht jemand, der die Flucht ergriff und einer Herausforderung auswich. Sie konnte ihr Verhalten steuern, redete sie sich ein. Es würde nichts passieren. Sie würden reden. Endlich den Ereignissen jenes Abends vor langer Zeit auf den Grund gehen. Vielleicht würden ihre Wunden endlich heilen.

So würde es sein. So *musste* es sein. Nichts anderes würde oder durfte passieren.

~ 23 ~

Sam schloss die Tür auf und ließ Dessie in seine Wohnung auf der zweiunddreißigsten Etage eintreten. Es war ein eigenartiges Gefühl zu sehen, wie sie ihre Jacke in seinem Flur aufhängte. Sie in das sonnendurchflutete Wohnzimmer zu führen und zuzuschauen, wie sie sich darin umsah. Es fühlte sich an, als würde er einen Teil von sich vor ihr entblößen. Ob es ihr hier gefallen würde?

Mitarbeiter von Lodestar waren in seiner Wohnung gewesen, hatten mehrere Kameras und einen Alarmknopf installiert und ihm die Benutzung erläutert, aber das war auf professionelle Weise unpersönlich gewesen.

Jetzt saß der zweite Leibwächter unten auf der Straße im Auto, und Dessie war hier. Und alles war anders. Sie blieb vor einem Gemälde stehen, das er bei einer Auktion von Bukowskis gekauft hatte, eine blonde Frau mit abgewandtem Gesicht, die ihn angesprochen hatte und in der er natürlich Dessie gesehen hatte, auch wenn ihm das jetzt eben erst bewusst geworden war. So vieles in seinem Leben stand in Zusammenhang mit ihr, direkt oder indirekt, sogar die Kunstwerke in seiner Wohnung.

»Was?«, fragte sie. Ihre Füße versanken in den teuren persischen Teppichen. Es waren handgeknüpfte Seidenteppiche mit Goldfäden und von einer Dichte, wie es sie außerhalb des Irans nur selten gab. Die extratiefen Sofas von Svenskt Tenn, die er sich für diese Wohnung speziell hatte anfertigen lassen und die so viel gekostet hatten, dass er es nie jemandem erzählen könnte, die hellbraunen Wände, die das Sonnenlicht einfingen, das aus allen Himmelsrichtungen durch die Fenster ins Zimmer fiel, und die Gegenstände aus Messing, die ein Antiquitätenhändler für ihn aufgetrieben und aus Teheran geliefert hatte. Diese Mischung aus seinen zwei Ländern: Schweden und dem Iran.

»Mir wird gerade klar, dass mich dieses Gemälde immer an dich erinnert hat«, sagte er.

Dessie entgegnete nichts, sondern strich mit einem Finger über eine blanke Oberfläche und berührte sacht die moderne Bronzeskulptur eines iranischen Künstlers.

»Ich habe angefangen, Skulpturen zu sammeln«, sagte er und schämte sich sofort. Es klang, als wollte er damit angeben. Aber ihm gefiel diese Kunstform und ihre spielerische Neuinterpretation von dem, was in seinen Augen den Nahen Osten ausmachte.

Dessie inspizierte seine Bücherregale. Die Wohnung war neu, er hatte sie gekauft, noch bevor sie ganz fertiggestellt war. Sie war mit Einbauregalen ausgestattet, und jedes einzelne Möbelstück war dazu ausgewählt, das Raumerlebnis zu vervollkommnen.

»Du liest wohl viel?« Sie sah sich die Buchrücken an. Krimis, Romane, Sachbücher. Sam liebte Bücher, er wollte keinen Fernseher haben und hatte sich stattdessen einen prunkvollen Raum eingerichtet, in dem man lesen, zusammensitzen oder auch bloß die Aussicht auf Stockholm genießen konnte. Nicht, dass er besonders oft zu Hause gewesen wäre, wie ihm jetzt bewusst wurde, und er versuchte sich daran zu erinnern, wann er zuletzt eine Frau hierher mitgebracht hatte.

»Möchtest du Musik hören?«, fragte er.

»Ich weiß nicht. Vielleicht.« Ihre Stimme war leise, fast ein wenig verschleiert. Sie hatten früher oft gemeinsam Musik gehört, wie Teenager das so machten. Sie hatte alles Moderne und Populäre gemocht, und ihm war es ziemlich egal gewesen, er hatte vor allem gerne mit ihr diskutiert, sie provoziert und etwas von ihr gelernt. Sie hatten sich darüber gestritten, dass sie iranische Musik hören wollte. Er wollte schwedisch sein und das hören, was in Europa angesagt war.

Jetzt wählte er eine Playlist mit Balladen einer iranischen Sängerin aus, und die Musik schwebte durch die Wohnung, eine Mischung aus sanftem Jazz und iranischen Tönen. Dessie sagte nichts, aber sie lächelte, und er wusste, dass sie sich an ihre Diskussionen erinnerte. »Schön«, sagte sie, und er fragte sich, ob sie damit seine Wohnung meinte oder die Musik.

Sie gingen in die offene Küche, und sie schaute aus dem Fenster, während Sam sich an der Kaffeemaschine zu schaffen machte. Alle Fenster reichten vom Boden bis zur Decke, und die Aussicht aus der zweiunddreißigsten Etage war atemberaubend.

»Ich wusste nicht einmal, dass man in Stockholm so wohnen kann«, sagte sie, und ihre Stimme war voller Bewunderung.

»Ich bin zufrieden«, sagte er, während er Kaffee in die Maschine gab. Iraner waren Teetrinker, und der Tee war ihnen heilig, aber er mochte lieber Kaffee und vermutete, dass es Dessie ebenso ging. Er machte ihnen je ein Brot mit Brie und legte Melone, Walnüsse und Käsewürfel auf einen Teller. Sie nahmen ihre Kaffeetassen mit und setzten sich auf das eine Sofa. Er stellte den Teller mit dem Essen auf den Tisch und machte sich dann über sein Brot her.

»Die Wohnung passt zu dir«, sagte sie und pustete auf ihren Kaffee. Sie nickte, dass er ihr Brot ebenfalls aufessen dürfe.

»Ist das gut oder schlecht?«

Viele fanden die beiden Wolkenkratzer bei Norra Station hässlich. Zum Beispiel seine Mutter. Sie lehnte sie energisch ab und nannte sie »das Hässlichste, was je in Stockholm gebaut wurde«, aber Sam gefiel die brutalistische Architektur. Sie war brachial, kraftvoll und weit entfernt von der blasierten Hochstapelei, mit der sich viele Männer in seinem Umfeld umgaben.

»Sie ist sehr schön. Ganz du.« Sie zog die Füße aufs Sofa hoch. Durch ihre durchsichtigen Strümpfe schimmerten ihre Zehennägel. Sie waren rot. Das hatte er nicht erwartet. Er hatte sie bisher nur in korrekter Businesskleidung gesehen, mit dezenten Schmuckstücken und praktisch ohne Make-up. Und dann diese frivolen Zehennägel.

»Ich habe sehr viel über das nachgedacht, was damals passiert ist«, begann sie.

»Ich auch.« Er schluckte den Rest des Käsebrots hinunter.

»Und was hast du gedacht?«

»Dass ich das alles hinter mir lassen will.«

Er schaute wieder auf die roten Zehennägel. Dabei dachte er eigentlich nur daran, dass er sie haben wollte. So einfach war das. Ihm ging es gar nicht mehr um Rache oder Macht oder irgendetwas in der Art, sondern um eine erwachsene Anziehung. Er wollte sie – und das, was geschehen war, könnte er durchaus hinter sich lassen.

Dessie senkte ihre Stimme. »Es tut mir leid, was du durchmachen musstest.«

»Ich dachte, du wärst diejenige gewesen, die herumerzählt hat, dass ich dich vergewaltigt hätte. Ich schäme mich dafür, dass ich das denken konnte.«

Sie nahm sich eine Nuss. »Das war das ganze Gerede. Aber so etwas würde ich nie tun.«

»Ich war so wütend. Ich wünschte, ich hätte gewusst, dass du Opfer eines Übergriffs geworden warst. Ich würde gern glauben, dass ich mich dann anders verhalten hätte. Zumindest hoffe ich das.«

»Die Schule ist schon eine Welt für sich, findest du nicht? Vor allem das Gymnasium mit all den Hormonen und Missverständnissen und dem ganzen Drama. Eigentlich sollten junge Menschen mit keinem zusammen sein dürfen, bevor sie trocken hinter den Ohren sind.«

»Ja, wäre vielleicht besser.«

Sie schenkte ihm ein flüchtiges Lächeln.

»Ich wünschte, ich hätte mir noch mehr Mühe gegeben, die Leute von der Wahrheit zu überzeugen. Aber zum Schluss war ich total am Boden zerstört. Ich habe nicht mehr gegessen und auch nicht mehr geschlafen. Ich dachte, ich würde sterben. Manchmal habe ich mir das sogar gewünscht.«

»Das tut mir leid. Und es tut mir leid, was ich dir damals an den Kopf geworfen habe, ich wollte dich nicht ...«

Sie warf ihm einen Blick aus grauen Augen zu. »Mich verletzen? Das hast du aber getan.«

»Ja, das hab ich wohl«, räumte er ein.

»Ich freue mich, dass wir darüber gesprochen haben, auch wenn es fünfzehn Jahre zu spät ist.«

Er rückte näher an sie heran. »Fühlt sich das für dich so an? Dass es zu spät ist?«

Ihre Pupillen weiteten sich. Wenn er genau hinschaute, konnte er den Puls an ihrem schlanken Hals pochen sehen. »Ich weiß nicht. Mich verwirrt das alles ziemlich.«

»Da habe ich das perfekte Gegenmittel«, sagte er leise.

Sie blickte ihn misstrauisch an.

»Baklava, Dessie. Bloß Baklava.« Er ließ seinen Blick auf ihren rosigen Wangen ruhen und sog ihren Duft ein. Natürlich nur, wenn sie nicht mehr von ihm wollte als Baklava.

~ 24 ~

Dessie trank von ihrem Kaffee, lauschte der persischen Musik und griff nach einem kleinen Stück Baklava mit Pistazien. »Sind die von deiner Mutter?«, fragte sie. Sie konnte sich erinnern, dass ihr einmal in der kleinen Küche der Aminis ähnliches Gebäck angeboten worden war. Sams Mutter hatte sich in gebrochenem Schwedisch nach ihren Hausaufgaben erkundigt, um Hilfe bei einem seltenen schwedischen Wort gebeten, gekocht und war schließlich zur Arbeit gegangen. Während Dessie es vor ihren Eltern verheimlicht hatte, dass sie und Sam ein Paar waren, hatte Azita sicherlich geahnt, was sie einander bedeuteten. Sie hatten ihre Liebe geheim gehalten, hatten sie ganz für sich haben wollen. Als Jugendliche hatte Dessie nicht wirklich begriffen, was Sams Mutter alles leistete, dass sie in einem neuen Land ganz von vorn angefangen und es schließlich geschafft hatte, sich die Kenntnisse anzueignen, die sie benötigte, um ihre wissenschaftliche Arbeit wieder aufzunehmen – und dabei gleichzeitig auch noch den Lebensunterhalt für sich und ihren Sohn verdiente. Heute hatte Dessie großen Respekt vor ihr und ihrer Leistung. Und sie hoffte, dass Azita auf ihren Sohn stolz war.

»Du hast sie geliebt«, sagte er und biss in eine der blättrigen Süßigkeiten.

»Nicht so wie du.«

Sie kauten andächtig und spürten dem Geschmack von Apfelsinenblüten, Zitrone und Zimt nach, den knackigen Nüssen.

»Ich habe so etwas seitdem nicht mehr gegessen.«

»Sie macht immer noch die besten.«

Dessie lächelte. »Stimmt.« Ihr Blick glitt wieder aus dem Fenster. Sie konnte nicht anders. Die Wohnung war fantastisch. Ganz Stockholm lag ihnen zu Füßen, und wenn sie genau hinschaute, konnte sie bis nach Lidingö gucken. Sie wagte nicht einmal zu schätzen, was es kostete, hier zu wohnen.

»Und wie geht es deiner Familie?«, fragte Sam. Seine Stimme klang neutral, aber sie wusste ja, dass das einmal ein heikles Thema gewesen war. Der Unterschied zwischen ihnen. Die unterschiedlichen Welten, denen sie angehörten. Bei den ganz seltenen Gelegenheiten, wenn Sam einmal mit zu ihr nach Hause gekommen war, hatten ihre Eltern sich bemüht, sich ihm gegenüber natürlich zu verhalten, aber sie hatte gespürt, dass sie ihn nie wirklich gemocht hatten. Und nach der Party waren sie über die Anschuldigungen gegen ihn nicht überrascht gewesen, wie sie ihr erklärt hatten, sondern nur erleichtert, dass er aus ihrem Leben verschwunden war. »Es ist besser so«, hatte ihr Vater gesagt.

»Ihnen geht es gut. Sie werden natürlich langsam alt. Ich sehe sie am Wochenende.«

»Was haben sie gesagt, als du zum Militär gegangen bist? Korrigier mich, wenn ich mich irre, aber davon war doch vorher nie die Rede gewesen.«

Er lächelte sie an, und sie dachte daran, wie sie früher miteinander gesprochen hatten, über die Zukunft und über das Leben. Sie hatte den Kopf auf seinem Schoß gehabt, er hatte ihr durchs Haar gestrichen, und sie hatte sich so leicht, so geborgen und so wichtig gefühlt. »Ich erinnere mich, dass du darüber nachgedacht hast, Anwältin zu werden, Ärztin oder Nobelpreisträgerin, aber nicht Geheimsoldatin«, sagte er.

»Dass du das alles noch weißt.«

»Ich fand es interessant, aber ich wollte dich auch sehr, sehr gern küssen.«

»Während ich dich vollgelabert habe, wolltest du rumknutschen?«, neckte sie ihn.

»Du etwa nicht?«

»Und wie«, sagte sie nachdrücklich.

Sein Gesichtsausdruck wurde konzentriert. Er lehnte sich zurück und betrachtete sie. »Das ist ja interessant.«

Dessie war bei allem, was Jungen betraf, immer unsicher gewesen und hatte darum allerlei miese Ratschläge befolgt, von Freundinnen, von ihrer Schwester, aus idiotischen Zeitschriften. »Eigentlich wollte ich es das ganze Gymnasium hindurch. Seit ich dich das erste Mal gesehen hatte, glaube ich.« Sie hatte sich nach jedem Wochenende und nach jeden Ferien darauf gefreut, ihn wiederzusehen. »Aber ich war schüchtern und unerfahren. Ich wusste nicht, wie ich mich verhalten sollte.«

»Und jetzt?«

»Willst du wissen, ob ich schüchtern bin oder ob ich unerfahren bin?« Gott steh ihr bei, aber sie flirtete mit ihm. Das sollte sie lieber bleiben lassen. Aber es war ja Sam, ihre erste und größte Liebe. Der Mann, der sie offenbar für alle anderen Männer verdorben hatte. Flirten war eine Grauzone, redete sie sich ein. Solange sie deren Grenzen nicht überschritt, hatte sie die Situation unter Kontrolle.

Er schenkte ihr Kaffee nach. »Ich bin froh, dass du zum Kungsträdgården gekommen bist«, sagte er.

»Es klang dringend. Ich fühle mich für dich verantwortlich.«

»Weil du meine Leibwächterin bist?«

»Ja. Zuerst dachte ich, es sei etwas mit den Männern, die dich angegriffen haben.«

»Aha.«

»Aber die haben wir im Auge. Wir arbeiten mit Säpo zusammen, und es gibt einige Spuren, die wir verfolgen. Ich habe entsprechende Kontakte. Wir bleiben dran.« Sie unterbrach sich. »Aber was ist eigentlich bei NK passiert? Du bist doch nicht bedroht worden?«

»Nein.« Er verstummte, und sie wartete geduldig ab. Er bürstete sich einen Krümel von der Jeans. »Normalerweise kann ich mit so etwas umgehen, es einfach ignorieren, aber heute habe ich das nicht geschafft. Nie einfach nur **sein** zu dürfen, immer daran denken zu müssen, dass ich nicht weiß bin. Das hat bei mir das Fass zum Überlaufen gebracht.«

»Es tut mir so leid. Wenn ich da gewesen wäre, hätte ich ...«

»Ihn niedergeschlagen?«, lächelte Sam.

»Kann sein.«

»Welchen Eindruck hattest du neulich von Douglas?«, fragte Sam unvermittelt.

»Ehrlich gesagt, weiß ich nicht so recht. Er ist ja keine auffallende Erscheinung.«

»Aber?«

»Er hat so etwas an sich«, sagte Dessie nachdenklich. Als Lodestar ihn durchleuchtet hatte, war nichts Ungewöhnliches dabei herausgekommen. Vermutlich war er genau das, was er zu sein schien: ein Mann, der von seiner eigenen Bedeutung erfüllt war, aber kein wirklicher Schurke. Dennoch war da etwas, das ihr keine Ruhe ließ. Oder vielleicht irritierte er sie auch nur.

»Er hat auch eine dunkle Seite. Vielleicht ist es das, was du spürst?«, sagte Sam.

»Das hast du noch gar nicht erwähnt.«

»Weil es sich in erster Linie um Gerüchte handelt, und Gerüchte gibt es ja immer. Er könnte sie genauso gut selbst ausgestreut haben. Um sich wichtig zu machen. Frauen. Drogen. Wilde Partys.«

»Das ist nichts Außergewöhnliches. Etwas Konkreteres hast du nicht?«, fragte sie.

»Leider nein. Aber wenn es da etwas geben sollte, wirst du es finden. Du hast es drauf, Dessie.«

»Danke! Du aber auch. Deine Arbeit, meine ich. Aber manchmal stellt man sich auch dumm an.«

»Du doch wohl nicht?«

»Doch. Ich erinnere mich an einen meiner ersten Aufträge. Niemand hatte mir gesagt, dass wir zu einem Badestrand fuhren, und ich war nicht auf die Idee gekommen zu fragen, und dann stand ich da im schwarzen Kostüm in der Sonne zwischen all den anderen im Bikini. So viel zum Thema diskretes Auftreten.«

Sam brüllte vor Lachen. Es war schön, mit ihm zu reden, dachte

Dessie und nahm sich noch eine knusprige kleine Baklava. Die Unterhaltung floss angeregt dahin.

Sam schenkte Kaffee nach, hörte ihr zu, sah ihr lächelnd in die Augen und stellte Fragen, die sein Interesse zeigten. Das schmeichelte ihr, aber es war unmöglich zu erkennen, ob er es ernst meinte oder ob er irgendein Spielchen spielte. Sie ließ sich tiefer ins Sofa sinken und zog die Füße hoch.

»Man macht so viele Fehler«, sagte sie.

»Dein Ernst?«, sagte er sarkastisch.

»Denkst du etwa an die Dokusoap?«

Sam stöhnte peinlich berührt. »Die hast du hoffentlich nicht gesehen?«

»Nein, nein«, entgegnete sie mit einem Pokerface. »Vor allem nicht die Folge, wo du mit der Rothaarigen im Schwimmbad Sex hast.«

Sam begrub sein Gesicht in der Hand. »Was soll ich sagen? Ich schäme mich.«

Sie legte ihm eine Hand auf die Schulter. »Und die Folge, in der du dich tätowieren lässt, habe ich auch nicht gesehen.« Jetzt erinnerte sie sich wieder an sein faszinierendes Tattoo, das, das bis unter seine Badehose reichte.

Er war unter ihrer Hand ruhig geworden, und sie zog sie eilig zurück.

»Hast du auch Tätowierungen? Bei Militärs ist das doch üblich?«, fragte er.

»Kann sein«, sagte sie und dachte an die Tätowierung, die sie nur selten jemandem zeigte.

»Wenn du mir deine zeigst, zeige ich dir meine«, sagte er, und die Härchen auf ihren Armen und Nacken stellten sich auf. Wenn er mit dieser warmen Stimme sprach, brachen mit einem Mal all ihre Schutzwälle weg. Sie stellte die leere Kaffeetasse auf den Tisch.

»Mal sehen«, sagte sie nur.

Er stand vom Sofa auf, öffnete einen Schrank und nahm eine Weinflasche heraus, die er fragend hochhielt. »Möchtest du?«

Jetzt war sie an dem Punkt, wo sie eine Grenze überschritt, dachte sie. Was sollte sie tun? Aufstehen und sich für den Kaffee bedanken – was das Richtige wäre. Oder bleiben – was sie eigentlich wollte.

Sie nickte langsam und ignorierte die innere Stimme, die ihr sagte, dass sie sich nun aus der Grauzone hinaus- und in ... etwas ganz anderes hineinbewegte.

Er schenkte Wein in zwei große Gläser, kam wieder zu ihr und reichte ihr das eine. Sie stießen an und sahen sich dabei tief in die Augen. Er hatte wunderschöne Augen, die einen starken Kontrast gegen all das Harte bildeten, was ihn sonst ausmachte. Obwohl er freundlich war und fürsorglich.

Sie nippte an dem Wein. »Lecker.«

Er berührte sanft ihren Finger. Die Empfindung schoss geradewegs durch ihre Hand, ihren Arm und durch den Rest ihres Körpers. Sie sollte sich ihm entziehen, aber sie tat es nicht.

»Es ist schon ziemlich spät«, sagte sie, wenn auch ohne jede Überzeugung. Sie machte sich nicht einmal selbst etwas vor.

»Musst du morgen arbeiten?«

»Nein.« Sie hatte das Wochenende frei, und eigentlich hatte sie vorgehabt zu lernen. Aber jetzt war sie hier.

Er beugte sich vor und küsste sie auf den Hals. Ihre Haut brannte, und ihr Blut strömte sogleich in ihre erogenen Zonen. Seine Bartstoppeln kratzten sie, und sie erzitterte, als seine Lippen sie abermals streiften. Dessie atmete mit geöffnetem Mund, als japste sie nach Sauerstoff gegen die Hitze, die in ihr brannte. Er küsste sie noch einmal, dieses Mal auf die Wangen. Sanft und federleicht.

»Du riechst so gut«, sagte er gegen ihre Haut, dabei war er derjenige, der gut roch. Nach Sandelholz und Teer und Sam.

Er strich mit seinem Zeigefinger in ihrem Ausschnitt abwärts, bis dahin, wo ihre Bluse sich öffnete, und folgte seinem Finger mit den Augen. Es fühlte sich an wie eine Autobahn, die direkt zwischen ihre Oberschenkel führte.

Sie bekam kaum noch Luft. Es war einfach zu viel. Und auch wieder zu wenig. Sein Finger glitt noch weiter nach unten. Er öffnete einen Knopf ihrer Bluse, dann noch einen, bis er ihre Hose erreichte. Mit fragendem Blick sah er sie an. Dessie biss sich auf die Lippe, nickte aber, rasch, damit sie gar nicht erst dazu kam, darüber nachzudenken und es sich anders zu überlegen. Sie wollte seine Finger auf sich spüren.

Sam half ihr dabei, die Hose auszuziehen, langsam, liebkoste ihre Haut, ließ seine Handflächen über ihre Schenkel streichen, sodass sie erbebte. Wieder berührt zu werden, seine Hände auf ihrem Körper zu spüren, Hände und Finger, die ihr so fremd und gleichzeitig auch wieder so vertraut waren. Begehrt zu werden, Lust zu wecken und dabei doch von Verzweiflung überrollt zu werden. Sie trug heute hübsche Unterwäsche, einen schwarzen Spitzen-Slip unter der grauen Hose und einen dazu passenden BH unter ihrer mitternachtsblauen Bluse. Es waren verhältnismäßig schlichte Teile, aber teuer und von bester Qualität, und sie war darüber noch nie so froh gewesen wie jetzt, als Sam mit bebender Hand über ihren Slip strich. Darunter hatte sie sich gewachst. In ihrer Jugend wäre sie nie auf die Idee gekommen, aber jetzt hatte sie es wegen ihres Tinderdates gemacht, und als Sams Hand sich unter den schwarzen Stoff schob und sie berührte, konnte sie sehen, wie ihn das anmachte. Seine Augen weiteten sich.

»Magst du's?«, fragte sie. Ein bisschen Haar hatte sie stehen lassen, ein kleines weiches blondes Dreieck, aber davon abgesehen war sie ganz glatt.

Er lächelte. »Ich liebe es.«

Auch ihr gefiel das Gefühl ausnehmend gut. Es war sinnlich, sexy. Sam fiel vor ihr auf die Knie und küsste ihren Bauch, ihren Slip und ließ seine Hände über ihre Haut wandern. Oralsex ... das war nicht immer ganz unkompliziert. Dessie hatte in dieser Hinsicht, wie die meisten Frauen, schon sehr viel mehr gegeben, als sie empfangen hatte, und stellte keine großen Ansprüche an ihre Liebhaber. Aber Sam schien zu wissen, was er tat, was er wollte.

»Leg dich hin, Dessie«, bat er sie, »damit ich besser rankomme.«

Dessie rutschte auf dem Sofa nach unten, denn ihre Beine wollten sie ohnehin nicht tragen. Es war, als würde er ihren Körper erwecken, einen Körper, von dem sie nicht einmal gewusst hatte, dass er schlief. Ihr Blut verwandelte sich in ihren Adern zu Raketentreibstoff, und jede Nervenfaser war in Habachtstellung. Er zog ihr den Slip aus, berührte ihre Oberschenkel, küsste und knabberte und näherte sich immer weiter an, bis sie sich auf dem Sofa wand. Seine Finger spreizten sie, er streckte die Zunge aus, und sie stöhnte auf.

»Mein Gott«, murmelte er und leckte und rieb. Dessie stöhnte. Er war fantastisch. Zielstrebig, sicher, ausdauernd.

»Du schmeckst so gut«, sagte er und erzählte ihr, wie umwerfend sie war und dass er sie stundenlang lecken wolle, und sie ließ sich tiefer in die Kissen sinken und gab sich hin.

»Wunderschön«, murmelte sie und legte sich so hin, dass er freie Bahn hatte. Sie wimmerte, als er aufhörte, verstummte dann aber, als er sie mit glänzendem Mund und brennenden Augen ansah.

»Zeig es mir«, sagte er, »zeig mir, was ich tun soll.«

»Du machst das gut.«

Er nahm ihre Hand und legte sie auf ihre Klitoris. »Zeig es mir!« Sie bewegte ihre Finger, streichelte sich, fuhr sich aber auch über die Oberschenkel und den Bauch, und sogleich war er mit Händen, Fingern und Zunge zur Stelle, und dann – oh Gott – spürte sie, wie ein gigantischer Orgasmus auf sie zurollte.

»Nicht aufhören!«, befahl sie ihm.

Sam packte ihre Pobacken, hielt sie fest und leckte sie, als hinge der Fortbestand der Welt davon ab. Und dann brach eine Welle von Genuss über sie herein, bis ihr buchstäblich schwarz vor Augen wurde.

Hinterher lag Dessie vollkommen erschöpft auf dem riesigen Sofa. Sie ließ ihre Finger über Sams warme Haut gleiten und nahm den Duft von Sex, Wein und verschwitztem Sam wahr, den Klang der persischen Musik und den Bezugsstoff des Sofas auf ihrer nackten Haut. Sam legte sich neben sie. Er küsste sie mit seinem klebrigen Mund, und sie küsste ihn zurück. Sie liebte es, ihren eigenen Geschmack an ihm zu spüren, liebte es auch, dass er Oralsex so wichtig nahm. Sie fühlte sich herrlich verwöhnt.

Er lehnte seine Stirn an ihre und schloss die Augen, und Dessie atmete tief durch. Sie fühlte sich fantastisch. Ihr Körper war entspannt und träge. Das war eindeutig der beste Orgasmus gewesen, den sie je hatte. Sein Haar fühlte sich unter ihren Fingern weich und an den Schläfen leicht feucht an, und sie folgte mit den Fingern einer Linie zu seinem Ohr. Schon bald würden die Realität und ihre Sorgen wieder auf sie einstürzen, aber sie wollte sich ihr Erlebnis davon nicht verderben lassen.

»Danke!«

Sam war immer noch vollständig angezogen, doch sie selbst lag nackt auf seinem Sofa hingegossen. Er überschüttete ihr Schlüsselbein und ihren Brustkorb mit Küssen und schnupperte an ihrer Haut. Sie strich ihm abermals durchs Haar und sah auf die Uhr. Seit fast drei Stunden war sie jetzt hier. Jon, der unten im Auto saß, fragte sich sicher schon lange, was sie hier eigentlich machten.

»Ich muss gehen«, sagte sie.

Er murmelte etwas gegen eine ihrer Brüste.

»Es war absolut fantastisch, aber ich kann nicht mehr dein Bodyguard sein.«

»Ich will dich. Hier. Und als meine Leibwächterin. Wieso muss Tom davon erfahren?«

»Wir hatten Sex. Das ist so ungefähr das Schlimmste, was ich tun konnte.«

»Schlimmer, als den Kunden kaltzumachen?«

»Okay, dann das Zweitschlimmste. Hast du meinen Slip gesehen?«

Er hielt den schwarzen Spitzenslip in die Höhe, drückte ihn an sein Herz und gab ihn ihr dann zurück. »Wir hatten keinen Sex. Ich habe dich geleckt. Und übrigens schmeckst du nach Himbeerlimo und Rosen.«

»Ein wahrer Poet. Und es *war* Sex. Oder willst du sagen, dass nur Penetration als Sex gilt?«

»Ich habe nichts gegen Penetration.«

»Ich kann mich nicht einmal daran erinnern, dass wir meinen BH ausgezogen haben.«

»Ich bin ziemlich fingerfertig«, sagte er und reichte ihn ihr.

»Du klingst ganz schön selbstzufrieden.«

»Das bin auch, weil ich dermaßen gut darin bin, dich mit dem Mund zu befriedigen. Das ist meine Superkraft. Erzähl Tom nichts davon. Ich will dich nicht verlieren.«

»Dann darf das aber nicht noch einmal passieren.«

»Das kann ich nicht versprechen«, entgegnete er.

Ihr Handy summte.

> *TL: Planänderung. Der Kunde nimmt den Nachtflug nach London.*

Die Realität hatte sie wieder. Sie tippte rasch eine Antwort.

> *DD: OK. Bin unterwegs.*

Sie zog sich die Hose an und forderte ihn mit einer Geste auf, ihr die Bluse zu reichen. »Die Arbeit. Ich muss los.«

Sam half ihr in die Bluse, ließ sie an ihren Armen hinabgleiten und küsste sie auf die Schulter. »Wohin?«

»Du weißt, dass ich dir das nicht sagen kann.« Sie ging in den Flur hinaus und machte sich fertig.

Er zog sie in seine Arme. »Du?«, murmelte er.

»Ja?«

»Wo ist dein Tattoo? Du hast es mir noch nicht gezeigt.«

Sie hatte ihm erlaubt, sie zu lecken und ihr den besten Orgasmus aller Zeiten zu schenken, und dabei hatte sie nackt und ausgeliefert vor ihm gelegen. Aber ihm ihr Tattoo zu zeigen, kam ihr noch intimer vor. Sie zögerte, hob dann aber ihre Haare an und beugte den Nacken.

Er schaute. »Das sieht aus wie eine Fährte?«

»Ja, von einem Fuchs.«

»Weshalb?«

Das erzählte sie normalerweise niemandem. Tom wusste davon und Haddy. Es war nicht mehr geheim, aber trotzdem privat. Sie überwand sich. »In der Spezialeinheit hieß ich Foxy.«

Er betrachtete sie lange. »Vielen Dank für diesen Tag, Foxy! Pass auf dich auf!«

~ 25 ~

Seit er Dessie auf seinem Sofa geleckt und gespürt hatte, wie sie in seinem Mund kam, hatten sie nichts mehr voneinander gehört. Das war drei lange Tage her.

Es war magisch gewesen. Alles, was Sam sich erträumt hatte, und noch mehr. Aber es war auch unerwartet gekommen, denn er hatte es nicht geplant. Er war noch von dem Zwischenfall mit dem Wachmann bei NK erschüttert gewesen und hatte überhaupt nicht an Sex gedacht, als er Dessie anrief. Aber ihr Gespräch hatte Gefühle in ihm geweckt, und Dessie hatte ihn aus ihren grauen Augen angesehen, grau wie Rauch und Granit, und da war er einfach seinen Instinkten gefolgt. Unaufhaltsam. Niemand freute sich mehr als er darüber, dass sie in einem herrlichen, langen, pulsierenden Orgasmus gekommen war, aber sein Wochenende war ... unbefriedigend gewesen und hatte aus einer langen Folge von Duschen und null Kontakt bestanden.

Schon beim bloßen Gedanken daran, was sie getan hatten, wollte er wieder ausgiebig duschen, warmes Wasser über seinen Körper strömen lassen und an Dessie denken, an ihre Kurven, ihre weiche, gewachste Haut, ihre Feuchtigkeit und Wärme, während er seinen Schwanz anfasste und kam. Am liebsten wollte er natürlich in ihr sein. Der bloße Gedanke an ihren nachgiebigen, starken Körper unter seinem, sie zu nehmen, lange, hineinzustoßen in ...

»Was hältst du von dem da?« Leos lebhafte Stimme unterbrach abrupt seinen Tagtraum.

Sein Assistent zeigte auf einen Kardamomzopf, und Sam verabschiedete sich widerstrebend von seinen Fantasien. Leo und er waren in der Östermalmshalle, um Kuchen für den Nachmittagskaffee im Büro zu besorgen. Das war eigentlich Leos Aufgabe, aber Sam war mitgekommen, weil er im Büro sowieso nichts auf die Reihe bekam. Und jetzt begutachtete er also Gebäck und versuchte Sex und dergleichen zu vergessen.

»Der ist okay«, sagte er zerstreut.

Er war eingeschnappt, weil Dessie sich seit Freitag nicht mehr gemeldet hatte. Sie war irgendwohin verschwunden. Als ob sich zwischen ihnen gar nichts Fantastisches abgespielt hätte. Aber sie hatte es genossen, ihre Geräusche und ihre Bewegungen sprachen eine deutliche Sprache. Und sie war so feucht gewesen ...

»Hast du was gesagt?«, fragte Leo, während Sam so tat, als würde er eine Princesstorte, die Lieblingstorte der Schweden, in Augenschein nehmen. Er mochte die schwedische Kaffeetradition. Im Iran gab es nichts wirklich Vergleichbares, und er hatte sich die Kaffeepause mit Gebäck schnell zu eigen gemacht.

»Nein.«

Sam hatte schon früher ziemlich viel Sex gehabt – als junger Mann hatte er sich durch die Betten geschlafen und guten Sex gehabt, mittelmäßigen Sex, fantastischen Sex –, aber das, was sich zwischen ihm und Dessie abgespielt hatte, war auf einer ganz anderen Ebene gewesen. Er wurde jedes Mal ganz schwach, wenn er daran dachte, wie ihre Beine sich geöffnet hatten, wie ihre Schenkel ihn willkommen geheißen hatten, wie ihre rosa Spalte unter seinen Liebkosungen angeschwollen war. Aber es war nicht nur das, sondern auch die Nähe und Intimität, die er mit ihr erlebt hatte. Wie sie sich geöffnet und ihn auch mental zu sich eingelassen hatte. Und physisch. Shit, was für ein sinnliches Erlebnis! Und Dessie hatte ebenso empfunden, darauf würde er sein neues Hotel *und* sein geheimes Projekt verwetten. Keine Frau konnte so reagieren, wenn sie nicht ordentlich scharf war. Ihre Haut hatte geduftet, ihre wunderschöne Spalte hatte geglänzt, und sie hatte gewimmert und geschrien.

»Sam?«

»Was?«, fragte er irritiert.

»Ist alles in Ordnung? Du bist so komisch.«

»Ich bin genau wie immer.« Sam zog seine Kreditkarte aus der Brieftasche und bezahlte für Teilchen, Kuchen und die Torte, von der außer ihm niemand etwas essen würde, und dann gingen sie mit ihren beiden Tüten ins Büro zurück.

»Wie läuft die Suche nach dem neuen Küchenchef?«, fragte Leo.

Die Einweihung näherte sich mit Riesenschritten, aber Sam fand niemanden, der ihm zusagte. »Ich bin dran«, brummte er.

Leo übernahm die Tüten mit dem Kuchen, und Sam schloss sich in seinem Büro ein und zwang sich zu arbeiten, statt immer weiter nur vor sich hin zu träumen. Er war nicht der tagträumerische Typ, sagte er sich. Er war der coole und machoharte Typ. Er wollte nur zuerst schnell noch etwas googeln. Eine halbe Stunde später hatte er immer noch nichts geschafft.

Da warf er Würde, Coolness und Machismo über Bord und textete Dessie:

SA: Wie geht es dir? Bist du immer noch unterwegs?

Während er auf Antwort wartete, trommelte er mit den Fingern auf die Tischplatte.

DD: Bin seit gestern wieder in Schweden. Bin auf der Arbeit.

Er dachte zwei Sekunden lang nach. Dann schnappte er sich seine Sachen und riss die Tür auf.

»Ich gehe jetzt«, sagte er zu Leo.

Sein Assistent warf ihm einen erstaunten Blick zu. Sam ging äußerst selten so früh nach Hause. Meist war er derjenige, der noch als Letzter im Büro saß. Leo folgte ihm zur Rezeption.

»Aber was ist mit dem Kaffeetrinken?«

»Ihr müsst ohne mich Kuchen essen. Ich bin weg.«

»Arbeitest du von zu Hause aus?«, fragte die Rezeptionistin mit freundlichem Blick.

»Nein, ich nehme mir frei.«

Sie sah ihn ungläubig an, als verstünde sie nicht richtig. Sie blickte erst zu Leo und dann wieder zu Sam. »Frei?«, sagte sie zweifelnd, als wäre das ein exotisches und unbekanntes Wort.

»Ja.«

»Aber du nimmst nie frei«, sagte sie aufgebracht.

»Jetzt tue ich es«, entgegnete er und ging.

»Wir fahren zu Lodestar«, sagte er zu seinem Leibwächter.

»Ich hole das Auto.«

Während er wartete, rief Sam Dessie an. »Ich bin in zwanzig Minuten bei dir«, sagte er, als sie ranging.

»Aha?«

»Wir treffen uns im Café gegenüber«, sagte er und legte gleich wieder auf. Endlich fühlte sich alles wieder richtig an.

~ 26 ~

Dessie legte ihr Handy hin. Sie gestattete sich einen Moment, um in die Luft zu starren und »Herrgott!« zu murmeln. Was sie allerdings *nicht* tat, war, Sam sofort zurückzurufen und ihm zu sagen, dass er nicht herkommen solle und sie keineswegs die Absicht habe, zu ihm ins Café zu gehen. Zwar hätte sie das sagen sollen, aber sie konnte nicht. Sich im Café zu treffen, würde kaum dazu beitragen, dass die Dinge zwischen ihr und Sam weniger kompliziert wurden.

Während sie noch darüber nachdachte, ob sie seinem Leibwächter eine Nachricht schicken oder einfach aufkreuzen sollte, bekam Tom sie zu fassen.

»Desirée.«

»Boss?«

»Hier. Das ist die Nummer der Psychologin, mit der Lodestar zusammenarbeitet.«

Dessie verschränkte die Arme. »Aber mir geht es gut.« Tom hob die Augenbrauen, denn normalerweise widersprach sie ihm nicht, wenn er so bestimmt auftrat.

»Super. Geh trotzdem hin«, sagte er und schob den Rucksack auf seiner Schulter zurecht. Er war auf dem Weg nach Arlanda und weiter nach Monaco zu einem neuen, prominenten Kunden.

»Aber …«

»Das ist eine dienstliche Anweisung. Wo willst du hin?«

»Sam Amini hat mir eine Nachricht geschickt.«

Tom bedachte sie mit einem langen Blick. »Und was will er?«

»Ich weiß nicht. Ich wollte gerade runtergehen. Isak ist bei ihm.«

»Dessie?«

»Ja, ja. Ich rufe die Psychologin an.«

Sie war zu früh dran, aber Sam war trotzdem schon da. Sie winkte Isak und steuerte auf Sam zu. Als er sich höflich erhob, bekam sie beschämenderweise weiche Knie. Teufel auch, was für ein gut aussehender Mann! Ein wahres Prachtexemplar. Er war groß und raumgreifend und strahlte Kraft und Testosteron aus, sodass einige Menschen sicher der Ansicht waren, er sei etwas zu viel von allem, aber er war ihr Kryptonit, ihre Achillesferse und ihr schwacher Punkt.

Sam sah sie direkt an, wobei ein beinahe unsicheres Lächeln seine Mundwinkel umspielte, und sie versuchte sich an etwas Superwichtiges zu erinnern, das sie gerade eben beschlossen hatte. Was war das doch gleich, an das sie sich erinnern wollte? Genau. Nicht mit Sam ins Bett gehen. Dessie brach der Schweiß aus. Sie war so fest entschlossen gewesen, das, was sie getan hatten, zu vergessen. Nicht daran zu denken, wie sein Kopf zwischen ihren Beinen gewesen war und seine Zunge, seine Finger in ihr. Das waren bloß Gefühle und Reaktionen. Das hatte sie im Griff.

Yeah, right.

In seiner Gegenwart schien sie sich in zwei völlig unterschiedliche Personen aufzuspalten. Die eine war eine erfahrene berufstätige Frau, ein Profi, die wusste, was sie mit ihrem Leben wollte. Und dann war da noch die andere Person – eine alberne junge Frau mit Herzklopfen und heißen Wangen, eine Frau, die keinerlei Kontrolle über ihre Fantasien hatte und an nichts anderes denken konnte als an verschiedene Kombinationen von Sam Amini und Sex. Kombinationen, die alle darauf hinausliefen, dass er auf ihr lag, unter ihr, in ihr, während sie schwitzte, wimmerte und kam.

Dessie verlor den Faden, denn jetzt sah Sam sie an, als ob er genau wüsste, was sie am allerliebsten wollte, jetzt und hier.

Sex. Mit. Ihm.

»Hallo«, sagte er gedehnt.

»Hallo«, antwortete sie und war sich nicht sicher, was die Gesetze der Höflichkeit vorsahen, wenn man sich zum ersten Mal wiedersah, nachdem man den besten Oralsex aller Zeiten gehabt hatte, während man gleichzeitig für das Leben des anderen verantwortlich war. Umarmte man sich? Gab man sich die Hand? Jetzt hatte sie so lange gezögert, dass es auch schon egal war. Sie sah zu Isak hinüber. Ihr Kollege nickte diskret. Gut, da hatte sie einen Grund, sich zurückzuhalten.

Sie setzten sich an einen Tisch, bestellten Kaffee, und Dessie wandte ihr Gesicht der Sonne zu, bevor sie die Sonnenbrille abnahm und ihre Jobinstinkte ansprangen. Das passierte ganz automatisch. Sie sah die Frau, die vermutlich Alkoholprobleme hatte, und bemerkte das Paar, das verheiratet war, aber nicht miteinander. Ihr Blick registrierte und sortierte. Keine Bedrohung, soweit sie feststellen konnte. Jedenfalls nicht die Art von Bedrohung. Nur innere Bedrohungen. Ihre eigenen Dämonen. Toms Besorgnis. Ihre komplizierten Gefühle und Heimlichkeiten.

»Du seufzst«, sagte er.

»Ich bin in einer beseufzenswerten Situation.«

»Ich vermute, du spielst darauf an, wie du in meinem Mund gekommen bist«, sagte er im Ton höflicher Konversation.

Ja, was solls, reden wir nicht um den heißen Brei herum.

»Das war nicht besonders klug«, konstatierte sie. Tom hatte extrem misstrauisch ausgesehen. Sie sollte es ihm erzählen.

Sam lachte auf. »Wann war Sex jemals klug?«

»Wie läuft es bei der Arbeit? Viel zu tun?«, fragte sie in dem Versuch, das Thema zu wechseln. Isak stand zwar nicht in Hörweite, aber trotzdem.

Sam warf ihr einen Blick zu, der verriet, dass er genau wusste, was sie da tat.

»Die Arbeit läuft gut, danke der Nachfrage. Teppiche, die die falsche Farbe haben, Köche, die sich aufführen wie eitle Primadonnen, und Zimmer mit kaputten Schlössern. In einem meiner Hotels hatten wir ein paar Gäste, die ein Zimmer demoliert haben.«

»Ist das etwas, was wir uns ansehen sollten?«

»Glaube ich nicht, so was kommt hin und wieder vor. Sie checken unter falschem Namen ein, saufen, ziehen sich Drogen rein und hinterlassen einen Saustall. Das Übliche, mit anderen Worten.«

»Verstehe.«

Er hob seine Kaffeetasse. »Und wann soll ich dich wieder lecken?«

»Lass das«, sagte sie und wünschte sich, sie könnte einen schärferen Ton anschlagen, aber er hatte das auf so zärtliche, unanständig verführerische Art gesagt, als würde er sich danach sehnen, es wieder zu tun, als hätte er es genauso sehr genossen wie sie.

Sie zwang sich, sich zu fokussieren. Darauf, sich nicht in Sam zu verlieben. Darauf, ihm nicht zu sehr auf den Mund und die Augen zu starren, sich nicht der Wärme seines Körpers entgegenzustrecken. Plötzlich hatte sie das Gefühl, als würde sich in ihrem Körper etwas neu ordnen. Schmerzhafte Erinnerungen und Erlebnisse stiegen aus der Versenkung auf und verloren an Bedrohlichkeit. Der Abend vor langer Zeit, der aus dem Ruder gelaufen war, und der Übergriff, dem sie entkommen war. Der Mangel an Vertrauen, der durch die Ereignisse entstanden war. Das hatte sie und ihre Entscheidungen weit mehr beeinflusst, als sie geglaubt hatte. Aber jetzt veränderte sich langsam etwas, das konnte sie spüren.

Plötzlich wurde ihr Gedankengang unterbrochen. Irgendetwas stimmte nicht. Irgendetwas geschah am Rand ihres Gesichtsfelds. Zuerst war die Veränderung zu diffus, und sie war durch Sams Gegenwart abgelenkt, doch dann sah sie ihn. Den unbekannten Mann mit einer Körperhaltung, die Gefahr signalisierte. Dann auch den anderen Mann, den sie vage wiedererkannte. Beide Männer kamen aus der gleichen Richtung. Für Profis gingen sie viel zu unbeholfen vor, und sie erregten viel zu viel Aufmerksamkeit. Aber ihre Absicht, jemandem zu schaden, war offensichtlich. Dessie spannte ihren Körper an und bereitete sich auf den Angriff vor, konnte aber nicht mehr Isaks Aufmerksamkeit wecken oder auch nur Sam warnen, so schnell ging es. Und sie war sofort in Schwierigkeiten, denn die Männer stürzten sich auf sie. Sie war so darauf eingestellt gewesen, dass sie hinter Sam her waren und dass sie ihn schützen musste, dass sie eine oder zwei entscheidende Sekunden verlor und sie sie aus dem Stuhl gerissen und mehrere Treffer gelandet hatten, bevor ihre Reflexe ansprangen.

Es war eng, und Stühle und Tische standen im Weg. Die Menschen schrien, und sie wollte niemanden verletzen, doch die Angreifer hatten keine solchen Skrupel. Weil sie nicht im Dienst war, hatte sie keine Waffe dabei, also machte sie eben das Beste aus der Situation. Sie packte den am nächsten stehenden Mann bei den Hoden und drehte mit aller Kraft. Er klappte zusammen wie ein Taschenmesser und brüllte vor Schmerz. Sie schob einen Upper Cut hinterher, der ihn direkt auf der Nase traf. Es gab ein deutlich vernehmbares Splittern, als das Nasenbein brach. Er ging zu Boden, und sie blickte wild um sich, um den anderen Mann zu lokalisieren. Egal, was passierte, sie wollte auf keinen Fall auf dem Boden landen. Ihre besten Chancen, den Kampf zu gewinnen, hatte sie in stehender Position. Bei einem Ringkampf am Boden wäre ein großer Mann, ungeachtet seiner Fähigkeiten, allein schon durch seine Größe und sein Gewicht im Vorteil. In Gedanken wiederholte sie unablässig: »Stay high, stay alive.«

Das Chaos war total, und alles ging rasend schnell. Tische kippten um, und Menschen warfen sich zur Seite. Geschirr krachte zu Boden.

Plötzlich packte sie jemand mit brutalem Griff von hinten. Es war der zweite Mann, der, den sie wiedererkannt hatte. Reflexmäßig ging sie in die Knie, stellte sich breitbeinig hin und spannte die Bauchmuskeln an. Der Mann hatte ihre Arme nicht fixiert, und sie nutzte ihre Chance sofort. Außer sich vor Wut rammte sie ihm den Ellenbogen ins Gesicht, und sein Griff lockerte sich. Sie landete noch einen Volltreffer. Der Mann schrie vor Schmerz, und sie war frei. Jetzt war Isak bei ihnen und kam ihr zu Hilfe.

Sam rief: »Dessie, bist du verletzt?«, während er auf den Mann am Boden eintrat.

»Lass ihn leben«, brüllte Dessie. Nicht, dass ihr so superviel an ihm gelegen war, aber diese beiden Drecksäcke waren es nicht wert, dass man ihretwegen im Gefängnis landete. Sie fuhr sich mit der Hand durchs Gesicht, weil etwas ihre Wange hinunterlief.

»Geht es dir gut?«, schrie Sam.

»Ja, doch«, brummte sie. Wenn man mal davon absah, dass sie jetzt zehn neue Probleme hatte.

Sie blutete wie ein Schwein. Einer der Schläge hatte ihre Augenbraue aufplatzen lassen, und die kleinen Blutgefäße pumpten Blut nach außen, das ihr über das Gesicht und in den Mund lief. Irgendetwas in ihrer Brust tat höllisch weh, und ihre Hüfte hatte einen Tritt abbekommen, was nie angenehm war. Aber es ging ihr gut, auch wenn ihr der Kopf dröhnte.

Isak und Dessie legten dem Mann gerade Fesseln an, als die Polizei mit Blaulicht angerast kam.

Nachdem sie sich ausgewiesen, Fragen beantwortet und den Hergang geschildert hatten, übernahmen dann die Polizisten die beiden Männer.

Isak sah Dessie fragend an. »Ich würde gern zur Wache fahren«, sagte er.

Dessie nickte. »Könntest du Tom anrufen und ihn informieren? Er ist auf dem Weg nach Arlanda.«

»Übernimmst du den Personenschutz? Schaffst du das?«

Sie nickte noch einmal, und Isak ging zum Auto, das Handy schon in der Hand.

»Ich hab sie nicht wiedererkannt«, sagte Sam bekümmert und reichte ihr einen Eisbeutel. »Waren das die, die mich bedroht haben? Ist es jetzt vorbei?«

»Die waren nicht hinter dir her, sondern hinter mir.« Sie stöhnte. Was für ein Schlamassel! Die verletzte Rippe schmerzte, und ihr Hals brannte. Und ihre Augenbraue blutete immer noch. Sie wischte sich das Blut ab, so gut es ging.

»Du musst ins Krankenhaus.« Sams Gesicht war vor Angst verzerrt.

Dessie ignorierte ihn und zog ihr Handy aus der Tasche. Den einen der Männer hatte sie nur allzu gut wiedererkannt, wie ihr jetzt klar wurde. Als sie ihm das letzte Mal begegnet war, hatte er bewusstlos und verletzt in einer Villa in der Türkei gelegen. Sie tippte hektisch auf dem

Display herum. »Haddy, ich bin's. Er hat mich gefunden. Du weißt, was du zu tun hast.«

»Ja.«

Haddy legte auf. Sie hatten sich für diese Situation einen Plan zurechtgelegt. Dessie hatte seit dem vergangenen Sommer, seit sie aus der Türkei zurückgekehrt war, vorgesorgt. Aber sie hatte gehofft, dass sie den Plan nicht brauchen würden. Hatte das Beste gehofft und sich auf das Schlimmste vorbereitet. Wie in aller Welt hatte er sie nur gefunden? Sie war doch unter falschem Namen in die Türkei gereist.

»Dessie.«

»Ja?«

Er starrte sie an und nahm ihre Hand. »Du bist ziemlich blass.«

Um sie drehte sich alles. »Ja, ich glaube, ich falle ein bisschen in Ohnmacht.«

Und dann kippte sie um.

~ 27 ~

»Shit, ich schäme mich«, murmelte Dessie, als sie im Taxi unterwegs ins nächstgelegene Krankenhaus waren. Sam hatte fast einen Herzanfall bekommen, als sie in seinen Armen zusammengesackt war. Jetzt saß sie neben ihm auf dem Rücksitz und lehnte sich an seine Schulter.

Sam wagte nicht, sich zu rühren, weil er fürchtete, er könnte ihr wehtun oder sie könnte von ihm abrücken. Er wollte, dass sie sich weiter an ihn lehnte, damit er sich groß und stark und nützlich fühlen konnte.

Er küsste sie vorsichtig aufs Haar.

»Wofür schämst du dich?«

Sie bewegte sich, ließ aber ihren Kopf an seiner Schulter liegen. »Ob du es glaubst oder nicht, aber ich kippe normalerweise nicht einfach so um. Deshalb komme ich mir blöd vor.«

Sam war immer noch ganz zittrig vom Adrenalin. Dass Dessie sich wegen irgendetwas schämte, war blanker Unfug.

»Du warst unglaublich«, murmelte er. Auch wenn sie ihm einige Erklärungen schuldig war. Er verspürte eine nagende Unruhe: Wer war hinter Dessie her? Und aus welchem Grund? Aber bevor er sich damit beschäftigte, musste sie untersucht und behandelt werden. Er versuchte, nicht an das Entsetzen zu denken, das ihn überkommen hatte, als einer der beiden Männer sie beinahe zu Boden geschlagen hätte.

Als er mit ihr durch die Notaufnahme zur Anmeldung ging, protestierte sie nur schwach, was ihn beunruhigte. Eine gehorsame Dessie war eine geschwächte Dessie. Er hätte es vorgezogen, sie wäre streitbar und widerspenstig gewesen und hätte gegen jeden seiner Vorschläge protestiert. Sie wäre ihr gewöhnliches Selbst gewesen.

Sie hatten Glück und kamen schnell dran. Oder vielmehr: Dessie kam schnell dran.

»Sie warten hier«, wies eine Krankenschwester Sam schroff an und zeigte auf den Stuhl im Wartezimmer.

»Natürlich«, sagte er verdutzt.

»Das ist Routine, wenn eine Frau zusammengeschlagen wurde«, erklärte Dessie, nahm ihre Handtasche und hinkte hinter der Krankenschwester her.

Jesus, daran hatte er überhaupt nicht gedacht. Dass sie glauben könnten, er habe sie misshandelt.

Er wartete ungeduldig. Lief hin und her, sah kranke Frauen und stöhnende Männer. Blasse Teenager. Aquarien und eine düstere Cafeteria. Er mochte keine Krankenhäuser, stellte er fest, und dann kam Dessie wieder, mit einem Pflaster auf der Stirn und mit einer Spur von Spannkraft in ihrem Gang.

Er eilte auf sie zu. »Möchtest du deine Eltern oder deine Schwester anrufen?«

Sie legte ihm eine Hand auf den Arm, wie um sich zu stützen, und er musste den bizarren Impuls niederkämpfen, sie einfach hochzuheben und dort wegzutragen, weg von all der Krankheit und Trostlosigkeit.

»Nein. Das mache ich nie. Sie haben keine Ahnung, welchen Gefahren ich ausgesetzt bin, und das soll auch so bleiben. Es ist besser, wenn sie nichts davon wissen. Aber ich muss mit dem Büro sprechen, mit Tom. Und ein Telefonat führen.«

»Haddy? Die, die du vorhin angerufen hast? Es klang nach etwas Ernstem.«

Sie warf ihm einen langen Blick zu, antwortete aber nicht. Stattdessen ging sie ein paar Schritte beiseite, und bald hörte Sam sie ins Telefon murmeln. Dann legte sie auf und kam zu ihm zurück, bleich und mitgenommen.

»Jetzt möchte ich nur noch nach Hause«, sagte sie.

»Komm«, sagte Sam und legte ihr einen Arm um die Schultern.

»Es ist alles in Ordnung, Sam. Ich komme zurecht, ich nehme ein Taxi.«

»Ich komme mit.«

»Das ist nicht nötig.«

Sam schmunzelte in sich hinein. Wenn Dessie sich ihm widersetzte, war sie auf dem Weg der Besserung.

»Ich komme mit, es sei denn, du willst es mir ausdrücklich verbieten«, sagte er.

Und wenn sie es ihm verbot, würde er ihr trotzdem folgen und sich vergewissern, dass alles in Ordnung war. Er hatte kein Vertrauen in dieses schlampige Gesundheitssystem, das eine zusammengeschlagene Frau einfach sich selbst überließ.

»Dann komm schon«, sagte sie.

»Wer waren die Männer?«, fragte Sam kurz darauf, während draußen vor dem Taxifenster Stockholm vorbeihuschte. Dessie wandte den Kopf und schaute auf ihrer Seite hinaus. Zuerst schien es, als ob sie nicht antworten wolle. Diese Frau mit ihrer Heimlichtuerei.

»Der eine hat eine Frau, die ich kenne, bedroht und misshandelt. Er ist einer von denen, die der Überzeugung sind, Frauen seien Besitztümer«, sagte sie schließlich. Sie biss sich auf die Lippe. »Den anderen habe ich nicht wiedererkannt. Das war wahrscheinlich sein Freund.«

Dass das nicht die ganze Geschichte war, war für Sam offensichtlich.

»Warum haben sie dich dann angegriffen?«

Sie trommelte sich mit den Fingern auf die Wange und befühlte vorsichtig das Pflaster über der Augenbraue. Es war die andere Braue, nicht die mit der Narbe von der Pistolenkugel. »Ich habe da im letzten Sommer so eine Sache gemacht«, sagte sie endlich, langsam, als ob sie die Worte am liebsten bei sich behalten hätte.

»Definiere *eine Sache*.«

»Okay«, sagte sie nach einer kurzen Pause. »Du hast es verdient, davon zu erfahren, jetzt, wo du Zeuge der Prügelei warst und so.«

»Komm rein«, sagte Dessie, nachdem das Taxi abgefahren war. Sie hatten kurz darüber gestritten, wer bezahlen sollte. Sam hatte gewonnen. Aber es gefiel Dessie gar nicht, dass er hier war, das spürte er deutlich.

»Ich bleibe nicht lange, wenn du es nicht möchtest«, sagte er und wartete, während sie aufschloss. Kein Name an der grauen, uneinnehmbaren Tür. Dessie nahm Sicherheit offensichtlich sehr ernst, und das stimmte ihn froh.

»Ich habe nie Besuch von Männern«, sagte sie, und Sam fasste das als Warnung auf. Aber er hatte nicht die Absicht, sich aufzudrängen, sondern wollte sich nur vergewissern, dass sie in Sicherheit war.

Die Wohnung lag in einem Neubau, einem der grauen, klotzigen Gebäude aus Stahl und Beton, die sich weit draußen auf Lidingö am Wasser entlang erstreckten. Sam hatte schon von den preisgekrönten Architektenwohnungen in dieser geschützten, reichen und privaten Gegend gelesen. Er fragte sich, ob sie absichtlich gerade hier eingezogen war, in einem etwas abseits gelegenen Haus, das kein Mann besuchen durfte.

Obwohl die Häuser grau und streng wirkten, war das Innere der Wohnung bestürzend schön. Hell und warm, mit flauschigen Decken, weichen Sofas und Aussicht aufs Wasser. Nicht über den Mälarsee, sondern die Ostsee.

»Ich muss noch einen Anruf machen. Setz dich so lange«, sagte sie und verschwand zu einer weiteren ihrer superheimlichen Besprechungen.

Sam stellte sich an eins der großen Fenster im Wohnzimmer. Von dort sah man in alle Himmelsrichtungen aufs Meer, auf eine wilde und ungezähmte graublaue Wasserfläche. Er wandte den Blick wieder ab und ließ ihn über die Wände schweifen. Sie hatte nur wenige Bilder, doch eine schwarz-weiße Leinwand mit einer gezeichneten weiblichen Comicfigur, die er sofort wiedererkannte, nahm fast eine ganze Wand ein.

»Die hatte ich total vergessen«, sagte er, als Dessie wiederkam, und nickte mit einem breiten Lächeln in Richtung des Bildes.

»Modesty Blaise.«

»Du warst ganz besessen von ihr.«

»Das ist doch auch kein Wunder. Modesty Blaise ist die coolste Comicfigur der Welt. Praktisch alle Frauen in meinem Alter verehren sie. Und auch eine ganze Menge Männer. Ein Flüchtlingsmädchen, das ein Imperium errichtet hat. Und eine Spitzenfighterin mit einem Hass auf Trafficking und Gewalt gegen Frauen.«

»Logisch, dass sie dein Idol ist. Ihr seid beide gleich cool.«

»Danke! Aber keiner ist so cool wie Modesty.«

Er manövrierte sie vorsichtig zu einem weißen Sofa und sorgte dafür, dass sie sich in die bunten Kissen setzte.

»Fühlst du dich wohl hier?«, fragte er und lehnte sich ein Stück von ihr entfernt zurück.

»Ja.«

Dessie zog die Beine aufs Sofa. Sie war über der Augenbraue genäht worden, und auf der einen Wange hatte sie einen blauen Fleck. Wiederum spürte er Besorgnis um sie. »Wie geht es dir?«

»Mir geht es gut. Nichts gebrochen, keine inneren Verletzungen. Ich weiß, wie man Prügel bezieht, ohne daran kaputtzugehen.«

Ihre Worte jagten ihm kalte Schauer über den Rücken. »Hast du etwas gegen die Schmerzen bekommen?«

»Ja, aber ich will es nicht nehmen. Ich halte einiges aus.«

Jayzus. Er wusste nicht, wie er damit umgehen sollte, dass sie so ruhig war. Zu wissen, dass sie einem gewalttätigen Beruf nachging, dass sie im Krieg gewesen war und womöglich sogar Menschen getötet hatte, war eine Sache, es aber wirklich zu begreifen, eine ganz andere. »Kannst du mir erzählen, worum es bei dem Überfall ging?«

»Könnte ich schon. Aber dann brauche ich Wein. Möchtest du auch welchen?«

Sam stimmte zu, und sie holte eine Flasche Weißwein und zwei Gläser und schenkte ihnen ein.

Sie stieß mit ihm an und trank einen großen Schluck. »Die ich angerufen habe, ist meine beste Freundin Haddy. Es geht um ihre kleine

Schwester Joyce. Eigentlich ist sie diejenige, die von dem Mann im Café bedroht wird. Er hat nach ihr gesucht und wollte durch mich an sie herankommen. Er muss mir gefolgt sein.«

»Wer ist er?«

»Offiziell ist er immer noch ihr Ehemann. Aber nur weil Joyce sich nicht traut, die Scheidung einzureichen, weil sie inkognito lebt. Haddy hat mir gerade bestätigt, dass Joyce in Sicherheit ist. Das ist alles so eine verdammte Scheiße. Im letzten Jahr hat Joyce einen Mann kennengelernt, in den sie sich Hals über Kopf verliebt hat, und schon kurz darauf haben sie geheiratet. Niemand war zur Hochzeit eingeladen, und wir ahnten schon nichts Gutes, aber Joyce war so verliebt, dass sie nicht auf Haddy und mich hören wollte. Alles ging sehr schnell. So was ist nie gut.«

Er nickte.

»Dann sind sie in die Heimat seines Vaters, die Türkei, gefahren. Seine Mutter war Schwedin, aber sie lebt nicht mehr. Es sollte ihre Hochzeitsreise sein, aber die Zeit verging, und wir hörten immer seltener von Joyce.« Dessie stand auf, als ob sie nicht still sitzen könnte, ließ sich dann aber aufs Sofa zurücksinken.

»Erzähl weiter«, bat Sam. Er wollte es gern verstehen.

»Es stellte sich heraus, dass ihr Ehemann Joyce sofort eingeschlossen, ihr den Pass abgenommen und angefangen hatte, sie zu misshandeln. Haddy hat versucht, sie nach Hause zu holen, aber das hat nicht geklappt. Joyce war praktisch eine Gefangene in seinem Haus.«

»Shit!«, sagte Sam.

»Sie war erst neunzehn und das Nesthäkchen der Familie. Das freundlichste Mädchen, das du dir vorstellen kannst. Haddy ist fast daran kaputtgegangen. Und dann brach der Kontakt ganz ab.«

Dessie streckte sich nach ihrem Weinglas und trank einen großen Schluck. »Also bin ich letzten Sommer hingefahren.«

»In die Türkei? Hat Tom dich hingeschickt?« Das klang wie bei James Bond. Oder Jason Bourne. Ein ziemlich unrealistisches Setting.

Dessie wandte den Blick ab. Sie schien mit sich zu kämpfen, bevor sie antwortete. »Tom weiß nichts davon. Es war keine wirklich legale Operation. Und es ... sind ein paar Dinge passiert. Schlimme Dinge.«

»Willst du damit sagen, dass du kein Back-up hattest?« Sam versuchte zu verstehen, worüber sie hier eigentlich sprachen. Die ganze Sache war komplett verrückt. War sie auf eigene Faust hingefahren? Sie war nicht ganz gescheit.

»Tom ist sehr moralisch, und diese Sache war nichts für Lodestar. Ich habe gekündigt, um fahren zu können.«

»Und dann?«

»Ich konnte Joyce ausfindig machen. Dann habe ich das Gebäude beobachtet, ein riesiges Haus mit Zäunen und Überwachungskameras. Es wurde noch komplizierter dadurch, dass der Ehemann der Sohn eines ziemlich einflussreichen lokalen Gangsters ist. Die Gesellschaft dort wird immer korrupter. Die Leute, die da Urlaub machen, kapieren nicht, was sie damit eigentlich unterstützen. Das ist dermaßen naiv.« Dessie verstummte und atmete ein paarmal tief durch. »Vor Ort habe ich einen Fixer kontaktiert, mit dem ich früher schon zusammengearbeitet hatte. Und in einer Nacht haben wir dann Joyce befreit. Sie war in schlechter Verfassung, mager und krank und verprügelt. Und außerdem schwanger. Aber wir haben sie rausgeholt.« Dessies Blick war auf einen Punkt hinter ihm gerichtet. »Nach ein paar Schwierigkeiten.«

»Schwierigkeiten?«

Dessie zuckte mit den Schultern, als wollte oder könnte sie nicht noch mehr preisgeben. »Ich habe Joyce mit einem falschen Pass nach Schweden eingeschleust. Wir sind mit dem Schiff nach Griechenland und von da aus geflogen.«

Sam starrte sie an. »Ist das wahr?« Es klang schrecklich gefährlich.

»Das ist nichts Außergewöhnliches. Das ist mein Beruf, das, was ich kann. Joyce hat im Winter ihr Kind bekommen. Aber irgendjemand muss uns verraten haben, vielleicht der Fixer. Also hat der Ehemann wohl erfahren, wer ich bin, vermute ich, und hat mich aufgespürt. So sieht das Leben dieser Frauen aus, ständig auf der Flucht. Wegen irgendeines Arschlochs.«

»Du hättest ihn töten sollen«, sagte Sam finster. Verdammt, solcher Abschaum verdiente es nicht zu leben.

»Der Gedanke ist mir auch gekommen«, bemerkte sie trocken, und er erhaschte ein schnelles Aufblitzen von Verletzlichkeit in ihren Augen, bevor sie zur Weinflasche griff und sich nachschenkte.

Sam hatte ein seltsames Gefühl in der Brust und im Hals. Er legte seine Hand auf ihre, um ihr von seiner Wärme und Kraft etwas abzugeben.

»Danke, dass du mir heute geholfen hast«, sagte sie und beugte sich zu ihm hinüber. Ihre Pupillen waren so sehr geweitet, dass die Iris fast nicht zu sehen war. Sie kam noch etwas näher und küsste ihn. Nur mit den Lippen, ein leichter Kuss, nicht mehr als ein Küsschen, bis ihre Zunge ihn suchte.

Sam stöhnte und zog sich zurück. »Du bist verletzt, da sollten wir es vielleicht lieber ruhig angehen lassen«, sagte er, weil er die Situation nicht ausnutzen wollte. Und nicht wollte, dass sie am nächsten Morgen aufwachte und Reue oder Scham empfand.

»Du bist wunderbar«, sagte sie und legte ihre Hand an seine Wange. »Wenn du nicht gerade gemein bist, bist du so wunderbar.«

»Bin ich gemein gewesen?«, flüsterte er und schmiegte sein Kinn in ihre warme, weiche Handfläche. So könnte er den ganzen Abend sitzen bleiben. Ruhe kam über ihn. Er war hier. Bei Dessie. Sie war in Sicherheit, und er war hier. Alles andere war unwichtig.

Sie beugte sich vor und küsste ihn noch einmal. »Vielleicht sollten wir doch Sex haben«, murmelte sie an seinem Mund. »Um uns abzureagieren, weißt du. Einen Abschluss zu haben und so. Das wäre doch smart?«

Einerseits war Sam sich darüber im Klaren, dass diese Argumentation völlig irrwitzig war. Andererseits sagte er sich, dass sie doch auch recht haben könnte. Vielleicht brauchten sie das beide. Außerdem wollte er es unbedingt.

»Aber nur, wenn du es später nicht bereust.« Er konnte nicht mit Dessie Sex haben, wenn sie es hinterher bereute. Das würde zu wehtun.

»Wirst *du* es denn bereuen?«, fragte sie und biss ihn ins Ohrläppchen.

Sam spürte, wie ein Zittern durch seinen Körper lief. »Nein. Du?« Wenn er nur das kleinste Zögern in ihrer Stimme hörte, würde er sich zurückziehen und sie in Ruhe lassen.

»Hell no.«

~ 28 ~

Dessie hielt sich durchaus für erfahren und glaubte zu wissen, worum es beim Sex ging, aber diese einzigartige Chemie zwischen Sam und ihr ... Oh My God!

Das war auf einem ganz eigenen Niveau. Als ihre Münder sich hungrig begegneten, war es, als ob elektrische Funken sprühten. Als Sams Hand durch ihr Haar fuhr, als er sie packte und ihr Gesicht so winkelte, dass er sie mit seinem Mund und seinen Lippen besser erreichen konnte, wimmerte sie, als ob sie sich zum ersten Mal küssten. Sie biss ihn, schlang ihre Zunge um seine, schmeckte ihn, sog seinen Duft ein, die verschiedenen Gerüche, die Sam waren. Es war, als wenn jemand ein Streichholz an Zunderschwamm gehalten hätte. So heiß. So hungrig. Sie zog sein Shirt aus der Hose, zog es ihm über den Kopf und ließ ihre Hände gierig über seine schwellenden Armmuskeln wandern.

»Sam«, sagte sie wieder und wieder. »Sam.« Sie wollte die Augen schließen und sich ganz ihrem Gefühl hingeben, um sich für immer an seine warme Haut unter ihren Händen erinnern zu können, aber sie wollte ihn auch sehen, seine intensiven Augen, die perfekten Augenbrauen, die so sexy waren, und den Bartansatz, den sie erahnen konnte. Sie legte ihre Hände auf seinen behaarten Brustkorb, während Sam ihre Bluse aufknöpfte, langsam und mit sicheren Bewegungen, als ob er extra für sie geübt hätte. Als er ihre Brüste sah, rang er leise nach Luft, beugte sich vor und küsste leicht ihren Brustkorb, ihre Brüste, rieb mit den Daumen über den Stoff über ihren Brustwarzen. Sie antwortete, indem sie sich noch dichter an ihn presste und ihre Handflächen über seinen Po unter der Jeans wandern ließ. Sie halfen sich gegenseitig, alles auszuziehen, was sie voneinander trennte. Sein Blick liebkoste ihren nackten Körper, und sie konnte sich nicht an ihm sattsehen. Er war ein Prachtexemplar von Mann. Sie strahlte.

»Was?«

»Nichts. Aber das Erwachsensein steht dir.«

»Dir auch. Du bist schön. Wie eine Göttin. Eine Prinzessin.«

Dessie verdrehte verlegen die Augen wegen der übertriebenen Komplimente. Sie war stark, abgebrüht und desillusioniert – und alles andere als eine holde Prinzessin.

»Schneid ruhig Grimassen, aber für mich wirst du immer die schönste aller Frauen sein«, sagte er so ernst, dass sie nicht mit einem Scherz antworten mochte.

»Darf ich die nehmen?«, fragte er, und Dessie nickte.

Sam breitete die flauschige pastellfarbene Wolldecke über das Sofa, und Dessie lächelte, weil er daran dachte, ihr geliebtes, wenn auch total unpraktisches weißes Möbel zu schützen. Behutsam half er ihr aufs Sofa.

»Hast du Schmerzen?«, fragte er, und sie erinnerte sich wieder an seine stete Fürsorge für sie. Oh, ihr Herz. Es quoll über von ... irgendetwas.

»Nein, kein bisschen«, antwortete sie. Das stimmte zwar nicht ganz, die Rippen taten ihr weh, hinter ihrer Stirn pochte es, und schon bald würden große blaue Flecken aufblühen, aber sie wollte nicht, dass er zu rücksichtsvoll war. Da müssten noch ganz andere Dinge passieren, ehe sie auf das verzichtete, was gleich geschehen würde.

»Gut, denn jetzt werde ich dich lecken«, sagte er und positionierte sich zwischen ihren Beinen.

»Einfach so?«, neckte sie ihn.

»Glaub mir, darauf habe ich lange gewartet.« Er legte seine Handflächen auf ihre Oberschenkel und streichelte langsam auf und ab, ließ seine Daumen über die Innenseiten wandern. »Irgendwelche Einwände?«, fragte er und strich mit dem Zeigefinger über ihren Slip, den sie immer noch anhatte.

»Keine«, atmete sie. Sein Finger brannte auf ihrer Haut.

Er zog ihr den Slip aus, schob ihre Knie auseinander und liebkoste sie mit seiner Zunge und seinen Fingern.

»Ah, Dessie, du schmeckst so gut.«

»Das ist wunderschön«, sagte sie mit erstickter Stimme, denn sie war vollauf damit beschäftigt, das Atmen nicht zu vergessen.

»Das freut mich«, sagte er und küsste sie direkt auf die Klitoris. Sie fiepte. »Und nur, damit du es weißt«, sagte er selbstzufrieden, »ich kann das lange durchhalten, ich habe nämlich eine außergewöhnlich kräftige Zunge.«

Seine Prahlerei war so absurd, dass Dessie beinahe lachen musste. Aber dieses Mal wollte sie so nicht kommen, und auch nicht jetzt sofort, sondern sie wollte es hinauszögern. Und sie wollte ihn in sich spüren. »Komm, ich will dich spüren«, sagte sie und zog ihn zu sich hoch. Er kam näher. Sie streckte die Hand aus und umfasste ihn. Dabei erschauerte sie vor Genuss. Da war er ja. Sam schaute zwischen ihnen an sich hinunter, dorthin, wo sie ihre Hände auf und ab führte und sich erneut mit ihm vertraut machte. »Du bist in jeder Hinsicht gewachsen«, sagte sie und hörte, wie ihre Stimme vor lauter Gefühl dunkler wurde. Sie ließ ihre Hand über seine warme, seidenweiche Härte gleiten und fand zurück zu einem Rhythmus, den sie eigentlich nie wirklich vergessen hatte.

»Dessie«, keuchte er.

»Sam«, antwortete sie leiser, während sie ihn berührte.

Mit vor Ungeduld fahrigen Händen zog er sich das Kondom über, das sie ihm gab, und dann führte sie ihn zu sich. Sie berührte sich mit der glänzenden Spitze und atmete mit offenem Mund, als er langsam in sie hineinglitt, sie ausfüllte, sie ausdehnte. Sie schlang die Beine um seinen Rücken, rutschte tiefer ins Sofa und hatte ihn über sich, in sich. Ihre Zähne und Nägel gruben sich in seine Schultern und seinen Rücken und zeichneten ihn. Sie zog ihn dichter an sich und spürte seinen verschwitzten Körper auf ihrem.

»Küss mich«, bat sie, und sofort begegnete seine Zunge der ihren. Sie liebte es, dass er so bei der Sache war. Er nahm ihr Gesicht zwischen seine Hände und blickte sie an, während er sich tief in ihr bewegte. »Bist du sicher, dass du keine Schmerzen hast?« Behutsam küsste er sie auf die Nasenspitze.

»Ganz sicher. Aber so kann ich nicht kommen.«

»Was brauchst du? Soll ich dich lecken? Es dir mit den Fingern machen? Sag mir, was du brauchst, Dessie.« Er wollte sich aus ihr zurückziehen.

Sie zog sich mit aller Kraft um ihn herum zusammen. »Nein. Bleib in mir, aber ich will meine Finger benutzen.«

Er drückte sich hoch, sodass sie ihre Hand nach unten führen konnte, und er bewegte sich langsam, während sie sich selbst befriedigte.

»Halt still«, sagte sie, und er gehorchte und schaute an ihnen hinunter.

Schweißtropfen fielen auf sie herab, während sie sich unter seinem Blick streichelte. »Küss mich noch mal!«, forderte sie, und eine Sekunde später nahm sein Mund ihren mit einem festen Kuss. Er biss und knabberte, hielt aber noch eine Weile gehorsam still, während sie weitermachte. Dann begann er sich vorsichtig in ihr zu bewegen, und ihr Orgasmus war nicht mehr weit. Er hörte auf. »Jetzt möchte ich das hinauszögern«, sagte er und zog sich aus ihr zurück.

»Ich war so kurz davor«, jammerte sie.

Er streichelte ihr Haar und ihre Stirn. »Du bist ziemlich fantastisch«, sagte er.

»Du auch. Selbst wenn du mich um meinen Orgasmus bringst.«

»Nicht so eilig«, sagte er, legte sich neben sie aufs Sofa und streckte seinen langen Körper aus. »Dreh dich auf die Seite«, flüsterte er. Er glitt von hinten in sie hinein, zog eines ihrer Beine nach hinten über seins und nahm sie so, mit langsamen, tiefen Stößen. Er spreizte sie mit seinen Händen, um noch tiefer in sie eindringen zu können. Sie legte ihre Finger über seine, und gemeinsam streichelten sie sie, bis sich ihr Orgasmus näherte und sie anschwoll, bis sie ein-, aber nicht mehr ausatmete, bis es ihr vor den Augen flimmerte und sich ihr Rücken durchdrückte. Dessie kam hart und schnell, und sie erbebte, als er sie ins Ohr biss.

Seine Stöße wurden härter, intensiver. Sie vibrierte immer noch, während er sie hielt, und dann kam sie noch einmal, in einem kurzen, aber noch intensiveren Orgasmus. Er hielt still. »Bist du gekommen?«, flüsterte sie.

»Nein, ich will noch warten.«

Sie drehte sich auf dem Sofa um, sodass seine Erektion zwischen ihnen war. Ihre Blicke trafen sich. Sie sah Freude in seinen Augen, aber auch eine Innigkeit, die sie anrührte.

In seine warmen Augen zu schauen, war, wie eine Ahnung davon zu bekommen, was sie miteinander hätten teilen können, wenn nicht die Katastrophe sie auseinandergerissen hätte. Was es hätte bedeuten können, einen Mann wie Sam in ihrem Leben zu haben. Sie lag ganz still da, während sie sich langsam küssten.

Er befreite sich von dem Kondom, und sie blieben eng umschlungen liegen. Nur noch eine kleine Weile, dachte Dessie und presste sich an ihn und ließ sich umfangen. Noch einen kurzen, kleinen Moment. Sie durfte sich nicht zu viel einbilden, nur weil er sie mit einer solchen Wärme ansah, weil er sie eine Göttin nannte und so aufmerksam war. Sie musste auf sich selbst achtgeben und durfte sich keinen Fantasien hingeben. Jahre waren vergangen. Sie waren heute andere Menschen. Erwachsene, die Sex haben konnten, ohne dass es etwas bedeutete. Guter Sex war … gut.

Sam drehte sich auf den Rücken, und sie legte sich auf seine Brust, entlastete die schmerzende Rippe, so gut es ging, und folgte Sams Tätowierung mit dem Finger.

»Hat das etwas zu bedeuten?«

Es schien ihm peinlich zu sein. »Das ist irgendein Muster aus China. Ich schäme mich dafür. Mittlerweile kommt mir das mehr wie kulturelle Aneignung vor. Ich war ziemlich blau und ziemlich dumm.«

Sie küsste die Haut mit dem schwarzen Muster.

»Gefällt es dir?«, fragte er heiser.

»Ja«, sagte sie, beugte sich vor und ließ ihre Zunge dem Muster folgen, so wie sie es sich schon seit Umeå gewünscht hatte. Er lag still, aber sein Brustkorb hob und senkte sich heftig. Er war so geil, so unbefriedigt, so voller Sehnsucht. Sie knabberte an seiner Haut, an seiner Tätowierung. Ließ ihre Hand an seiner Erektion auf und ab gleiten, bevor sie ihm ein neues Kondom überstreifte – froh darüber, dass sie als weitblickende Frau immer welche im Haus hatte. Sie setzte sich auf ihn, hielt seinen glasigen Blick fest und führte ihn in sich ein. Seine Hände umfassten ihre Pobacken, und sie ritt ihn, bis er sich aufsetzte, sie in den Arm nahm und sie aufs Sofa legte.

»Ich will dich ficken«, sagte er.

»Tu das, und zwar hart«, befahl sie ihm, und das war alles, was er an Anleitung brauchte, und sie kam gleich nach ihm in einem heftigen, verschwitzten, ersehnten Orgasmus. Hinterher lagen sie keuchend nebeneinander. Sie tranken noch mehr Wein, schnupperten aneinander, küssten und streichelten sich.

»Hast du Hunger?«, fragte Dessie schließlich. Sie hatte einen Bärenhunger.

»Ja«, sagte er, und sie gingen in die Küche, sie in die Decke gewickelt, er in seiner Hose.

Sie öffnete den Kühlschrank und überlegte, was sie ihm mitten in der Nacht anbieten könnte. Sie hatte kürzlich Erdbeeren gekauft, doch abgesehen davon war der Kühlschrank ziemlich leer. Eine einsame Tomate, etwas Käse.

»Es ist schon nach Mitternacht«, sagte er.

»So spät?«

»Das ist nicht der Punkt. Weißt du nicht, was für ein Tag heute ist?«

Sie riss die Augen auf. Er hatte recht. »Oh Gott, das hatte ich ganz vergessen.«

»Herzlichen Glückwunsch zum Geburtstag!«, sagte er.

»Herzlichen Glückwunsch zum Geburtstag!«, antwortete sie gleichzeitig.

Vor fünfzehn Jahren hatte ihr gemeinsamer Geburtstag auf eine

Weise geendet, die alles verändert hatte. Jetzt fühlte es sich richtig an, sich endlich zusammen eine neue Erinnerung zu erschaffen, eine, die ein für alle Mal die alte, hässliche auslöschte. Sie machten sich in ihrer Küche etwas zu essen. Aus Brot, Käse und Tomaten wurden überbackene Brote mit scharfem Senf, Mayonnaise und schwarzem Pfeffer. Sie wusch die Erdbeeren ab und stellte sie ebenfalls auf den Tisch.

»Fünfunddreißig Jahre«, murmelte sie mit vollem Mund. Das war ganz schön alt.

»Du bist eine verdammt heiße Fünfunddreißigjährige«, sagte er und gab ihr einen heißen, nassen und käsigen Kuss.

Sie nahm sich eine Erdbeere und fütterte ihn damit. Er biss langsam hinein und lutschte daran und an ihrem Finger. Sie zitterte, als stünde ihr Finger in direkter Verbindung mit ihren erogenen Zonen. Sam öffnete die Decke, in die sie sich gewickelt hatte, und strich mit der Erdbeere über ihre Brustwarze, bevor er sie verspeiste. Sie erschauerte. Dieser Mann war durch und durch sündig. Sie drehte sich um und ließ die Decke über ihren Po und die Rückseite ihrer Oberschenkel auf den Boden gleiten. Sie beugte sich vor, stützte die Unterarme auf die Tischplatte und schaute über ihre Schulter.

»Noch mal?«, fragte er. Sie nickte. Er streckte seine Hand aus und wölbte sie über ihr. »Du bist feucht«, sagte er rau und ließ einen Finger in sie hineingleiten. Sie hob sich auf die Zehenspitzen.

»Bleib so stehen!«, befahl er ihr.

Sie hörte, wie er ein Kondom aufriss, und dann stand er wieder hinter ihr. Sie stöhnte, als er in sie eindrang. Er legte eine Hand auf ihren Lendenrücken, presste sie nach unten und nahm sie noch härter. Sie gab einen leisen Ton von sich, und er hörte sofort auf.

»Ist alles okay?«, fragte er.

»Ja, fester«, sagte sie.

Er legte ihr einen Arm um die Taille und zog sie an sich, zwang ihre Beine mit seinem Körper gegen den Tisch und nahm sie so, hart und schnell. »Ja«, sagte sie.

Er presste seine Stirn an ihre Schulter. »Streichle dich selbst, Dessie.« Sie ließ ihre Finger nach unten gleiten, rieb und streichelte, wand und krümmte sich, bis sie kam, schnell und ohne Umschweife, hart und schreiend, während Sam unsanft in sie hineinstieß.

Sie ließ sich vornüberfallen, sodass ihre Hände weit über die Tischplatte glitten, und versuchte, ihren Atem zu beruhigen, während er sich das Kondom abstreifte. Dann kehrte er zu ihr zurück und legte ihr behutsam die Decke um die Schultern.

»Sofa?«, fragte er.

Sie sagte Ja. Er war einfach fantastisch. Wieder wollte die zarte Hoffnung aufkeimen, aber sie unterdrückte sie. Stattdessen betrachtete sie ihn verstohlen. Sam fühlte sich in seinem Körper wohl, dachte sie, als er sich neben ihr auf dem Sofa ausstreckte. Er gebrauchte ihn, um sich und ihr Genuss zu verschaffen und um Nähe und Vertrautheit herzustellen, nicht um zu dominieren oder zu imponieren. Das war angenehm, und sie konnte sich entspannen.

Der Vergewaltigungsversuch damals auf der Party hatte sie jahrelang blockiert, sie daran gehindert, Körperkontakt zu suchen, und dazu geführt, dass sie sich in Situationen, die zu intim waren, nicht wohlfühlte, hatte Mauern errichtet und Distanz geschaffen. Zwar hatte sie mittlerweile keine Angst mehr, aber sie war immer noch auf der Hut. Doch bei Sam fühlte sie diesen Widerstand nicht. Es war, als würde ihr Körper ihm mehr vertrauen als ihr Herz.

Sie hatten so lange miteinander gegessen, geredet und Sex gehabt, bis es draußen hell wurde. Sam folgte ihren Sommersprossen mit dem Finger. »Es ist, als ob wir allein auf der Welt wären«, sagte er träge.

»Weißt du was? Wenn wir uns damals nicht verfeindet hätten, wäre ich wohl nicht zum Militär gegangen.« Sie hatte die Worte ausgesprochen, ehe sie sie noch zu Ende gedacht hatte.

»Nicht?«

»Nein.«

Diese Erkenntnis war ihr schon mehrmals gekommen, aber erst jetzt konnte sie sie in Worte fassen. Seit Sam und sie allmählich wieder miteinander ins Gespräch gekommen waren und sich den Ereignissen in ihrer Vergangenheit angenähert hatten, kam es ihr vor, als ob ihre Erinnerungen neue Verbindungen untereinander eingingen. Gedanken, die sie bis dahin gemieden hatte, verlangten ihre Aufmerksamkeit und drängten an die Oberfläche, zogen andere Gedanken nach sich und formten neue Erkenntnisse.

Sie fuhr fort: »Ich habe mir einen Beruf ausgesucht, in dem man mir beigebracht hat, stark und leistungsfähig zu werden, und in dem ich lernen musste, mich zu verteidigen und Angriffe abzuwehren. Mit diesem Drill wollte ich sicherstellen, nie mehr hilflos zu sein.«

»Oh, Dessie, es tut mir so ...«

»Nein. Das war gut so«, sagte sie mit Nachdruck. Sie hatte sich auch selbst eingeschränkt, indem sie sich nicht wirklich zu leben traute, indem sie immer weitere Mauern und Verteidigungslinien um sich herum errichtete, indem sie sich so stark und unverletzbar machte, dass sie nicht schwach zu sein und ihr Visier zu öffnen wagte. Sie betrachtete Sam, der auf ihrem Sofa ausgebreitet dalag wie ein schönes Tier, ein Tiger oder ein Panther. Und wenn sie sich doch trauen würde? Sie biss sich auf die Lippe. Obwohl die Schlafstörungen und Panikattacken, die sie in der letzten Zeit plagten, ja nichts mit Sam zu tun hatten, sondern mit dem, was in der Türkei geschehen war. Und das bedeutete wiederum, dass sie ernsthaft aus dem Gleichgewicht geraten war, nicht nur Angst hatte, Gefühle oder emotionale Bedürfnisse zu zeigen, sondern dass sie in ihrem Innersten beschädigt war. Sie versuchte, diese Gedanken wegzuschieben. Sie konnte und wollte nicht in all die Gefühle eintauchen, die Sam in ihr aufwühlte.

Sam küsste eine ihrer Sommersprossen. »Wünschst du dir, du hättest Jura studiert? Wie dein Vater das gewollt hätte? Bereust du es?«

»Nein, ich liebe meinen Job. Er ist das Wichtigste in meinem Leben.«

Er küsste noch eine Sommersprosse. »Wichtiger als die Familie?«

»Keine Ahnung. Nein, vielleicht nicht. Aber ziemlich wichtig.«

»Wichtiger als Liebe?«

»Ich weiß nicht, ob ich an Liebe glaube«, sagte sie ehrlich.

Er berührte sie zärtlich. »Dann hast du dich verändert. Früher hast du daran geglaubt.«

Sie schwiegen.

Einen winzigen Augenblick lang gestattete sie es sich, sich eine Zukunft mit Sam auszumalen – dann schloss sie diese Tür rasch wieder.

Sie geriet beinahe in Panik beim Gedanken daran. Es war ziemlich offensichtlich, dass sie keine Kraft übrig hatte, irgendetwas anzufangen. Nicht solange sie dieses ganze Elend mit sich herumschleppte.

»Was ist los, Dessie?«

»Nichts.«

»Du atmest seltsam. Und du bist ganz blass.« Er fuhr hoch. »Geht es dir nicht gut?«

»Lass, es ist nichts.« Das Letzte, was sie jetzt brauchen konnte, war, dass er Zeuge einer Panikattacke wurde. Noch mehr Komplikationen konnte ihr Leben wirklich nicht verkraften. Sie litt unter Angst und sollte eine Psychologin aufsuchen. Joyce war in Gefahr. Und auch wenn Sam es nicht wahrhaben wollte, musste sie Tom sagen, dass sie mit ihrem Kunden geschlafen hatte. Jetzt war es genug. Vielleicht würde sie eines Tages nicht mehr daran denken, was gewesen war, was sie so sehr beeinflusst hatte, aber an diesem Punkt war sie noch nicht angekommen. Und sie hatte definitiv nicht vor, sich wie ein naives junges Mädchen Fantasien über irgendetwas hinzugeben, das aussichtslos war. Sie liebte ihren Job und wusste, was sie wollte. Und sie wusste, was sie *nicht* wollte.

Sam küsste ihre Schulter. »Rede mit mir. Ich möchte gern helfen.«

Sie konnte kaum atmen. Sie wusste nicht, weshalb, aber irgendetwas schnürte ihr die Luft ab, und statt des Wohlbefindens machte sich Unbehagen in ihr breit, und sie spürte eine Enge im Hals. Sie beugte ihren Kopf zwischen ihre Knie.

»Bitte, Sam, setz mich nicht unter Druck. Nicht jetzt.«

Er saß schweigend neben ihr und strich ihr über den Rücken, aber es half nicht, die Angst wurde immer schlimmer, bis sie hyperventilierte.

Er schloss sie in seine Arme, und sie ließ es geschehen, krümmte sich zusammen und schluchzte.

»Möchtest du ins Bett?«, fragte er nach einer Weile.

Sie nickte an seiner Brust. Die Angst verebbte langsam. Und plötzlich merkte sie, dass sie todmüde war.

»Möchtest du, dass ich gehe?«

Sie schüttelte den Kopf.

Also legten sie sich in ihr Bett, er hinter ihrem Rücken, und sie rollte sich in seinen Armen zusammen. Sie mochte zwar stark und selbstständig sein, aber trotzdem schmiegte sie sich jetzt an seinen warmen Körper, ließ ihn ihre Festung und ihr Schutz sein und versuchte, bei ihm Kraft zu tanken. Diese Nacht würde sie ihn für sie sorgen lassen, dachte sie und schlief ein.

Dessie erwachte davon, dass das Telefon klingelte.

Es war Tom. Als hätte er gespürt, dass seine rechte Hand gerade mit seinem Kunden im Bett gewesen war.

»Hallo, Boss! Wie ist Monaco?«, fragte sie. Ihre Stimme klang warm und heiser. Es musste zu hören sein, was sie getan hatte.

»Wie geht's dir?«, fragte er schroff.

»Gut.«

»Isak hat mir Bericht erstattet. Was ist da eigentlich passiert?«

»Können wir darüber reden, wenn du wieder hier bist? Im Büro?«

»Ja, mir scheint, wir haben so einiges miteinander zu besprechen«, sagte Tom kurz angebunden.

Dessie schaute zu Sam hinüber, der ebenfalls aufgewacht war. »Ja«, pflichtete sie Tom bei, und ihre Kehle war vor Nervosität ganz trocken.

»Sam, ich muss arbeiten«, sagte sie, nachdem sie das Gespräch beendet hatten.

»Du bist verletzt«, protestierte er schlaftrunken.

»Ich habe jede Menge Papierkram zu erledigen.« *Und ich muss allein sein, du verwirrst mich und lenkst mich ab.*

»Du solltest dich ausruhen.«

Er hatte recht, sie war völlig am Ende, aber seine Worte ärgerten sie trotzdem. »Sag mir bitte nicht, was ich zu tun habe«, blaffte sie und stand auf.

Er verschränkte die Arme im Nacken. »Was ist los? Warum schnauzt du mich an? Bereust du es? Du hast gesagt, du würdest es nicht bereuen.«

»Das tue ich auch nicht«, sagte sie brüsk und band sich den Bademantel in der Taille zu. Die Haare fasste sie zu einem Knoten zusammen. Sie brauchte einen Kaffee.

»Sicher?«

»Ja.«

»Aber was ist es dann? Ich möchte, dass wir schauen, was sich entwickelt, wenn wir uns weiterhin sehen.« Sams Augen weiteten sich. »Warum entziehst du dich mir? Ich dachte ... Gibt es etwas, das du mir nicht erzählst?«

Sie schnaubte. »Es gibt jede Menge Dinge, die ich dir nicht erzähle. Nur weil wir miteinander geschlafen haben, heißt das noch nicht, dass du irgendein Anrecht hättest.« Sie fühlte sich in die Enge getrieben und brauchte Zeit zum Nachdenken. Um sich neu zu sortieren.

Seine Miene war verschlossen. »Sicher, wenn du es sagst. Möchtest du, dass ich gehe?«

Sie steckte die Hände in die Taschen ihres Bademantels. »Wie gesagt, ich muss arbeiten.«

Es war die richtige Entscheidung, dachte sie, als Sam sich ein Taxi rief, sich anzog und sie mit einem kurzen Tschüss verließ.

Es fühlte sich nur total falsch an.

~ 29 ~

»Ich zahle«, sagte Sam entschlossen.

»Ich bin deine Mutter, und du hattest Geburtstag, also zahle ich«, sagte Azita Amini und starrte ihn über die Speisekarte hinweg an.

»Ich betreibe ein kleines Imperium, Mama, ich bin reich.«

Azita schnaubte nur, und Sam wusste, dass er verloren hatte. Er legte die Speisekarte hin. Im Shahrzad, einem der besseren iranischen Restaurants in Stockholm, nahm er immer das Fesenja, ein vegetarisches Eintopfgericht mit Walnüssen, Bohnen und Granatapfel, sowie den Knusperreis Tadig. Seine Mutter kochte zwar ganz fantastisch, aber genau wie Sam arbeitete auch Azita viel zu viel, deswegen gingen sie gern in ein iranisches Restaurant, wenn sie sich in der Stadt verabredeten.

Während Azita mit dem Kellner sprach, versank Sam in Grübeleien. Dessie hatte ihn gezwungen zurückzurudern, und das passte ihm überhaupt nicht. Aber sie hatte komplett dichtgemacht, als wäre sie verärgert. Oder als hätte sie Angst. War das so? Das könnte er zumindest nachvollziehen. Ihre gemeinsame Vergangenheit hatte bei ihnen beiden tiefe Narben hinterlassen, und Dessie hatte darüber hinaus noch an weiteren schmerzhaften Erlebnissen zu knabbern. Sie war eine Frau mit Integrität, die offenbar niemanden an sich heranließ. Und er hatte schließlich ihre Panikattacke miterlebt, die ganz offensichtlich nicht die erste gewesen war. Zugleich war Dessie jemand, der das Schicksal unablässig herausforderte. Sie machte total verrückte Sachen. Sam war der Meinung, sie hätte sich ihm anvertrauen sollen, statt die Angst vor dem, was war oder was passieren könnte, das zerstören zu lassen, was sie zusammen haben könnten.

»Ich nehme ein Bier«, sagte er.

Weder für ihn noch für seine Mutter spielte die Tatsache, dass sie Muslime waren, eine besondere Rolle, allerdings trank Azita keinen Alkohol, und er selbst trank auch nur sehr maßvoll. In dieser Hinsicht waren sie also doch Muslime, überlegte er, während er seine Mutter über den Tisch hinweg ansah. Säkulare Muslime, die sich das Weihnachts-Special von Disney anschauten und Mittsommer feierten. Und gehasst wurden, bloß weil sie existierten.

Bevor er sich auf den Weg gemacht hatte, hatte Sam die Drohbriefe und Mails gelesen, die kürzlich gekommen waren. Lodestar hatte alle Originale, aber er hatte sich Kopien ausgedruckt, die er in einer Mappe aufhob.

Wir legen dich um.

Du wirst sterben.

Wir machen dich kalt.

Fahr nach Hause.

Wir wollen dich hier nicht haben.

Es war eine unerfreuliche Lektüre, aber er hatte sich gezwungen, alles durchzulesen.

Azita hatte Djoje bestellt, in Safran marinierte Hähnchenspieße, und schaute jetzt auf ihr Smartphone. Wenn Sam in ihrer Gegenwart SMS oder Mails las, regte sie sich furchtbar auf, aber genau wie viele Frauen mittleren Alters konnte sie selbst nicht von ihrem Handy lassen. Er lächelte. Es störte ihn nicht.

Ihr Essen kam, herrlich duftendes persisches Essen: dünne Brotfladen, Kashke Bademjan, der Auberginendip, den er so liebte, dann der Olivensalat Zeytoon Parvadeh, der Lieblingssalat seiner Mutter, und ein Teller mit klein geschnittenem Gemüse, Salat, Gurke, Tomaten und Möhren. Azita legte das Handy beiseite und gab Zeytoon Parvadeh und Eisbergsalat auf ein Stück Brot. Sie nahm sich immer viel Zeit, um den perfekten Bissen zu kreieren.

»Wie läuft es bei der Arbeit? Du siehst müde aus«, sagte sie.

Sie hatte recht. Er fühlte sich ausgelaugt. Er hatte keine Zeit gehabt, zu trainieren oder zu Hause aufzuräumen, und außerdem hatte er nichts von Dessie gehört.

»Die Eröffnung läuft nicht ganz wie geplant«, sagte er und gab sowohl den Eintopf als auch etwas vom Auberginendip aufs Brot, bevor er es zusammenklappte und in den Mund steckte. Er kaute und nahm sich nach.

»Inwiefern?«

Sam war Schwierigkeiten gewohnt, und er hatte Spaß daran, Probleme zu lösen und Dinge anzuschieben, aber wie die Katastrophen sich im Augenblick häuften, war völlig verrückt. Zum Beispiel wollte der Barkeeper Egil nun auf einmal doch in Umeå bleiben, weil es ihm dort so gut gefiel. Jetzt hatte Sam also eine erstklassige Bar, aber keinen erstklassigen Barchef.

»Wenn du jemanden kennst, der es hinkriegt, einen halbwegs anständigen Martini zusammenzumixen, sag mir Bescheid«, sagte Sam trocken.

Azita schüttelte den Kopf. Sie trank Dogh zum Essen, persischen Yoghurt, während Sam an seinem Bier nippte. »Leider nein«, sagte sie.

Noch größeren Kummer bereitete ihm die Tatsache, dass er in den letzten Tagen nicht einen einzigen Koch gefunden hatte, der ihm zugesagt hätte. Sie waren alle entweder zu cholerisch (etwa neun von zehn) oder zurückhaltend und brillant, hingen aber treu an ihrem derzeitigen Arbeitsplatz.

»Beim Koch ist es genau dasselbe Elend«, erklärte er mutlos.

Immer wenn jemand anrief oder an seine Bürotür klopfte, war eine neue Katastrophe über sie hereingebrochen.

Heute Morgen hatte ein Journalist angerufen und ihm Fragen zu Gerüchten über Schimmelbefall in dem neuen Hotel gestellt. Diese Gerüchte waren, natürlich anonym, im Internet aufgetaucht. Und kurz bevor er seine Mutter traf, hatte er eine Mail von einem anderen Journalisten erhalten, der sich erkundigte, ob Sam die Behauptung aus einer ungenannten Quelle kommentieren wolle, nach der sein Personal unzufrieden sei, schlecht behandelt werde und Angst habe.

»Übernimm dich bitte nicht«, sagte Azita. Sie warf seinem Leibwächter, der am Eingang stand, einen Blick zu, sagte aber nichts.

»Ich verspreche es dir, Mama«, sagte er. »Tee?«

Azita nickte, und sie bestellten eine Kanne Tee, der in dünnwandigen, verzierten Gläsern serviert wurde. Sam nippte an dem Getränk, während seine Mutter Limetten auspresste, mit einem mit Safran gewürzten Zuckerstick umrührte und genussvoll trank.

Er würde Leo auf die Sache mit dem Personal ansetzen, entschied Sam.

Nachdem er ein zweites Glas Tee abgelehnt und seiner Mutter versprochen hatte, sie bald zu besuchen und eine Deckenlampe für sie anzubringen, sie dann beruhigt hatte, was seine langen Arbeitstage anging, und ihr versichert hatte, dass er seine Cousinen und Cousins in Teheran anrufen würde, und noch einmal ihrer Frage nach Familie und Kindern ausgewichen war, verabschiedeten sie sich, und Sam ging zu Fuß zurück ins Büro, während der Leibwächter ihm wie ein Schatten folgte.

Er dachte an die Männer, die Dessie überfallen hatten. Das war auch so eine unabgeschlossene Angelegenheit. Die Polizei äußerte sich nicht dazu. Sam hatte so oft dort angerufen, dass sie jetzt nur noch genervt in den Hörer stöhnten, wenn sie hörten, dass er dran war. Sie hatten ihn nicht einmal als Zeugen zu dem Zwischenfall im Café vernommen, sondern nur gesagt, sie würden sich melden. Das war extrem frustrierend. Sollte er seinen Anwalt anrufen? Oder mit Tom darüber sprechen? Als seine Angestellte fiel Dessie in Toms Verantwortungsbereich.

Oder sollte er einen Killer beauftragen? Sam hatte nicht übel Lust dazu. Abgesehen davon, dass er 1) nicht wusste, wer die Männer waren, 2) Mord ablehnte und 3) keine Ahnung hatte, wie man Auftragskiller mietete. Sagte man überhaupt Auftragskiller? Ging man dafür zum Sergels Platz und hielt unter zwielichtigen Figuren nach jemandem Ausschau, der einem Frauenmisshandler die Kniescheiben zertrümmerte? Das klang wie das Rezept für einen außergewöhnlich miesen Cocktail, also beschloss er, diese Methode erst einmal noch zurückzustellen.

Aber er machte sich Sorgen um Dessies Sicherheit. Wer bewachte die Leibwächterin?

Zurück in seinem Büro klappte er den Laptop auf und las seine E-Mails. Er hatte einige unbeantwortete Mails und SMS. Aber keine einzige von Dessie.

»Sam?«

Er schaute hoch.

»Hast du Leo gesehen?«, fragte Celine. »Ich muss etwas mit ihm besprechen, aber keiner weiß, wo er ist. Du?«

»Nein.«

»Komisch«, sagte sie ein wenig beunruhigt und verschwand schnellen Schrittes.

Sam öffnete einen Browser und klickte sich durch verschiedene Nachrichtenseiten. Es war idiotisch, sich wegen Dessie Sorgen zu machen. Diese Frau konnte sich definitiv selbst schützen. Ein Teil von ihm wollte immer noch Tom Lexington kontaktieren, um sich zu vergewissern, dass Dessie in Sicherheit war. Aber dann würde sie ausflippen, das wusste er. Sie wäre der Meinung, dass er sie kontrollierte. Andererseits brauchte sie Ruhe. Sie arbeitete doch wohl hoffentlich heute nicht? Himmel, diese Verrückte war sicher ins Büro gefahren. Es gab ihm einen Stich in der Brust, denn er hielt den Gedanken, Dessie könnte sich in Gefahr begeben, nicht aus. Nicht mehr. Angesichts ihres Berufs war das völlig irrational, aber war es denn wirklich zu viel verlangt, sie in Sicherheit wissen zu wollen? Außerhalb der Gefahrenzone.

Sam schaute aus dem Fenster. Menschen flanierten auf der Straße, die Bäume waren grün, und die Sonne schien. Er tat das einzig Vernünftige und schickte ihr eine Nachricht. Natürlich nichts Stalker-mäßiges.

SA: *Wie geht's dir?*

Das war angemessen, fand er. Er machte sich Gedanken um sie und würde ihr ja wohl eine Nachricht schicken können, ohne dass das mehr zu bedeuten hätte. Schließlich hatte er ihr keine Uhr für hunderttausend Kronen geschickt.

Aber es ließ sich nicht mehr verhindern: Er war auf bestem Wege, Gefühle für diese komplexe Frau zu entwickeln. Vor fünfzehn Jahren hatte sie sein neunzehnjähriges Ich entsetzlich verletzt. Aber die Wunden schienen verheilt zu sein. Ja, so war es. Die Narben schmerzten nicht mehr. Er hatte es hinter sich gelassen. Er hatte sein Leben in die Hand genommen und war zu einem Menschen geworden, auf den er stolz war.

Eine halbe Stunde später hatte Dessie immer noch nicht auf seine SMS geantwortet. Auch nach einer Stunde noch nicht. Musste er sich Sorgen machen? Sollte er vielleicht sogar bei ihr zu Hause vorbeischauen? Sich bei Tom erkundigen, ob alles in Ordnung war?

Gerade als er beschlossen hatte, etwas zu unternehmen, ging Leo an seinem Büro vorbei, und Sam rief: »Bist du zurück? Wo bist du gewesen? Celine hat dich gesucht.«

»Ich musste etwas erledigen«, sagte Leo und machte eine wegwerfende Handbewegung, bevor er weiterging.

Ach, was solls, dachte Sam. Er würde Tom kontaktieren. Irgendein Vorwand würde ihm schon einfallen. Egal, was Dessie davon hielt.

~ 30 ~

Tom betrat den Pausenraum. Dessie schaute ihn wachsam an, und er sie ebenfalls. Zwei sich belauernde Krieger. Er machte eine Geste in Richtung des Pflasters auf ihrer Stirn. »Bist du verletzt?«

Dessie wedelte abwehrend mit der Hand. »Nicht der Rede wert. Ist in Monaco alles glattgegangen?«

Tom nickte, schenkte sich Kaffee in seinen Becher und musterte sie eingehend. »Du hast Ringe unter den Augen«, konstatierte er.

Dessie nahm ihren Becher mit Cappuccino und tat Zucker hinein, wegen der Extraenergie. Sie hatte in der Nacht nicht viele Stunden geschlafen. Außer Grübeleien über Sam und Angst vor der Konfrontation mit Tom hatte sie einen Albtraum über die Türkei gehabt, und zwar so schlimm, dass sie sich nicht traute, wieder einzuschlafen. Überall war Blut gewesen, und sterbende Menschen hatten sie verfolgt. Sie unterdrückte ihre Angst davor, sie könnte vielleicht wirklich zusammenbrechen.

»Hast du jetzt Zeit für unser Gespräch?«, fragte sie Tom und nahm einen großen Schluck Kaffee.

Er sah sie an. Verbissen. Das Treffen in Monaco schien seine Stimmung nicht gehoben zu haben. »Ja. Wir gehen in mein Büro.«

Dessie nahm ihren Becher mit und folgte ihm. Auf dem Weg wich sie eventuellen Blicken ihrer Kollegen aus und fühlte sich wie bei einem Spießrutenlauf. Scham, Schuld und alles Mögliche dazwischen arbeiteten in ihr. Was sie sich geleistet hatte, ging auf keine Kuhhaut.

Tom setzte sich an seinen Schreibtisch, Dessie schloss die Tür und nahm ihm gegenüber Platz.

»Boss, ich zuerst.«

»Gern.«

»Ich kann nicht weiter mit Sam Amini zusammenarbeiten.« Toms Vertrauen in sie war schon angeknackst, also musste sie zumindest in diesem Punkt offen sein.

Seine Kiefermuskeln spannten sich an. »Weil?«

Dessie nahm Anlauf. »Ich habe mit ihm geschlafen.«

So. Jetzt war es raus. Jetzt musste sie nur noch den Rest überstehen.

Tom lehnte sich zurück, konnte aber nicht verbergen, wie schockiert er war.

»Verdammt, Dessie! Das war alles andere als klug«, brachte er nur heraus.

»Ich weiß«, pflichtete sie ihm bei. So. Verdammt. Unklug.

Ihr Chef verschob einen Stift auf dem Tisch und blinzelte ein paarmal. »Erzähl«, sagte er bedächtig.

»Es tut mir wirklich schrecklich leid, Boss.« Sie konnte sich nicht erinnern, wann sie sich jemals derart geschämt hatte. Wahrscheinlich noch nie.

Toms Gesicht war vollkommen ausdruckslos. »Wann ist das passiert?«

»Vorgestern.«

Er starrte sie an. »Warum zum Teufel erfahre ich das jetzt erst?«

»Du warst nicht hier. Und ich musste erst darüber nachdenken. Es ist einfach so passiert, und ich musste es erst verarbeiten.« Jetzt schwitzte sie. Diskret wischte sie sich die Handflächen an der Hose ab.

Toms Kiefer mahlten weiter. »Habt ihr euch seitdem noch einmal gesehen, du und Sam Amini?«, fragte er in einem Ton, der so frostig war, dass er die Sahara hätte einfrieren lassen können.

»Nein. Wir haben keinen Kontakt mehr gehabt.« Sie hatte sich ganz bewusst von Sam distanziert und hatte einfach nicht daran denken wollen, dass ihr Laken immer noch nach ihm duftete. Sie hatte seine Nachrichten ignoriert, alles begraben.

»Du weißt, dass wir jemandem wegen genau so einer Sache gekündigt haben?«

»Ja.« Einer ihrer Leute hatte ein Verhältnis mit seiner Schutzperson gehabt und es wochenlang geheim gehalten. Was sie getan hatte, war zwar nicht ganz dasselbe, aber das spielte keine Rolle.

Tom wirkte plötzlich zehn Jahre älter. »Wenn du mir das nicht erzählt hättest, wärst du achtkantig rausgeflogen, das ist dir doch klar?«

»Ja.«

»Was zum Teufel hast du dir dabei gedacht?«

Dessie sah ihm fest in die Augen. »Ich bitte dich um Verzeihung.« Sam war viel mehr als nur ein Kunde. Sie hatte mit ihm geschlafen, weil sie so viele zwiespältige Gefühle für ihn hatte, weil sie beide so miteinander verstrickt waren. Es war weder ein Flirt noch blinde Leidenschaft. Es war Sam. Aber das wollte sie Tom nicht sagen. »Es tut mir furchtbar leid.«

Tom erhob sich ruckartig, stützte die geballten Fäuste auf die Tischplatte und starrte sie an. »Hör mit diesem Bullshit auf. Ich habe dich und dein Verhalten lange genug toleriert, aber jetzt reicht es.«

Dessie schluckte und schluckte, sagte aber nichts. Sie hielt ihre Hände im Schoß und versuchte den kalten Schweiß zu ignorieren, der ihr am ganzen Körper ausbrach.

»Ich weiß«, sagte sie, denn er hatte recht. Sie war eine wandelnde Katastrophe.

»Du weißt, dass ich großen Respekt vor dir habe, aber irgendetwas stimmt nicht mit dir, nicht nur, dass du mit Kunden schläfst.«

»Ein Kunde. Ein Mal«, musste sie einfach sagen.

»Schluss jetzt! So geht das nicht weiter«, brüllte Tom.

Es war das erste Mal, dass Tom sie so anging, und ihre Wangen brannten vor Scham. Sie hatte geglaubt, mit dieser Situation umgehen zu können, aber letzte Nacht hatte sie eine derartige Angst verspürt, als sie aufwachte, dass sie zunächst nicht wusste, wo sie war. Ihre Hände waren blutverschmiert gewesen, oder jedenfalls hatte es sich so angefühlt. Sie hatte die Lampe anmachen müssen, um nachzusehen – und dann nicht gewagt, sie wieder auszuschalten. Sie begriff, dass Toms Vertrauen in sie zerstört war. Sie hatte auch kein Vertrauen verdient.

Ihre Unausgeglichenheit war eine Belastung. Sie musste all ihre Kraft, all ihre Energie aufbieten, um das hier wieder hinzubiegen. Wenn sie ihren Job verlor, würde sie ...

»Und was ist jetzt mit Sam?«, fragte sie.

»Isak und Jon.« Toms Miene verhärtete sich noch mehr. »Sam ist ein wichtiger Kunde, aber ich muss dich das trotzdem fragen ... Er hat doch nichts Unpassendes gemacht? Sich dir gegenüber danebenbenommen? Das ist es nicht, wovon wir hier sprechen, oder?«

Sie setzte sich gerade hin. »Nein, nein, wir wollten es beide. Wenn sich jemand unprofessionell verhalten hat, dann ich.«

»Das hätte ich wirklich nicht von dir gedacht. Jedenfalls bisher nicht. Jetzt bin ich mir nicht mehr so sicher.«

Sie konnte ihre Tränen kaum noch zurückhalten. Dessie weinte nur selten und niemals im Dienst, vielleicht mal nach einem besonders harten Auftrag, mit einem Kollegen beim Bier. Aber das hier war etwas anderes, es war das Schlimmste, was ihr passieren konnte: dass sie Toms Vertrauen verspielt hatte. »Es tut mir so schrecklich leid«, wiederholte sie tonlos.

»Die Probleme, die du seit dem Herbst hast und über die du nicht mit mir sprechen willst – haben die auch etwas mit Sam zu tun?«

»Nein«, antwortete sie gequält. Sie hatte so viele Male darüber nachgedacht. So viele Male überlegt, dass sie ihm erzählen sollte, was in der Türkei geschehen war. Aber sie hatte Tom nicht mit ihren Problemen belasten wollen. Jetzt hatten diese Probleme allerdings sowohl Sam, ihre Kollegen bei Lodestar als auch Tom eingeholt. Diese Schuld war nur schwer zu ertragen. »Ich werde dir alles erzählen, das habe ich schon lange vor.« Das war das Mindeste, was sie ihm schuldig war.

Dann erstattete Dessie ihm Bericht darüber, was sie während der kurzen Periode im letzten Sommer, in der sie nicht bei Lodestar angestellt gewesen war, gemacht hatte, wie sie in die Türkei gefahren war, um die eingesperrte Joyce zu befreien. Tom hörte schweigend und mit versteinertem Gesicht zu. »Sie haben eine Scheinhinrichtung an mir durchgeführt«, sagte sie, denn das war ja einer der Gründe dafür, dass es ihr so mies ging. Das Einzige, was sie nicht erwähnte, war, dass sie einen Mann in einem blutigen und brutalen Nahkampf erstochen hatte. Sie hasste es, Tom Tatsachen vorzuenthalten, besonders jetzt, wo er ihr bereits mit einem solchen Misstrauen begegnete, aber das durfte er nicht erfahren. Für den Fall, dass die Sache ans Licht kam, musste Tom abstreiten können, etwas darüber zu wissen. Um seinet- und seiner Firma willen.

»Wo ist diese Frau jetzt?«, fragte er.

»Umgezogen.«

»Die Männer, die dich im Café angegriffen haben, waren also der Ehemann und sein Kumpan?«

»Ja.«

»Die Polizei hat sie verhaftet, wie Isak mir berichtet hat. Aber sie sind jetzt wieder auf freiem Fuß«, konstatierte Tom trocken.

»Weißt du, wo sie hin sind?«, fragte Dessie.

Tom schüttelte den Kopf. »Sie haben sich in Luft aufgelöst. Meinen Quellen zufolge haben sie das Land nicht verlassen.«

»Also sind sie irgendwo da draußen«, dachte Dessie laut.

»Yep.«

»Es tut mir leid, dass ich dich und die Firma da mit hineingezogen habe. Ich weiß nicht, was ich sagen soll. Ich habe die Kontrolle über die Situation verloren.«

Tom ließ sich wieder auf seinen Stuhl fallen. »Ich muss nachdenken. Aber das ist ein harter Brocken.«

»Ich weiß. Es tut mir so schrecklich leid.« Wie oft hatte sie das schon gesagt? Würde Tom ihr jemals wieder vertrauen?

»Was ist das zwischen dir und Sam?«, fragte er.

»Nichts mehr.« Sie war heilfroh, dass das der Wahrheit entsprach.

»Halt dich von ihm fern. Falls es nichts Ernstes ist?«

»Absolut nicht«, sagte sie nachdrücklich.

»Du hast von einer Beziehung zwischen euch gesprochen?«

»Aber das ist fünfzehn Jahre her. Ich hätte nicht gedacht, dass das die aktuelle Situation beeinflussen würde.«

»Aber ich habe bemerkt, wie Sam dich angesehen hat. Und du gehörst sonst nicht zu denen, die sich in Kunden verlieben. Vielleicht ist da doch mehr?«

»Nein.« Daran gab es nichts zu rütteln. Da war nichts zwischen Sam und ihr. Nichts. Basta!

»Du kannst nicht mehr mit ihm arbeiten, da hast du recht. Du bist mit sofortiger Wirkung von dem Auftrag abgezogen. Ich setze Bashir als Teamleader ein.«

»Klingt gut.«

»Als dein Freund, Dessie, möchte ich dir allerdings sagen, dass man seine Gefühle manchmal auch zulassen muss. In unserer Branche glauben wir gern, wir seien unverletzbar und kämen ganz allein zurecht. Aber jeder Mensch braucht jemanden.«

»Ich will Karriere machen, das weißt du«, sagte sie brüsk. Das Thema war ihr extrem unangenehm.

»Vielleicht kannst du beides haben?«

»Karriere ist das, was ich will.«

Das hatte sie schon immer gewollt. Und sie wollte nicht ausgerechnet mit Tom über ihr Liebesleben – oder ihren Mangel an Liebesleben – sprechen. Er war mit seiner Frau und seiner Familie glücklich, er konnte sie nicht verstehen.

»Nimm dir den Rest des Tages frei, Dessie. Ich möchte, dass du dich ausruhst.«

»Mache ich.« Sie würde sich so was von ausruhen. Trainieren, was ja für sie das Gleiche war wie ausruhen. Die Psychologin anrufen. Einfach alles richtig machen.

Sie vermutete, dass sie im Augenblick als Toms rechte Hand auf dem Schleudersitz saß. Ihre ganze Karriere war dabei, den Bach runterzugehen. Was für eine Blamage! Das bewies nur wieder einmal, dass sie keine Beziehung eingehen sollte. Nein, sie musste unbedingt Ordnung in das Chaos bringen, das sie angerichtet hatte.

Dessie stand auf und nahm ihren Becher. Sie konnte nicht mehr. »Ist es okay, wenn ich Sam sage, dass wir in Zukunft nicht mehr zusammenarbeiten?« Sie hielt den Atem an, weil dies die alles entscheidende Frage war. Wenn er ihr nicht mehr vertraute, würde er ihr das nicht erlauben.

Aber Tom nickte.

Dessie raffte ihre Sachen zusammen und schaffte es, das Büro zu verlassen, ohne sich anmerken zu lassen, wie erleichtert sie darüber war, dass sie es hinter sich hatte. Erleichtert, aber auch enttäuscht und wütend auf sich selbst. Was für ein Schlamassel! Damit musste jetzt Schluss sein.

Dessie ging ins Fitnessstudio und powerte sich richtig aus. Die Wunde über der Augenbraue sah schon besser aus. Die blauen Flecken waren ziemlich groß, und einige Frauen hatten sie in der Dusche angestarrt, aber sie hatte gutes Heilfleisch, und körperlich ging es ihr gut. Jetzt saß sie in der Sauna und ließ sich von der Wärme einhüllen. Ein angenehmes Gefühl. Sie hatte versprochen, heute auf die Kinder aufzupassen, und schämte sich, weil sie keine Lust dazu hatte. Sie wollte nicht, dass Patricia oder die Mädchen ihre Verletzungen sahen. Aber Patricia hatte auf sie eingeredet und gesagt, dass ihre Eltern es nicht schafften, weil sie in der letzten Zeit schon so häufig eingesprungen waren, dass sie aber ihren Texas treffen müsse. Dessie wäre am liebsten mit sich und ihrem Versagen allein gewesen, aber sie wollte auch eine gute Schwester sein. Und es fiel ihr schwer, Nein zu Patricia zu sagen, wenn die so euphorisch war. Also hatte sie sich überreden lassen.

Vor Hitze glühend und entspannt durch die Sauna, wusch sie sich ihre Haare mit teuren Pflegeprodukten und massierte noch teurere Pflegeprodukte ein, bevor sie sich ausgiebig föhnte. Dann zog sie sich an und machte sich auf den Weg zu Patricia.

Als Dessie in die ruhige Östermalmsgatan einbog, warteten ihre Schwester und ihre Nichten bereits auf der Straße vor dem Haus. Patricia hatte ihr Handy vor der Nase, aber die Mädchen erschraken beim Anblick von Dessies blau geschlagenem Gesicht. Sie umarmte sie fest und beruhigte sie damit, dass sie beim Boxtraining gewesen sei.

»Wie geht's dir?«, fragte sie ihre Schwester.

»Ich muss los.« Patricia schaute noch immer auf ihr Handy.

»Du weißt schon, dass man davon dement wird«, sagte Dessie übellaunig.

Sie betrachtete ihre Schwester. In letzter Zeit hatte sie sich irgendwie verändert, und nicht nur, weil sie ständig mit ihrem Smartphone herummachte. Sie hatte auch ein neues Leuchten in ihrem Blick. Dessie hatte sie im Laufe der Jahre schon mit verschiedenen Männern zusammen erlebt, aber so vernarrt wie jetzt war sie noch nie gewesen.

»Magst du ihn sehr, deinen Neuen?«, fragte sie leise, damit die Mädchen es nicht hörten.

»Wir haben den geilsten Sex. Und er hat mir das geschenkt.« Patricia zeigte ein neues, glitzerndes Armband her.

»Aber magst du ihn?«

»Am Wochenende haben wir gekokst«, kicherte Patricia.

»So was will ich gar nicht wissen, das ist illegal.«

»Meine Güte, wie siehst du denn aus. Wie geht es dir eigentlich?«

»Ach was, so was gehört dazu. Aber ... ich habe einen schwierigen Kunden.«

»Ein Mann?«

»Darüber kann ich nicht sprechen.«

»Inwiefern ist dein Kunde denn schwierig?« Patricia blickte sie freundlich an. Es kam nur selten vor, dass ihre kleine Schwester sich für sie interessierte, und Dessie spürte, wie liebevolle Gefühle in ihr aufkamen.

»Er ist einfach nur schwierig.«

»Du hast es total drauf, Dessie, ich bin sicher, du kriegst das hin. Und versprich mir, mir davon zu erzählen, wenn du es darfst und willst. Du weißt ja, ich kann schweigen.«

Nachdem Patricia gegangen war, nahm Dessie die beiden Mädchen mit zum Gastro Bistro, dem Restaurant auf Östermalm, in dem Haddy arbeitete. Sie brauchte etwas zu essen, und sie brauchte Haddy. Diese Stunden am Nachmittag, bevor das Abendgeschäft begann, waren ihr die liebste Zeit im Restaurant. Es waren fast keine Gäste da, das Personal schnippelte Kartoffeln, und die Barkeeper schnitten Zitronen in Scheiben, füllten ihre Vorräte auf und bereiteten alles für den Abend vor.

Haddy umarmte die Mädchen und machte ihnen Nudeln mit Tomatensoße und Parmesan. »Aber du brauchst eine Extraportion Nährstoffe«, sagte sie zu Dessie und richtete dünne Scheiben Steak auf Spinatblättern an. Sie ringelte Soße darüber, rieb Parmesan, streute Nüsse darauf und schob dann die ganze Herrlichkeit Dessie hin. Während diese Haddys fantastisches Essen verschlang, spürte sie, wie ihre Lebensgeister zurückkehrten. »Essen ist doch das Beste«, sagte sie und wischte den Rest der Soße mit einem Stück Baguette auf. Haddy nickte. »Eis?«, fragte sie die Mädchen, die laut »Ja!« riefen.

»Ich muss mal telefonieren«, sagte Dessie und klaute sich eine Gabel voll Nudeln von Amelies Teller, ehe sie Sam anrief.

Er ging sofort dran. »Dessie! Wie geht es dir? Ich habe mir Sorgen um dich gemacht. Du hast nicht auf meine SMS geantwortet.«

»Ich weiß, ich musste nachdenken.«

»Verstehe. Wann sehen wir uns?«

»Darüber will ich gerade mit dir sprechen«, sagte sie und war verärgert, weil seine verfluchte samtweiche Stimme sie aus dem Konzept brachte.

»Wo bist du?«, fragte er.

»Ich bin in Haddys Restaurant.«

»Welches Restaurant ist das?«

»Gastro Bistro, aber wir können das telefonisch klären, ich ...«

»Ich komme hin«, sagte er und legte einfach auf.

»Idiot«, brummte sie wütend.

Haddy warf ihr einen langen Blick zu. »Was ist los?«

»Ich weiß nicht. Mein Leben ist mir aus den Händen geglitten.«

»Inwiefern?«

»Das kann ich nicht erzählen. Ich kriege das schon wieder hin. Gibt es noch was zu essen, oder soll man hier etwa verhungern?«

~ 31 ~

Sam saß in einem Restaurant in Östermalm, das den albernen Namen Gastro Bistro trug, an einem quadratischen Tisch mit weißer Tischdecke. Dessie war mit zwei Mädchen hier, die sie ihm als ihre Nichten vorgestellt hatte. Sie waren sich so ähnlich wie ein Ei dem anderen und hießen Amelie und Leonore. Dessies Freundin Haddy hatte sich als Köchin entpuppt, und sie war gerade dabei, in der offenen Küche vor ihm Essen zuzubereiten. Sie war die ältere Schwester von Joyce, der Frau, die Dessie gerettet hatte, und Sam beobachtete sie neugierig und mit knurrendem Magen. Es duftete ganz fantastisch hier.

»Darf man mal probieren?«, rief er Haddy hoffnungsvoll zu. Sie hob einen riesigen Kupfertopf an und machte ein paar ruckartige Handbewegungen. Gemüse in den unterschiedlichsten Farben und Formen blitzte kurz auf, bevor es in den Eintopf gerührt wurde.

»Du hättest nicht herzukommen brauchen«, sagte Dessie brüsk.

Sie hatte offenbar beschlossen, ihre Stacheln wieder nach außen zu kehren. Sam zuckte mit einer Schulter. Jetzt war er hier, und sie musste damit klarkommen. »Du weichst mir aus, und jetzt habe ich die Chance, über uns zu sprechen.«

»Es gibt kein Uns.«

Haddy stellte ihren Topf hin und hörte interessiert zu.

Die beiden Mädchen, die Eis mit Himbeeren aßen, machten große Augen und lauschten ebenfalls. Sie waren auf kindliche Art niedlich und sahen Dessie ein klein wenig ähnlich.

Sam ignorierte ihre abweisende Haltung und stellte fest, dass das Pflaster über ihrer Augenbraue jetzt kleiner war und dass sie ihre blauen Flecken überschminkt hatte. Wenn er nicht ihre bestürzende Panikatta-

cke miterlebt hätte, würde er sich nicht allzu viele Sorgen um sie machen. Aber er hatte sie miterlebt, und er konnte Panik erkennen, wenn er welche sah. Liebste Dessie. So viele Geheimnisse, so viele Dämonen.
»Was für ein Restaurant ist das hier?«, fragte er in leichtem Ton, während er sich umsah.

Er war zum ersten Mal hier, und das Restaurant war für ihn nur ein weiteres dieser prätentiösen Lokale, die er von sich aus nie besucht hätte. Die gab es in Stockholm wie Sand am Meer. Lokale, die von B-Promis oder anderen größenwahnsinnigen Restaurantbesitzern betrieben wurden. Damit war er durch, wie er feststellte, er suchte nach etwas Neuem, Authentischem.

Haddy stellte einen Teller mit dampfendem Eintopf vor ihn hin. Sie reichte ihm einen Löffel und sah ihm dabei zu, wie er probierte. Er identifizierte Kokos, Süßkartoffeln und jede Menge aromatische Gewürze. Unglaubliche Geschmacksnoten.

»Lecker«, sagte er beeindruckt. Er musterte die Köchin mit neu erwachtem Interesse. Haddy war in seinem Alter, bewegte sich flink und sicher in der Küche, und wenn alles, was sie kochte, so gut war wie dies ...

»Hast du noch mehr auf Lager?«, fragte er.

Ohne ein Wort ging sie in die Küche, hantierte eine Weile dort herum, öffnete und schloss Türen und kam dann mit zwei Tellern zurück. Auf dem einen befanden sich weißer Spargel, ein grünes Mus aus Avocado und ein goldfarbener, körniger Dip. »Das Gelbe ist Parmesan«, erklärte sie ihm. Auf dem anderen Teller lagen zwei kleine frittierte Wan Tans mit eingelegten Zwiebeln, Kaviar und Koriander. Er versuchte, langsam zu essen, aber das war schwierig. Es schmeckte einfach zu gut.

»Hast du schon mal darüber nachgedacht, in einem Hotelrestaurant zu arbeiten?«, fragte er sie mit vollem Mund.

»Oh nein, das lässt du schön bleiben«, sagte Dessie und erhob sich drohend.

»Was?«, fragte er erstaunt.

Dessie warf ihm einen Blick aus zusammengekniffenen Augen zu. Sie sah wütend aus, aber auch ein bisschen ängstlich, und sein Herz schmolz. Sie war so kantig, so kontrolliert. Und so wundervoll. Er musste all die Gefühle, die in ihm aufstiegen, wegräuspern.

»Haddy ist *meine* Freundin.« Dessie wandte sich der Köchin zu und sah sie auffordernd an. »Entschuldigung, Haddy, aber mit ihm willst du nichts zu tun haben. Er macht nur Ärger.«

Sie wandte sich wieder an Sam. »Haddy ist mein SO«, sagte sie und nagelte ihn mit ihrem Blick fest.

Sam schob sich Essen in den Mund. »SO?«, fragte er. Er hatte keine Ahnung, wovon sie sprach.

»Significant Other. Meine Person. Mein ICE. Glaub nicht, dass du hier mit den Wimpern klimpern und sie bezirzen kannst. Wo ist dein Leibwächter?«

»Er steht draußen.«

»Du solltest gar nicht hier sein. Gib ihm nichts mehr, Haddy, sonst geht er nie wieder.«

Haddy ignorierte Dessies Ausbruch. Sie lehnte sich gegen den Tresen und musterte Sam interessiert. »Vergiss Dessie, erzähl mir von dir. Wer bist du?«

Sam kaute und nickte. Er könnte essen, bis er platzte. »Ich war dabei, als diese Männer Dessie angegriffen haben. Wie geht es deiner Schwester?«

Haddy wurde ernst. »Danke, gut. Aber sie macht sich natürlich Sorgen. Ich gehe davon aus, dass er auch hier aufkreuzen wird.« Sie gestikulierte in Richtung einer Fleischaxt, die an einem Haken an der Wand hing. »Ich werde mich nicht verstecken.«

Sam wischte sich den Mund ab. »Kann ich irgendetwas tun? Es ist mir ernst. Ich bin für euch da.«

Haddy legte den Kopf schräg. »Danke! Ich wusste nicht, dass Dessie dir davon erzählt hat. Das tut sie sonst nicht.«

»Jetzt hat sie es aber getan«, sagte Sam und war ein bisschen stolz und gerührt, weil Dessie ihn eingeweiht hatte.

Haddy wandte sich an Dessie. »Er ist gar nicht so schrecklich, wie du behauptet hast.«

Sam schaute Dessie an und fühlte, wie er zu strahlen begann. »Habt ihr zwei über mich gesprochen?«, erkundigte er sich neugierig. Er konnte sie vor sich sehen, Haddy und Dessie, wie sie sich eines späten Abends über alles Mögliche austauschten, und dann kam Dessie auf das Thema Sam und wie fantastisch er war.

»Nein«, sagte Dessie schnell. Vielleicht ein bisschen zu schnell.

Sam nahm sich noch mehr von dem Essen. »Kein Problem, wenn ihr über mich gesprochen habt«, sagte er großzügig. Er *wollte*, dass Dessie über ihn sprach, dass sie sich daran erinnerte, wie sie sich geliebt hatten, dass sie an seine Hand um ihren Nacken dachte und daran, wie er sie küsste, an seinen Arm um ihre Taille, als sie zusammen schliefen.

»Das haben wir nicht«, sagte Dessie.

»Nur ganz wenig«, gestand Haddy und erntete dafür einen bösen Blick von Dessie.

Sam kratzte seinen Teller leer. »Das war mit das Beste, was ich je gegessen habe.«

»Logisch, ich bin ja auch ein Genie.«

»Das bist du.«

»Möchtest du ein wenig Blumenkohl mit Dillsoße probieren?«

»Was glaubst du?«

Beschwingt klapperte Haddy in der Küche herum und kam sogleich mit einem perfekt angerichteten Teller zurück. »Wow«, sagte Sam andächtig.

Dessie fasste sich an die Stirn.

»Er versteht mich«, sagte Haddy. »Von welchem Hotelrestaurant ist hier die Rede?«

Sam lehnte sich zurück.

»Ich bin auf der Suche nach einem Talent für ein neues und exklusives Restaurant. Hättest du Lust, die Leitung zu übernehmen?« Das Hotel hatte einen Frühstücksraum, eine Bar und ein Restaurant. Für die anderen Bereiche hatte er schon Leute, aber er brauchte noch einen Koch und kreativen Kopf für das Luxusrestaurant, den Publikumsmagneten.

»Wo?«

»In meinem neuen Hotel. Lux by Mälaren. Auf Blasieholmen. Die Eröffnung ist in zwei Wochen.«

Haddy schwieg einen Moment. »Das kenne ich. Meinst du, das soll *mein* Restaurant werden? Willst du mich auf den Arm nehmen?«, sagte sie dann.

»Nein. Dein Essen ist unglaublich gut. Du bist Dessies SO, und ich vertraue ihrem Urteil.«

»Klar«, sagte Haddy.

Dessie verschränkte die Arme und sah aus, als plante sie einen Mord. »Hallo? Ich sitze hier. Redet nicht über mich, als ob ich nicht anwesend wäre. Und Sam, lässt du das bitte bleiben?«

Haddy sah Dessie nicht einmal an, sondern hob das Kinn und warf Sam einen abschätzenden Blick zu. Sie hatte sich schnell wieder gefangen, das war ein gutes Zeichen. Eine besonnene, geniale Köchin war genau das, was er wollte. »Dann möchte ich aber zu einem richtigen Bewerbungsgespräch kommen. Nicht bloß so eine impulsive Charmeoffensive. Für so einen wild and crazy Unternehmerstil habe ich nicht viel übrig.«

»Unbedingt.« Sam hatte auch nicht viel dafür übrig. Nach seiner Erfahrung war das meist ein Zeichen für Oberflächlichkeit, Ego und mangelndes Durchhaltevermögen.

»Und in meiner Küche habe ich das Sagen«, fuhr Haddy fort. »Bei Speisekarte, Einkauf und Lieferanten.«

Hm. Das war schon schwieriger. Die Kontrolle aus der Hand zu geben, gehörte nicht zu Sams Lieblingsbeschäftigungen. »Stellst du noch weitere Bedingungen?«, fragte er.

»Ich suche mir meinen Souschef selber aus. Und kein mieses Junkfood.«

»Klingt nach angemessenen Forderungen.«

»Was machst du da eigentlich?«, sagte Dessie, die offensichtlich ins Gespräch einbezogen werden wollte. »Sam?«

Er lächelte und blinzelte den beiden Mädchen zu, die der Unterhaltung mit kugelrunden Augen folgten.

»Entschuldigt mich bitte«, sagte Haddy und verschwand in die hinteren Gefilde der Küche, wo irgendetwas brodelnd kochte.

Sam zeigte auf Dessies verletzte Augenbraue. »Wie geht es dir?« Trotz ihrer Laune machte sie einen angeschlagenen Eindruck, und er wollte sie am liebsten in den Arm nehmen, ihr über die Stirn streichen, sie küssen. Das würde sie aber kaum zu schätzen wissen, also kämpfte er den Impuls nieder.

Sie wischte seine Frage weg. »Ist es dir ernst mit Haddy?«

»Hast du das mal probiert?« Sam zeigte auf die Teller und Schüsseln, die er mehr oder weniger leer geputzt hatte. Er hatte schon in vielen guten Restaurants gegessen, er war kein Snob und mochte es nicht, wenn es zu prätentiös wurde, aber er erkannte Qualität und Originalität, wenn sie ihm begegneten. Haddy war eine Entdeckung.

»Sie ist die Beste«, pflichtete Dessie ihm bei.

»Hast du heute frei?«, fragte er und hoffte, dass es so war. Sie sollte zu Hause sein und sich ausruhen. Oder ihn sie umsorgen lassen. Er würde sie gern in kühle Laken betten, ihre Stirn kühlen, sie sanft küssen, sie in den Armen halten.

»Tom hat mich früher nach Hause geschickt«, sagte sie dumpf.

»Gut.«

»Nein. Nicht gut, Sam. Mein Chef hat mich nach Hause geschickt, weil ich mit dir geschlafen habe.« Das Letzte murmelte sie fast unhörbar. Aber er hörte es. Er hatte quasi einen sechsten Sinn entwickelt, der ganz auf ihre Worte, ihr Gesicht, ihren Duft und Geschmack eingestellt war. Als würden seine Haut und ihre Haut miteinander kommunizieren. Ein sechster Sinn, ein Dessie-Sinn.

»Ja, das hast du getan, das kannst du nicht leugnen«, sagte er und konnte nicht wirklich für den besten Sex seines Lebens um Verzeihung bitten.

»Er hat mich von dir abgezogen. Wir arbeiten nicht mehr zusammen, wir dürfen uns überhaupt nicht mehr treffen.«

»Aber wenn wir nicht zusammenarbeiten, können wir uns doch treffen«, sagte er unbekümmert und mit bestechender Logik.

Das käme ihm sehr gelegen. Dann könnte er ihr ein bisschen den Hof machen, ihr Blumen schicken und ihr Geschenke kaufen. Sie ins Restaurant ausführen. Er würde sie gern ins Lux by Mälaren mitnehmen und ihr alles zeigen. Sie mit in seine Lieblingssuite nehmen. Vielleicht könnte er sie dort verführen.

»Tante Dessie, gehen wir bald?«, fragte das eine der blonden Mädchen.

Dessie lächelte zärtlich, und in Sams Brust zog sich etwas zusammen. Einerseits stand er auf die toughe Leibwächterin, aber er konnte sich Dessie auch irgendwann einmal als Mutter vorstellen. Wo auch immer dieser völlig irrelevante Gedanke hergekommen war.

»Sicher. Bedankt euch bei Haddy, dann packen wir unsere Sachen und fahren nach Hause.«

Sam erhob sich ebenfalls, um zu gehen. Er gab Haddy seine Karte, und sie machten einen Termin aus. Als er sich umblickte, war Dessie schon verschwunden, mit Kindern und zärtlichem Lächeln und allem. Er trat auf die Straße. Der sonnenbebrillte Leibwächter kam mit ernstem Gesicht auf ihn zu.

Genau. Seine Existenz hatte er völlig verdrängt. Sam warf einen letzten Blick auf das Restaurant. Dann stierte er den Leibwächter an, der keine Miene verzog.

»Das Leben ist schon verdammt seltsam«, sagte Sam.

»Wie bitte?«

»Nichts.«

Sam setzte sich in Bewegung. Die Realität war zurückgekehrt. Wie es so ihre Art war.

~ 32 ~

»Also, Desirée, schildern Sie bitte mit eigenen Worten, warum Sie hier sind«, bat die Psychologin sie am nächsten Tag. Sie war elegant, hatte schwarze Haare und eine heisere Stimme, als ob sie Kette rauchte oder nächtelang Whisky trank. Durch ihre Brille mit dem schwarzen Gestell betrachtete sie Dessie aufmerksam. Die wünschte sich Tausende Meilen weit weg. Das hier war unerträglich. Wie sollte dieses schwarz gekleidete, sinnliche Wesen, das aussah wie aus einer Modezeitschrift entsprungen, ihr bei irgendetwas helfen? Es war die reine Zeitverschwendung.

Dessie setzte eine reservierte Miene auf, die psychische Stabilität und Kompetenz signalisierte. »Ich bin mir nicht sicher. Mein Chef meint, ich sei ein wenig neben der Spur.«

Die Psychologin hieß Leila Dibah und hatte ganz offensichtlich iranische Wurzeln. Teils natürlich wegen des persischen Namens, teils wegen ihres Aussehens. Sie hatte perfekte, kohlrabenschwarze Augenbrauen, langes, glänzendes Haar und den durchdringendsten Blick, den Dessie je gesehen hatte. Leila Dibahs Alter war schwer zu schätzen, aber vielleicht fünfundfünfzig? Allerdings mit einem Teint und einer Figur wie eine fünfzehn Jahre jüngere Frau. Dessie wäre ein kleines rundliches Muttchen lieber gewesen. Diese Frau machte ihr Angst. Sie war zu schön. Zu respekteinflößend.

Leila Dibah legte den Kopf schräg und schrieb etwas auf ihren Block. Das irritierte Dessie. Hatte sie bereits etwas gesagt, das es wert war, festgehalten zu werden? »Was schreiben Sie da?«, fragte sie.

»Nur was Sie sagen. Sind Sie das? Neben der Spur?«

»Kann schon sein. Ich schlafe schlecht und träume viel.« Erst letzte

Nacht hatte sie wieder einen furchtbaren Albtraum gehabt. Es war, als wäre ein dünner Schleier zerrissen, der über all ihren Erinnerungen gelegen hatte. Sie sah das Gesicht des Mannes, dem sie die Kehle durchgeschnitten hatte, hörte sein Todesröcheln und erwachte vom Anblick von hervorschießendem Blut. Bekam keine Luft.

»Vielleicht brauche ich ja Schlaftabletten«, sagte sie hoffnungsvoll.

Womöglich ließ sich alles damit regeln, dass Leila ihr ein Rezept ausstellte, das sie dann nie einlöste? Optimismus keimte in ihr auf. Sie würde das regeln! Hurra!

»Möglich. Aber ich bin keine Ärztin, sondern Psychologin.«

Wie sinnlos. Nicht einmal eine richtige Ärztin. Dessie wollte einfach aufstehen und gehen. Sie sah auf die Uhr. »Wie lange dauert das hier?«, fragte sie übellaunig und ohne auch nur Enthusiasmus vortäuschen zu wollen.

»Was glauben Sie, woher Ihre Träume kommen?«, fragte Leila Dibah ungerührt und überhörte Dessies Frage. Wie sie so dasaß, ähnelte sie einer persischen Exilkönigin, und sie betrachtete Dessie, als ob sie all ihre Schutzmechanismen durchschaute.

Dessie hasste das.

»Ich weiß nicht, woher die Träume kommen«, sagte sie.

Leila betrachtete sie lange. »Wollen wir noch einmal von vorn anfangen? Ohne zu lügen?«

»Ich lüge nicht.«

Leila blinzelte nicht einmal. »Woher kommen die Träume?«

»Also. Ich *glaube*, ich weiß es«, sagte Dessie. Die Erinnerungsbilder überrollten sie, und plötzlich brach ihr der kalte Schweiß aus, und am Rand ihres Gesichtsfelds begann es zu flimmern. »Es geht mir nicht gut«, flüsterte sie.

»Das sehe ich. Versuchen Sie sich zu entspannen.«

»Das ist nicht so leicht«, zischte Dessie.

»Lassen Sie die Schultern sinken«, sagte Leila ruhig. »Lassen Sie sie sinken. Gut. Genau so. Stellen Sie beide Füße auf den Boden. Sehr gut. Atmen Sie langsam. Gut so.«

Dessie lauschte der gleichmäßigen, heiseren Stimme und versuchte Leila Dibahs Anweisungen zu folgen. Nach einer Weile verschwand das Flimmern. Die Psychologin reichte ihr ein Glas Wasser.

»Wir sollten vielleicht besser Schluss machen«, sagte Dessie schwach.

»Erzählen Sie mir von Ihrer Familie«, sagte Leila Dibah nur.

Sie würde nicht aufgeben, das war offensichtlich.

Obwohl Dessie sich sträubte und eine ganze Menge verschwieg, wühlte sie das Gespräch auf und brachte Gedanken ins Rollen. Und führte zu noch mehr Angst. »Sollte es einem nicht besser gehen, wenn man bei einem Psychologen ist?«, fragte sie kritisch, nachdem sie wenig später eine zweite Panikattacke überwunden hatte. Die war zwar milder gewesen, aber trotzdem.

Leila Dibah schrieb wieder etwas auf ihren dämlichen Block. »Nicht immer. Aber da Sie an Kriege gewöhnt sind, betrachten Sie das hier als solchen.«

Okay, alles klar.

Nach fünfundsiebzig Minuten mit Leila Dibah war Dessie fix und fertig. Aber endlich war es vorbei. Sie hatte es geschafft. Die Erleichterung war überwältigend. Ha!

»Dann vereinbaren wir einen neuen Termin«, sagte die Psychologin.

Dessie starrte sie an. »Sind wir noch nicht fertig?« Sie wollte nicht noch einmal zu dieser scharfsichtigen Psychologin. Wollte nicht mehr fühlen. Es tat weh, und alles wurde nur noch schlimmer.

»Glauben Sie mir, Dessie, Sie brauchen noch einen Termin.«

»Wieso? Wissen Sie etwa schon nach einer Stunde, woran ich leide?«

Leila Dibah schnaubte. »Das wusste ich nach zwei Minuten.«

Was für eine Klugscheißerin!

»Wäre es nicht gut, wenn Sie Tom berichten könnten, dass Sie einen Folgetermin wahrnehmen?«, sagte Leila Dibah mit einem reizenden Lächeln, als schämte sie sich nicht einmal dafür, dass sie Dessie manipulierte.

Und ohne genau zu wissen, wie es dazu gekommen war, stand Dessie wenige Minuten später mit einem neuen Termin in der Hand vor Leila Dibahs Tür.

»Wie ist es gelaufen?«, fragte Tom, als Dessie nach der Mittagspause ins Büro zurückkam. Er war ihr gegenüber förmlich und kurz angebunden, und sie war schon darauf gefasst, wieder nach Hause geschickt zu werden. Er vertraute ihr nicht. Das fühlte sich schrecklich an.

»Gut«, sagte sie forsch.

»Wann sollst du wieder hin?«

»Äh, bald«, sagte sie. Sie hatte soeben beschlossen, das Elend abzusagen.

»Gut. Bleib da dran«, sagte er und sah sie unverwandt an.

»Unbedingt.«

Sie wollte sich erkundigen, wie es im Team um Sam lief, aber sie war ja von diesem Fall abgezogen oder jedenfalls von allem, was mit dem Personenschutz zusammenhing. Sie würden sich nicht mehr treffen, und das war's. Entmutigt sah sie das Material durch, das sich auf ihrem Schreibtisch angesammelt hatte. Eigentlich liebte sie ihren Job, aber im Moment fühlte sie sich nur bedrückt.

Als sie sich einen Überblick über die Projekte verschafft hatte, klappte sie ihren Laptop auf und ging ins Darknet, trotz ihrer Unlust. Die Atmosphäre dort war alles andere als Candyland-mäßig. Sie durchsuchte anonyme Konversationen nach illegalen Geschäften und blieb in einem Thread hängen, der sich als ergiebig erweisen könnte. Sie stellte die Informationen zusammen, hängte ihre Analyse, dass sich etwas zusammenbraute, dran und mailte das Ganze an Sams Team. Wenn sie die Situation richtig einschätzte, war Bewegung an der Nazifront. Sie dehnte ihre steifen Muskeln. Nur weil sie von Sams Fall abgezogen war, bedeutete das nicht, dass sie nicht Dutzende andere Sachen hätte, um die sie sich kümmern musste: Berichte lesen, Reisen planen und sich über die neueste Technik auf dem Laufenden halten. Sie schob die Gedanken an die Nazis und ihre bösen Absichten beiseite, denn auf das Team war Verlass. Stattdessen las sie sich Informationen über ein größeres Unternehmen durch, das Angst vor Industriespionage hatte und Lodestar beauftragen wollte.

Als Haddy anrief, freute sie sich über die willkommene Unterbrechung. »Joyce geht es beschissen«, sagte Haddy. »Sie glaubt, dass sie heute verfolgt worden ist. Ich weiß nicht, ob das stimmt oder nur Paranoia ist.«

»Hast du jemanden bei dir gesehen?«

»Nein.«

»Ich schaue nach der Arbeit vorbei«, versprach Dessie.

Sie starrte auf ihren Schreibtisch und schielte zu Tom hinüber, der gerade mit Bashir sprach. Sie war nervös. Obwohl sie arbeitete, fühlte es sich an, als ob sie nicht genügend schaffte. Und dann wartete auch noch haufenweise Lernstoff auf sie. In der letzten Zeit hinkte sie damit hinterher. Jetzt würde sie vielleicht die nächste Klausur vergeigen, bei Tom rausfliegen und den Rest ihres Lebens einsam verbringen. Oder so.

Wieder dachte sie an Sam. Es war richtig gewesen, ihn in die Wüste zu schicken, aber sie musste sich eingestehen, dass es hart war. Sie hatte auch früher schon Gefühle für Männer gehabt, und sie hatte jedes Mal, ohne Ausnahme, ohne zu zögern, Schluss gemacht. Was war bei Sam so anders? Warum hatte sie eine solche Sehnsucht? Wo es doch zweifelsfrei feststand, dass sie sich auf sich selbst und ihr Wohlergehen konzentrieren musste? Sie war gar nicht in der Lage, eine Beziehung zu führen. Ihre Grübeleien trieben sie noch in den Wahnsinn. Warum konnte sie nicht einfach aufhören, an ihn zu denken? Was, wenn die verdammte Therapie etwas in ihr aufgewühlt hatte, das sie nun nicht mehr unterdrücken konnte, fragte sie sich verdrossen. Dann packte sie ihre Sachen zusammen und fuhr zu Haddy und Joyce.

~ 33 ~

»Was meinst du dazu?«, fragte Sam Bashir, den dunkelhaarigen Leibwächter, der jetzt die Teamleitung übernommen hatte, nachdem Dessie ihn verlassen hatte – beziehungsweise von Tom abkommandiert worden war, wenn man es genau nahm.

Bashir sah aus wie ein computeranimierter Superheld und antwortete auf alle Fragen nur kurz angebunden, als beschränkte er sich vorzugsweise auf Ein- oder Zweisilber, um mit seinen Superkräften hauszuhalten. Außerdem beantwortete Bashir jede Frage mit einer Gegenfrage. Absolut nervtötend.

»Wozu?«, fragte Bashir kurz.

»Dazu, dass du Dessies Job übernommen hast.«

Sam vermisste Dessie in jeder Hinsicht. Ihren Humor, ihre Smartness, ihre Küsse und ihren Duft. Bashir roch nach Rasierwasser. Und Bashir rollte weder mit den Augen, noch warf er Sam böse Blicke zu.

»Warum soll ich dazu eine Meinung haben?«

»Ach, vergiss es«, sagte Sam und drückte auf die Klingel. Er schaute an der Fassade hoch.

»Beeindruckend, oder?«, sagte er. Bashir antwortete nicht, sondern sah einfach nur tough und steinern aus.

Die Tür wurde geöffnet. »Hallo, Sam!«, sagte Karl-Filip Backman.

»Hallo!«

Sie gaben sich nicht die Hand und umarmten sich auch nicht. Karl-Filip mochte keinen Körperkontakt. Er mochte auch die Farbe Weiß nicht, besonders wenn es ums Essen oder Trinken ging.

»Darf ich reinkommen?«, fragte Sam.

»Wer ist das?« Karl-Filip sah Bashir misstrauisch an.

»Das ist mein Leibwächter. Und er wartet draußen«, sagte Sam entschieden.

Bashir trat einen Schritt vor.

»Nein, du bleibst draußen, ich bin hier sicher«, sagte Sam mit Nachdruck. Er hatte nicht vor, sich von Bashir irgendetwas vorschreiben zu lassen. Das durfte nur Dessie.

Karl-Filip führte ihn in den grünen Salon, wo Kaffee, Tee, kleine Sandwiches und sieben Sorten Kekse bereitstanden. Sam ließ sich in einen Sessel aus rissigem Leder sinken, während Karl-Filip auf einem senfgelben Sofa Platz nahm. Zu seinen Füßen saßen drei kugelrunde Hunde und bettelten ihn an.

»Sie fressen zu viel«, sagte Karl-Filip, während er sie mit Sandwiches fütterte.

Karl-Filip Backman war fünfundvierzig Jahre alt, hatte vierhundertsechzig Millionen Kronen auf der Bank und besaß dieses Schloss in Stockholms City. Ein richtiges kleines Schloss mitten auf Kungsholmen. Sam hatte seinen Augen nicht getraut, als er es das erste Mal zu Gesicht bekommen hatte. Ein graues Schloss aus dem achtzehnten Jahrhundert, komplett mit Turmzimmer und ummauertem Garten und mit Marmorskulpturen und Ritterrüstungen in jedem Winkel. Und einem Kellerverlies. Wie ein Stück unberührter und unerforschter schwedischer Geschichte. Karl-Filip hatte das Schloss geerbt, als sein Vater, Karl-Filip Backman senior, verstorben war, aber er hatte keine Lust, sich weiter darum zu kümmern, wie er Sam anvertraut hatte. Das Gebäude war heruntergekommen, die Hunde hatten überall ihr Geschäft verrichtet, und der Garten wucherte allmählich zu.

»Ich weiß nicht, was ich damit anfangen soll«, hatte sich Karl-Filip beklagt.

Doch Sam hatte ein enormes Potenzial in dem Gebäude erkannt und ihm das auch gesagt. Als er in Akalla aufgewachsen war, war die Innenstadt der Ort, wo die Reichen abhingen, der solchen wie ihm in vielerlei Hinsicht verschlossen blieb. Seit mehreren Jahren träumte Sam davon, in Stockholm eine Kulturwerkstatt für Jugendliche zu schaffen, denen es an finanziellem und kulturellem Kapital mangelte. Einen Zufluchtsort, an dem sich die Kinder und Jugendlichen der Vororte und der City treffen und sich in unterschiedlichen Tätigkeiten entwickeln konnten, was ihnen gemeinsame neue Erfahrungen ermöglichte, die wiederum zu wertvollen Kontakten und Netzwerken führen würden. Darüber dachte er schon seit einer halben Ewigkeit nach. Es war sein Traumprojekt, seine Art, dem Land und der Gesellschaft, die ihm eine Ausbildung, ein Zuhause und neue Möglichkeiten geboten hatten, etwas zurückzugeben. Zuerst war ihm das vermessen erschienen, aber als er Karl-Filip kennenlernte, ergab plötzlich alles einen Sinn.

Sie waren sich vor einem Jahr bei einer Veranstaltung begegnet. Karl-Filip hatte allein herumgestanden und so ausgesehen, als ob er sich nicht wohlfühlte, und Sam, der das Gefühl, Außenseiter zu sein, nur zu gut kannte, war zu ihm gegangen, und sie hatten sich miteinander unterhalten. Dabei waren gleich mehrere von Sams Ideen auf fruchtbaren Boden gefallen. Karl-Filip besaß ein Schloss, das er verkaufen wollte. Sam träumte davon, Jugendliche unterschiedlicher Herkunft zusammenzubringen, am besten in der City, aber er hatte bisher nicht das passende Objekt dafür gefunden. Karl-Filips Schloss hatte sich als das perfekte Gebäude erwiesen, und er wollte es auch wirklich verkaufen, nur fiel es ihm extrem schwer, einen Entschluss zu fassen. Sam konnte das verstehen. Menschen waren unterschiedlich.

Er hatte sein Traumprojekt geheim gehalten. Zum einen, weil Karl-Filip kein gewöhnlicher Geschäftsmann war, sondern ein scheuer, ein wenig kauziger Mensch, der mit allen Formen von öffentlicher Aufmerksamkeit nicht gut umgehen konnte und der für seine Hunde lebte und für seine Sammlung von Memorabilien aus dem schwedischen Königshaus. Zum anderen, weil dieses Projekt weit außerhalb von Sams sonstigem Tätigkeitsfeld lag. Während der ersten Monate, in denen Karl-Filip und er sich bei Hundespaziergängen, Schachpartien und Gesprächen kennenlernten, hatte Sam seinen Plan in aller Ruhe austesten wollen, fast wie ein neues Hobby. Aber es war rasch immer wichtiger für ihn geworden, und jetzt hatte er eine Heidenangst, dass etwas nach außen dringen könnte, bevor das Geschäft unter Dach und Fach war. Noch war der Ausgang ziemlich ungewiss.

Sam glaubte an Offenheit und Transparenz, und er betrieb keine unnötige Geheimniskrämerei. Schließlich ging es hier nicht um Staatsgeheimnisse, aber die Angelegenheit betraf ihn immerhin zutiefst persönlich. Niemand, auch nicht Leo oder seine Mutter, wusste von seinen Plänen. Und definitiv niemand aus seinem Führungsteam.

Sam war darauf gefasst, sich in Geduld zu üben. Er war gezwungen, behutsam vorzugehen. Karl-Filip bekam schnell Magenbeschwerden, wenn man ihn stresste, und er war umständlich und hatte immer Angst, etwas falsch zu machen. Er war liebenswürdig, kompliziert und einzigartig. Aber jetzt hatten sie sich fast geeinigt, das spürte Sam, und er war vor Erwartung ganz kribbelig.

Bashir fuhr ihn ins Büro zurück, wo Sam sich einschloss. Er sehnte sich so sehr nach Dessie, dass es wehtat. Statt zu arbeiten, hörte er die Musik, die sie zusammen gehört hatten, und googelte Themen, über die sie gesprochen hatten. Es war einfach lächerlich, dass sie nicht einmal miteinander sprechen konnten, dachte er, während er im Internet auf Websites surfte, von denen er wusste, dass sie Dessie gefielen: persische Desserts, Unterwäsche und Modesty Blaise. Lange betrachtete er ein Bild der Serienheldin, die ganz in Schwarz gekleidet und extrem tough war. Er lächelte und dachte, dass er Dessie gern von Karl-Filip und dem Schloss erzählen würde, während er weitersurfte und ein glänzendes dunkellila Set bewunderte, das perfekt zu ihrer seidenweichen Haut und ihren wunderschönen Kurven passen würde. Er wünschte sich, dass sie von seinem innersten Sehnen wüsste. Und dass sie ihn mit diesem Blick ansähe: leicht belustigt, warm und bewundernd. Dem Dessie-Blick.

Aber sie antwortete nicht auf seine SMS. Womöglich war es kein Problem für sie, ihn einfach so abzusägen? Vielleicht hatte er sich geirrt, wenn er dachte, dass zwischen ihnen etwas im Entstehen war, etwas Neues, das sich entwickeln könnte.

Nach einem außergewöhnlich unproduktiven Vormittag spazierte Sam nachmittags zu seinem allerersten Hotel hinüber. Es lag bei Hornstull und nahm in seinem Herzen einen besonderen Platz ein. Während er mit Greta sprach, der neuen Rezeptionistin, die er noch nicht kannte, erblickte er plötzlich Douglas Ankarcrona.

Er wollte den Freund gerade begrüßen und ging auf ihn zu, als ein Gefühl oder eine Vorahnung ihn zögern ließ. Irgendetwas stimmte nicht. Was machte Douglas hier? Dies war kein Konferenzhotel, es war nicht Mittagszeit, und außerdem kam Douglas nicht aus dem Restaurant, sondern aus dem Aufzug. War er in einem der Zimmer gewesen? Gerade als Sam beschlossen hatte, zu ihm zu gehen und ihn zur Rede zu stellen, trat eine Frau zu Douglas. Sie nahmen sich bei den Händen und verschwanden, eng umschlungen.

Das hatte etwas zutiefst Beunruhigendes, fand Sam und blickte ihnen nach. Kannte er die Frau? Etwas an ihr kam ihm vage bekannt vor.

»Weißt du, wer das war, das Paar, das eben gegangen ist?«, fragte er Greta.

Sie sah auf dem Monitor nach und wirkte nervös. »Zimmer 212. Er hat online ausgecheckt. Svensson. Aber er war allein da, steht hier.«

212 war ihr luxuriösestes Doppelzimmer. Douglas war also mit einer anonymen Frau hier gewesen. Eine Prostituierte? Aber das glaubte Sam nicht. Sein Personal war ausgebildet und schlug Alarm, sobald Verdacht auf Prostitution bestand. Responsibility fuhr in dieser Frage eine Nulltoleranzstrategie, und sie hatten hart daran gearbeitet, solche widerwärtigen Geschäfte zu unterbinden. Außerdem schienen die beiden einander gut zu kennen. Also vielleicht eine Geliebte? Aber warum ausgerechnet hier, in Sams Hotel? Und dazu noch unter falschem Namen. All seine Alarmglocken schrillten.

»Wie hat er sich ausgewiesen?«

»Mit dem Personalausweis, steht hier.« Sie biss sich auf die Lippe.

»Hast du ihn eingecheckt?«

»Nein, leider. Und Minoo ist schon nach Hause gegangen. Soll ich sie anrufen?«

»Gib mir lieber den Schlüssel.« Sam nahm die Schlüsselkarte, fuhr nach oben und inspizierte das Zimmer. Es war noch unaufgeräumt, aber leer und verhältnismäßig ordentlich.

Nachdenklich fuhr er wieder in die Lobby hinunter.

»Hallo«, sagte Leos Stimme hinter ihm.

»Leo? Was machst du denn hier?«

»Ich bin zufällig vorbeigekommen.«

Sam musterte Leo lange und konnte sich keinen Reim darauf machen. War er jetzt schon völlig paranoid? Oder war etwas mit Leo? Und wenn ja, was? »Wir sehen uns im Büro«, sagte sein Assistent und verschwand eilig. Sam konnte nicht vergessen, dass er Douglas gesehen hatte, und er rief ihn an.

Douglas ging sofort ran. »Hallo, alter Junge!«

»Ich glaube, ich habe dich eben gesehen.«

»Aha? Und wo?«

»Sag du's mir.«

Douglas lachte. »Du klingst sehr geheimnisvoll. Bist du in deinem Hotel auf Söder? Ich war mit meiner neuen Freundin da.«

»Was hast du hier gemacht?«

»Sam. Ich bin ein Gentleman.« Douglas gluckste. »Aber wenn du es unbedingt wissen willst ... Ich glaube, ich habe mich verliebt. Sie wollte so gern im Hotel übernachten, und du weißt ja, dass ich deine Häuser schon immer mochte. Wo ist das Problem?«

»Kein Problem«, sagte Sam schroff. Aber nachdem sie aufgelegt hatten, starrte er noch eine ganze Weile lang einfach vor sich hin.

~ 34 ~

»Komm her, Dessie. Es geht los. Die Polizei macht jetzt die Razzia an der Adresse, zu der sie von uns den Tipp bekommen haben«, sagte Tom.

Sie spürte, wie ihr Puls sich beschleunigte. Diese Razzia war eine direkte Folge der Informationen über Nazigruppierungen, die sie im Darknet gefunden und an Bashir und sein Team weitergeleitet hatte. »Sind auch Leute von uns dabei?«

»Nein, die Polizei kümmert sich allein darum. Aber Benji ist vor Ort und wird uns auf dem Laufenden halten. Natürlich inoffiziell.«

Lodestar pflegte gute Kontakte zur Polizei, und mit Benji hatte Dessie schon mehrmals zusammengearbeitet. Ein fähiger Mann. Sie ließen sich in einer der Sitzgruppen bei Lodestar nieder. Tom und sie konnten normalerweise gut in wohltuendem Schweigen zusammensitzen. Aber nicht heute. Auch das hatte sie zerstört. Es war offensichtlich, dass Tom immer noch nicht wusste, woran er bei ihr war. Nicht, dass er ihr misstraut hätte, dann hätte sie ihren Job nicht mehr, aber sein Vertrauen hatte einen Knacks bekommen, und Dessie spürte das in jeder einzelnen Zelle. Es fühlte sich beschissen an. Toms Telefon klingelte. Er hörte zu.

»Sie sind jetzt dort«, sagte er, als er aufgelegt hatte.

Dessie hatte schon viele Einsätze mitgemacht, und es war immer dasselbe. Man wollte tausendmal lieber am Ort des Geschehens sein, als herumzusitzen und zu warten. Aber heute war sie wohl sowieso nicht in der Verfassung, dabei zu sein, fürchtete sie. Allzu viele Gedanken und Gefühle waren nach ihrer Sitzung mit Leila Dibah in ihr hochgekommen, und sie brauchte ihre ganze Konzentrationsfähigkeit, um sie zu verarbeiten.

Tom gähnte herzhaft. Sie musterte ihn. »Müde?«

Er gähnte noch einmal. »Ich hatte eine durchwachte Nacht, weil Ambra auch mal schlafen musste. Ich liebe unsere Kinder, aber ich schwöre, dass ich doppelt so schnell altere, seit ich Vater bin.«

»Ich habe schon gehört, dass das hart sein kann.«

Tom und seine Frau hatten kurz hintereinander zwei Kinder bekommen, und der ehemalige Krieger tauchte immer öfter mit Spuck- oder Breiflecken auf der Schulter bei der Arbeit auf. Einmal war er einen ganzen Tag lang in einem auf links gedrehten Hemd herumgelaufen. Niemand hatte sich getraut, ihn darauf hinzuweisen, denn Tom mochte zwar die Freundlichkeit in Person sein, aber Schlafmangel verwandelte ihn in eine Bestie, die keiner seiner Mitarbeiter zu reizen wagte. »Lieber pikse ich einen ausgewachsenen hungrigen Bären«, wie jemand es ausgedrückt hatte.

Wieder klingelte Toms Handy, und Dessie wartete nervös, bis er aufgelegt hatte. »Sie gehen jetzt rein«, sagte er angespannt.

Isak und Bashir setzten sich zu ihnen. »Geht's los?«

Tom nickte, und dann warteten sie alle vier. Toms Handy klingelte abermals, und während des folgenden Gesprächs konnte Dessie in seinem Gesicht lesen. Die Aktion war erfolgreich gewesen. Die Spannung fiel von ihr ab, noch ehe Tom aufgelegt und gesagt hatte: »Es ist gut gegangen. Sie haben alle Beteiligten mitgenommen, alle Computer, alles.«

»Haben sie auch die Richtigen erwischt?«, fragte Dessie.

»Definitiv. Und die Polizei hat sowohl russische Waffen und Granaten als auch selbst gebaute Bomben gefunden.«

»Die für Sam bestimmt waren?«, fragte Dessie und konnte ihre Stimme nur mit Mühe kontrollieren. Bomben.

»Anscheinend für das neue Hotel. Wir müssen jetzt abwarten, aber es scheint nicht ausgeschlossen, dass es damit vorbei ist.«

»Für dieses Mal«, warf Bashir ein.

»Ja. Aber es war eine richtig extreme Zelle mit allem, was dazugehört. Sie scheinen von erfolgreichen Einwanderern geradezu besessen zu sein und sich vor allem auf Sam eingeschossen zu haben. Jetzt sind sie wohl für lange Zeit aus dem Verkehr gezogen.«

Die beiden Kollegen gingen wieder, aber Dessie blieb sitzen. »Ich weiß, dass ich von dem Auftrag abgezogen bin. Danke, dass ich heute dabei sein durfte.«

Tom streckte seine Beine aus und gähnte noch einmal. »Was ist mit den Männern, die dich im Café überfallen haben? Hast du noch etwas von ihnen gehört?«

»Nein.« Und ihre Besorgnis machte sie fertig. Sollte sie Joyce noch einmal woandershin bringen?

»Ich auch nicht, obwohl ich mich erkundigt habe. Sie scheinen untergetaucht zu sein.«

»Ja«, bestätigte Dessie, dankbar, dass Tom so gut mit der Situation umging. Sie hatte das kaum verdient. »Ich mache mir Sorgen um die Frau«, fuhr sie fort. »Sie hat ein Baby und fühlt sich verfolgt. Ich weiß nicht, ob da etwas dran ist oder ob sie sich das einbildet.«

»Verstehe. Sag Bescheid, wenn Lodestar helfen kann.«

»Ich will dich und die Firma nicht noch mehr da hineinziehen, als ich es schon getan habe. Außerdem hat die Familie kein Geld.« Dessie würde gern für Joyce die Kosten übernehmen, aber das würde Haddy niemals zulassen. Freundschaft und Geld waren eine schwierige Kombination.

»Nun, vielleicht finden wir eine Lösung.« Tom sah sie unumwunden an. »Halt mich auf dem Laufenden. Wie ist es bei der Psychologin gelaufen?«

»Super.«

Mit Müh und Not schaffte Dessie es, nicht sarkastisch zu klingen. In der letzten Nacht hatte sie solche Panik gehabt, dass sie dachte, sie würde sterben. Heute war sie ruhiger. Aber es war ihr immer noch schmerzhaft bewusst, dass sie sich Tom gegenüber nicht wie eine loyale Mitarbeiterin und Kollegin verhalten hatte. Nicht einmal wie eine besonders gute Freundin. Sie hatte ihn hinters Licht geführt. Ihr einziger Trost war, dass sie Joyce geholfen hatte.

»Na dann«, sagte Tom, stand auf und ging.

~ 35 ~

Als sich die Eingangstür des fünfzehnstöckigen Gebäudes, in dem Lodestar seinen Sitz hatte, öffnete, machte Sam rasch einen Schritt nach vorn. Dessie zuckte nicht einmal zusammen und blinzelte kaum, als sie ihn sah. Natürlich war eine Frau wie sie zu tough, um sich vor einem normalsterblichen Hotelkönig zu erschrecken. Aber sie warf ihm einen wachsamen Blick zu.

»Es ist nicht so, dass ich dich stalke«, sagte Sam rasch. Er hatte bloß dreißig Minuten vor ihrem Arbeitsplatz gestanden. Vielleicht auch fünfunddreißig.

Ihr Mundwinkel zuckte, als ob sie genau wüsste, wie lange er gewartet hatte, und Sam konnte ihr leises Schmunzeln im ganzen Körper spüren.

»Bist du sicher? Dass du nur zufällig hier bist?«

»Du antwortest nicht auf meine SMS.«

»Nein, das tue ich nicht«, räumte sie ein.

Es war ein perfekter Maiabend, warm und vorsommerlich, hell und duftig. Ein romantischer Freitagabend mit unausgesprochenen Versprechen in der Luft.

Ausnahmsweise trug Dessie heute einen Rock. Zwar war er beige, und sie hatte ihre weiße Bluse in den Bund gesteckt und trug weiße Sneakers dazu, aber immerhin. Diese Beine … Sam zwang sich, sie nicht anzustarren, nicht daran zu denken, wie es sich anfühlte, wenn sie ihm ihre nackten Beine um die Taille schlang.

»Wenn du wirklich nichts mehr mit mir zu tun haben willst, dann akzeptiere ich das natürlich. Dann verschwinde ich sofort, und du siehst mich nie wieder«, sagte er.

Sie biss sich auf die Lippe.

»Aber keine Spielchen, das halte ich nicht aus. Dafür bin ich zu alt, und außerdem spüre ich, dass da etwas zwischen uns ist. Du etwa nicht?«

Sie fuhr sich mit der Hand über den Scheitel, um ihren Pferdeschwanz zurechtzurücken. »Abgesehen von schlimmen Erinnerungen?«

Im Mauern-Errichten war sie erstaunlich schnell, das musste er ihr lassen. »Siehst du das wirklich so?«, fragte er. »Dass zwischen uns nur noch Schmerz ist?«

Er befürchtete, sie würde seine Frage bejahen, und versuchte sich innerlich dagegen zu wappnen, aber Dessie beruhigte ihn eilig.

»Natürlich nicht. Aber im Moment ist bei mir so ein Chaos, dass ich nicht weiß, ob ich noch mehr aushalten kann.«

Sie sah wirklich unglücklich aus, und in ihm keimte Hoffnung auf. »Erzähl«, bat er.

»Ach, Sam, ich weiß nicht.« Sie wandte den Kopf ab.

Ständig diese Unruhe, diese Wachsamkeit. Und all diese Geheimnisse, die sie bewahrte.

»Lass uns ein Stück gehen«, sagte er.

Wieder zögerte sie kurz, kam dann aber mit, und sie verließen die von Beton geprägte Gegend, wo Lodestar saß, und spazierten in Richtung Rålambshovspark mit seinen Grünanlagen und dem glitzernden Wasser. Er hätte schrecklich gern ihre Hand genommen, Händchen gehalten mit Dessie Dickson, wie sie es gemacht hatten, als sie noch jung und verliebt waren und noch keine Dunkelheit sie trennte. Aber er traute sich nicht. Stattdessen steckte er seine Hände in die Hosentaschen.

»Hast du schon gehört, dass sie die Nazis geschnappt, haben?«, fragte sie, während sie ihre geräumige Handtasche nach ihrer Sonnenbrille durchwühlte.

»Ja, Tom hat mich angerufen.« Sam hatte auch die Berichte auf den Nachrichtensites gesehen. Eine große Sache.

»Wie ist das für dich?«, fragte sie, als sie am Norr Mälarstrand entlangspazierten. Die Restaurants und Cafés am Wasser waren gut besucht. Aus einer Bar erklang Musik, und vor ihnen auf dem Fußweg führte ein Mann einen dünnen schwarzen Dackel an der Leine.

»Es ist ein gutes Gefühl. Als Erstes habe ich meine Rund-um-die-Uhr-Bewachung gecancelt.« Es war herrlich, nicht mehr ständig Leute um sich zu haben.

»Klar.«

Sie wichen einem eng umschlungenen Liebespaar aus, das sich bei jedem Schritt küsste. Sam räusperte sich. »Erzähl mir, wie es dir geht.«

»Wo soll ich anfangen? Auf der Arbeit ist viel zu tun. Die Atmosphäre zwischen Tom und mir ist geladen. Ich mache mir Sorgen um Joyce. Such dir was aus«, sagte sie, blieb stehen und sah ihn ernst durch die dunkle Sonnenbrille hindurch an. »Und dann ... es geht mir nicht so gut. Du warst ja selbst dabei. Ich habe diese seltsamen Anfälle. Tom hat mich zu einer Psychologin geschickt, und das hat einiges in mir aufgewühlt. Ich habe im Augenblick wirklich viel um die Ohren, das ist keine Ausrede.«

»Danke, dass du mir davon erzählst«, sagte er. Er konnte es nur schwer ertragen, dass es ihr schlecht ging, und begriff, dass das für jemanden wie sie besonders schwer war. Würde sie sich ihm entziehen, wenn er ihren Arm streichelte?

Er hatte den Gedanken kaum zu Ende gedacht, als Dessie auch schon weiterging. »Ich fasse es nicht, dass ich dir von der Psychologin erzählt habe. Ich versuche, Abstand zu dir zu halten, aber ich kann es nicht. In Karlsborg war ich die Beste im Verhör, keiner konnte mich knacken. Aber bei dir – brabbele ich einfach los.« Sie zog an einer Haarsträhne, die sich gelöst hatte, und strich sie sich hinters Ohr.

Ihre Zweifel und ihr Wunsch, sich selbst zu schützen, waren herzzerreißend, und im Gegenzug wollte er ihr auch etwas anvertrauen. Darum verriet er ihr ebenfalls ein Geheimnis, um ihr zu beweisen, dass er ihr vertraute. Er erzählte ihr von seinem Traum – von dem Schloss und von seinem Projekt. »Niemand weiß etwas davon, außer dir«, endete er und hoffte, sie begriff, wie viel sie ihm bedeutete.

»Was für ein großer Vertrauensbeweis«, sagte sie langsam. »Und was für ein fantastisches Projekt.« Sie schenkte ihm den Blick, nach dem er sich so gesehnt hatte: den Dessie-Blick. Warm. Offen. Stolz. Für diesen Blick könnte er Berge versetzen. Er hatte dermaßen viele Gefühle, dass er kaum wusste, wie er sie benennen sollte. Er wollte mehr von Dessie haben, das war klar, aber auch mehr von ihnen zusammen. Er ahnte, dass auch sie sich nicht wirklich dem entziehen konnte, was zwischen ihnen knisterte, auch wenn sie, so gut sie konnte, den Rückzug antrat. Sie machten die ganze Zeit einen Schritt vor und zwei zurück. Sie wagte es nicht, ihn an sich heranzulassen. Gut, dann war das so. Solange sie ihn nicht ganz von sich stieß. Er würde versuchen, geduldig zu sein. Geduld – seine mit Abstand schlechteste Disziplin.

Als sie an einem Jungen mit Dreirad und seinem Vater vorbeikamen, legte er ihr eine Hand auf den unteren Rücken. »Die Nazis sind hinter Schloss und Riegel. Ist damit alles in Ordnung? Und Douglas steht wohl nicht mehr unter Verdacht?«, fragte er. Sie sprach gern über ihre Arbeit. Er konnte rund um die Uhr mit ihr über die Arbeit sprechen, wenn das notwendig war, um sie zu gewinnen.

»Glaube ich nicht.«

Er zog seine Hand zurück. Schließlich konnte er sie ja schlecht für immer dort liegen lassen. »Ich habe ihn kürzlich in meinem Hotel auf Södermalm gesehen«, berichtete Sam. »Er war mit einer Frau dort.«

Sie schaute ihn von der Seite an. »Findest du das seltsam?«

»Ja, aber es könnte auch ganz unschuldig sein. Ein Zufall.«

»Ja.«

Sie gingen schweigend Seite an Seite am Wasser entlang, Dessie in ihrem Rock und mit ihrer Handtasche und Sam mit all seiner Sehnsucht.

»Wohin möchtest du gehen?«, fragte er, als das Rathaus vor ihnen auftauchte. Er wollte sich noch nicht von ihr trennen.

»Ich glaube nicht, dass ich es schaffe, auch nur noch eine einzige Entscheidung zu treffen«, sagte sie leise.

»Möchtest du dich kurz hinsetzen?«

»Ich weiß nicht. Entscheide du. Ich mache alles, was du sagst.«

Sam lachte. »Du machst alles, was ich sage?«, fragte er skeptisch. Das klang so gar nicht nach Dessie.

Sie blieb stehen, streckte ihre Hand aus und streichelte sanft seine Stirn. Der Wind spielte mit den hellen, kleinen Strähnen, die sich aus ihrem Zopf gelöst hatten. Ihre Hand elektrisierte ihn. »Ja«, sagte sie, und das Wort ließ ihn aufhorchen. »Ja«, wiederholte sie und lächelte.

Sam vergaß beinahe das Atmen. Sie wirkte so brav in ihrem Outfit, dass er zunächst die Bedeutung ihrer Worte nicht erfasste. Er zögerte. »Ich verstehe nicht ...«

»Doch, das tust du. Sag, was du willst, und ich mache es.«

Er glaubte ihr nicht. »Küss mich«, sagte er.

Sie kam näher, legte ihm eine Hand in den Nacken, stellte sich auf die Zehenspitzen und küsste ihn auf den Mund. Er spürte, wie seine Bartstoppeln sie an der Oberlippe kratzten, und er küsste sie wieder, überrascht, gierig, mit Zunge und Händen und allem, was er hatte. Sie stand fast reglos da und empfing seinen Kuss, blieb aber ganz passiv, als fehlte ihr die Kraft. Oder als hätte sie vergessen, wie es ging.

»Leg die Arme um mich«, bat er, und sie gehorchte. »Näher«, sagte er, und sofort umarmte sie ihn fest und presste sich an ihn.

Sam fühlte Verzweiflung, Lust und noch etwas Drittes, das sich am besten als Kernschmelze in seinem Gehirn beschreiben ließ.

Dessies ganzer Körper presste sich an ihn, und er konnte nur noch in kurzen Wörtern denken. Mehr. Hart. Bisher hatte er sich jedes Mal ganz auf sie konzentriert, darauf, ihr das zu geben, was sie sich wünschte. Jetzt wollte er mehr, und er sehnte sich nach Bestätigung von ihr. Denn er spürte, wie sie unaufhörlich schwankte, ob sie sich den nächsten Schritt zu machen trauen oder ihn für immer aus ihrem Leben ausschließen sollte.

Sie stöhnte unter seinen Küssen. Er schob eine Hand zwischen ihre Körper, legte seine Handfläche auf ihre Brust und spürte, wie sie erschauerte. Er drückte ihre Brust, nicht fest, aber auch nicht wirklich sanft. Er war ein Tier, das nur haben, haben, haben wollte. Alles, was sie zu geben bereit war, wollte er sich nehmen.

»Sag, dass du feucht bist«, flüsterte er in ihr Ohr und biss sie ins Ohrläppchen.

»Ich bin so feucht, so heiß«, hauchte sie. Er küsste sie wieder, biss sie, diesmal in die Lippe und ziemlich fest. Sie erzitterte.

»Zu fest?«, fragte er, sofort unruhig geworden.

Sie lächelte unter seinen Lippen. »Sam, ich bin Kämpfe gewöhnt. Deine Küsse können mir keinen Schaden zufügen.«

Er hielt sie in einem eisernen Griff, schob sie rückwärts gegen eine Steinmauer, ignorierte Gassigänger, Touristen und Flaneure, küsste und biss sich an ihrem Hals, ihrem Dekolleté hinab.

Er war jetzt desperat, und Dessie schien das anzumachen, so wie sie sich wand und unter seinem Mund und seinen Händen stöhnte. Dessie, die so cool und ordentlich aussah, aber eine Frau war, die die Spannung suchte, Herausforderungen liebte und gern ihre Grenzen austestete. Er würde sie herausfordern, dachte er, während er sich in ihrem Dekolleté vergrub, sie biss und seine Spuren hinterließ. Er würde sie aus ihrer Komfortzone holen, ihr zeigen, wie stark er für sie empfand und wie sehr er sie brauchte. Er stand zwischen ihren Beinen, der Rock war ihr über die Oberschenkel hochgerutscht und entblößte viel weiche Haut und starke Muskeln. Sam spürte, wie ein verzweifeltes Begehren in ihm aufstieg. Mit der Hitze zwischen ihnen hätte man ein kleines Kraftwerk betreiben können.

»Ich will dich«, sagte er, was eine grobe Untertreibung war.

»Ich habe dein neues Hotel noch nicht gesehen«, flüsterte sie an seinem Hals und leckte seine Halsgrube.

»Dann fahren wir da jetzt hin«, sagte er mit rauer Stimme.

Noch nie hatte Sam so schnell ein Taxi bekommen. »Nach Blasieholmen«, sagte er, und dann fielen sie auf den Rücksitz. »Mach die Beine breit«, flüsterte er, als das Taxi anfuhr. Er ließ seine Hand an ihrem Bein nach oben gleiten, bis unter ihren engen Rock. Sie zog den Rock hoch und tat, um was er sie gebeten hatte, sah zu, wie seine Hand sie unter dem Stoff liebkoste, atmete schwer, als er die Innenseite ihrer Oberschenkel und ihren Slip berührte. Das Taxi hielt. Sam bezahlte, sprang heraus, reichte ihr die Hand und behielt sie in seiner, während sie ins Hotel hasteten. Obwohl es ein Freitagabend war, waren noch einige Bauarbeiter da und auch die Projektleiterin, die Sam zuwinkte.

»Wir fahren auf die Dachterrasse. Ist noch jemand oben?«

»Nein.«

»Wir möchten nicht gestört werden. Geht nach Hause«, sagte er und zog eine knallrot gewordene Dessie mit sich zum Aufzug.

»Ihr muss doch klar sein, was wir da wollen«, flüsterte Dessie.

»Ich habe keine Kondome«, fiel ihm ein.

»Ich habe nach dem letzten Mal angefangen, die Pille zu nehmen. Ich bin clean. Und du?«

»Ich auch.«

Sie betraten den Aufzug, und er drückte sie gleich gegen die Wand, küsste sie und drehte sie um, sodass sie im Spiegel sehen konnte, wie er sie unter ihrer Bluse streichelte. Sie sah ihm dabei zu, ohne zu protestieren, mit einem Lächeln auf den Lippen und glänzenden Augen.

»Wow«, sagte sie leise zu der Aussicht, die sich ihnen von der Dachterrasse bot. Vor ihnen lag Skeppsholmen, das Wasser, die Schiffe und Gamla Stan. Ihre leicht gebräunte Haut glühte in der Abendsonne, als Sam sie zu einem Tisch führte.

»Zieh dich aus«, sagte er. »Aber behalt die Schuhe an«, fügte er hinzu, denn er fand ihre weißen Schuhe unerwartet sexy. Ohne ein Wort zog sie gehorsam den Rock über ihre Hüften und die Schuhe, schlüpfte aus Bluse und Unterwäsche und legte alles ordentlich auf eine Sonnenliege. Dann stand sie nackt da. »Setz dich dahin«, sagte er mit erstickter Stimme, und sie setzte sich auf den Tisch, auf den er zeigte. Mit bedächtigen Bewegungen und rosigen Wangen positionierte sie ihren nackten Po auf dem stabilen Möbel. Sam stand einen Augenblick da und gestattete sich, sie zu bewundern, doch dann zog er rasch seine eigenen Sachen aus und legte ihr seine Handflächen auf die Schenkel. Sie schnappte nach Luft, und dann schob er ihre Beine auseinander, während er die ganze Zeit ihren Blick festhielt, und brachte sich zwischen ihren seidigen Oberschenkeln in Stellung. »Leg deine Beine um mich«, sagte er, und sobald sie sie um seinen Rücken geschlungen hatte, hob er sie hoch und führte sich in sie ein. Mit einem einzigen harten Stoß glitt er ganz in sie hinein. Ihre Haut erglühte, und ihre Lippen öffneten sich, ansonsten war sie still und gab ihm nach, als er tief in sie hineinstieß. Ihre Hände lagen auf seinen Schultern, aber sie ließ ihn das Tempo bestimmen. Er spürte, wie sie sich um ihn zusammenzog. »Du darfst noch nicht kommen«, sagte er streng.

»Ich weiß nicht, ob ich das verhindern kann«, antwortete sie. Er zog sich aus ihr zurück und legte eine grau-weiß gestreifte Decke auf das Holzdeck. »Knie dich hin«, sagte er. Sie glitt ohne ein Wort auf den Boden und sah zu ihm auf. »Nimm mich in den Mund.« Sie öffnete ihren schönen Mund und nahm ihn auf, ließ ihre Lippen an ihm auf und ab gleiten. Sam legte ihr eine Hand auf den Hinterkopf, packte ihren blonden Pferdeschwanz und gab den Rhythmus vor. Sie lächelte. Das war so heiß. Er wäre beinahe viel zu früh gekommen, aber er zog sich abermals zurück, wollte jetzt noch nicht kommen, wollte es noch hinauszögern. »Stell dich hierhin«, sagte er stattdessen und ging zu der schwarzen Eisenbrüstung, die die Dachterrasse umgab. Unterhalb des Gitters verlief eine stabile Ziegelmauer, aber darüber, ungefähr in Höhe seiner Taille, war der Ausblick frei. Und auch der Einblick, falls jemand mit einem Fernglas in diese Richtung schauen sollte. Sie zögerte.

»Dessie?« Wollte sie das Spiel abbrechen? Doch dann erhob sie sich mit einer einzigen, fließenden Bewegung von den Knien, ging an die Brüstung, blickte über die Stadt hinweg und legte beide Hände auf das Geländer, wobei sie ihm den Rücken zuwandte und auf sein nächstes Kommando wartete. Das war das Heißeste, was er je erlebt hatte. Normalerweise machte er so etwas nicht mit Frauen, er gehörte nicht zu denen, der auf Dominanz abfuhren, aber mit Dessie war es mehr wie ein Spiel. Ein verdammt heißes Spiel. Er glitt hinter sie, umfasste ihre Hüften und zog ihren Po nach hinten, während er sich vorbeugte und sie auf die Schulter küsste.

»Nimm das Haardings raus!«, befahl er, und sie tat es sofort. Dann legte sie wieder die Hände auf die Brüstung. Jetzt war Sam so erregt, dass er nicht mehr klar denken konnte. Er nahm ihre dicke Mähne und legte sie ihr über die eine Schulter, sodass er ihre Tätowierung sehen konnte. »Beug den Kopf nach vorn«, sagte er. Er wollte die verborgene Fuchsfährte sehen, als ob sie allein für ihn da wäre. Als sie sich vorgebeugt hatte, drang er sofort in sie ein, den Blick auf ihren schmalen Nacken mit dem sexy Tattoo geheftet. »Sag, dass es dir gefällt«, bat er.

»Es ist so wunderbar«, hauchte sie mit Nachdruck, und durch seine Bewegungen kamen ihre Worte stoßweise heraus.

Jetzt konnte Sam nicht mehr sprechen. Er brauchte all seine Konzentration, um nicht zu schnell zu kommen. Er beugte sich wieder über sie und ließ seine eine Hand über ihren Bauch und zwischen ihre Beine gleiten. Er streichelte, befingerte und rieb sie, während er sich in sie rein und wieder rausbewegte. Sie keuchte unter ihm, und dann gab er einfach auf und nahm sie hart, streichelte sie noch fester und hoffte, dass sie mitkam. Das tat sie, und wie ein perfektes Wunder kamen sie beide gleichzeitig, und es war alles so verflucht vollkommen.

Als sie wieder zu Atem gekommen waren, zog er sich vorsichtig aus ihr heraus. Ihre Beine zitterten so stark, dass er sie bei der Hand nahm und sie zu einer der niedrigen, breiten, an der Wand befestigten Bänke führte, die weich und dick gepolstert waren. Eng umschlungen sanken sie auf die Bank.

»War ich zu grob?«, flüsterte er, plötzlich beunruhigt. Aber sie schüttelte den Kopf.

»Hat es dir denn gefallen?«

Zur Antwort umfasste sie ihn noch fester und murmelte an seiner Halsbeuge: »Sehr.«

Sam küsste sie aufs Haar und suchte sich eine bequemere Lage auf den Polstern. Er war durch und durch befriedigt. Aber er fragte sich, ob Dessie wohl wirklich begriff, was sie beide haben konnten, wie gut sie zusammenpassten. Es war, als wären sie füreinander bestimmt. Dessie glühte noch vom Sex, glühte in der Abendsonne. Sam wusste immer noch nicht, ob sie den nächsten Schritt mit ihm wagen würde. Aber er wusste, dass er es wollte. Was auch immer der nächste Schritt sein mochte.

~ 36 ~

Am nächsten Morgen erwachte Sam zu einem Tag ohne Bedrohungen.

Erst jetzt, wo es vorbei war, merkte er, unter welchem Druck er gestanden hatte. Keine neuen Drohungen im Mailpostfach oder auf dem Handy. Es fühlte sich an wie nach einem überstandenen Krieg.

Während er die Kaffeemaschine befüllte und sich Frühstück machte, dachte er an Dessie.

Das gestern war verdammt heiß gewesen. Er hatte in seinem ganzen fünfunddreißigjährigen Leben noch nie etwas erlebt, was auch nur entfernt vergleichbar gewesen wäre. Sie waren einander gestern nahegekommen, nicht nur physisch, sondern auch gefühlsmäßig. Sie hatte es sich selbst zugestanden, ihm zu vertrauen, und sie hatte ihm das Kommando überlassen. Wenn sie sich doch nur auch erlauben könnte zu akzeptieren, dass sie zusammengehörten.

Nach ihrem Sex gestern war sie völlig fertig gewesen, und er hatte sie in ein Taxi gesetzt und sie gebeten, ihm eine Nachricht zu schicken, sobald sie zu Hause sei, sie aber im Übrigen nicht unter Druck gesetzt. Sie hatte ihm ein Küsschen und ein dankbares Lächeln geschenkt. Er würde ihre Schutzmauern auch weiterhin bearbeiten, sanft, aber hartnäckig. Behutsam, aber zielstrebig. Sie hatte sie aus Gründen errichtet, die mit ihm zusammenhingen, und auch wegen traumatischer Erlebnisse bei ihren Einsätzen. Das verstand er. Aber er war ausdauernd. Wenn sie ihn ließ, würde er sehr lieb zu ihr sein. Oder auch genau so unanständig und roh, wie sie ihn haben wollte ...

Er trank seine erste Tasse Kaffee, nahm sein Handy und schickte ihr Bilder von dem Schloss, das er kaufen wollte. Die Fotos hatte er selbst gemacht, und außer ihm hatte sie noch niemand zu Gesicht bekommen.

> *SA: Das ist mein Traum. Sobald der Kauf unter Dach und Fach ist, kann ich beginnen, ihn zu verwirklichen. Wollte es dir nur zeigen. Danke für gestern!*

Er wollte noch ein Herz hinzufügen, zögerte aber. Dann entschloss er sich zu einem Kompromiss und fügte ein Emoji mit Herzaugen an und hoffte, dass sie es nicht zu kitschig finden würde. Er fügte auch einen Link bei, denn das Schloss hatte eine Seite bei Wikipedia.

> *DD: Danke gleichfalls.*

Die kurze Antwort kam prompt. Aber dann sah er noch eine Sprechblase mit Punkten darin. Sam wartete. Und wartete. Was immer sie schrieb, es dauerte. Er konnte es beinahe vor sich sehen. Eine schlaftrunkene Dessie mit gerunzelter Stirn. Oder vielleicht war sie auch schon auf ihrer Joggingrunde. Knallrot im Gesicht und durchgeschwitzt. In eng anliegenden, hautengen Sachen, die ...

Sein Handy piepte.

> *DD: Sam, ich brauche etwas Zeit. Habe so viel, worum ich mich kümmern muss. Muss das zuerst erledigen. Hoffe, du verstehst.*

Sam las den Text und verspürte Enttäuschung. Aber er konnte sie verstehen, glaubte er. Und er würde ihr die Zeit geben, um die sie ihn bat. Aber er würde ihr auch zeigen, dass er für sie da war, dass sie ihm vertrauen konnte. Dessie glaubte, sie sei eine Insel und dass sie alles allein schaffen müsste. Aber niemand kam ganz allein zurecht. Und wenn sie ihn ließ, würde er für sie da sein. Mit Unterstützung, Nähe, Vertrauen. Und natürlich Sex. Er beschloss, sich auf das kleine Wort »zuerst« zu konzentrieren. Dessie schrieb ja, dass sie »zuerst« noch einiges erledigen müsse. Was wiederum bedeutete, dass es auch ein »danach« gab. Er konnte warten.

Ein paar Stunden später waren Sam und Leo mit Haddy Camara verabredet. Das Bewerbungsgespräch fand direkt vor Ort im neuen Hotel statt, und Sam versuchte nicht daran zu denken, dass er vor nicht einmal vierundzwanzig Stunden hemmungslosen Sex mit Dessie auf der Dachterrasse gehabt hatte.

Haddy saß ihm ruhig und gelassen gegenüber, doch Sam konnte ihre Nervosität spüren. Das war auch gut so. Es war ihm lieber, wenn die Leute sich ins Zeug legten.

»Wo siehst du dich in zwei Jahren?«, fragte er, nachdem sie die einleitenden Höflichkeitsfloskeln hinter sich gebracht hatten.

»Wie alle Köche träume ich von einem eigenen Restaurant.«

»In Schweden?« Viele Köche strebten eine internationale Karriere an, und er hätte gern jemanden, der zumindest ein paar Jahre lang bleiben wollte.

»Mir gefällt es in Schweden. Ich mag den Gedanken, das Beste aus der skandinavischen Küche mit Einflüssen aus anderen Teilen der Welt zu verbinden.«

»Was sind deine starken Seiten?«

»Ich bin eine verdammt gute Köchin. Ich arbeite gern, und ich bin unglaublich stark. Ich würde gern beweisen, wie gut ich bin. Das Essen und der Geschmack sollten immer im Mittelpunkt stehen.«

»Dein Essen gehört zu dem Besten, was ich gegessen habe.« Sam schenkte ihr ein beruhigendes Lächeln. »Was sollte ich deiner Meinung nach über dich wissen?«

»Meine Schwester und meine Familie sind das Wichtigste für mich. Abgesehen davon brenne ich für das Kochen. Und in meiner Küche toleriere ich weder Essensverschwendung noch irgendwelche Allüren.«

Sie antwortete überlegt und offenbar ehrlich auf die Fragen. Sam hatte schon viele Bewerbungsgespräche geführt, und was er hier zu hören bekam, gefiel ihm. Leo warf hin und wieder scheinbar naive Fragen ein, die spontan und ein bisschen albern wirkten, aber Sam wusste, dass Leo scharfsinnig war und sich auf diese Art einen eigenen Eindruck von Haddy verschaffte.

Sam gefiel Haddy jedenfalls. Sehr.

»Wollen wir einen Rundgang machen? Dann kannst du dir deinen Arbeitsplatz anschauen.«

Zu dritt inspizierten sie die Küche. Haddy hatte sich offensichtlich über Sams Unternehmensphilosophie schlaugemacht. So wie sie redete, fragte und nachfragte, musste sie seit ihrem letzten Zusammentreffen ununterbrochen gebüffelt haben. Sie erkundigte sich nach Zutaten, Visionen, Ökologie und Fermentation. Über diesen letzten Punkt konnte Sam praktisch nichts sagen, aber Leo schien den Durchblick zu haben.

Sam hatte dafür gesorgt, dass die Küche fertiggestellt, eingerichtet und blitzeblank gescheuert wurde. Man konnte sehen, dass Haddy sich in dieser Umgebung zu Hause fühlte. Sie begutachtete Pfannen, Schränke und Herde. Sie war selbstbewusst und wusste offensichtlich genau, was sie tat. Sam verstand, warum sie und Dessie befreundet waren. Beide umgab die gleiche Aura aus Kompetenz und Hartnäckigkeit. Er beurteilte Menschen normalerweise nicht nach dem ersten Eindruck, weil sie seiner Erfahrung nach dafür zu komplex waren. Scheinbar unsichere Menschen verfügten manchmal über einen eisernen Willen, und selbstsichere Menschen mit großer Ausstrahlung konnten sich als unerträgliche Flaschen entpuppen. Ihm war es wichtig, die Menschen in ihrem Innersten kennenzulernen. Haddy schien aber jedenfalls das zu sein, als was sie sich ausgab: ein Fels in der Brandung.

»Die ist ja krass«, flüsterte Leo, während Haddy einen der Grills ausprobierte.

»Sie hat Visionen«, sagte Sam. Ihm gefiel der Gedanke, diese Frau in seiner Hotelküche zu wissen. Laut sagte er: »Ich glaube, du wirst etwas Besonderes zu meinem Restaurant beisteuern.«

Haddy hörte auf, in der Küche herumzuklappern. »Aha? Was denn?«

Sie war sofort in die Defensive gegangen. Das machte er ihr nicht zum Vorwurf, schließlich kannte er das auch von sich selbst.

»In erster Linie dein Essen und deine Kreativität. So soll es ja auch sein. Dann ist da noch die Tatsache, dass du eine Frau bist. Und ja, dass du schwarz bist. Ich müsste heucheln, wenn ich nicht zugeben würde, dass uns das zusätzliche PR verschafft.«

Sie lehnte sich an eine Spüle. »Ist das der Plan? Neue, schwarze Kollegin?«

»Nein. Wir werden den Fokus auf deine Kochkunst, deine Kompetenzen und deine Erfahrungen legen. Aber du als Person bringst einen Mehrwert ein, das darf ruhig offen gesagt werden.«

»Wie belastend.«

»Ich weiß. Und falls sich für dich etwas nicht gut anfühlt, kommst du damit direkt zu mir. Die Pressemitteilung gebe ich dir vorab zu lesen.«

»Danke!«

»Ein Teil meines Erfolgs beruht darauf, dass ich viele Menschen aus unterschiedlichen Teilen der Welt beschäftige, du bist also nicht die Einzige. Es ist mir sehr ernst mit der Diversität. Noch Fragen?«

»Ja. Wie hoch ist mein Lohn?«

Sam schrieb eine Summe hin und zeigte sie ihr. Es war eine große Summe. Sie sah ihn an. »Damit kann ich leben.«

»Gut. Dann möchte ich dir hiermit offiziell die Stelle als Küchenchefin in meinem Edelrestaurant im Lux by Mälaren anbieten.«

»Danke! Ich werde über dein Angebot nachdenken. Jetzt habe ich nachgedacht. Ich sage Ja.«

»Herzlich willkommen!«, grinste Leo.

Sie gaben sich die Hände.

»Wir haben Zeitdruck, und du gerätst mitten hinein ins Chaos«, sagte Sam entschuldigend.

»Wie du ja selbst schon festgestellt hast, bin ich sowohl eine Frau als auch schwarz. In meinem Leben ist nichts ganz glatt über die Bühne gegangen. Ich werde mit meinem jetzigen Chef sprechen, aber das sollte kein ernsthaftes Problem sein. Ich kann nächsten Montag hier anfangen.«

Dann hätten sie noch elf Tage. Sam konnte ein besorgtes Räuspern nicht unterdrücken, doch Haddy nickte ihm aufmunternd zu.

»Ich bin stark, und ich werde hart arbeiten.«

»Das wird wohl auch nötig sein. Bevor du jetzt gehst: Wie geht es deiner Schwester?«

»Es geht ihr gut, danke.«

Als Haddy gegangen war, lehnte Sam sich erleichtert auf seinem Stuhl zurück.

»Ein Problem gelöst, nur noch neunhundertneunundneunzig übrig«, sagte Leo. Er wischte auf seinem iPad herum.

Sam betrachtete seinen jungen Assistenten. »Wie findest du mich als Arbeitgeber?«, fragte er dann.

Leo starrte ihn an. »Fragst du mich etwa nach meiner Meinung?«

»Tue ich das nicht immer?«

Leo drehte langsam den Kopf hin und her. »Nei-hein. Das tust du nicht. Meistens erteilst du mir Befehle und nörgelst rum.«

Sam versuchte, sich seine Verblüffung nicht anmerken zu lassen. »Ich frage dich jetzt. Vielleicht möchte ich die Meinung der jüngeren Generation hören. Und so schrecklich viel nörgle ich doch wohl nicht?«

»Du bist ein guter Arbeitgeber«, sagte Leo neutral. Ein Aber hing in der Luft.

»Wir müssen dieses Gespräch fortsetzen. Komm mit.« Sam stand auf und ging zur Tür.

»Wohin?«

Sam antwortete nicht.

»Das ist meganervig, weißt du«, sagte Leo und holte ihn ein, »wenn du nun schon Ehrlichkeit willst: dass du einfach losrennst und auf geheimnisvoll machst.«

»Ich bin nicht geheimnisvoll. Ich will Blumen für meine Mutter kaufen.« Azita liebte Blumen, und Sam brachte ihr immer einen Strauß mit, wenn er sie besuchte. Und eine Tafel Luxusschokolade, die sie nicht aß, sondern ihren Arbeitskollegen mitbrachte. Um dann mit ihrem fürsorglichen Sohn anzugeben.

»Bist du mit jemandem zusammen?«, fragte Sam, und Leo geriet ins Stolpern.

»Was ist los? Warum stellst du mir persönliche Fragen?«

»Willst du lieber mich fragen? Ich habe jemanden kennengelernt, den ich mag.«

Er musste es einfach laut aussprechen. Dessie hatte ihn gebeten, ihr Zeit zu geben, aber dieses »später«, das zwischen ihnen in der Luft hing, machte einen Riesenunterschied.

»Ich muss zugeben, dass ich mich gerade sehr unwohl fühle«, sagte Leo.

»Willst du nicht über Gefühle sprechen?«

»Ich gehöre zur Generation Z, den Zoomern. Ich spreche gern über Gefühle, aber nicht mit meinem Chef.«

»Ach was, betrachte mich nicht als deinen Chef, sieh mich mehr als einen Kumpel«, sagte Sam großzügig.

»Ein Kumpel, der mir mit Kündigung droht.«

»Tu ich doch nicht. Das war doch nur Spaß.« Er schämte sich. Hatte er sich wirklich so danebenbenommen?

»Ich habe ein anderes Jobangebot«, platzte Leo heraus.

»Wirklich? Warum?«

»Sag mal, Sam, magst du mich überhaupt?«

»Klar mag ich dich. Du bist der beste Assistent, den ich je hatte.«

»Aber du beklagst dich doch nur. Und wenn wir nun schon über Gefühle reden wollen: Es verletzt mich, wenn du so gemein bist.«

Shit! Sam war schockiert. Und er schämte sich furchtbar.

»Ich habe mich wegbeworben, weil ich wertgeschätzt werden will.«

Deshalb also war Leo hin und wieder auf so mysteriöse Art verschwunden, deshalb war er in dem Hotel auf Söder gewesen. Insgeheim war Sam verletzt, weil Leo ihm nicht erzählt hatte, dass er sich nach einer anderen Arbeit umschaute, aber er musste wohl ganz einfach auch dafür die Schuld bei sich suchen, befand er. »Ich schätze dich sehr«, sagte Sam aufrichtig. »Ich werde mich bessern.«

»Willst du, dass ich bleibe?«

»Ja, verzeih mir. Ich biete dir dasselbe wie die anderen und lege noch was drauf. Ohne dich komme ich nicht klar.« Es war ihm ernst. Leo war praktisch unersetzlich. »Und danke, dass du an einem Samstag arbeitest.«

»Danke gleichfalls.«

»Willst du jetzt was über meine Freundin hören?«

Leo sah gequält aus. »Auf keinen Fall.«

»Willst du nicht mal wissen, wer sie ist?«

»Sam, alle wissen, wer sie ist.«

»Es ist Dessie.«

Leo seufzte tief.

Nachdem er einen verwirrten, aber ganz offensichtlich erleichterten Leo nach Hause in Aspudden außerhalb von Stockholm gefahren und ihm die strenge Weisung erteilt hatte, Wochenende zu machen, fuhr Sam nach Sollentuna, wo seine Mutter wohnte. Er fuhr nur selten Auto, aber er hatte sich beim Car-Sharing angemeldet, und manchmal genoss er es auch, hinter dem Steuer zu sitzen. Heute war ein solcher Tag. Solange es nicht zu oft vorkam, konnte er mit seinem schlechten Gewissen leben. Es war ein ständiger Kampf, immer an die Umwelt denken zu müssen, überlegte er, schaltete die Stereoanlage ein, öffnete die Fenster und gab Gas.

Als seine Mutter die Tür öffnete, überreichte er ihr die Blumen und die Schokolade, die er gekauft hatte, und während sie die Blumen ins Wasser stellte, nippte er an dem Tee, den sie immer servierte. »Wie hübsch«, sagte sie und bedachte ihn mit einem warmen Blick. Azita hatte weit mehr persische Gegenstände in ihrer Wohnung als er. Ein goldener Samowar nahm den Ehrenplatz in ihrer Küche ein, und ihr Wohnzimmer war voller dunkler, schwerer Möbel und teurer persischer Teppiche. Es war ein modernes iranisches Zuhause. Auch sie hatte der

Vorstadt Akalla den Rücken gekehrt, war aber nicht ganz so weit weggezogen wie er, sondern nur nach Sollentuna, in eine helle Eigentumswohnung mit kleinem Garten und überwiegend weißen Nachbarn. Aber sie servierte den gleichen Tee und die gleichen Süßigkeiten wie immer, und sie richtete ihre Wohnung mit den gleichen üppigen und protzigen Details ein, die für ihn ganz einfach gleichbedeutend waren mit »zu Hause« und »Mama«. Genau wie der Duft von Safran und Gewürzen und der Hauch von Weihrauch.

»Hast du Hunger?«, fragte sie, wie immer, und ohne auf seine Antwort zu warten, richtete sie Melone, Erdbeeren und Nüsse auf einem Teller aus buntem Porzellan an. Auf dem Küchentisch sah Sam zu seiner Verwunderung einen zerlesenen Koran liegen. Azita war nicht besonders gläubig und sprach oft verärgert über die religiöse Unterdrückung im Iran. »Ich habe bloß nach einem Zitat gesucht«, erklärte sie. »Gleichberechtigung und Gerechtigkeit spielen im Koran eine zentrale Rolle«, pflegte sie in Interviews zu sagen, »außerdem Solidarität und das Eintreten für andere.« Im Übrigen legte sie den Koran nach eigenem Gutdünken aus, was ihn immer wieder rührte. An hohen Feiertagen betete sie auch schon einmal, vor allem für Sam, der selbst nie betete, wie sie wusste. Und wenn sie gerade nicht in Arbeit erstickte, beging sie solche Feste zusammen mit Freunden und Verwandten. Darin ähnelten sie sich, seine Mutter und er.

Während er ein Loch bohrte und wie versprochen ihre Lampe aufhängte, telefonierte sie mit einer Cousine. Sie klang fröhlich, was wiederum Sam glücklich machte. Zufrieden mit seiner Arbeit stieg er wieder vom Hocker herunter und räumte das Werkzeug weg.

»Komm her, Sam, und begrüß deine Cousine«, sagte sie und winkte ihm. Sam nahm ihr widerstrebend den Hörer ab und gab pflichtschuldigst einige Begrüßungsfloskeln von sich. Das tat Azita immer wieder, obwohl weder er noch seine Cousine besonders erpicht darauf waren, miteinander zu sprechen. Manche Dinge änderten sich nie. Er gab ihr den Hörer zurück, sie verabschiedete sich und legte auf. Sam zeigte an die Decke.

»Das sollte halten.«

Azita schaute zu der großen antiken Silberleuchte hoch. »Das ist wirklich hübsch geworden.«

»Ich bin froh, dass du nicht versucht hast, sie selbst aufzuhängen.«

»Ich hab's versucht«, gestand sie. »Aber sie war mir zu schwer.«

Das war so typisch für sie. Alles selbst schaffen zu wollen. Die Verwandtschaft im Iran hatte sich lange darüber aufgeregt und gemeint, sie sei zu schwedisch, zu selbstständig, aber Azita hatte sich durchgesetzt, und mittlerweile ließ man sie in Ruhe. Sam war so stolz auf sie. Seine kleine Mama. Die sich so sehr wünschte, dass er sesshaft wurde und eine Familie gründete.

»Mama, ich bin neulich einem Mädchen aus dem Gymnasium über den Weg gelaufen. Erinnerst du dich an Dessie? Desirée Dickson?« Er hörte ihren Namen wie in einer Endlosschleife in seinem Kopf und musste ihn einfach laut aussprechen.

Azita stutzte. »Ja?«

»Woran erinnerst du dich?«

»Sam, du warst schrecklich verliebt in sie. Sie hat uns oft besucht. Ich kann mich sehr gut an sie erinnern.«

»Wir waren befreundet.«

Azitas Gesicht legte sich in Sorgenfalten. »Ihr wart mehr als Freunde. Ich habe mir deswegen furchtbare Sorgen gemacht.«

»Weshalb?«, fragte er.

»Du warst doch blind vor Liebe. Ihr kamt aus verschiedenen Welten. Das hat mich sehr beunruhigt. Ihre Familie hat dich nicht gut behandelt.«

»Nein, das hat sie nicht«, stimmte er zu. Das tat ihm noch immer weh.

»Ihre Eltern haben mich angerufen, nach jenem Abend.« Sie sah ihn an, als ob die Erinnerungen auch für sie schmerzhaft wären.

Sam brauchte nicht zu fragen, welchen Abend sie meinte. »Das wusste ich nicht.«

»Ich wollte es dir nicht sagen. Du warst sowieso schon ganz am Boden zerstört. Aber sie haben mich beschimpft. Mich angeschrien, dass wir Abschaum seien.«

»Und du wolltest nicht, dass ich mit einem schwedischen Mädchen zusammen bin«, erinnerte er sich. Das hatte sie gesagt. Dass er sich vor den schwedischen Mädchen in Acht nehmen solle und dass man ihnen nicht vertrauen könne.

»Habe ich das gesagt? Vielleicht im Affekt? Ich kann mich überhaupt nicht daran erinnern. Habe ich das wirklich gesagt? Ich mag die Schweden. Ich treffe mich mit schwedischen Männern.«

Sam warf ihr einen zutiefst unangenehm berührten Blick zu. Darüber sollten sie lieber bei einer anderen Gelegenheit sprechen. Oder auch nie, dachte er. Aber ihre Worte, die sie selbst vergessen zu haben schien, hatten ihn all diese Jahre verfolgt. Er hatte es vermieden, schwedische Mädchen mit nach Hause zu bringen, hatte sich Gedanken darüber gemacht, was Azita wohl von ihnen halten würde, und war überzeugt gewesen, dass er mit einer Iranerin zusammen sein sollte. Ihre Worte hatten ihn immer begleitet, wenn auch vielleicht im Unterbewusstsein. Was für eine erstaunliche Erkenntnis!

»Du scheinst dich nicht mehr so leicht zu verlieben, stimmt's?«, fragte Azita und nahm sich eine Erdbeere.

Hm. Im Grunde wollte er auch sein eigenes Liebesleben nur ungern mit seiner Mutter erörtern. »Das ist schon lange so«, sagte er unbestimmt.

Azita nippte an ihrem Tee. »Das täte mir leid. Ich war wohl sowohl auf Dessie als auch auf ihre Familie wütend.«

Das konnte er verstehen. So hilflos, wie sie sich gefühlt haben musste.

Sie nahm sich eine Scheibe von der Melone und hielt sie zwischen ihren sorgsam manikürten Fingern. »Ich war selbst schrecklich verliebt in meiner Jugend, und das war sehr schwierig. Manchmal frage ich mich, ob ich vielleicht meine Gefühle und Erfahrungen auf dich projiziert habe. Vielleicht hätte ich mich anders verhalten sollen.«

Sam wusste nicht, was er sagen sollte. Er schielte zu ihr hinüber. Sie biss von der Melone ab und kaute nachdenklich. »Aber, Sam, wenn zwischen zwei Menschen alles stimmt, wenn man es wagt, sich seinem Partner gegenüber auch verletzlich zu zeigen, dann ist das etwas Wunderbares. Dann gibt es keine Machtkämpfe, sondern nur Zutrauen und Frieden. Das ist Liebe«, sagte sie mit einem leisen Lächeln.

»War es so mit dir und Papa?«

»Nicht wirklich. Aber das, was wir hatten, war auf andere Art schön. Und wir hatten dich. Das ist das Wichtigste von allem. Warum hast du mich eigentlich nach Dessie gefragt?«

»Nur so. Wir sind uns begegnet und haben geredet.«

»Und wie war's?«

»Gut.«

»Wie schön. Ihr wart noch so jung, und wenn dieser Abend nicht gewesen wäre, hätte vielleicht etwas Großes daraus werden können. Ihr wart ein schönes Paar. Und sie war stark, wie du. Auf andere Weise stark, aber du brauchst eine ebenbürtige Partnerin. Und Liebe.«

Sam konnte danach nicht direkt nach Hause fahren. Er machte einen langen Umweg durch die nordwestlichen Vororte, wobei er die Musik voll aufdrehte, in die Nacht hinausstarrte und nachdachte. Er hatte den Segen seiner Mutter. Nicht, dass er ihn gebraucht hätte, aber es fühlte sich dennoch gut an, darüber gesprochen und alles geklärt zu haben. Aber wie sollte er es anstellen, Dessie zu bekommen? Wann würde sie einsehen, dass sie füreinander bestimmt waren?

~ 37 ~

»Hallo, Mama«, sagte Dessie und hängte ihre Jacke in dem ordentlichen Flur auf.

Es roch nach zu Hause, nach den Duftkerzen auf dem Tisch im Flur und den Kugeln aus Zedernholz im Schrank. Das Essen, das schon im Ofen war, und dieser besondere Geruch ihrer Kindheit. Die Wände, die zwar erst vor Kurzem frisch gestrichen worden waren, aber dennoch Spuren ihrer Jugend trugen. Dieselben Gemälde, derselbe Garderobenspiegel. Sie zog sich gerade rote Hausschuhe an, als ihre Mutter in den Flur trat.

»Patricia und die Mädchen sind schon da«, sagte sie und umarmte Dessie kurz. »Papa liest die Zeitung.«

»Geht es ihm gut?«

Ihre Mutter streckte die Hand aus und strich Dessies Haare zurück. »Wie immer. Du siehst so hübsch aus mit den Haaren hinter den Ohren.«

»Hallo, Papa«, sagte Dessie, als sie das Wohnzimmer betrat.

Dort standen Fotos von ihr aus der Schulzeit und vom Abitur, aber weniger aus der Zeit danach. Kein einziges Bild von ihr in Uniform, aber mehrere großformatige Fotos von Patricia und den Mädchen – den geliebten Enkelinnen. Allerdings existierte kein einziges Bild mehr von Patricias Ex-Mann Dan. Gunvor und Lars, Dessies Eltern, hatten ihn sehr gemocht und fanden, dass er ja trotz allem noch Leonores und Amelies Vater sei. Sie hatten ein einziges kleines, gerahmtes Familienfoto von einem glücklichen Tag im Vergnügungspark Gröna Lund behalten wollen, aber da hatte Patrizia ihnen eine tränenreiche Szene gemacht. Sie hatte geschrien, Dan hätte ihr Leben zerstört und dass ihre

Eltern sich zwischen ihm und ihr entscheiden sollten. Da war das Foto im Handumdrehen verschwunden.

Dessie machte sich Gedanken über Dan. Manchmal sagte Patricia, Dan habe sie geschlagen, dann wieder, dass sie ihn sattgehabt habe. Dessie hatte sich bemüht, mehr darüber herauszufinden, aber Patricia gehörte nicht zu den Menschen, die anderen ihr Herz ausschütteten. Dessies diskrete Nachforschungen hatten nicht viel Neues erbracht. Dan lebte jetzt allein in einer kleinen Wohnung in einer Nebenstraße im Stadtteil Gärdet. Das war im Prinzip auch schon alles, was Dessie wusste. Als sie zu Patrizia gesagt hatte, sie solle Dan anzeigen, wenn er sie misshandelt habe, hatte ihre Schwester das einfach vom Tisch gewischt. Dessie wusste nicht mehr, was sie glauben sollte.

Lars legte die Zeitung in den Schoß. »Wie läuft's bei der Arbeit?«, fragte er, wie er es immer tat. Mit ihrem Vater sprach Dessie ausschließlich über Leistungen und Resultate. In oberflächlicher Manier und nicht über Tiefergehendes, wie darüber, wie es ihr ging oder was sie fühlte. Ihr Vater wollte wissen, wie viel sie verdiente, was sie erreicht hatte und ob ihre Vorgesetzten mit ihr zufrieden waren. Es hatte viele Jahre gedauert, bis sie sich davon freigemacht hatte, bis sie nicht mehr das Mädchen war, das keine Fehler zu machen wagte und ständig nach Bestätigung trachtete. Mittlerweile brauchte sie das kaum noch.

»Gut«, antwortete sie.

»Ausgezeichnet, ich habe das zivile Leben schon immer vorgezogen«, sagte er, wie er es immer tat, da er ihre Karriere beim Militär nie gutgeheißen hatte. Dann wandte er sich wieder seiner Zeitung zu. Dessie wusste, dass er niemals verstehen würde, warum sie das damals gemacht und was sie gebraucht hatte.

»Wie geht es deinem Herzen?«

»Mama übertreibt«, war alles, was er dazu sagte.

»Tante Dessie!« Ihre Nichten kamen hereingestürmt und umarmten sie. Wenn Kinder dabei waren, wurde alles so viel lockerer, sie brachten Leben ins Haus und knüpften Beziehungen, in denen es um anderes ging als nur um Leistung. Patricia erschien hinter ihnen, ein Glas Wein in der Hand und mit vom Alkohol glasigen Blick. »In der Küche stehen Getränke, falls du etwas brauchst, um das hier durchzustehen«, sagte sie und setzte sich in einen Sessel, während Dessie alles über eine neue Sorte Spielperlen mit Magneten zu hören bekam, mit denen man sowohl Schmuck basteln als auch Bilder machen konnte. Sie lauschte den Mädchen mit großer Anteilnahme. Sie liebte sie so sehr.

»Und wie läuft's bei dir?«, fragte sie Patricia, als die Mädchen verschwunden waren, um nach der Katze zu suchen. »In der Firma?« Sie senkte die Stimme: »Und mit den Männern?«

Patricia wollte gerade antworten, als ihr Smartphone piepte, worauf sie sich ins Display vertiefte. »Entschuldige, aber das ist er.«

Dessie wartete. Patricia kicherte, schrieb rasch etwas und blickte dann wieder auf.

»Entschuldige«, sagte sie noch einmal. »Es läuft gut. Die Leute sind ganz wild darauf, Tiere zu erschießen. Und ich bin total verschossen in meinen Texas.« Sie verstummte, trank von ihrem Wein und lächelte verklärt, bevor sie fortfuhr: »Und was ist mit dir? Was Neues an der Männerfront?« Sie sah Dessie neugierig und aufmerksam an, als ob es sie wirklich interessierte, und Dessie war ganz kurz davor, ihr von Sam zu erzählen. Aber dann piepte das Handy abermals, und die Gelegenheit war vorüber, weil Patricia sich auf eine neue Nachricht konzentrierte.

Dessie freute sich für ihre kleine Schwester, auch wenn sie anstrengend war. Aber Patricia wirkte so glücklich wie schon lange nicht mehr, sie strahlte geradezu. Ab und an kicherte sie mit geröteten Wangen über etwas auf ihrem Smartphone.

Ergeben lehnte sich Dessie im Sofa zurück und beobachtete die Mädchen, die mit der Katze spielten, die sich die Aufmerksamkeit und die Streicheleinheiten gnädig gefallen ließ.

Gunvor kam mit einem Tablett mit Aperitifs, denselben wie immer – Prosecco mit Fliederbeersaft und Mineralwasser – auf dem üblichen Silbertablett mit Griffen. Für die Mädchen brachte sie zwei Gläser mit Fanta.

Sie stießen an und unterhielten sich über Patricias Reiseunternehmen, über die Schule der Mädchen, über die Nachbarn und das Wetter. Keine tiefschürfenden Gespräche und absolut keine Gefühle. Es war altvertraut und zugleich erdrückend. Ihre Mutter verschwand in der Küche. Ihr Vater wandte sich dem nächsten Teil seiner Zeitung zu.

Es gab Dessie einen Stich. Sie war es gewöhnt, ihre Gefühle für sich zu behalten und gewisse Dinge und Erlebnisse zu verschweigen oder auch rundheraus zu lügen, wenn es nötig war. Das brachte ihre Arbeit so mit sich. Familie und Freunde sollten und durften nicht alles wissen, aber sie konnte nicht umhin, darüber nachzudenken, dass ihr das dadurch sehr leicht gemacht wurde, weil sie zu Hause niemals wirklich miteinander sprachen. War man traurig, riss man sich zusammen, war man wütend, behielt man das für sich. Über Gefühle zu sprechen, galt als überflüssig, lieber wechselte man das Thema und ignorierte alles Belastende.

»Wie geht es dir so?«, fragte Gunvor, als sie wieder zu ihnen stieß. Sie trocknete sich die Hände an der Schürze ab.

»Setz dich ein bisschen zu uns, Mama. Ich helfe dir gern in der Küche.«

Anders als ihr Vater wollte ihre Mutter vor allem wissen, ob Dessie einen Freund hatte.

»Nein, Mama, ich habe niemanden kennengelernt«, sagte Dessie jetzt. Eine Lüge. Oder die Wahrheit, je nachdem, wie man es betrachtete. Ihre Mutter ging wieder in die Küche, Patricia war von ihrem Display absorbiert, und die Mädchen spielten mit der Katze. Dessie nahm ihr eigenes Smartphone zur Hand. Nur ganz kurz, redete sie sich ein, als sie ihre PIN eingab und nur superkurz nachschaute, ob Sam sich gemeldet hatte. Er hatte. Ein Herz. Weiter nichts. Sie ertappte sich dabei, dass sie lächelte. Aus der Küche ertönte ein lautes Scheppern.

»Kann mir mal jemand helfen?«, rief Gunvor mit Panik in der Stimme.

Dessie steckte das Handy in die Tasche und rannte los, um nachzusehen, was übergekocht war oder gerade anbrannte. Als die Krise abgewendet war und sie wieder zurück ins Wohnzimmer kam, lag ihr

Handy auf dem Sofa. Dieser dämliche Hosenanzug. Sie hatte heute einen eleganten roten Hosenanzug angezogen, und das Handy musste ihr aus der kleinen Tasche gerutscht sein. Das war das ewige Dilemma des weiblichen Militärs. Damenhafte Kleidung war für ein Leben als Bodyguard oder Militär nicht vorgesehen. Patricia schaute nicht einmal von ihrem Display auf, als sie fragte: »Alles in Ordnung?«

»Ja, ja.«

Sie aßen zu Abend, dasselbe Menü wie immer, Rinderbraten, Hasselback-Kartoffeln und Sahnesoße als Hauptgericht und Vanilleparfait mit Beeren zum Nachtisch.

Patricia schenkte Wein nach. Ihre Augen glänzten immer mehr.

»Trink auch ein bisschen Wasser«, schlug ihre Mutter zaghaft vor.

Patricia nahm demonstrativ einen großen Schluck.

»Ich hoffe, dass du dich vor deinen Kunden nicht so gehen lässt«, sagte ihr Vater.

»Meine Kunden lieben mich«, sagte Patricia leichthin, aber Dessie sah, dass ihre Schwester eingeschnappt war. Sie lächelte ihr zu, um ihr zu zeigen, dass sie auf ihrer Seite war, aber Patricia wandte den Blick ab und trank noch mehr Wein.

»Halt dich ein wenig zurück«, sagte Dessie.

»Ja, du hast jetzt genug Wein gehabt«, sagte ihr Vater.

Patricias Miene verhärtete sich. Die Mädchen sahen ängstlich aus, als ob sie spürten, dass sich ein Streit zusammenbraute.

»Dessie und ich haben neulich über unsere Schulzeit gesprochen«, sagte Patricia langsam mit einem boshaften Glitzern in den Augen. »Sie hat mich nach einer Party gefragt, die sie veranstaltet hatte. Erinnert ihr euch daran?«

Gunvor erschauderte. »Oh Gott, sprich bitte nicht davon.«

Wenn Patricia in dieser Stimmung war, war es meist das Beste, Desinteresse zu heucheln, um nicht noch Öl ins Feuer zu gießen, also hielt Dessie wohlweislich den Mund.

»Dieser muslimische Junge hat alles kaputtgemacht«, sagte Gunvor mit zusammengekniffenen Lippen.

Dieses Gespräch war wie eine unaufhaltsame Katastrophe und hatte genug Sprengstoff für eine gewaltige Explosion. Dessie bewegte sich vorsichtig, nahm einen Löffel Nachtisch und versuchte ihn hinunterzuschlucken.

»Was für ein leckeres Parfait, Mama«, sagte sie, obwohl es in ihrem Mund aufzuquellen schien.

»Ja, genau. Sam. Der Moslem«, sagte Patricia langsam. »Kannst du dich an den erinnern, Papa?« Sie trank wieder von dem Wein.

Halt's Maul!, hätte Dessie sie am liebsten angebrüllt. Typisch, dass Patricia sich ausgerechnet jetzt erinnerte. Sie rührte mit dem Löffel auf ihrem Teller herum und warf Patricia einen drohenden Blick zu. Könnte sie irgendwie das Gesprächsthema wechseln?

»Schmeckt's euch?«, fragte sie die Mädchen und hörte selbst, wie unnatürlich sie klang.

»Er war ein Vergewaltiger. Warum erwähnst du ihn?«, fragte Lars.

»Er hat niemanden vergewaltigt«, sagte Dessie, die sich nicht länger zurückhalten konnte. Sie versuchte zwar, ruhig zu klingen, aber ihre Stimme zitterte. Am liebsten wäre sie aufgestanden und hätte Patricia angebrüllt, aber das hätte nichts genützt.

»Jedenfalls haben das alle behauptet«, sagte Patricia.

»Aber es war gelogen«, sagte Dessie scharf.

»Streitet euch nicht. Wir haben es doch gerade so schön. Wir sollten besser nicht mehr darüber sprechen«, sagte Gunvor. »Mehr vom leckeren Dessert?«

»Das meine ich auch. Das Vergangene ist vergangen. Jemand wie er hat keine Aufmerksamkeit verdient, und man muss auch nicht über alles sprechen.« Lars' Stimme war spröde. »Diese ganze Gefühlsduselei in eurer Generation. Am besten, man schließt sie weg.«

Dessie ballte die Faust. »Doch wohl nicht die Unschuldigen, oder? Und wen meinst du eigentlich mit ›sie‹, Papa?«

Lars legte seine Serviette hin und bedachte sie mit einem kühlen Blick. »Das ist genau euer Problem. Man muss für alles Verständnis haben und folgt lieber seinen Emotionen anstatt der Logik. Immer muss alles ausdiskutiert werden, als ob das gegen Verbrechen helfen würde. Dummes Zeug.«

Nein. Niemand konnte ihrem Vater vorwerfen, er sei emotional oder zu diplomatisch. In dieser Familie gab es keinen Spielraum für Irrtümer. Alles musste perfekt sein, und wenn man einen Fehler machte, suchte man die Schuld bei sich selbst. Lars Dickson war eine geachtete und in der Anwaltsvereinigung hoch angesehene Person, aber er duldete kein Versagen, und für Schwäche hatte er lediglich Verachtung übrig, niemals Verständnis oder Empathie. Wie oft war sie schon mit einem Test nach Hause gekommen, in dem sie fast alle Fragen richtig beantwortet hatte, und er hatte nur gefragt, wer in ihrer Klasse die volle Punktzahl erreicht hatte.

Dessie dachte an ihre Begegnung mit Leila Dibah, der respekteinflößenden Psychologin, die im Gegensatz zu Lars durchaus davon überzeugt war, dass Gespräche einen Ausweg weisen konnten. Sie blickte sich am Tisch um.

Ihre Mutter richtete sich nervös die Frisur und verschob die Schüssel mit den Beeren, sodass alle sie leichter erreichen konnten, während ihr Vater mit verkniffenem Mund auf seinen Teller starrte. Patricia schrieb unter dem Tisch heimlich Nachrichten. Und die Mädchen saßen mit aufgerissenen Augen da und ahnten all das, was nicht laut ausgesprochen wurde. In einem Punkt hatte die Psychologin jedenfalls recht: Dessie schleppte so einiges an Gepäck mit sich herum. Sie hatte ziemlich viel über ihr Gespräch mit Leila Dibah nachgedacht. Obwohl es für sie quälend gewesen war und sie sich weit fortgewünscht hatte, hatte es doch etwas in ihr in Gang gesetzt. Auf einmal sehnte sie sich fast schon nach der nächsten Therapiestunde. Aber nur fast.

Nach Kaffee und Likör stieg die Stimmung wieder ein wenig. Patricia kippte den Alkohol hinunter, sagte rasch Tschüss und war auch schon verschwunden. Die Mädchen blieben bei den Großeltern.

»Sie hat es aber eilig«, stellte Dessie perplex fest. Sie und Patricia hatten kaum miteinander gesprochen.

»Das ist jetzt schon das dritte Wochenende hintereinander, dass die Mädchen bei uns sind«, flüsterte ihre Mutter Dessie zu. »Ich hoffe, dieser Mann ist es wert.«

Dessie erinnerte sich an das wenige, was Patricia ihr über Texas erzählt hatte, an die teuren Geschenke und Patricias Besessenheit. »Das ist er bestimmt«, sagte sie, aber in Wahrheit war sie sich da nicht ganz so sicher. Es ging alles viel zu schnell. Wenn es zu schnell geht und zu schön ist, dann stimmt etwas nicht, das hatte Haddy gesagt, als Joyce den türkischen Mann kennengelernt und ihn nach einer intensiven und leidenschaftlichen Liebesgeschichte geheiratet hatte. Hoffentlich war ihre stürmische kleine Schwester nicht auf einen Psychopathen hereingefallen, dachte Dessie. Sie lächelte ihre Mutter beruhigend an und verdrängte ihre Besorgnis.

Sie aßen Süßigkeiten, unterhielten sich und spielten Gesellschaftsspiele. Es war gemütlich. In vielerlei Hinsicht waren Gunvor und Lars bessere Großeltern, als sie Eltern gewesen waren, überlegte Dessie. Ihre Mutter war gelassener, und manchmal lächelte ihr Vater sogar und hörte zu.

Dessie versuchte, sich zu entspannen und ganz im Hier und Jetzt zu sein. Es gab viele Gründe, sich nicht bei Sam zu melden, dachte sie und bemühte sich, vernünftig zu sein. Sie spielten Monopoly, und sie ließ ihre aufgekratzten Nichten haushoch gewinnen, während ihre Gedanken sich im Kreis drehten. Jede Menge Gründe, unendlich viele. Langsam, aber effektiv hatte sie Mauern um sich herum errichtet. Sie hatte furchtbare Angst gehabt, verletzt zu werden. Mittlerweile fühlte sie sich stärker, aber trotzdem war sie sich nicht sicher, ob sie ohne ihre Mauern auskommen konnte. Sie hatte Angst, jemanden an sich heranzulassen, und befürchtete, dass sie immer noch ein Wrack war – nach der Türkei und dem ganzen anderen Elend, das sie erlebt hatte. Und sie hatte eine Heidenangst vor ihrer Angst.

Der Sex auf der Dachterrasse war ... Sie wusste nicht, wie sie dieses Erlebnis beschreiben sollte. Schwindelerregend? Überwältigend? Einen Augenblick lang war ihr alles möglich erschienen. Aber dann hatten wieder Zweifel an ihr genagt, und als Sam sie widerspruchslos hatte nach Hause fahren lassen, hatte sie eine Erleichterung verspürt, die sich mit einem Gefühl der Hoffnungslosigkeit mischte. Sie hatte zu viel Angst, war zu kaputt. Warum versagte sie ständig? Warum scheiterte sie immer und immer wieder? Wer war sie noch, wenn sie nicht das Richtige tat? Wenn sie in der Türkei Menschen tötete, wenn sie Panikattacken hatte, Joyce und Tom im Stich ließ – wer zum Teufel war sie denn dann noch? Sie hatte kein Recht, sich nach Sam zu sehnen. Sie musste ihr Problem angehen, und zwar allein. Sich nicht einbilden, Sex wäre die Erlösung. Sie sollte nicht an Sam denken. Und trotzdem tat sie es. Dachte. Fühlte. Und ihre Gefühle waren wie eine heranrauschende Gezeitenwelle.

Auf einmal konnte sie sich ihrer wilden Sehnsucht, dem primitiven körperlichen Begehren nicht mehr entgegenstemmen. Ihr fehlten einfach die Ressourcen, mit dem, was in ihr hochkam, umzugehen. Keiner der Bewältigungsmechanismen, die sie beim Militär gelernt hatte, funktionierte hier. Noch ein Mal würde sie es sich gestatten, unvernünftig zu sein, rechtfertigte sie sich vor sich selbst. Ein einziges Mal noch durfte sie schwach sein.

Sie stand auf. »Ich muss jetzt leider gehen.«

»Du auch? Warum denn?«, fragte ihre Mutter erstaunt.

»Die Arbeit«, log sie. »Die Arbeit.«

~ 38 ~

Sam war zu Hause, als er Dessies SMS erhielt. Er hatte Musik gehört, war die Gästeliste für die Hoteleröffnung durchgegangen, hatte noch ein paar Namen hinzugefügt und sich die Fragen durchgelesen, die er für ein Interview beantworten sollte. Er wusste, dass er als Partylöwe galt, aber die Tage waren seit Langem vorbei. Tatsache war, dass er seine Samstagabende ebenso gern zu Hause verbrachte. In den letzten Wochen hatte er überhaupt keine Lust verspürt auszugehen, und er wusste auch, an wem das lag: Dessie. Und auch das Gespräch mit seiner Mutter hatte seine Spuren hinterlassen. Hatte sie recht? War Dessie die Frau, nach der er sein ganzes Erwachsenenleben hindurch gesucht hatte?

Seine Festnahme und die Vergewaltigungsvorwürfe an jenem Abend vor so vielen Jahren hatten ihn hart getroffen und selbstverständlich auch seine Mutter, aber auch die Enttäuschung durch die Liebe seines Lebens. Seitdem hatte er sich nur noch mit »ungefährlichen« Mädchen verabredet. Das galt auch für seine kurzzeitige Verlobung, wie ihm jetzt klar wurde. Mit seiner Verlobten war er nicht er selbst gewesen. Er hatte sie nicht an sich herangelassen.

Er las die SMS noch einmal.

DD: Können wir telefonieren?

»Ist was passiert?«, fragte er, als sie sich meldete.

»Ich bin total durch den Wind. Ich habe das Gefühl, dass ich durchdrehe.«

»Ich bin zu Hause. Möchtest du herkommen? Oder sollen wir uns bei dir treffen?« Er hielt den Atem an.

»Ich komme zu dir«, sagte sie.

Sam schaffte es gerade noch, ein bisschen aufzuräumen, das Bett neu zu beziehen und sich die Zähne zu putzen, bevor sie an der Tür klingelte.

»Hallo«, sagte sie, als er öffnete.

»Hallo«, sagte er und ließ sie herein. Sie war heute ganz in Rot. Sittsam, aber auch mit tieferem Ausschnitt, als er es bisher an ihr gesehen hatte.

»Ich war bei meiner Familie zum Essen«, sagte sie, als ob das erklären würde, warum sie an diesem späten Samstagabend hier war und zugleich müde und aufgekratzt wirkte. Vielleicht erklärte es das ja tatsächlich. Sie hängte ihre Handtasche auf und folgte ihm in die Küche.

»Möchtest du Wein? Bier?«, fragte er.

»Wasser bitte.«

Er füllte ein Glas mit Wasser. Sie trank und sah ihn dabei über den Rand des Glases hinweg an. »Ich habe befürchtet, dass ich dich vielleicht mitten in einem Date störe«, sagte sie.

Er warf ihr einen belustigten Blick zu. »Hast du nicht.«

»Ja, wahrscheinlich eher nicht. Nicht nach dem, was gestern passiert ist.«

»Du hast geglaubt, ich muss mich nach dem, was wir gestern gemacht haben, erholen?«

»Das will ich nicht hoffen«, sagte sie.

Er nahm ihr das Glas ab, legte ihr einen Arm um die Taille und zog sie an sich. Sie lächelte, und sie küssten sich sanft. »Musst du heute noch dringend irgendwohin?«, fragte er, denn bei dieser Frau konnte man nie wissen. Das war erregend.

»Nicht, dass ich wüsste.«

Kleidungsstücke glitten zu Boden, während sie sich küssten und sich dabei langsam in Richtung Schlafzimmer bewegten. Ein Teil nach dem anderen wurde ausgezogen, bis sie schließlich nackt waren, und das vielleicht nicht nur körperlich. Niemals vorher waren sie einander so nahegekommen, dachte Sam beinahe ehrfürchtig. Es war, als würden ihre Körper miteinander kommunizieren, wo ihre Worte nicht ausreichten. Das mochte zwar ein Klischee sein, aber in ihrer eigenen stummen Sprache verhießen ihre Küsse und Zärtlichkeiten all das, was sie beide nicht laut zu sagen wagten oder wollten.

Dessie sprach überhaupt nicht so viel. Aber sie gab desto mehr. Zärtlichkeit und Wärme. Das war körperlich, aber auch sehr emotional. Sie gaben und nahmen, erwachsene Liebende, deren Körper wussten, was sie taten und was sie wollten.

Sie liebten sich in der Missionarsstellung. Sahen einander in die Augen, bewegten sich in einem ruhigen Rhythmus und atmeten im Gleichklang. Hinterher legte sie die Wange auf seine Brust. Seine Finger glitten behutsam über ihren Rücken, und das Gespräch floss leicht und unbeschwert dahin.

Sie strich mit ihren Fingerspitzen zwischen seinen Brustwarzen entlang und küsste seine Haut. »Erzähl mir mehr von deinem Schloss. Das ist wirklich total schön. Wann kaufst du es? Wie weit bist du damit gekommen?«

»Der Verkäufer ist ein bisschen eigen, aber bald.«

Er konnte spüren, wie sie an seiner Brust lächelte. »Wie hast du ihn kennengelernt? Wie heißt er?«

»Er heißt Karl-Filip Backman. Wir sind uns auf einer Wohltätigkeitsveranstaltung begegnet.« Sam streichelte Dessies Haar, während sie weiter nach dem Schloss und nach seinen Plänen fragte. Ihr Haar war weich wie Seide, und er breitete es wie eine goldene Decke über sich aus.

Sie legte ihren Kopf auf die Hände und sah ihn an. »Ich habe Hunger.«

»Ich war heute bei meiner Mutter. Sie hat mir Obst, Nüsse und Kuchen mitgegeben. Möchtest du?«

»Gern. Und noch mehr Wasser. Darf ich deine Dusche benutzen?«

»Selbstverständlich.«

Sie küsste langsam und zärtlich seine Brust und bewegte sich dann abwärts über seinen Bauch. Atmete gegen seine Haut, strich mit der

Hand über seinen Oberschenkel – und nahm sie, kurz bevor sie einen immer lebendiger werdenden Teil von ihm erreichte, aufreizend weg. »Kommst du mit?«, fragte sie.

Dessie blickte sich verwundert in dem riesengroßen Badezimmer um. Es war zweifellos das luxuriöseste und maskulinste Bad, das sie je gesehen hatte. Dunkelbraune, golden schimmernde Mosaike, Details aus Bronze sowie Spotlights, die man dimmen konnte, bis es ganz schummerig war. Sie stieg in die gigantische Duschkabine. Also ... Die Wasserstrahlen kamen aus ... sie zählte ... acht verschiedenen Richtungen. Sie ließ das Wasser über ihren Körper strömen, als die Tür aufging und Sam hereinkam.

»Ganz schön dunkel hier«, sagte er.

»Nutz deinen Tastsinn«, sagte sie, nahm seine Hand und zog ihn in die Dusche. Sie seiften sich gegenseitig ein. Obwohl das nicht wirklich sexuell war, erregte es Dessie, und sie schien ihn definitiv ebenfalls anzumachen. Dann führte das eine zum anderen, und kurz darauf stand sie gegen die Wand gestützt da, während das Wasser über ihre Körper strömte.

Hinterher reichte er ihr ein gestreiftes Handtuch, in dem sie beinahe versank. Sie rubbelte sich trocken und bemühte sich, ihre Haare zu entwirren. »Lass mich das machen«, flüsterte er an ihrem Hals. Sie setzte sich aufs Sofa, und er holte ein Schälchen mit Eis. »Mir ist eingefallen, dass ich welches im Haus habe. Das mochtest du doch so gern?«

Dessie kamen beinahe die Tränen. Iranisches Eis, mit Safran, Pistazien und Rosenwasser. »Das ist mein Lieblingseis«, sagte sie glücklich und nahm ihm das Schälchen aus der Hand.

Sam setzte sich mit einer Bürste in der Hand hinter sie und begann ihr Haar gründlich zu bürsten. Sie schloss die Augen und gab sich dem Genuss hin. »Daran könnte ich mich gewöhnen«, sagte sie und wusste nicht, ob sie damit den Sex, das Eis, das Haarebürsten oder die Intimität meinte. Vermutlich alles zusammen. Sie stellte das leere Schälchen auf den Tisch, und er legte die Bürste hin.

»Ich habe deine Haare schon immer geliebt«, sagte er leise.

Sie lächelte, als sie sich daran erinnerte.

»Ich bin so froh, dass du hier bist, *Azizam*«, sagte er und küsste sie auf die Schulter. *Azizam*. Mein Liebling. Sie beugte ihren Kopf zurück und ließ ihn kleine Küsse überallhin regnen. Er richtete sich hinter ihr auf, umfasste sanft ihr Kinn und küsste sie auf den Mund.

Sie unterbrach sich mit einem gewaltigen Gähnen. »Entschuldigung«, sagte sie.

Er lachte nur.

Schließlich landeten sie wieder in Sams weichem Bett.

»Ich liebe dieses Bett«, sagte sie, als sie hineinkletterte. Es war hoch und breit und weich. Wie ein Luxusdampfer.

»Du bist in meinem Bett immer willkommen«, sagte er und zog sie an sich. Dieser ganze Abend war so wunderschön, so erotisch und gleichzeitig fast schon wieder unschuldig, dachte Dessie. Als würden sie einander wieder neu entdecken, wieder von vorn anfangen und alte Verletzungen und Ängste ausradieren. Er war so sanft und zärtlich zu ihr, dass ihr fast die Tränen kamen. Sie konnte nicht mit Worten ausdrücken, was sie fühlte, darum zeigte sie es ihm, mit ihren Händen, mit dem Mund, dem Körper, mit aller Innigkeit, derer sie mächtig war, und hoffte, dass er sie verstand.

Dann schliefen sie zusammen ein, eng, ganz eng aneinandergekuschelt. Und Dessie spürte ein neues Gefühl in sich aufkeimen: Hoffnung. Für sich selbst und für sie beide. Und als sie Sams schlafendes Gesicht betrachtete, wurde sie von ihrer Zärtlichkeit für ihn beinahe überwältigt.

~ 39 ~

»Wie geht es Ihnen heute?« Leila Dibah schaute von ihrem Notizblock auf.

»Besser«, antwortete Dessie.

Im Sprechzimmer war es angenehm kühl, und sie fühlte sich … Es dauerte eine Weile, bis Dessie ihre Empfindungen in Worte fassen konnte, aber sie fühlte sich hier ruhig. Und geborgen. Sie setzte sich bequemer in ihrem Sessel zurecht und begegnete Leila Dibahs Blick.

»Was macht die Angst?«

»Keine Attacke mehr seit Freitag«, antwortete Dessie und verstummte dann, um in sich hineinzuhorchen, ob das auch wirklich zutraf. Das tat es, wie sie verblüfft erkannte. Seit sie mit Sam zusammen gewesen war, hatte sie keine Panikattacke mehr gehabt. Offensichtlich ging es ihr besser, wenn sie bei ihm war. Ja klar. Ihr Zusammensein beeinflusste sie, und es ließ offenbar ihre Angst verschwinden. Es war schön, einem anderen Menschen so nahe zu kommen, dachte sie träumerisch.

Dessie atmete tief in den Bauch ein und ließ sich noch tiefer in ihren Sessel sinken. Das gestern war herrlich gewesen. Sie hatten lange geschlafen, waren dann aufgestanden und hatten sich liebkost. »Ich habe mir die Zähne noch nicht geputzt«, hatte sie gesagt, worauf Sam sie tief und ausdauernd geküsst hatte. »Ich mag es, wenn du direkt aus dem Schlaf kommst, wenn du schmutzig bist und nach Dessie riechst«, hatte er gesagt, und sie hatte weiche Knie bekommen. Weiche Knie! Der Kuss war immer länger und intensiver geworden, bis sie sich schließlich wie eine Kletterpflanze um ihn geschlungen hatte. Dann hatten sie noch einmal zusammen geduscht. Er hatte sie hochgehoben, und sie hatten sich gegen die Badezimmerwand gelehnt und sich geliebt. Sie musste lachen, als sie daran dachte, wie sie um ein Haar eine Seifenschale aus der Wand gerissen hatte. Nach dem Quickie hatten sie Kaffee getrunken und gefrühstückt, gemütlich zusammengesessen, sich unterhalten und die Zeitung gelesen, da Sam zu den circa fünfzig Menschen gehörte, die immer noch eine gedruckte Zeitung abonnierten.

»Sie lächeln«, sagte Leila Dibah.

»Wirklich?«

Die Psychologin nickte, und dann lächelte sie breit. Sie trug einen dunkelroten Lippenstift und hatte gleichmäßige weiße Zähne, Augenbrauen, für die die meisten Frauen einen Mord begehen würden, und Wangenknochen, die jedem Filmstar zur Ehre gereichen würden. Aber heute empfand Dessie Leila Dibahs Schönheit nicht mehr als ganz so beängstigend. Sie stellte fest, dass sie ihre Psychologin mochte. Nicht nur, weil sie Perserin war und sie an Sam erinnerte, sondern weil sie die Eigenschaften besaß, die Dessie am meisten schätzte: sie war sicher, kompetent und interessant. Genau wie Sam, flüsterte ihr eine leise Stimme zu. Er besaß diese Eigenschaften ebenfalls. Und war außerdem ein fantastischer Liebhaber. Ihr Liebhaber. Jetzt lächelte sie sicher schon wieder.

»Sind Sie verheiratet?«, fragte Dessie spontan.

Leila Dibah legte den Kopf schräg. Ihre Haare lagen wie ein glänzender Umhang um ihre Schultern. »Warum möchten Sie das wissen?«

Nicht einmal, dass Leila Dibah niemals direkt antwortete, störte sie noch.

Dessie zog die Beine unter sich. »Ich bin noch nie verheiratet gewesen und hatte auch noch keine längere Beziehung. Das liegt vor allem an meinem Beruf. Aber ich hatte schon viele Freunde, für einen, zwei oder drei Monate.« Es gab so viele Männer, die keine Ahnung hatten, was sie mit ihrem Leben wollten. Doch, vielleicht wollten sie eine Frau, aber Beziehungen waren ja so zeitaufwendig, und sie wollten auch frei sein, vielleicht über den Atlantik segeln, den K2 besteigen oder Radrennen fahren. Dessie hatte schon alle Varianten zu hören bekommen.

Man wird sehen, was sich daraus entwickelt, blablabla. Und ja, sie hatte selbst auch ähnliche Dinge gesagt. Und sie hatte nie ein Problem damit gehabt, die Sache nach ein paar Tagen, Wochen oder Monaten zu beenden. Aber jetzt war es anders. »Ich glaube, ich bin dabei, mich zu verlieben«, murmelte sie. Es fiel ihr schwer, die Worte laut auszusprechen, sie in den Raum und die Welt zu entlassen. »Sie haben doch Schweigepflicht?«

»Ja.«

»Ich glaube, ich habe ... tiefe Gefühle für einen Mann.«

»Sie glauben?«

Dessie seufzte und änderte ihre Sitzposition. Sie zog an ihrem Ärmel. »Woher weiß man so was?« Sie fühlte sich, als wäre sie wieder ein Teenager. »Woher weiß man, ob das, was man fühlt, von Dauer ist? Was macht eine Beziehung aus?« Sam hatte nicht wirklich etwas gesagt, aber umso mehr gezeigt. Und Dessie konnte sich nicht länger selbst belügen. Sie fühlte. Viel. Und wenn Sam mit ein paar Küssen und, ja, ziemlich viel Sex sie alles um sich herum vergessen machen konnte, dann musste da zwischen ihnen doch etwas Großes sein. Eine glasklare Logik, fand sie.

»Erzählen Sie mir von diesem Mann.« Leila klopfte mit ihrem Stift auf den Block.

»Er ist wundervoll. Lieb. Witzig. Gut aussehend. Wir haben fantastischen Sex.« Sie wurde rot. »Er ist respektvoll, empathisch. Smart. Aber auch spannend.«

Leila Dibah musterte sie eindringlich. »Gefällt Ihnen das? Spannung?«

»Ja.« Sam forderte sie heraus. Er lebte sein Leben sicher und unbeirrt. Es machte sie an, mit einem Mann zusammen zu sein, der ihr an Stärke ebenbürtig war.

»Spannung geht oft mit Anziehung einher.«

»Aber woher weiß man, dass man eine Beziehung hat? Also eine *gute* Beziehung«, wollte Dessie wissen.

»Sie müssen schon miteinander darüber reden. Ganz allgemein gesprochen sind gute Gespräche wichtig. Und guter Sex. Wenn man nur gute Gespräche führt, handelt es sich eher um Freundschaft. Wenn guter Sex die Hauptsache ist, dann wird das Ganze leicht destruktiv. Für eine funktionierende Beziehung braucht man beides.«

»Ich verstehe.« Dessie fragte sich, was Sam empfand. Sollten sie Leila Dibahs Empfehlung folgen und darüber sprechen, was sich zwischen ihnen entwickelte? Oder sollte sie sich so verhalten wie immer? Fliehen und Mauern errichten? Das klang sehr verlockend. Einfach zuzumachen und nicht wieder verletzt zu werden. Sie fühlte eine Enge in der Brust, und sie hatte eine Scheißangst. »Das Ganze stresst mich. Ich will keine Gefühle haben«, klagte sie.

»Warum nicht?«

»Dafür habe ich keine Zeit«, sagte Dessie.

Leila Dibah wirkte zutiefst skeptisch. »Keine Zeit?«

Aber Dessie konnte sich der Frage jetzt nicht stellen. Ihr fehlte wohl das nötige innere Gleichgewicht, um eine Beziehung aufzubauen. Dazu war es noch zu früh. Vielleicht war es ja sowieso nur Sex. Sie konnte bereits spüren, wie sie dichtmachte. Durch die Panik liefen ihre Reaktionen ganz automatisch ab, und sie schaltete den Autopiloten ein. Sie würde später darüber nachdenken. Im Augenblick wagte sie ihr Herz nicht aufs Spiel zu setzen. Der Einsatz war einfach zu hoch. »Ich habe meine Arbeit vernachlässigt«, sagte sie stattdessen. Das war ja der eigentliche Grund, warum sie hier war, bei einer Psychologin. Wegen des Desasters, das sie angerichtet hatte. Sie hatte keine Zeit für eine Beziehung, sie musste sich fokussieren auf ... alles andere.

»Inwiefern haben Sie Ihre Arbeit vernachlässigt?« Leila Dibah blätterte in ihren Unterlagen. »Nach allem, was ich über Sie gelesen und gehört habe, sind Sie nahezu perfekt. Ich habe, glaube ich, noch nie so gute Testresultate und Beurteilungen gesehen.«

Dessie schnitt eine Grimasse. Sie verabscheute die Aura der Perfektion, die sie offenbar umgab. Das drückte ihr die Luft ab. Und sie war nicht perfekt, bei Weitem nicht. »Ich habe jede Menge Fehler gemacht.«

Leila Dibah betastete ihren Ohrring mit einem blutroten Nagel. »Ist es nicht erlaubt, Fehler zu machen?«

»Doch, natürlich.«

»Aber *Sie* dürfen keine Fehler machen?« Ihre Stimme war freundlich, doch ihr Blick war fest, als verlangte sie die Wahrheit und hätte sich vorgenommen, sie ans Licht zu holen, egal, wie weh es tat.

Dessie wand sich auf ihrem Sessel. Leila Dibah hatte ihr Wasser eingeschenkt, und sie nahm einen Schluck. Das Glas behielt sie in der Hand. »Ich weiß, rein verstandesmäßig, dass alle Menschen Fehler machen, aber ...« Sie konnte es fast nicht zugeben, aber sie hasste es, Fehler zu machen, sie hasste es. Wenn sie einen Fehler gemacht hatte, fühlte sie ... Scham. Ja, so war es.

»Wie war das, als Sie klein waren? Wenn Sie einen Fehler gemacht haben?«

Das war leicht zu beantworten. »Mein Vater hat mit mir geschimpft. Oder meine Eltern haben mich ignoriert.« Darin waren ihre Eltern Experten – in stummer Missbilligung und unausgesprochener Enttäuschung. Bei der Erinnerung daran wurde ihr elend. Am besten vermied man es, überhaupt Fehler zu begehen. Oder man ließ sich nicht dabei erwischen.

»Und heute?«

»Mein Chef, Tom, hat mich heruntergeputzt. Das war schrecklich.«

»War das denn berechtigt?«

»Ja.« Sie schauderte.

»Dessie. Sie müssen sich klarmachen, dass es in Ordnung ist, hin und wieder Fehler zu begehen. Obwohl es das früher, als Sie klein waren, nicht war. Fehler zu machen ist wichtig. Ein normaler Mensch weiß das.«

Dessie schnaubte. Das klang für sie doch recht schwammig.

Leila Dibah lehnte sich vor. »Gerade Sie müssten doch wissen, dass die anstrengendsten und schwierigsten Momente diejenigen sind, in denen wir uns am meisten weiterentwickeln.«

»Mag sein«, räumte Dessie widerstrebend ein. Eben darum hatte sich ihre ganze Ausbildung gedreht: mit dem Härtesten zurechtzukommen, was einem Menschen zugemutet werden konnte. Das auszuhalten. Aber das war ja nicht dasselbe, wie Fehler zu machen.

»Verrat, Rückschläge und Verluste formen unsere Persönlichkeit«, sagte die Psychologin, die sich immer noch nach vorn lehnte. Ein Lächeln umspielte ihre Mundwinkel. »Und indem Sie Fehler begehen, machen Sie wertvolle neue Erfahrungen.«

»Zum Beispiel?«

Leila Dibah lächelte breit. »Dass es kein Weltuntergang ist.«

»Aber in meinem Job sterben Menschen, wenn ich Fehler mache.«

»Doch wohl nicht immer? Indem wir Fehler machen und damit umgehen, steigern wir unseren Wert als Persönlichkeit, anstatt unseren Wert an unsere Leistungen zu koppeln. Ihre Leistungen sind nicht Sie, Dessie.«

»Ich glaube aber doch.« Sie musste an Joyce denken. An deren gewalttätigen Ehemann, der immer noch auf freiem Fuß war.

»Helfen Sie mir auf die Sprünge. Inwiefern?«

»Wenn ich nicht meine Leistungen bin, wer bin ich dann?«, sagte Dessie ratlos. Was, wenn sie sich über sich selbst und ihre Ziele getäuscht hatte? Wenn sie ihr ganzes Leben an solchen Täuschungen ausgerichtet hatte? Wer war sie dann?

»Das ist die Frage, Dessie. Die spannende Frage.«

Sie fand die Frage allerdings alles andere als spannend. Sie fand sie extrem belastend. »Wird es mir immer so gehen wie jetzt?«, fragte sie und war keineswegs begeistert von all den Dingen, die plötzlich aufgewühlt und auf den Kopf gestellt wurden.

»Nein.«

»Woher wollen Sie das wissen?«

»Weil wir ... besser werden«, sagte Leila Dibah.

»Hm.«

»Es geht in die richtige Richtung, Dessie. Darf ich Ihnen einige standardisierte Fragen stellen?«

»Klar.«

Nachdem Leila Dibah Dessie gefragt hatte, wie sie schlafe (eigentlich ganz okay), ob sie sich niedergeschlagen fühle (nicht direkt), wie stark ihre Angst auf einer Skala von 1 bis 10 sei (so ungefähr 2), und sich die Antworten aufgeschrieben hatte, legte sie den Block hin. »Was *wollen* Sie, Dessie? Wenn Sie einmal außer Acht lassen, was Ihre Familie möchte, was Tom möchte, was dieser Mann möchte. Was wünschen Sie sich? Einen anderen Job? Mit Yoga anfangen? Eine Weltreise machen?«

Dessie schwieg eine Weile. Gute Frage. »Ich möchte das Richtige tun«, sagte sie endlich.

Leila lehnte sich zurück und legte ihre eleganten Hände auf die Armlehnen. »Interessant. Und was ist das Richtige?«

»Darüber muss ich noch nachdenken.«

»Unsere Zeit ist gleich um. Ich würde gern noch mit Ihnen darüber sprechen, was Sie tun können, wenn Sie eine Panikattacke bekommen, welche Hilfen und Ressourcen Sie nutzen können. Das meiste wissen Sie sicher bereits, also sollten wir in erster Linie darüber sprechen, wie Sie denken und handeln sollten.«

Sie gingen es durch, und genau wie Leila Dibah vermutet hatte, kannte Dessie die meisten dieser Hilfsmittel schon. Atmen. Der Angst nicht ausweichen. Sport machen. Schlafen. »Und vergessen Sie nicht, mit Ihren Freunden zu reden. Deren Aufgabe ist es, für Sie da zu sein, nicht nur andersherum.«

»Ich werde mich bessern«, versprach Dessie. Leila Dibah hatte ja recht. Freundschaft bedeutete, sich gegenseitig zu unterstützen. Sie war darin nicht gut, wollte zwar anderen helfen, selbst aber keine Hilfe annehmen.

»Na also«, sagte Leila Dibah mit einem Blick auf ihre Armbanduhr.

Dessie erhob sich. »Machen wir keinen weiteren Termin aus?«

»Ich halte das nicht für notwendig. In der Vereinbarung mit Lodestar sind zwei Termine Krisenintervention vorgesehen. Ich glaube nicht, dass Sie im Augenblick mehr benötigen.«

»Aber es gibt noch so vieles, über das ich sprechen möchte. Ich habe

Ihnen noch nicht einmal alle meine Träume erzählt«, protestierte Dessie enttäuscht.

Leila Dibah hob eine pechschwarze Augenbraue. »Sie können sie mir mailen. Aber ich muss Sie warnen, ich kann mit Träumen nicht besonders viel anfangen.«

Dessie kniff die Augen zusammen. »Sind Sie wirklich eine richtige Psychologin?«

Leila streckte ihr die Hand hin. »Auf Wiedersehen, Desirée!«

~ 40 ~

Sam erschien glücklich und wie berauscht bei der Arbeit. Das Wochenende war die reine Magie gewesen, und er war noch immer ganz von Dessie erfüllt. Von ihren langen Beinen und sommersprossigen Armen. Von ihrem Ernst, aber auch ihrer Verspieltheit. Pfeifend loggte er sich in seinen Computer ein und dachte dabei nur an sie. Dessie, wie sie über einen Comic in der Zeitung lachte. Dessie, mit dem Rücken an die Fliesen in seiner Dusche gelehnt, die beide Beine um seine Taille schlang, während das Wasser an ihnen herabfloss. Dessie, die ihm die Arme um den Hals legte und ihn küsste, während sie kam. Oder Dessie, wie sie in seiner Küche einen Toast aß und ihr die Butter über das Kinn lief. Er hatte tausend verschiedene Bilder im Kopf und holte eines nach dem anderen hervor.

Eine Viertelstunde später brach die Hölle los.

Leo stürmte in sein Büro. Der junge Mann war mit Jeans und Poloshirt beinahe normal gekleidet, mal abgesehen von zwei großen Goldohrringen, aber er wirkte erschüttert, was selten vorkam.

»Was ist los? Irgendein Springbrunnen, der nicht so funktioniert wie geplant?«, erkundigte Sam sich kumpelhaft. Heute würde er sich seine gute Laune durch nichts verderben lassen. Heute Abend würde er Dessie irgendwohin einladen, sie dazu bringen, zu reden, zu erzählen und zu kichern. Danach würde er sie verführen. Sie zum Orgasmus bringen und dazu, immer und immer wieder seinen Namen zu flüstern.

»Es gibt Gerüchte über Bettwanzen im Lux by Mälaren«, sagte Leo mit erstickter Stimme, und Sam erwachte schlagartig aus seinen Tagträumen. Er setzte sich kerzengerade hin. Das waren katastrophale Nachrichten. Von allem, was einem als Hotelbesitzer zustoßen konnte, waren Bettwanzen mit das Schlimmste. Er konnte kaum das Wort denken, ohne zu erschaudern.

»Stimmt das denn?«, fragte er.

Leo schüttelte heftig den Kopf. »Nein, hundertprozentig nein.«

»Sieh zu, dass diese Info augenblicklich rausgeht«, sagte Sam.

Die nächste Katastrophenmeldung kam von seiner Marketingchefin. Wild mit dem Handy fuchtelnd und mit wirr vom Kopf abstehenden Haaren stürmte Celine in Sams Büro. »Eine unzufriedene Angestellte hat heute in Dagens Industri über dich ausgepackt«, sagte sie, ohne ihn zu begrüßen.

»Was? Was sagt sie?«

»Sie sagt, dass du ein mieser Arbeitgeber bist, und zwar in JEDER Hinsicht.« Celine zeigte Sam den Artikel auf ihrem iPad. Sam zog die Augenbrauen hoch. »Aber ich kenne sie nicht einmal. Warum hat mich niemand um eine Stellungnahme gebeten?«

»Ich spreche mit der Redaktion und versuche sie dazu zu bringen, den Artikel zurückzuziehen, zumindest online, oder eine Stellungnahme von uns zu bringen. Ich habe nachgeforscht, wer diese Angestellte sein könnte, aber niemand kennt sie. Fragt sich, ob sie überhaupt existiert. Parisa arbeitet schon an einer Gegendarstellung. Ich tue, was ich kann, aber das Kind ist in den Brunnen gefallen, egal, was wir darauf antworten. Hast du gesehen, wer den Artikel geschrieben hat?« Sie holte einmal tief Luft.

»Ja«, sagte Sam, der den Namen des Journalisten wiedererkannt hatte, der sein Hotel in Umeå verrissen hatte.

Den ganzen Vormittag lang war das Führungsteam gezwungen, wertvolle Zeit in die Schadensbegrenzung zu investieren, und kurz vor Mittag war es schon wieder so weit.

»Sam, schau dir das an!« Leo war kreidebleich, als er Sam sein iPad hinhielt.

Eine der schmierigeren sogenannten Webzeitungen, eine traurige Site, die von einem koksenden ehemaligen Journalisten betrieben wurde, posaunte alles über das Polizeiverhör und die Ermittlungen von damals heraus, als Sam neunzehn war. Die ganzen Vergewaltigungsvorwürfe, bis ins kleinste Detail.

»Oh nein«, sagte Sam matt. Die Website war der reine Schund, aber sie hatte ihre Leserschaft. Und richtig: Eine der großen rechtsextremistischen Seiten suhlte sich bereits in den Enthüllungen. *Hotelkönig wegen Vergewaltigung angeklagt* lautete die Überschrift ihres Beitrags, der bereits auf Instagram, Twitter und Facebook geteilt wurde. Darunter folgte ein langer und verleumderischer Artikel über Einwanderer und sexuelle Übergriffe von einer »Journalistin«, die Moslems und Feministinnen hasste – eigentlich alle außer dem weißen Mann und »richtigen« Frauen – und die schon öfter hinter ähnlichen Hetzkampagnen gegen Unternehmen oder Einzelpersonen gestanden hatte. Normalerweise las Sam den Dreck, den sie absonderte, gar nicht. Seiner laienhaften Diagnose nach schien sie schlicht geisteskrank zu sein, aber hier ging es um ihn und sein Lebenswerk, und das konnte er nicht ignorieren. Es war eine haarsträubende Lektüre.

»Wie ist das möglich?«, fragte Sam in den Raum. »Das ist fünfzehn Jahre her, das Verfahren wurde eingestellt, weil es sich um unhaltbare Vorwürfe handelte. Wie sind sie da drangekommen? Wer hat das verbreitet?«

»Was sollen wir denn jetzt machen?« Leo schien den Tränen nahe zu sein.

»Zuallererst: Ich habe niemanden vergewaltigt.«

»Ich glaube dir, Sam. Sonst würde ich nicht mehr für dich arbeiten.«

»Danke!« Sam war vollkommen fertig. Und hilflos. Egal, was er jetzt tat, es würde alles nur noch schlimmer machen und seinen Gegnern weitere Leser bescheren. Es war ein Teufelskreis. »Ich muss Tom kontaktieren.« Offenbar hatte er mehr Feinde, als er geglaubt hatte.

Nach der Mittagspause – einer Mittagspause, die Sam am Computer verbrachte, um Schadensbegrenzung zu betreiben – rief Karl-Filip Backman an.

»Hallo«, sagte Sam.

Als Karl-Filip sprach, zitterte seine Stimme hörbar. »Ich habe ein paar Dinge über dich erfahren, Sam.«

»Was für Dinge?«

»Du duldest Menschenhandel in deinen Hotels. Du lässt es zu, dass Jungen missbraucht werden. Kinder!« Das Letzte schrie Karl-Filip angstvoll. Sam hatte schon seit Langem geargwöhnt, dass Karl-Filip als Kind missbraucht worden war, und seine heftige Reaktion bestätigte ihm seinen Verdacht.

»Karl-Filip, ich schwöre dir, dass ...«

Aber Karl-Filip unterbrach ihn, fast im Falsett. »Du bist nicht der, für den ich dich gehalten habe. Du nutzt mich genauso aus wie alle anderen.«

»Wie kommst du darauf?« Sam versuchte, nicht so schockiert zu klingen, wie er war.

»Als ob du das nicht wüsstest.«

»Nein, das tue ich tatsächlich nicht. Sag es mir.« Sam hatte sich so viele Monate lang um Karl-Filips Vertrauen bemüht. Er hatte gedacht, sie hätten eine gute Beziehung. Aber jetzt schien alles anders zu sein.

Karl-Filip atmete schwer, ehe er mit erstickter Stimme sagte: »In deinen Hotels spielen sich widerwärtige, ekelhafte Dinge ab.«

Sam versuchte den Mann zu beruhigen. »Aber, Karl-Filip, bist du dir da sicher?«

»Rede nicht mit mir wie mit einem Idioten!«

»Entschuldige! Ich bin nur so baff. Meine Angestellten und ich arbeiten hart daran ...« Wieder wurde ihm das Wort abgeschnitten.

Die Hunde kläfften im Hintergrund. »Ich werde niemals an dich verkaufen, niemals! Ich habe das im Internet nachgelesen, und es bestätigt alles, was ich gehört habe. Ich habe bereits einen anderen Interessenten. Du wirst mir den Hof meiner Familie nicht wegnehmen. Du bist ein Lügner, ein widerwärtiger Zuhälter. Ich will nichts mehr mit dir zu tun haben.«

»Könnten wir uns nicht treffen und darüber sprechen?«

»Nein. Ruf mich nie wieder an.« Karl-Filip legte auf.

Sam starrte auf sein Telefon. Er mochte Karl-Filip und hatte geglaubt, dass sie einander verstanden. Das tat weh. Hier ging es um mehr als nur um einen geplatzten Deal. Dass ein Geschäft sich zerschlug, war ihm schon oft passiert, aber dies hier war schlimmer und ging tiefer. Alles, was ihnen gerade widerfuhr, musste Teil einer konzertierten Aktion sein, dachte er und trat ans Fenster. Das konnte einfach kein Zufall sein. Er dachte so intensiv nach, dass er die Aussicht gar nicht sah. Woher kamen all diese Gerüchte und Lügen? Wer hatte mit Karl-Filip gesprochen? Ihm noch mehr Unwahrheiten und Ängste eingeredet? Niemand wusste von den Gesprächen zwischen ihm und Karl-Filip. Er hatte sie komplett geheim gehalten.

Plötzlich versteifte sich sein Körper. Nein!

Niemand wusste davon, außer Dessie. Ihr hatte er von dem Schloss und von seinen Plänen erzählt. Er hatte ihr den Link geschickt. Und am Wochenende, im Bett, hatten sie noch einmal über seine Träume gesprochen. Sie hatte ihm Fragen gestellt und schien sich dafür zu interessieren ... Aber was, wenn sie ihm nur Informationen aus der Nase ziehen wollte? Was, wenn sie ...

Nein, jetzt ging seine Paranoia zu weit. Doch die Saat des Misstrauens war gesät. War es möglich, dass sie die Informationen, die er ihr in seinem Sexrausch gegeben hatte, irgendwie weitergeleitet hatte? Dabei war diese Frau doch total zugeknöpft, und warum hätte sie das auch tun sollen? Aus welchem Grund sollte sie ihm alles kaputtmachen? Hatte sie vielleicht aus Versehen etwas weitergetragen? Das klang allerdings überhaupt nicht nach Dessie. Falls sie jemandem etwas gesagt hatte, dann war das wohlüberlegt.

Sams ganzes altes Misstrauen kam wieder hoch. Unaufhaltsam. Hatte sie das die ganze Zeit schon geplant? Konnte Dessie derart hinterhältig sein? Hatte er sie so total falsch eingeschätzt?

In ihm tobte ein Sturm, sein Kopf brannte, und seine Finger glitten vom Display ab, als er eine Nachricht an sie schrieb. Er tippte einen Satz, löschte ihn und begann wieder von vorn, bis er sich schließlich beschränkte auf:

SA: Können wir uns treffen?
DD: Unbedingt. Wann?

Sam fühlte sich wie im Nebel, und es rauschte in seinen Ohren, als er die zwei Worte analysierte, die sie geschrieben hatte. Hatten sie noch eine unterschwellige Bedeutung? Wusste Dessie, warum er sie treffen wollte? War sie jetzt seine Feindin, oder war er dabei, verrückt zu werden? Er wollte Dessie in die Augen sehen, wenn er sie zur Rede stellte. Er musste ihr Gesicht sehen, wenn sie erfuhr, dass er nicht anders konnte, als sie zu verdächtigen. Er schrieb:

SA: Kannst du in mein Büro kommen? Jetzt gleich?

Er wollte auf eigenem Terrain sein, zumindest den Vorteil wollte er haben.

DD: Klar. Ist alles okay?

Sam sah lange aufs Display hinunter, bevor er seine Antwort tippte:

SA: Wir sprechen darüber, wenn du hier bist.

Sam tigerte in seinem Büro auf und ab. Er war viel zu aufgewühlt, um noch rational denken zu können. Immer wenn er sich ein wenig beruhigt hatte, fiel ihm etwas Neues ein. Das Timing war zu unwahrscheinlich, als dass es sich um Zufall handeln könnte. Er war sich bewusst, dass er manchmal zu schnell reagierte, ein Hitzkopf war, aber dies war etwas anderes. Dessies Interesse an ihm, an seinen Geschäften, seiner Wohnung und seiner Mutter – all das erschien ihm jetzt in einem neuen, unguten Licht.

»Sam?« Die Rezeptionistin klopfte an den Türrahmen zu seinem Büro. »Dessie Dickson ist hier«, sagte sie. »Darf ich sie hereinschicken?«

Er atmete einmal tief durch. »Gib mir fünf Minuten und führ sie dann herein. Mach die Tür zu.«

Er wollte sie warten lassen. Er stellte sich ans Fenster, damit er das

Licht im Rücken hatte und sie seinen Gesichtsausdruck nicht sah. Nach fünf Minuten klopfte es an der Tür.

»Herein«, sagte er knapp.

Dessie erschien in der Türöffnung. »Sam? Was ist passiert?«

Sie machte so ein verdammt unschuldiges Gesicht. Sam ließ sie nicht aus den Augen, als er sagte: »Ich bin Ziel eines neuen Angriffs geworden.« Es sollte ruhig und beherrscht klingen, aber seine Stimme zitterte.

Dessie machte einen Schritt auf ihn zu. »Schon wieder? Ich hatte ja keine Ahnung. Was ist passiert?«

Das war eine Lüge. Die Skandale wurden ja überall hinausposaunt. »Hast du das Internet nicht gecheckt?«

»Ich war im Büro mit anderen Dingen beschäftigt. Außerdem bin ich ja von deinem Fall abgezogen. Aber es klingt, als wäre es ernst.«

Sam ballte die Hände in den Hosentaschen. »Das kann man wohl sagen. Jemand hat die Vergewaltigungsvorwürfe aus dem Gymnasium geleakt. Du weißt, die Anklage, die fallen gelassen wurde, weil ich kein verdammter Vergewaltiger bin!« Das Letzte brüllte er. Die Tür war zwar geschlossen, aber es war sicher trotzdem bis auf den Flur zu hören. Er musste sich zusammenreißen. Aber ihm war schwindelig. Hatte Dessie auch etwas damit zu tun, dass diese Lügen herumgingen? Schließlich kannte sie sie nur zu gut, und sie hatte das Ihre dazu beigetragen, dass er eine halbe Ewigkeit in Untersuchungshaft gesessen hatte. Die Wut kochte wieder in ihm hoch. Heiß und ätzend wie Lava.

Dessie streckte ihre Hände vor sich aus, als wollte sie sich einem in die Enge getriebenen Tier nähern. »Wir wissen doch, dass das Bullshit war. Hast du mit Tom darüber gesprochen?« Vorsichtig kam sie näher, aber er wich vor ihr zurück. Er hatte nicht die Absicht, sich von Dessie Dickson gängeln zu lassen.

»Ich rufe Tom gleich an, und dann erzähle ich ihm auch, dass jemand meine Pläne, das Schloss zu kaufen, verraten hat. Karl-Filip will nicht mehr an mich verkaufen.«

Sie blieb wie angewurzelt stehen. »Was?«

Wie konnte sie nur so verdammt unschuldig aussehen? Das machte ihn nur noch rasender. Er richtete sich zu seiner vollen Größe auf, baute sich breitbeinig vor ihr auf und sagte leise, wobei die Wut, die er in jeder einzelnen Nervenzelle spürte, seine Stimme beben ließ: »Du kannst mit der Komödie aufhören. Niemand kannte meine Pläne. Niemand. Außer dir.«

Sie blinzelte kurz, bevor sie antwortete. »Du glaubst doch wohl nicht, dass ich etwas verraten habe?« Beinahe war es ihr gelungen, ein ehrlich erstauntes Gesicht aufzusetzen. Aber er wusste es besser. Er wusste, was für eine meisterliche Manipulatorin sie war.

»Das kann doch kein Zufall sein. Zwei Tage nachdem ich dir davon erzählt habe, ist es durchgesickert. Ein verdammt merkwürdiges Zusammentreffen, oder?«

»Hör auf damit. Machst du Witze?«

Er baute sich über ihr auf und brüllte: »Sehe ich aus, als ob ich Witze mache?«

Sie begegnete seinem Blick, ohne auch nur einen Millimeter zurückzuweichen. Mutig war sie ja, das musste er ihr lassen. »Willst du ernsthaft mir die Schuld daran geben? Kapierst du nicht, dass mich das verletzt?«

»Ich habe gerade eben erfahren, dass Karl-Filip einen anderen Käufer gefunden hat.«

»Aber ...«

»Du bist ganz schön dreist, ist dir das klar?«

»Hör jetzt auf! Ich habe nichts getan!« Jetzt wurde sie ebenfalls laut, und rote Flecken erschienen auf ihrem schlanken Hals.

Er verschränkte die Arme vor der Brust und merkte, wie seine Kiefer mahlten und ihm das Blut durch die Adern rauschte. Ihr Verrat schmeckte wie Asche in seinem Mund. Wie hatte er ihr nur so blind vertrauen können?

»Ich glaube dir nicht. Und ich glaube definitiv nicht an einen Zufall. Jemand hat Wind davon bekommen, dass ich das Schloss kaufen wollte. Und die Einzige, die davon wusste, bist du.«

Sie machte eine aufgebrachte Handbewegung. »Nein, Karl-Filip wusste es. Und vielleicht auch einer deiner Mitarbeiter? Leo?«

»Das hier kommt von dir. Das ist die einzige Möglichkeit.«

Dessie verschränkte ebenfalls die Arme vor der Brust, ihre grauen Augen waren eiskalt. Sie starrten einander keuchend an. »Das glaubst du also. Auf einmal? Dass ich dich verraten, dich verkauft habe?« Sie ließ die Arme sinken, sodass sie an ihrer Seite herabhingen, aber er sah, wie sie die Fäuste ballte. »Warum hätte ich so etwas tun sollen?«

»Hast du die Nachricht gelöscht, die ich dir geschickt habe?«, fragte er.

Er erhaschte ihren schuldbewussten Blick. »Nein. Vielleicht hätte ich das tun sollen, habe ich aber nicht.« Sie hob das Kinn.

»Was hast du sonst noch getan?«

»Aber warum hätte ich dich denn verraten sollen?«

»Vielleicht aus Versehen. Oder absichtlich, weil du mich immer noch hasst. Was weiß ich, was in deinem Kopf vor sich geht. Es ist noch gar nicht so lange her, dass du mich verabscheut hast.«

»Aber dieses Wochenende ...«

»Exakt. Du hast mir am Wochenende erstaunlich viele Fragen gestellt. Und dann gleich darauf das.«

Jetzt brannte etwas in ihrem Blick, eine kalte graue Flamme. »Du bist so ein Arschloch, wenn du so etwas von mir denkst! Ein verdammtes Arschloch!«

»Weißt du, Süße, mir ist gerade klar geworden, dass ich mir absolut keine Illusionen über dich mache. Ich hätte wissen müssen, dass man dir nicht vertrauen kann.« Sam spürte, dass er damit eine Grenze überschritt, aber er war einfach zu tief verletzt. Er hatte seine Kehle vor ihr entblößt, und das war seine eigene Schuld. »Kapierst du überhaupt, was du angerichtet hast? War es das wirklich wert? Warst das damals auch du, die die Vergewaltigungsvorwürfe gestreut hat?«, zischte er.

»Du bist doch völlig durchgedreht. Warum hätte ich so etwas tun sollen? Mein Job ist es, dich zu beschützen.«

»Ja, aber jetzt wohl nicht mehr? Wie du so passend bemerkt hast. Du bist doch gefeuert worden?«

Sie machte ein Gesicht, als hätte er sie geschlagen. »Ich bin nicht gefeuert worden, sondern ich habe andere Aufgaben übernommen. Deinetwegen«, sagte sie kalt. »Aber ich habe dich die ganze Zeit beschützt.«

»Nein. Ich habe dir vertraut.«

»Verdammter Idiot!«

»Wem hast du davon erzählt, Dessie? Ich muss es wissen!«

»Fahr zur Hölle!«, schrie sie und warf ihm noch einen wütenden Blick zu, bevor sie auf dem Absatz kehrtmachte, die Tür aufriss und ging. Sie knallte die Tür nicht einmal zu, sondern verließ einfach sein Büro. Und ihn.

~ 41 ~

»Sam Amini hat mich kontaktiert«, sagte Tom Lexington am anderen Ende der Leitung.

Na super, dachte Dessie. Genau das, was mir heute noch gefehlt hat. Aber es war wohl am besten, es gleich hinter sich zu bringen. »Ja?«, sagte sie nur und hatte nicht die Absicht, ihm ohne Not Informationen zu liefern.

»Wo bist du?«, fragte er.

»Auf dem Heimweg.« Oder so. Nachdem sie aus Sams Büro gestürmt war, war sie auf direktem Weg zu Lodestar und dessen IT-Chef gegangen. »Ich habe den Verdacht, dass mein Handy abgehört wird«, hatte sie zu ihm gesagt. Das war Standard bei jedem noch so kleinen Verdacht, und sie musste sich vergewissern, dass niemand ihr verschlüsseltes Handy gehackt hatte. Die IT-Abteilung sollte sowohl ihr Handy als auch ihren Computer untersuchen und danach beides verbrennen. Eventuelle Schadsoftware zu entfernen, konnten sie sich sparen. Bugs, Viren und Hackerangriffe konnten sich überall verbergen, in den tiefsten Tiefen der Elektronik. Dessie kannte persönlich eine Handvoll Hacker, die gegen entsprechende Bezahlung ein Handy knacken konnten. Ganz zu schweigen von ausländischen Sicherheitsdiensten aus den USA, dem Iran oder Russland, die praktisch alles mit einem Telefon oder Computer anstellen konnten. Daher verbrannte man alles beim geringsten Verdacht. Sie hatte dann ein »sauberes« Handy bekommen und war planlos herumgelaufen und hatte darauf gewartet, dass Tom sich meldete, der auf einem seiner zahlreichen Einsätze unterwegs war.

Vielleicht sollte sie den ganzen Weg nach Hause laufen, hatte sie überlegt, bis ganz ans andere Ende von Lidingö. Das war eine gewaltige

Strecke, aber sie hatte schon weitere Strecken zurückgelegt, mit Gepäck und Waffen, und es würde ihr guttun, sich abzureagieren. Aber noch war sie in der Stadt und saß auf einer Bank am Strandvägen, wo sie den Duft von Brackwasser und geteerten Booten einatmete, während sie das Gesicht der Sonne zuwandte.

»Sam Amini zufolge hast du geheime Informationen geleakt«, fuhr Tom in ihrem Ohr fort. Sie konnte ihn vor sich sehen. Verbissen und ein wenig erschöpft. Von seiner rechten Hand enttäuscht. Schon wieder.

Dessie wand sich frustriert.

»Dessie?«

»Ich weiß, dass Sam das glaubt, aber es ist nicht wahr. Ich habe nichts geleakt. Aber irgendjemand anders hat es getan.«

»Ich verstehe«, sagte Tom, und das war ja immerhin ein Lichtblick. Dass ihr Chef ihr zu glauben schien.

»Was weißt du darüber?«, fragte er.

Sie schlug die Beine übereinander. »Nach dem, was Sam mir erzählt hat, scheint eine systematische Schmutzkampagne gegen ihn und seine Hotels zu laufen. Ich würde das gern eingehender untersuchen.«

Im Hintergrund klingelte ein Telefon. Das Büro war rund um die Uhr besetzt, und immer rief irgendjemand an. In was für einer seltsamen Welt sie lebte, dachte sie und wandte sich wieder der Sonne zu.

»Du gehörst nicht mehr zu Sam Aminis Leibwächterteam. Das wir im Übrigen noch einmal verstärkt haben.«

Ganz automatisch blickte sie sich um. Auf dem Kai am Strandvägen drängten sich gut gekleidete Paare, Kinder mit Nannys und Leute mit kleinen Hunden. »Ich weiß. Aber bei allem Respekt, Boss. Das hier ist etwas ganz anderes, denn jetzt stehe ich persönlich am Pranger. Und falls mich hier jemand in etwas reinreiten will, dann will ich das wissen.«

Tom seufzte am anderen Ende der Leitung. Er war stur, sie war stur, aber in diesem Fall würde sie nicht klein beigeben, und sie ahnte, dass er das erkannt hatte. »Wäre es möglich, dass die Information aus deinem Handy stammt?«, fragte er schließlich.

»Das kann ich nicht ausschließen«, räumte sie widerstrebend ein. Sie wollte gar nicht darüber nachdenken, was das bedeutete.

»Du hast dich schon darum gekümmert, wie ich höre«, sagte Tom.

»Selbstverständlich.«

»All right. Dann mach. Aber halt mich auf dem Laufenden. Die ganze Zeit.«

Dessie machte eine Siegergeste. »Ja, Boss.«

»Und, Desirée?«

»Ja?«

»Sei vorsichtig.«

»Immer, Boss.«

Dessie stand von der Bank auf, erleichtert, dass das Gespräch schlussendlich doch ganz gut gelaufen war. Sie musste ganz schön bei Tom in der Kreide stehen, dachte sie. Wie konnte sie auch nur in eine derartig idiotische Situation geraten ... Es war zu dämlich. Sie war wütend auf sich selbst, aber sie war auch stinksauer auf Sam, weil er ernsthaft glaubte, dass sie ihn verraten könnte. Das war eigentlich unfassbar. Sie hatte es – noch einmal – riskiert, ihren Schutzschild zu öffnen und ihn an sich heranzulassen, und als Dank überschüttete er sie mit diesem Dreck. Dieser verdammte Idiot!

An einem Kiosk kaufte sie sich eine Flasche Wasser. Es war ein heller Juniabend, und hinter ihr in der Schlange standen sommerlich fröhliche Menschen und sprachen darüber, welche Eissorten sie kaufen wollten. Gewöhnliche Menschen mit gewöhnlichen Problemen, wie zum Beispiel, wo sie am besten ihre Picknickdecke ausbreiten konnten. Himmel, wie gern wäre sie für einen Moment einer von ihnen.

Sie setzte sich wieder auf eine Bank, holte das neue Handy aus der Tasche und studierte Sams SMS. Vielleicht hätte sie die SMS mit dem Link zum Schloss löschen sollen, dachte sie schuldbewusst. Das war eine der tausend Kleinigkeiten, mit denen man es in ihrem Job sehr genau nahm: keine Informationen unnötigerweise aufzuheben. Aber sie war dumm gewesen, denn in der SMS war ein Herzaugen-Emoji gewesen. Das war der Grund, warum sie sie nicht gelöscht hatte. Wenn Sam glaubte, sie hätte ihn verraten, war er ein Idiot. Allerdings hatte sie ihn früher schon einmal verraten, darum konnte sie seine idiotische Reaktion *vielleicht* sogar ein wenig nachvollziehen. Das saß ihm wohl in den Knochen. Auch sie hatte mit so einigen Reflexen zu kämpfen.

Aber dieses Mal war sie unschuldig, dachte Dessie, trank etwas Wasser und schraubte den Deckel wieder auf die Flasche. Sie hatte ein vollkommen reines Gewissen. Auch wenn Sam, dieser Hornochse, es nicht glaubte. Sie selbst kannte die Wahrheit. Was wiederum bedeutete, dass es eine oder mehrere Personen geben musste, die Sam und Responsibility zu sabotieren versuchten. Es war nie und nimmer Zufall, dass die Vergewaltigungsvorwürfe exakt in dem Moment durchgesickert waren, in dem Sams Traum vom Schloss in Rauch aufging. Außerdem hatte sie die Artikel durchgesehen, die im Laufe des Tages über ihn erschienen waren. Irgendetwas war da los. Ihr Gehirn begann zu arbeiten. Sie würde die Wahrheit herausfinden, sie Sam präsentieren und triumphieren. Ha!

Dessie strich sich mit den Händen über die Hosenbeine und schaute dann zu den protzigen Steinhäusern am Strandvägen hinüber. Von hier war es nicht weit bis zu Patricias Reisebüro, stellte sie fest. Es hatte eine günstige Lage in der Nähe der Menschen, die Safaritouren liebten und auch das nötige Kleingeld dafür hatten. Sie erhob sich von ihrer Bank.

Zwei Minuten später stand sie vor den großen Schaufenstern. Patricias windschnittiger grauer Mercedes parkte davor, darum trat Dessie ein. Die Türglocke bimmelte. Patricia sah auf.

»Hallo!«, sagte sie.

»Hi, Schwester!«, begrüßte Dessie sie. »Ich bin zufällig vorbeigekommen. Du arbeitest noch spät.«

»Ich gehe gleich nach Hause, aber die Mädchen übernachten heute bei Freundinnen, deswegen nutze ich die Zeit, um mal etwas aufzuarbeiten.«

Dessie trat auf ihre kleine Schwester zu und umarmte sie.

»Ich wollte nur Hallo sagen. Ich will dich gar nicht stören. Sieh zu, dass du dich nicht totarbeitest«, sagte sie leise.

Patricia saß reglos da, als ob die Umarmung sie überrascht hätte. Dann tätschelte sie Dessies Oberarm. »Schön, dich zu sehen«, murmelte sie.

Dessie ließ sie los und ging rückwärts zur Tür. »Lass uns bald telefonieren, ja?«

Patricia nickte.

Dessie spazierte weiter den Strandvägen entlang, immer noch frustriert, aber froh, dass sie bei Patricia hereingeschaut hatte. Sie würde …

Das Klingeln ihres Handys unterbrach ihre Gedanken.

»Haddy? Was gibt's?«, fragte sie, während sie rasch ihre Ohrstöpsel einsetzte.

»Du musst kommen! Sie sind hier!«

Dessie brauchte nicht einmal zu fragen, die Angst in Haddys Stimme sagte ihr alles. »Wo ist Joyce?«

»Sie ist auch hier. Sie war etwas besorgen, und da müssen sie ihr gefolgt sein.«

»Ihr seid zu Hause? Am Mariatorget?«, fragte Dessie, während ihr Körper auf Offensivmodus umschaltete. Es machte keinen Sinn, enttäuscht darüber zu sein, dass Joyce die sichere Wohnung verlassen hatte. Sie war noch jung und musste auch ein wenig leben dürfen. Aber jetzt hatte dieser grässliche Mann sie aufgespürt.

»Ja.«

Im Hintergrund hörte sie Rufe und laute Stimmen. »Was ist los?«

»Sie wollen ihr Makena wegnehmen! Was soll ich denn jetzt machen?« Haddys Stimme klang panisch.

»Versuch sie aufzuhalten. Ich bin in zehn Minuten da.«

»Beeil dich!«, schrie Haddy, und dann brach die Verbindung ab.

Zehn Minuten konnten schrecklich lang sein, dachte Dessie. Sie hatte bereits die Richtung nach Södermalm und zu Haddys Wohnung eingeschlagen, aber sie brauchte ein Auto.

Nach einem kurzen Spurt war sie wieder bei Patricia und riss die Tür zum Reisebüro auf. »Kann ich dein Auto haben? Es ist ein Notfall!«

Patricia starrte sie eine Sekunde lang an, dann schnappte sie sich ihre Handtasche und holte die Autoschlüssel heraus. »Ich fahre dich«, sagte sie kurz.

Dessie zögerte, denn sie wäre lieber selbst gefahren. Aber dann willigte sie ein. Patricia konnte manchmal selbstsüchtig, nörglerisch und sehr schwierig sein. Aber sie war auch einer der scharfsinnigsten und besonnensten Menschen, die Dessie kannte. Und sie fuhr wie der Teufel.

Dessie gab Patricia die Adresse und spielte im Kopf unterschiedliche Szenarien durch. Sie würde das schaffen. Dieses Mal würde sie dem Ehemann und seinen Helfershelfern nicht unvorbereitet entgegentreten. Heute würden diese Dreckskerle auf Widerstand treffen. Sie hatte ihren kleinen illegalen Schlagring in der Handtasche, trug praktische Schuhe, und durch ihre Adern schoss das Adrenalin. Diese Typen hatten sich mit den falschen Frauen angelegt.

Während der Mercedes über die sechsspurige Brücke Centralbron raste, rief Dessie die Polizei an und gab die Adresse durch. »Mindestens zwei Männer sind in die Wohnung eingedrungen«, sagte sie, während Patricia in halsbrecherischem Tempo den Södermälarstrand entlangfuhr und in die Hornsgatan einbog. Dann waren sie endlich bei dem Mietshaus, in dem Haddys kleine Zweizimmerwohnung lag. Dessie schaute auf die Uhr. Die fünf Kilometer lange Autofahrt hatte keine acht Minuten gedauert.

»Halt hier an«, sagte Dessie. Patricia machte eine Vollbremsung, und Dessie sprang aus dem Wagen.

»Viel Glück!«, rief Patricia.

Dessie verschwand ohne ein Wort und schlich rasch auf das Haus zu. Auf Haddys Etage stand ein Fenster einen Spaltbreit offen. Dessie hörte Makena schreien. Auch zwei tiefe, drohende Männerstimmen drangen zu ihr hinaus. Sie ging im Geist die Alternativen durch. Hineingehen oder draußen im Hinterhalt warten? Sie blickte sich um. Ein paar Leute waren stehen geblieben und horchten. Noch war kein Polizist zu sehen. Die Auseinandersetzung in der Wohnung schien mit jeder Sekunde zu eskalieren, und Dessie wollte nicht das Risiko eingehen, noch länger zu warten. Sie tippte den Türcode ein, schob sich diskret den Schlagring über die Finger, schlüpfte durch die Tür und rannte die Treppe hoch.

Als sie gerade die letzten Stufen nahm, flog die Tür zu Haddys Wohnung auf. Das war der Komplize. Dessie erkannte ihn vom Überfall im Café wieder. Er war es gewesen, der ihre Augenbraue aufgeschlagen hatte. Ohne zu zögern, griff Dessie ihn an. Er wich ihr aus und traf sie mit seiner fleischigen Faust an der Wange. Der Schmerz half ihr dabei, sich zu fokussieren. Sie duckte sich, hielt kurz inne und landete dann mit ihrem Schlagring einen Volltreffer gegen seine Schläfe. Der Mann fiel wie ein Baum quer über die Türschwelle, mit der einen Hälfte seines Körpers in der Wohnung und der anderen draußen im Treppenhaus.

Dessie zögerte nicht, sondern sprang über ihn hinweg in die Wohnung hinein. Dort herrschte der reinste Tumult. Joyce – die stille, ängstliche Joyce, die seit ihrer Befreiung verschlossen und verängstigt war – hing wie eine rasende Amazone auf dem Rücken ihres verhassten Ehemannes und traktierte ihn mit Faustschlägen, wo immer sie ihn treffen konnte, während er brüllend durchs Zimmer taumelte. Haddy hielt das hysterische Baby im Arm. Der Mann warf Joyce auf den Boden. Dessie stürzte auf ihn zu, duckte sich vor einem Schlag und bekam stattdessen seinen Ellenbogen ins Gesicht. Joyce jaulte laut auf und trat ihn in den Schritt, ehe Dessie auch nur einen ersten Treffer landen konnte. Der Tritt saß, und der Mann krümmte sich schreiend in Embryonalstellung auf dem Boden zusammen. Joyce trat ihm in den Rücken. »Du verfluchtes Schwein!«, brüllte sie mit einer Stimme, die Dessie noch nie an ihr gehört hatte, und nahm dann ihre Tochter in den Arm, um leise und beruhigend auf das Baby einzusprechen und es zu schaukeln.

»Hast du Kabelbinder da?«, rief Dessie Haddy zu.

Haddy schnitt eine Grimasse, die komisch gewesen wäre, wäre die Situation nicht so absurd gewesen. »Wer hat denn verdammt noch mal Kabelbinder im Haus?«

»Hol irgendwas, womit wir sie fesseln können. Seile, Halstücher, egal was«, sagte Dessie. Sie sah nach Joyce' Mann, aber der schien vor Schmerz ohnmächtig geworden zu sein. Dann zog sie den immer noch bewusstlosen Komplizen in die Wohnung. Den Schlagring steckte sie in die Tasche, in der Hoffnung, dass keiner der Polizisten auf die Idee kommen würde, sie einer Leibesvisitation zu unterziehen.

»Sind sie tot?«, fragte Haddy und reichte ihr zwei Schals, ein Halstuch, Gaffer Tape und eine Rolle Küchengarn.

»Nein«, antwortete Dessie und runzelte verblüfft die Stirn über das Küchengarn, nahm aber die Schals und das Gaffer Tape. Damit konnte sie etwas anfangen. »Hol die Papiere«, sagte sie, während sie den Komplizen an Händen und Füßen fesselte. Danach riss sie den jetzt jammernden Ehemann vom Boden hoch und schleifte ihn in die Küche.

Haddy begriff sofort, rannte ins Schlafzimmer und kehrte mit dem Dokument und einem Stift zurück, während Dessie den Mann auf einen Stuhl drückte.

»Bist du Rechts- oder Linkshänder?«, brüllte sie auf Schwedisch. Sie wusste, dass seine Mutter Schwedin war und er die Sprache verstand.

»Was?« Er schüttelte den Kopf. »Rechts.«

Kurz entschlossen fixierte Dessie seinen linken Arm mit Klebeband am Stuhl, legte die Scheidungspapiere auf den Tisch, reichte ihm den Stift und zeigte auf das Dokument: »Unterschreib da!«

Er spuckte auf den Boden. »Du kannst mich nicht zwingen, du Schlampe«, schrie er. An seinem Schwedisch gab es jedenfalls nichts auszusetzen. »Ich bringe dich um.« Er machte Anstalten, aufzustehen.

Dessie drückte ihn auf den Stuhl und verpasste ihm eine schallende Ohrfeige.

Wieder spuckte er sie an. »Du Hure. Fotze«, schrie er.

»Jaja, du hasst Frauen. Ist schon klar. Unterschreib!«

»Niemals!«

»Haddy?«

Sie trat einen Schritt vor. »Yep?«

»Hol bitte dein schärfstes Küchenmesser.«

Haddy verschwand und kam mit einem gigantischen Messer zurück. »Das ist ein japanisches Messer, ein Fleischmesser. Ist das richtig?«

Dessie nahm ihr das Monstrum von Küchenmesser aus der Hand.

Oh ja, das war ganz ausgezeichnet. Sie hielt es dem Mann unter die Nase und ließ es im Licht aufblitzen, das vom Küchenfenster hereinfiel. »Dies Messer schneidet durch Haut, Sehnen und Muskeln wie durch Papier«, erläuterte sie ihm in pädagogischem Ton.

»Durch alle Arten von Fleisch«, fügte Haddy hinzu.

Der Mann verstummte und starrte mit aufgerissenen Augen auf das Messer. Dessie führte die Schneide an seinen Hals und übte einen leichten Druck aus, sodass er es spürte und begriff, dass es ihr ernst war. Dann hielt sie es an seinen Schritt, und er quiekte. »Stell dir vor, was dieses Messer aus deinem besten Stück machen würde. Tu, was ich dir sage, sonst kastriere ich dich. Hast du das kapiert?«

Sie musste verdammt ernst ausgesehen haben, denn er begann unkontrolliert zu zittern. Männer und ihre Schwänze. Ungelenk nahm der Mann den Stift und unterschrieb. Dann warf er ihr einen hasserfüllten Blick zu.

»Das werdet ihr noch bereuen. Ich werd es dir heimzahlen. In meinem Auto habe ich Beweise. Du wirst schon sehen.«

Dessie wurde ein wenig unbehaglich zumute. War das nur leeres Geschwätz? Sie wusste, dass sie ihr Militärmesser in der Türkei gelassen hatte. Angewidert und mit steifen Fingern legte sie das Fleischmesser auf den Tisch, und auf einmal platzte die dünne Hülle, in der sie ihre Erinnerungen eingekapselt hatte, und alles quoll daraus hervor. Das ohrenbetäubende Geräusch der Zikaden, die Hitze des Gartens und wie dieser Mann rücksichtslos auf die ausgemergelte und schwangere Joyce eingetreten hatte. Wie Joyce vor Schmerzen und Angst gewimmert hatte. Wie er seinem massigen Leibwächter befohlen hatte, die halb verhungerte und geschundene Frau anzugreifen, die seine junge Ehefrau war. Dessie schloss die Augen und versuchte, die Flut aus Erinnerungen wieder einzudämmen. Trotzdem hörte sie das gurgelnde Todesröcheln des Leibwächters, als sie ihm mit aller Kraft ihr Militärmesser so fest in den Leib rammte, dass das Blatt in einem Wirbel stecken blieb. Er starb mit aufgerissenen Augen und einer durchtrennten Arterie, aus der sein Blut auf sie und den Marmorfußboden spritzte.

Sie schnitt eine starre Grimasse in Richtung des Mannes. Seinetwegen musste sie sich keine Sorgen mehr machen.

Dann trampelten endlich Polizisten in die Wohnung.

»Und was ist hier los?«, erklang eine strenge Stimme.

Manchmal hatte man wirklich einen Lauf. »Hallo, Benji!« Dessie lächelte den Polizisten an, den sie gut kannte. Sie hatten zusammengearbeitet, sie hatte ihn während eines Wochenendseminars in Karlsborg im Nahkampf ausgebildet, und er war auch derjenige gewesen, der Tom während der Nazirazzia auf dem Laufenden gehalten hatte.

»Hi, Dessie! Was hast du hier zu suchen?«

Dessie erzählte ihm in knappen Worten, was geschehen war, wie die Männer in die Wohnung eingedrungen waren und die Frauen bedroht und sie in Angst und Schrecken versetzt und versucht hatten, das Baby zu kidnappen. Während sie sprach, räumte Haddy diskret die Scheidungspapiere und das Messer weg.

»Die Männer machen einen ziemlich lädierten Eindruck?«

»Das war Notwehr«, sagten Dessie, Joyce und Haddy wie aus einem Mund.

Benjis Kollegin ging mit Haddy und Joyce ins Schlafzimmer, während er mit Dessie in der Küche blieb. »Werden eure Aussagen übereinstimmen?«, fragte er.

»Selbstverständlich. Der Ehemann hat sie über lange Zeit bedroht.«

»Und du bist zufällig hier vorbeigekommen?«

»Ja«, sagte Dessie.

»So ein Glück!«

Sie verzog keine Miene. »Allerdings.«

Die Polizisten schlossen ihre Befragungen ab und legten den beiden Männern Handschellen an.

»Was geschieht jetzt weiter?«, fragte Joyce und biss sich auf die Lippe, wobei sie zärtlich und beruhigend auf Makena einsprach, die sich an ihren Hals klammerte und nicht wieder loslassen wollte. Joyce sah Benji an, der ein wenig errötete. Dessie dachte daran, wie freundlich der hochgewachsene Mann in ihrem Seminar gewesen war und wie schwer es ihm gefallen war, eine Frau anzugreifen, obwohl Dessie es ihm befohlen hatte. Benji nahm seine Aufgabe, die Schwachen in der Gesellschaft zu verteidigen, sehr ernst.

»Machen Sie sich keine Sorgen«, sagte er. »Wir bringen sie ins Untersuchungsgefängnis, wo sie wohl erst einmal bleiben müssen. Ich schätze, dass es auf eine Gerichtsverhandlung und eine Gefängnisstrafe hinausläuft. Hierher werden sie nicht mehr zurückkommen.«

Joyce hob sich ihre Tochter auf die Hüfte und sah Benji besorgt an. »Sind wir jetzt in Sicherheit?«

Benji betrachtete sie lange. »Sie sind in Sicherheit. Aber hier, das ist meine Telefonnummer. Rufen Sie mich an, wenn Ihnen noch etwas einfällt.«

Er räusperte sich. »Oder wenn Sie Angst haben und sich nicht sicher fühlen.«

Dessie und Haddy tauschten einen raschen Blick. Die Augen der Polizistin flackerten. Dann verabschiedeten sich die Beamten und führten die beiden Männer ab.

Die Tür fiel ins Schloss, und die drei Frauen sahen einander an. Joyce brach als Erste das Schweigen. »Ich bin frei. Er hat doch unterschrieben?«

Haddy nickte und hielt die Dokumente hoch. »Yep. Morgen gehe ich zum Anwalt.«

»Ich muss nur eben etwas überprüfen«, sagte Dessie und lief rasch die Treppe hinunter. Sie konnte nicht vergessen, was der Mann über einen Beweis gesagt hatte, den er in seinem Auto habe. Systematisch durchkämmte sie die umliegenden Straßen. In einer Nebenstraße stand ein Transporter mit litauischem Kennzeichen und offenen Türen. Die Männer kamen aus der Türkei, daher war es unwahrscheinlich, aber sie warf trotzdem einen Blick ins Wageninnere. Dort herrschte ein Durcheinander aus Seilen, schmutzigen Wolldecken und ein paar rostigen Zangen. In der Fahrerkabine fanden sich nur ein paar leere Bierdosen und Wasserflaschen, aber nichts, was nach geheimem Beweismaterial aussah.

»Wie geht es Makena?«, fragte Dessie, als sie wieder in der Wohnung war.

Das Baby beantwortete ihre Frage, indem es fröhlich krähte und seine Wange am Hals seiner Mutter rieb. »Ich bringe sie ins Bett«, sagte Joyce.

Als Joyce wiederkam, besprachen die drei Frauen die Ereignisse bei einer Tasse Tee, bis offensichtlich war, dass Joyce nicht mehr konnte.

Dessie stand vom Sofa auf.

»Bleibst du nicht über Nacht?«, fragte Haddy.

»Ich möchte nach Hause. Und ihr seid ja in Sicherheit.« Sie umarmte ihre Freundinnen fest. »Passt auf euch auf. Wir telefonieren morgen.«

»Danke«, sagte Joyce und umarmte sie lange.

Dessie ging zum Taxistand am Mariatorget. Es waren immer noch viele Menschen unterwegs, denn es war ein schöner Abend und lange hell. Sie schaute zum Himmel.

Sie kam wie aus dem Nichts. Eine Attacke. Panik. Ohne jede Vorwarnung. Ihr Körper begann zu schlottern, der Schweiß brach ihr aus, und ihr Gesichtsfeld verengte sich. Ihr erster Reflex war die Flucht. Aber ihr sich im Krampf zusammenziehendes Gehirn erinnerte sich daran, was Leila Dibah ihr gesagt und was sie besprochen hatten. Also tat sie das, was ihr vollkommen unmöglich erschien, was aber trotzdem das Richtige war. Sie ging geradewegs in die entsetzliche Angst hinein und ließ sie auf sich einstürzen wie einen Monsun – aber sie ließ ihr nicht die Oberhand. Sie atmete tief, stemmte die Füße in den Boden und wusste, es konnte gehen, wie es wollte, aber sie war es leid, zu fliehen und Angst zu haben. Also hielt sie aus, obwohl jede einzelne Zelle ihres Körpers schrie, sie solle fliehen, sie sei in Gefahr. Sie hielt aus, wartete, hielt dagegen, während der Schweiß in Strömen an ihr herunterlief. Und dann ... der Umschwung. Der Umschwung! Sie war schweißgebadet, zitterte, und ihr war speiübel. Aber es war vorüber. Sie würde die Panik besiegen.

~ 42 ~

• • •

Während der vergangenen sieben Tage hatte Sam beinahe rund um die Uhr gearbeitet, um sein Imperium zu retten. Und sein Team schuftete genauso hart wie er, um die Stellung zu halten. Celine lief wie ein hohläugiger Zombie herum. Leo schien in seinen Klamotten zu schlafen, und Federico, der kaufmännische Geschäftsführer, hatte seinen Bart schon länger nicht mehr gestutzt. Die Einzige, die immer noch wie aus dem Ei gepellt aussah, war die PR-Chefin. »Wie machst du das nur, dass du so frisch ausschaust?«, fragte Sam, der an seinem Schreibtisch saß und schwarzen Kaffee in sich hineinschüttete.

»Krisen beflügeln mich«, antwortete Parisa und nippte an einem frisch gepressten Orangensaft. »Aber ich bin ja auch viel jünger als du«, ergänzte sie entgegenkommend.

»Tausend Dank, jetzt fühle ich mich wie hundert.«

Sie musterte ihn eingehend. »Ja, du siehst wirklich etwas mitgenommen aus. Möchtest du?« Sie hielt ihm den Orangensaft hin.

Sam machte eine abwehrende Handbewegung. Es war nicht allein das Chaos auf der Arbeit, das ihm zusetzte. Er schlief schlecht, träumte von Dessie und war ganz allgemein verzweifelt darüber, wie grandios er das mit ihnen beiden vergeigt hatte. Er hätte ihr zuhören sollen, statt sie anzuschreien. Denn sobald er sich beruhigt hatte, waren ihm gleich Zweifel an den paranoiden Schlüssen gekommen, die er gezogen hatte.

Parisa verschwand mit federnden Schritten, und Sam griff nach seinem Handy, um Dessie eine Nachricht zu schicken. Das hatte er in der letzten Woche jeden Tag tun wollen, aber er fürchtete, dass er zu weit gegangen war, dass sein Verhalten unverzeihlich war.

Es ging nicht. Er konnte sich noch nicht überwinden, sie zu kontaktieren, sondern wollte sich lieber die Hoffnung bewahren, dass er vielleicht noch nicht alles vermasselt hatte. Er wählte stattdessen Toms Nummer.

»Wie geht es Dessie?«, fragte er sofort, als Tom sich meldete.

»Ich kann mit dir nicht über Desirée sprechen«, entgegnete Tom kühl.

Sam schob ein paar Stifte auf seinem Schreibtisch herum. »Ich habe dich nicht gebeten, ihr Privatleben mit mir zu diskutieren. Ich will einfach wissen, ob es ihr gut geht.«

»Es geht ihr gut. Aber sie arbeitet. Viel.«

»Siehst du, das war doch gar nicht so schwer«, sagte Sam spitz. »Wo ist sie gerade? In Schweden?«

»Lodestar untersucht gerade die neuen Entwicklungen in deinem Fall«, entgegnete Tom.

Sam drehte sich mit seinem Stuhl. »Arbeitet Dessie daran mit?«

»Sie trägt das Ihre dazu bei, genau wie alle anderen.«

Er hörte abrupt auf, sich zu drehen. »Verdammt, Tom, ich bin hier nicht der Feind. Ich gebe zu, dass ich sie ziemlich hart angegangen habe, aber ich dachte, dass sie Sachen geleakt hätte.«

»Das habe ich mitbekommen«, sagte Tom ironisch, und seine Stimme klang womöglich noch kälter als vorher. »Aber sie hat keine Informationen weitergegeben. Ich hoffe, dass dir das verdammt klar ist.«

Sam griff sich einen Stift und trommelte damit auf die Tischplatte. »Ich glaube dir. Aber sie hat gesagt, dass du, äh, wegen einiger Dinge von ihr enttäuscht warst.«

»Das ist eine Sache zwischen Dessie und mir. Dessie hätte selbstverständlich nicht ...« Tom räusperte sich verlegen, bevor er fortfuhr: » ... das tun dürfen, was ihr zwei getan habt. Und ja, Dessie und ich hatten einiges miteinander zu klären. Aber du kannst dir sicher sein, dass

Dessie niemals jemandem schaden wollte. Sie tut das alles nur, um zu helfen. Über ihre Methoden müssen wir zwar noch miteinander reden, aber wenn ich mir einer Sache sicher bin, dann, dass sie keine Verräterin ist. Wenn Informationen durchgesickert sind, dann auf einem anderen Kanal.«

»Ich verstehe.« Sam spürte mit jeder Faser seines Körpers, dass das, was Tom sagte, die Wahrheit war. Es stimmte nur zu gut mit seinem eigenen Bauchgefühl überein. Deshalb sollte es ihm eigentlich besser gehen, aber er schämte sich nur noch mehr.

»Dessie würde niemals Geheimnisse verraten«, fuhr Tom fort. »Sie ist zuverlässig, sie ...«

Sam sprang von seinem Stuhl auf. »Tom! Das weiß ich! Und ich werde sie auf Knien um Verzeihung anflehen, aber ich will sie nicht bedrängen. Ich weiß nicht mal, ob das zwischen uns überhaupt noch gekittet werden kann, so eklig, wie ich zu ihr war. Jetzt möchte ich mich vergewissern, dass es ihr gut geht.«

Tom schwieg. »Sie bedeutet dir etwas?«, fragte er schließlich.

»Ja, verdammt!« Sam konnte hören, wie seine Stimme zitterte. Dessie bedeutete ihm nicht nur etwas, er war in sie verliebt. Ihm blieb fast die Luft weg, als ihm aufging, was er schon vor langer Zeit hätte begreifen müssen. Er liebte sie, diese komplexe, einzigartige, besondere Frau.

»Sie bedeutet mir sogar sehr viel«, sagte er mit erstickter Stimme. Er hatte nicht vor, all seine Gefühle vor Tom auszubreiten, so viel Würde war ihm noch verblieben, aber Dessie bedeutete ihm alles.

»Du solltest dich ein wenig beruhigen. Dessie muss sich um andere Dinge kümmern.« Tom schien unangenehm berührt.

»Das verstehe ich, und ich will ihr auch nicht das Leben noch schwerer machen. Aber verdammt, Tom, sorg dafür, dass sie auf sich achtgibt.«

»Nein. Dafür sorgt sie am besten selbst. Und jetzt habe ich keine Zeit mehr, ich muss mich um Angelegenheiten kümmern, bei denen es um Leben und Tod geht.« Und bevor Sam antworten konnte, hatte Tom schon aufgelegt.

Sam blieb bestimmt zehn Minuten mit dem Handy in der Hand sitzen. Endlich beschloss er, es kurz zu halten.

SA: Ich möchte mich für das entschuldigen, was ich gesagt habe. Ich weiß, dass du nichts geleakt hast. Verzeih mir.

Erst nach der Mittagspause kam die knappe Antwort:

DD: In Ordnung. Habe gerade viel zu tun.

Sam las die Nachricht immer und immer wieder und versuchte zu ergründen, was sie damit sagen wollte, bis er es aufgab und schrieb:

SA: Danke! Pass auf dich auf.

Keine Antwort. Und er hatte auch keine Zeit, noch weiter darüber nachzugrübeln, denn er musste um seine Ehre und sein Überleben kämpfen. Er stürzte sich in die Arbeit und hoffte inständig, dass er zwischen ihnen nicht noch mehr kaputtgemacht hatte.

Gegen Abend ging Sam von seinem Büro am Sergels Torg die permanent laute Hamngatan hinunter und bog in die Jussi Björlings Allee ein. Er durchquerte den Kungsträdgården und ging dann rasch bis fast an die äußerste Spitze der Insel Blasieholmen. Je mehr er sich seinem Hotel Lux by Mälaren näherte, desto langsamer wurde er. So war es immer. Er bekam jedes Mal wieder Gänsehaut, so schön war es hier. Diesen Teil Stockholms liebte er am meisten. Die kleine Halbinsel mit ihren alten Häusern und Palais, mit der Aussicht über das Wasser bis zum Schloss, zur Brücke Skeppsbron und auf Gamla Stan, die Altstadt, hinüber, hatte etwas, das ihm eine angenehme Gänsehaut verursachte. Hier stand er, Sam Amini aus Akalla, und besaß ein weißes Palais aus dem 19. Jahrhundert. Ein stattliches Gebäude, das jetzt restauriert war und in dem sich sein Hotel befand. Sein Flaggschiff. Sein Eigentum.

Das Äußere war in strahlendem Weiß neu verputzt. Sie hatten neue Markisen mit schmalen grauen und weißen Streifen anbringen lassen. Die beiden luxuriösesten Suiten besaßen jeweils einen kleinen Balkon mit Blick auf das Wasser. Und ganz oben lag sie: die Terrasse. Seine neue Terrasse mit Dreihundertsechzig-Grad-Blick über Wasserflächen in drei Himmelsrichtungen: die Ostsee mit ihren Buchten Ladugårdslandsviken und Nybroviken. Die Terrasse mit der eisernen Brüstung, an der Dessie und er sich geliebt hatten.

Sein Herz schwoll vor Stolz, als er das Gebäude betrat. Überall wurde gehämmert und gebohrt. Der Empfangstresen war noch nicht am Platz, und er wusste, dass auch eine der Suiten noch nicht fertig war, dass es Schwierigkeiten mit einigen Lieferungen gab, dass eine Tür klemmte und noch jede Menge Kleinigkeiten zu erledigen waren. Aber es sah schon vielversprechend aus. Es machte Spaß, ein neues Hotel zu bauen und zu eröffnen. Und die nächste Phase, wenn sich das Hotel mit Menschen füllte, mit Personal und Gästen, und zum Leben erwachte, war sogar noch besser.

»Hallo«, begrüßte er Arash, der ihn aufhielt, nachdem Sam den Fortschritt der Arbeiten kontrolliert hatte. Arash gehörte zu den ersten Mitarbeitern, die Sam angestellt hatte, und war ein organisatorisches Naturtalent. »Wie läuft es?«, fuhr er fort.

»Es läuft. Ich wollte dir nur mitteilen, dass wir heute Besuch von einer Gruppe Fotografen und Journalisten hatten, die überall ihre Nase hineinstecken wollten, aber jetzt scheinen sie aufgegeben zu haben.« Arash warf einen Blick auf den Mann, der an Sam klebte wie sein Schatten.

Sam hatte wieder Leibwächter, die ihm rund um die Uhr folgten, seine Wohnung bewachten und vor seinem Büro standen. Er versuchte das zu akzeptieren, auch wenn es ihm mit jedem Tag, der verging, schwererfiel.

»Das ist nur eine Vorsichtsmaßnahme«, sagte er beruhigend. Die Drohungen richteten sich ja in erster Linie gegen ihn, doch allein schon der Gedanke, dass einer der Menschen, die für ihn arbeiteten, zu Schaden kommen könnte, verursachte ihm Beklemmungen. Und erst die Gäste ... Herrgott, wenn einem Gast etwas passierte. Er durfte gar nicht daran denken, sonst drehte er noch durch.

»Ich will gar nicht stören, nur eine Runde drehen und nachsehen, ob alles unter Kontrolle ist. Meldet euch sofort, falls etwas Unvorhergesehenes passiert.«

Er verabschiedete sich von Arash und ging in die Küche, wo Haddy Camara, verschwitzt und in gebieterischem Ton, aber fokussiert, ihr glänzendes neues Reich mit eiserner Hand regierte.

»Wie läuft es bei euch?«, fragte Sam und sog die Düfte ein.

»Gut.« Haddy schmeckte eine Soße ab, rührte in einem Topf und zeigte auf einen Karton, den eine ihrer Hilfen eilends öffnete. Sie ignorierte Sam komplett.

Sam stützte sich mit den Händen auf eine Arbeitsplatte und verlagerte sein Gewicht von der einen Hand auf die andere. »Äh, ja, was ich dich fragen wollte ... Wie geht es Dessie?« Er fingerte an einem Topf herum und versuchte, nicht wie ein schmollender Teenie zu klingen, sondern wie ein mächtiger Hotelkönig, was ihm nur zum Teil gelang.

»Dessie? Frag sie doch selbst. Sie sitzt da drüben.« Haddy wischte sich den Schweiß von der Stirn und zeigte in eine Ecke, in die Sam noch gar keinen Blick geworfen hatte.

»Hallo, Sam«, sagte Dessie. Sie saß vor einem tiefen Teller mit Risotto.

Sam starrte sie an. »Was zum Teufel ist mit dir passiert?« Ihr Gesicht war voller blauer Flecken. Schon wieder.

Sie aß einen Löffel Risotto. »Nichts«, sagte sie mit vollem Mund.

Haddy stellte ihm einen Teller hin und reichte ihm Besteck. Sam warf Dessie einen fragenden Blick zu, weil er sich nicht aufdrängen wollte. »Darf ich?«

Sie sah ihn lange an. Dann nickte sie.

~ 43 ~

Dessie beobachtete verstohlen, wie Sam sich in seiner gewohnt enthusiastischen Art auf das Essen stürzte, und befühlte vorsichtig ihre Stirn. Sie hatte ganz vergessen, dass sie von dem Zusammenstoß mit den zwei Männern in der letzten Woche immer noch blaue Flecken hatte, deren Farbe jetzt allmählich zu Gelb wechselte.

Sie bedachte Sam mit einem schiefen Lächeln. »Du solltest erst mal die anderen Jungs sehen«, sagte sie leichthin.

Sam unterbrach sich beim Essen. »Mach darüber keine Witze. Ich hätte bei deinem Anblick fast einen Herzinfarkt bekommen.« Er betrachtete ihre Verletzungen eingehender, und Dessie vergaß fast das Atmen. Seine Augen ruhten auf ihr ... Sam hätte sie ebenso gut gegen eine Wand drücken, ihr das Knie zwischen die Beine schieben und sie mit einem Zungenkuss traktieren können – so intensiv spürte sie seinen Blick.

»Bist du damit beim Arzt gewesen? Hat man dich untersucht?«

Sie atmete wieder. Er war so unglaublich fürsorglich. So viele Male hatte sie schon miterlebt, wie er sich für seine Angestellten interessierte und ihnen zuhörte, hatte gehört, mit welcher Wärme er von seiner Mutter sprach, und beobachtet, wie sehr er sich darum bemühte, dass seine Gäste sich wohlfühlten und in seinen Hotels eine angenehme Zeit verlebten. Erst kürzlich hatte Haddy ihr erzählt, dass er ihr ein großzügiges Budget zur Verfügung stellte und ihr weitgehend freie Hand ließ. »Sam Amini ist in Ordnung«, hatte Haddy gesagt und Dessie mit einem langen und vielsagenden Blick bedacht. Einem Blick, der deutlich sagte: »Du musst irre sein, wenn du den Kerl nicht nimmst.«

»Das hat nichts zu bedeuten, glaub mir«, beantwortete Dessie Sams

Frage und zeigte auf ihr Gesicht. Das stimmte. Abgesehen von ein paar blauen Flecken und einigen Kratzern hatte sie keine Schäden von dem Zusammenstoß zurückbehalten. Im Gegenteil, in gewisser Hinsicht hatte er sogar eine reinigende Wirkung gehabt. Insofern, als sie nun endlich die Türkei, die Befreiung von Joyce und den Mann, den sie getötet hatte, hinter sich lassen konnte. Nicht wirklich vergessen – man vergaß keinen Menschen, dem man das Leben genommen hatte –, aber jedenfalls nicht mehr rund um die Uhr daran denken.

»Was machst du hier?«, fragte sie und schob sich noch mehr Pilzrisotto in den Mund.

Sie hatte einen stressigen Tag hinter sich, ihr Blutzuckerspiegel war abgestürzt, und statt geradewegs nach Hause zu gehen, was sie eigentlich vorgehabt hatte, war sie hierher zu Haddy zum Essen gekommen. Vielleicht wollte sie sich sogar Sam nahe fühlen, wie sie sich jetzt selbst eingestand, seine Gegenwart in den Wänden erahnen, sich daran erinnern, was sie dort oben getan hatten, mit dem Himmel, der Sonne und der Stadt als einzigen Zeugen. Und jetzt war er hier. Ganz in Blau mit aufgekrempelten Hemdsärmeln, seiner protzigen Uhr und diesem maskulinen Armband, das sie so liebte. Hoffnung keimte in ihr auf wie eine zarte Pflanze. Sam war hier. Bei ihr. Warf ihr elektrisierende Blicke zu und sah sie an, als wäre sie die einzige Frau auf der Welt.

»Tja. Das Hotel gehört mir«, sagte er, wobei er Haddys gutes Essen in sich hineinschaufelte. »Ich darf herkommen, wann immer ich möchte. Die Küchen in meinen Hotels gehören zu meinen Lieblingsplätzen. Die Küchen und die Terrassen.«

Er bedachte sie mit einem langen Blick, den sie vom Scheitel bis in die Zehen spürte.

Sie legte ihr Besteck hin. Sie hatte zu schnell und zu viel gegessen, und jetzt auch noch Sam. »Die Küche ist wirklich gelungen, und das Hotel ist fantastisch, einschließlich der Dachterrasse«, sagte sie. Sam hatte das alles erschaffen, es war seine Vision, trug seine Handschrift und war so schön, dass es ihr wehtat. Er aß nur mit der Gabel und hatte die andere Hand auf den Tisch gelegt. Goldfarben. Stark. Und jetzt vergaß sie anscheinend schon wieder das Atmen.

Sam sah sie mit diesem dunklen Blick an, von dem ihr immer ganz sanft und warm zumute wurde, der ihre Verteidigungsmauern einstürzen ließ und sie dazu brachte, Dinge tun zu *wollen:* Ihre Hand ausstrecken und seinen Nacken damit umschließen. Ihn küssen. Ihren Kopf an seine Schulter lehnen und die Augen schließen und seinem regelmäßigen Puls lauschen.

Aber ihre leise Hoffnung war zerbrechlich, und sie hegte sie sorgsam und wollte sie nicht auf die Probe stellen. Noch nicht.

»Danke«, sagte er leise. Sie sahen sich an. Haddys Küchengeräusche, die brodelnden Töpfe und das umherlaufende Personal bildeten einen behaglichen Hintergrund, einen Schutzwall gegen alles, was außerhalb war. Hier waren sie in Sicherheit, und sie würde am liebsten so sitzen bleiben. In der Wärme der Küche, die sich wie sanfte Arme um sie legte, unter Sams Blick, der auf ihr ruhte, und mit der Aussicht auf einen Nachtisch.

»Du hast dich bei Haddy nach mir erkundigt«, sagte sie, denn sie hatte ihn gleich bei seinem Eintreten gesehen und gehört.

»Ja, das habe ich.«

Sie wurden dadurch unterbrochen, dass Haddy zwei Weinkelche vor sie hinstellte und ihnen Rotwein einschenkte.

»Für mich nicht«, sagte Sam und hob die Hand in einer abwehrenden Geste. »Ich muss heute noch arbeiten.« Er sah ausgelaugt aus, war unrasiert und hatte rote Augen. Haddy schenkte weiter ein. »Du bist hier in meiner Küche und isst mein Essen. Dieser Chianti passt perfekt zu den Pilzen und zum Risotto. Trinkt ein paar Schlucke und sagt mir, was für eine fantastische Verbindung sie im Mund eingehen.« Sie nickte ihnen auffordernd zu.

Sam und Dessie prosteten sich zu und probierten.

»Wunderbar«, sagte Sam.

»Hab ich doch gesagt«, entgegnete Haddy. »Mehr?«

Aber sowohl Sam als auch Dessie schüttelten den Kopf.

»Ich bin pappsatt«, stöhnte Dessie, als sie ihren Teller leer gekratzt hatte.

»Danke, das war super«, sagte Sam und wischte sich nach einem letzten Bissen den Mund ab.

»Ihr bekommt auch noch etwas Süßes. Rhabarbergelato mit frischen Erdbeeren.« Haddy warf Dessie einen langen Blick zu, dessen Bedeutung nicht zu entschlüsseln war, außer dass er etwas mit Sam zu tun hatte.

»Ich bin hergekommen, um Haddy nach dir zu fragen. Ich musste wissen, wie es dir geht«, sagte Sam, als Haddy aufgehört hatte, Dessie vielsagende Blicke zuzuwerfen, und sich wieder ihrer Arbeit zuwandte.

Er sprach jetzt mit neutraler Stimme und strahlte aus, was er war: ein Chef und Hotelbesitzer, und Dessie hatte keinen Schimmer, was er meinte. Warum wollte er wissen, wie es ihr ging? Und dann mit dieser Stimme? War er bloß höflich? War es seine Fürsorge für alle, die auf die eine oder andere Weise für ihn arbeiteten? Oder lag ihm immer noch etwas an ihr? In der vergangenen Woche hatte sie geglaubt, es sei alles vorbei. Sie hatte seine kurze Nachricht bekommen, die lediglich eine knappe Entschuldigung enthielt, und sie hatte nicht erkennen können, ob dahinter noch eine verborgene Bedeutung lag. Ihre Antwort war genauso kurz ausgefallen, weil sie unsicher war, was er meinte, und danach war die Konversation quasi eingeschlafen.

»Mir geht es gut, das da ist gar nichts.« Sie zeigte auf ihr Gesicht und trank dann noch einen Schluck von dem Wein. »Wir haben die Männer erwischt, die Joyce terrorisiert haben.«

Sam lehnte sich vor. »Erwischt? Ist es etwa das, was du getan hast? Dich mit denen geprügelt?« Er sah aus, als wäre ihm ein wenig übel.

Dessie lächelte. Wie süß von ihm. »Ich bin eine Kriegerin, Sam. Ich komme zurecht. Hauptsache, Joyce ist in Sicherheit. Sie wird sich scheiden lassen, die beiden Schweine sind eingebuchtet, und es ist vorbei. Es geht ihr gut und mir auch.« Sie drehte ihr Weinglas zwischen den Fingern und nahm ihren Mut zusammen. »Und ich habe viel nachgedacht.«

»Wirklich? Worüber?« Er verriet seine Gefühle mit keiner Miene.

Oh Gott, sie war so nervös. »Ich werde mir jetzt keine Fehler mehr leisten. Wie die vielen Lügen nach der Sache in der Türkei und dass ich Tom verheimlicht habe, wie schlecht es mir ging.« Sie verstummte, ihr ganzer Körper stand unter Strom.

»Verstehe. Das klingt nach einem guten Plan. Wie geht es mit den Panikattacken?«

»Viel besser.« Sie hatte eine ganze Weile lang keine einzige Attacke mehr gehabt. Und null Albträume.

»Wie schön.« Er war immer noch undurchschaubar. Er lehnte sich zurück. »Was hast du jetzt vor? Ich meine, mit deiner Zukunft.«

Dessie wünschte sich, sie wüsste, was er mit dieser Frage bezweckte. Es war bescheuert, schließlich könnte sie ihn ja geradeheraus fragen, ob er von ihrer gemeinsamen Zukunft sprach. Aber sie traute sich nicht. Deswegen blieb sie auf sicherem Terrain und redete über die Arbeit. »Ich habe immer noch Toms Vertrauen. Er ist der beste Chef, den man sich überhaupt wünschen kann.« Ihr kamen fast die Tränen, als sie daran dachte.

»Ja, er klingt wirklich großartig«, sagte Sam. Sein Augenwinkel zuckte. Wenn sie es nicht besser gewusst hätte, hätte sie geglaubt, dass er verärgert war. Fast schon eifersüchtig, was einfach lachhaft war. Tom war beinahe so etwas wie eine Vaterfigur für sie, und außerdem hatte er nur Augen für Ambra.

»Das ist er, in jeder Hinsicht. Ich war ihm eine Last, und er hatte Geduld mit mir. Ich bin ihm so dankbar.«

Sie war wirklich dankbar, aber auch sehr dünnhäutig. Denn jetzt, wo sie mit Tom alles geklärt hatte, fiel er als Hindernis ja weg. Sie war frei. Und das bedeutete, dass sie ohne schlechtes Gewissen an Sam denken konnte. Was sie auch tat. Praktisch rund um die Uhr. Und das wiederum bedeutete, dass sie bestimmte Entscheidungen treffen musste. Sich hinausstürzen ins Unbekannte oder auf sicherem Terrain bleiben?

Sie hatte heute sogar schon Leila Dibah angerufen.

»Ich möchte etwas besprechen«, hatte sie gesagt, als Leila Dibah abnahm.

»Jetzt?« Die Psychologin hatte alles andere als enthusiastisch geklungen.

Aber Dessie hatte sich davon nicht abschrecken lassen. »Sie sind ans Telefon gegangen, also gehe ich davon aus, dass Sie Zeit haben.«

»Einen Moment.« Dessie hörte das leise Klicken eines Feuerzeugs und das Geräusch eines tiefen Atemzugs. Dann ein Ausatmen. »Ich habe sechs Minuten und ein Mentholzigarillo. Schießen Sie los.«

»Ich habe immer Angst vor Beziehungen gehabt. Habe immer gefürchtet, dass sie mir meine Zeit und Energie rauben, was auch oft der Fall war«, sagte Dessie eilig.

Die Psychologin nahm einen tiefen Zug aus dem Zigarillo und atmete wieder aus. »Beziehungen?«

»Zu Männern. Sie haben mich vor allem Zeit und Kraft gekostet. Aber mit Sam bekomme ich neue Energie. Bin glücklich. Fühle mich stark.«

»Ist Sam der Mann, von dem Sie mir erzählt haben?«, fragte Leila Dibah.

»Ja.«

Sie zog wieder an ihrer Zigarette, blieb aber stumm.

Dessie fuhr stockend fort. »Vielleicht muss ich gar nicht alles selbst hinkriegen? Glauben, dass ich allein am besten zurechtkomme? Vielleicht kann man ja uneins sein und miteinander streiten, ohne dass das automatisch zu Vorwürfen wegen Verrat und dem Gefühl führt, im Stich gelassen zu werden. Man ist – ich meine, *ich* bin – in diesem Punkt vielleicht ein wenig vorbelastet? Ich meine, Sam und ich können uns ja vielleicht streiten und anschreien, ohne dass wir deswegen ein für alle Mal Schluss machen müssen?« Hier betrat sie unbekanntes Terrain. Sam und sie waren ja nicht einmal zusammen. »Vielleicht hat man manchmal schlicht Meinungsverschiedenheiten? Und muss einfach miteinander sprechen? So wie unter Kollegen?« Dessie war gut darin, Mitarbeitergespräche zu führen, und sie stieß auch hin und wieder mit ihrer Schwester zusammen. Aber mit Männern ... Sobald sich ein Konflikt abzeichnete, zog sie sich zurück und verschloss sich, das hatte sie jetzt verstanden. Sie hatte sich selbst für einen erwachsenen, reifen Menschen gehalten, aber offensichtlich war da noch Luft nach oben.

Und in ebendiesem Augenblick, mit einer rauchenden Leila Dibah am anderen Ende der Leitung und jeder Menge Gedanken darüber, wie kompliziert Beziehungen sein konnten, erkannte Dessie, dass sie Sam liebte.

Sie stand ganz still da, während sie diese Erkenntnis sacken ließ. Alle Anzeichen waren da. Sie dachte ständig an ihn und freute sich, wenn sie ihn sah. Sie wollte ihre Späße und Erlebnisse mit ihm teilen und fühlte mit ihm, wenn er vergnügt war, und sie litt mit ihm, wenn er traurig war. Kein anderer Mann konnte ihm das Wasser reichen. Und Sam war ja auch der Erste gewesen, den sie geliebt hatte, da war es nur logisch, dass diese Gefühle wiedererwachten. Vielleicht waren sie auch nie wirklich gestorben.

»Ich glaube, ich liebe ihn«, hatte sie gekrächzt. Aber es stimmte nicht, dass sie das *glaubte*. Sie wusste es.

Leila Dibah nahm einen weiteren Zug. »Sam?«

»Ja, Sam. Aber es tut weh, weil ich nicht weiß, was er fühlt.« Und weil sie nicht wusste, was jetzt zu tun war.

»Dessie?«

»Ja?«

»Mein Zigarillo ist aufgeraucht, und Ihre Zeit ist um.«

»Aber Sie haben sich ja noch gar nicht geäußert. Ich brauche Hilfe.«

»Mir ist noch nie jemand begegnet, der meine Hilfe weniger nötig hatte als Sie. Tschüss!« Und damit hatte sie Dessie weggedrückt. Einfach so.

Dessie betrachtete Sam über den Tisch hinweg. Sam, den sie liebte, für den sie sterben könnte, der der liebste, beste Mann war, der ihr je begegnet war. Wie verhielt man sich, wenn einem klar geworden war, dass man jemanden liebte? Sollte sie einfach so damit herausplatzen? Zwischen Hauptgang und Dessert? Und was, wenn seine Gefühle überhaupt nicht so stark waren wie ihre? Es war sicher besser, sie versuchte erst herauszufinden, was er fühlte. Lust? Freundschaft? Mehr? Puh! Ihr war übel. Und kalt. Seltsam, dass Liebe und Grippe sich ziemlich gleich anfühlten.

Haddy brachte den Nachtisch. Dessie schämte sich über ihre Erleichterung darüber, dass sie das Neue, Schwierige, Ungewohnte noch etwas hinausschieben konnte. Was sie dagegen nicht aufschieben konnte, war, herauszufinden, wer es war, der Sam vernichten wollte. Die Rechtsextremen saßen hinter Schloss und Riegel, und nachdem sie die Angelegenheit mit Tom besprochen hatte, war sich Dessie ziemlich sicher, dass die Informationen nicht aus diesem Umfeld geleakt worden waren.

»Wie läuft es mit der Presse?«, fragte sie.

Sam rieb sich über die Bartstoppeln am Kinn. »Das war mit das Übelste, was uns passiert ist, aber es scheint sich etwas beruhigt zu haben. Mein PR-Team hat einen fantastischen Job gemacht. Sie haben Pressemitteilungen herausgegeben und mit praktisch jedem einzelnen beteiligten Journalisten gesprochen. Und ich habe sowohl Svenska Dagbladet als auch Dagens Nyheter Interviews gegeben, weil Parisa überzeugt ist, dass Berichte in den beiden größten Tageszeitungen dazu beitragen können, das Bild zu relativieren. Aber wir mussten die Bewertungsfunktion auf den Websites unserer Hotels abschalten. Die waren zeitweise das reinste Schlachtfeld.«

»Habt ihr Gäste verloren?«

»Seltsamerweise nicht. Aber wir hatten schon immer besonders loyale und zufriedene Gäste.« Es aß einen Löffel Eis und lächelte. »Meine Güte, Haddy ist wirklich eine Entdeckung.«

Dessie musste den Blick senken. Sams Gesichtsausdruck, wenn er sein Essen genoss, war derselbe, wie wenn sie ihm einen blies ... oder wenn er kurz davor war zu kommen. Mit unsicherer Hand fasste sie ihren Löffel und versuchte, an etwas anderes zu denken.

Wer waren Sams Feinde? Sie war noch einmal gründlich sämtliche Informationen durchgegangen, die Lodestar über Sam und Responsibility hatte. Die IT-Abteilung hatte ihr Handy durchgecheckt. Von dort war nichts verschickt worden. Sie war sich der Tatsache bewusst, dass theoretisch jemand an ihr Handy hätte herankommen können. Dafür reichte ein so kurzer Moment wie der, als ihr das Handy bei ihren Eltern aus der Tasche ihres Hosenanzugs gerutscht war. Sie hatte sich sogar zu Hause erkundigt, aber keiner kannte ihre PIN. Sie hatte alle gefragt, sogar ihren Vater, aber nein, nichts. Alle, einschließlich der Mädchen, hatten ihr das geschworen. Es war mit anderen Worten höchst unwahrscheinlich, dass ihr Handy das Leck war. Zuletzt waren ihre Mutter, ihr Vater und Patricia ärgerlich geworden. »Hör endlich auf mit deinem blöden Handy, das hast du doch immer bei dir«, hatte Patricia sauer gesagt.

Trotzdem. Irgendjemand hatte es auf Sam abgesehen. Aber wer?

Er kratzte sein Dessertschälchen aus. »Es tut mir leid, aber ich muss los. Ich habe noch eine Million Dinge zu erledigen.« Er schenkte ihr ein Lächeln, ließ seine Serviette auf den Tisch fallen und erhob sich. Stand da. Legte ihr dann eine Hand auf die Schulter. Sie hielt den Atem an. Die Zeit verging, er drückte ihr die Schulter: »Dessie, ich ...«, begann er, verstummte dann aber wieder. »Wir telefonieren«, sagte er und ging.

Haddy stampfte auf sie zu und stemmte die Fäuste in die Taille. »Das hast du ja super hingekriegt«, sagte sie ungnädig.

»Ich bin so verliebt in ihn«, flüsterte Dessie.

»Ihr beide, also wirklich.«

»Was soll ich tun?«

»Frag mich doch nicht. Mit Männern kenne ich mich nicht aus, ich lebe für mein Essen.« Sie taxierte Dessie. »Aber sogar ich konnte sehen, dass das nicht so gelaufen ist, wie du gehofft hattest.«

»Herzlichen Dank.«

»Sorry! Möchtest du noch was zu essen?«

Dessie schob ihren Teller von sich und schaffte Platz auf dem Tisch. »Bring mir alles, was Schokolade, Zucker und Fett enthält.«

»Geht klar.«

~ 44 ~

Am Eröffnungstag wurde Sam schon früh wach. Er duschte und rasierte sich gründlich und überlegte genau, was er anziehen wollte. Draußen auf der Straße nickte er Jon zu, dem Leibwächter mit den Polizistenaugen, der in seinem Auto saß und gelangweilt aussah.

»Ich gehe zu Fuß nach Blasieholmen. Sehen wir uns dort?«, fragte Sam.

»Ich kann dich hinfahren«, bot Jon ihm an.

»Ich möchte lieber laufen.«

Der Leibwächter verzog keine Miene. Drehte nicht die Augen gen Himmel wie Dessie und diskutierte nicht wie Dessie. Gott, wie sehr er sie vermisste!

»Dann laufe ich auch«, sagte Jon einfach und stieg mit angespannten Kiefermuskeln aus dem Auto.

Der Fußweg von Torsplan bis nach Blasieholmen dauerte gut eine Dreiviertelstunde. Mit seinem Leibwächter einige Schritte hinter sich ging Sam vorbei an Parks, historischen Gebäuden und glitzernden Wasserflächen.

Stockholm war sein Zuhause, dachte er bei sich. Hier gehörte er hin. Iran, Teheran und alles Persische waren natürlich ein großer Teil von ihm, ein wichtiger Teil, aber dies war sein Zuhause. Er war nicht entweder Iraner oder Schwede, er war beides. Auf Blasieholmen angekommen, blieb er vor dem Hotel stehen. Das Herz ging ihm auf. Er drehte sich um und sah seinen Leibwächter an, der jedoch keine Miene verzog.

»Schön, oder?«, sagte Sam und konnte den Stolz in seiner Stimme nicht verbergen. In der Junisonne strahlte das weiße Gebäude wie ein Juwel.

Jon mit seiner Pilotenbrille bedachte ihn mit einem flüchtigen Nicken und postierte sich vor dem Hoteleingang.

Möge es ein Erfolg werden, dachte Sam und trat ein. Die Drohungen hatten aufgehört, quasi über Nacht. Alle Aufregung um das Hotel und um ihn als Person hatte sich ebenfalls gelegt, und Sam wagte allmählich wieder zu hoffen. Auch wenn seine Befürchtungen immer mal wieder hochkamen. War es ein Fehler, die Eröffnung so groß aufzuziehen? Was, wenn er die Sicherheit seiner Mitarbeiter oder seiner Gäste aufs Spiel setzte? Niemand kannte die Bedrohungslage oder wusste, was passieren konnte, und Tom hatte auch weiterhin auf Personenschutz bestanden. Sam hatte sich einverstanden erklären müssen, die Leibwächter noch zu behalten.

Während der letzten Tage hatten er und seine Mitarbeiter fast rund um die Uhr geschuftet. Als Sam das Hotel gestern als Letzter verlassen hatte, war es fast drei Uhr nachts gewesen. Jetzt legte noch die Reinigungsfirma letzte Hand an. In der Lobby empfing der spezialangefertigte persische Teppich, der in der allerletzten Sekunde geliefert worden war, die Gäste mit seinem luxuriösen Schimmer, und Sam strich mit der Hand über den spiegelnden Empfangstresen. Eine ausladende Obstschale mit Erdbeeren, Mandarinen, kleinen Melonen und Granatäpfeln hieß ihn willkommen. Das war ihm gestern entgangen. Er lächelte. Die Granatäpfel waren ein reizvolles Detail und typisch Parisa.

Das Herz wollte ihm zerspringen, so stolz war er auf sein Personal, alle miteinander. Wie beharrlich und professionell sie den Gerüchten begegnet waren. Parisa hatte mit Journalisten und Influencern gesprochen, bis sie heiser war, Celine hatte so lange verhandelt, bis sie bessere Platzierungen für ihre Anzeigen in ausgewählten Zeitungen erreicht hatte, und Sam hatte Interviews gegeben, für Fotos posiert und jede einzelne Anfrage von Journalisten beantwortet. Er hatte so viel gelacht, geredet und seinen Charme spielen lassen, als hinge nicht nur sein Unternehmen, sondern auch sein Leben davon ab, und seit am Freitag die Interviews in den beiden größten Tageszeitungen erschienen waren, hatte sich die öffentliche Meinung zu ihren Gunsten gewendet. Seitdem hatten sie ihre Energien darauf konzentriert, dem Hotel noch den letzten Schliff zu geben. Natürlich gab es immer noch ein paar Kleinigkeiten, die noch nicht tipptopp waren, wenn man genau hinschaute – und ja, in einer der Suiten fehlte noch ein Bett, der Barkeeper war ein langhaariger Freund von Leo, ein Typ, dessen einzige Referenz ein zehntägiger Kurs auf Ibiza war –, aber das meiste war fertig.

Sam ging in die Küche, kochte Kaffee, setzte sich dann mit seinem Becher an den Tisch und checkte seine Mails, Social Media und die Nachrichten. Um halb acht kam Ulla-Karin, die Empfangschefin, die heute zum ersten Mal ihre grau-blaue Uniform trug.

»Guten Morgen«, sagte sie und nahm den Kaffeebecher entgegen, den Sam ihr reichte.

»Wie sieht es bei den Buchungen aus?«, fragte er.

»Langsam wird es voll«, sagte Ulla-Karin und blies über ihren Kaffee.

Wenn jetzt nicht noch etwas passierte, hatten sie den Sturm abgewettert, dachte Sam. Und wenn erst einmal alles vorüber war, konnte er Dessie endlich seine Gefühle offenbaren. Er wusste nicht, wie sie reagieren würde, wenn er ihr sagte, dass er sie liebte. Aber das war dann, wie es war. Er beabsichtigte, ihr alle seine innersten Gedanken zu gestehen, und dann konnte sie entscheiden, ob sie noch einmal von vorn anfangen sollten und ob sie eine Chance auf eine gemeinsame Zukunft hatten. Vielleicht hatte er ja alles kaputtgemacht, vielleicht würde sie ihn zum Teufel schicken, und vielleicht hatten sie beide einander schon zu oft verletzt. Das musste die Zukunft zeigen. Aber er würde tun, was er konnte, er würde Verantwortung und seinen Anteil an der Gefühlsarbeit übernehmen.

Doch vorher hatte er noch ein Hotel einzuweihen.

Die Empfangschefin verschwand, und statt ihrer schlenderte Haddy in die Küche.

»Was machst du hier?«, fragte er. Seine Sterneköchin sollte eigentlich zu Hause sein und schlafen. Er wusste, wie viele Stunden sie abgerissen hatte, seit sie bei ihm arbeitete.

Haddy schnaubte. »Ich muss fünftausend Kanapees vorbereiten. Und was machst *du* hier?«

»Ich konnte nicht schlafen.«

»Es wird alles laufen wie geschmiert. Du hast gute Mitarbeiter, Sam.«

»Ich bin sehr froh, dass du für mich arbeitest«, sagte er herzlich.

»Heute Abend werden wir wissen, ob ich das alles schaffe.«

Sam feixte. »Falsche Bescheidenheit. Da musst du ja wirklich nervös sein.«

»Willst du mir vielleicht bei den Kanapees helfen?«

Sam grinste. »Lieber nicht. Der Wink ist angekommen, obwohl er so unglaublich subtil war: Ich bin im Weg. Viel Glück!« Er schnappte sich eine Flasche Mineralwasser und eine Banane und ging wieder in die Lobby.

Mittlerweile waren weitere Mitarbeiter angekommen, und es herrschte fieberhafte Aktivität. Diverse Lieferungen trafen ein, und Floristen stellten prunkvolle Blumenarrangements zusammen, die die Lobby und den Eingang und sogar den Kai draußen verschönern sollten. Leos Fontänen wurden aufgebaut, und ein Lieferwagen voller Ballons fuhr piepend rückwärts an das Gebäude heran.

Sam machte kehrt und fuhr mit dem Aufzug auf die Dachterrasse. Seine Terrasse. Es war perfektes, nicht zu warmes Sommerwetter mit weißen Schäfchenwolken und einer leichten Brise vom Wasser her. Wie immer war er von der Aussicht überwältigt. Er blieb stehen und gab sich der ungetrübten Freude darüber hin, dass er dies alles geschaffen hatte. Zwar hatte er Karl-Filips Schloss verloren, aber er hatte das, und hier und heute wollte er sich einfach nur freuen. Es würden neue Schlösser, neue Projekte kommen. So war es immer.

Um vier Uhr versammelte Sam seine Mitarbeiter in der Lobby und reichte jedem beim Eintreten ein Glas Champagner.

»Prost, auf eure großartige Arbeit«, sagte er.

Sie prosteten sich zu, ließen sich hochleben, tranken und kehrten dann wieder zu ihrer Arbeit zurück.

Um kurz vor fünf trudelten die ersten Gäste ein. Die Gästeliste war wirklich beeindruckend, dachte Sam, als er die stetig dichter werdende Menschenmenge überblickte, wo sich Popstars, das jüngste Prinzenpaar, hippe ausländische Künstler, schwedische Hollywoodgrößen und andere Promis ein Stelldichein gaben – von vergreisten Publikumslieblingen bis zu unbekannten jungen Celebritys in bizarren Kreationen.

»Das habt ihr fantastisch gemacht«, lobte er Leo und Parisa, die sich vorrangig um die Einladungen gekümmert hatten. Seine beiden jungen Mitarbeiter erröteten vor Freude. Leo, rotäugig und von Kopf bis Fuß in Gold gekleidet, legte Parisa einen Arm um die Schultern. Sam selbst hatte mehrere Jugendfreunde eingeladen sowie Geschäftsfreunde aus unterschiedlichen Branchen. Und natürlich seine Mutter. Azita traf mit ihren Freundinnen ein, fiel Sam um den Hals und flüsterte ihm zu: »Ich bin so stolz auf dich, *azize delam.*«

Die Ministerin, die er in Malmö getroffen hatte, war in einem ihrer aufsehenerregenden Kleider erschienen. Sie nickte Sam freundlich zu und sprach mit Journalisten, wozu sie sich neben eines der Instagram-kompatiblen Stillleben gestellt hatte, die hier und da aufgebaut waren. Auch dafür hatten Leo und Parisa gesorgt. Und wenn die Gäste sich dann aufmachten, um nach Hause zu gehen oder den Abend noch anderswo ausklingen zu lassen, würden sie extrem kostspielige, gesponserte Goodiebags mit auf den Weg bekommen. Goodiebags, die sogar den blasiertesten Influencer entzücken würden. Sam hatte Parisa gebeten, in die Tüten für Azita und ihre Freundinnen noch ein paar Extras zu füllen. Nur weil er es konnte.

»Ganz schön viele Leute.« Tom Lexington hatte sich neben Sam gestellt. Der Sicherheitschef machte keinen glücklichen Eindruck. Das tat er allerdings sowieso selten. Er war ganz in Schwarz und hatte einen unauffälligen Knopf im Ohr, dessen Kabel unter seinem Sakko verschwand. »Unter Sicherheitsaspekten ist das hier nicht optimal«, klagte er.

Aber Sam wollte sich die Laune nicht verderben lassen. »Warum bist du nicht lieber zu Hause geblieben?«

»Genau das hat Ambra auch gesagt. Allerdings in drastischeren Worten. Ich fahre aber bald nach Hause zu meiner Familie. Ich bin nur als Vorsichtsmaßnahme hier«, sagte Tom und ließ seinen finsteren Blick über die Menschenmenge schweifen.

Seine Mimik und sein Ernst erinnerten Sam so stark an Dessie, dass es ihm einen Stich in der Herzgegend versetzte. Dessie war nicht hier. Er hatte sie eingeladen, und sie hatte höflich zugesagt, aber er konnte sie nirgends entdecken. Eine Hoteleröffnung in Stockholm war vielleicht nicht besonders spannend. An so einem herrlichen Sommerabend hatte sie sicher noch viele andere Einladungen.

Jetzt wünschte er sich brennend, er hätte schon viel eher mit ihr gesprochen. Er hatte es tun wollen, schon mehrmals, aber zu wenig Zeit gehabt. Der Plan war, mit ihr zu sprechen, wenn er ausgeruht war, wenn er ganz er selbst sein und ihr seine Seele zu Füßen legen konnte. Wenn sein Hotel Erfolg hatte. Jetzt ärgerte er sich über sich selbst. Jeder hätte sie ihm in den letzten Tagen wegschnappen können, sie mitnehmen und ihr das geben, was sie verdient hatte: Aufmerksamkeit, Komplimente und Luxus. Sehnsüchtig tastete er mit der Hand in der Tasche nach seinem Handy. Sollte er ihr eine Nachricht schicken? Ihr zeigen, dass sie ihm etwas bedeutete, dass ihre Gegenwart ihm wichtig war. Dass sie mit ihm zusammen sein sollte und nicht mit irgendjemand anders. Er fühlte es in jeder Faser und mit jedem Nerv seines Körpers: dass er ihr gehörte und sie ihm.

Doch dann stutzte er und unterbrach sein Grübeln. Douglas tauchte zusammen mit einer Frau in der Menschenmenge auf. Er folgte dem Paar mit dem Blick. Er hatte nicht gewusst, dass Douglas eingeladen war. Sam betrachtete die Frau an Douglas' Seite. Sie hielt ein Glas Champagner in der Hand und kam ihm vage bekannt vor. Allerdings war das aus dieser Entfernung nicht leicht zu beurteilen. Es könnte auch jede x-beliebige kurvenreiche Blondine sein.

»Sam? Hast du einen Moment? Ein Reporter möchte dich gern interviewen«, sagte Parisa.

»Selbstverständlich«, sagte Sam. Douglas und die Frau verschwanden in der Menge. Aus irgendeinem Grund war er beunruhigt, doch er ließ sich zu dem Reporter führen. Seinen Leibwächter konnte er nicht entdecken, aber er hielt sich sicherlich in der Nähe auf. Sam verdrängte sein Unbehagen. Alles würde super laufen.

~ 45 ~

»Du musst kommen, das ist ein Notfall!« Patricias Stimme brach.

»Aber ich ...«, begann Dessie, das Handy zwischen Kinn und Schulter festgeklemmt. Sie war dabei, sich für Sams Eröffnungsfeier anzuziehen. Sie hatte sich sorgsam die Haare gewaschen und sie lange auf niedriger Stufe geföhnt, sie dann geknetet und gelockt. Extra für diesen Abend hatte sie sich ein neues Kleid und sexy Unterwäsche gekauft.

»Dessie, bitte ...« Patricia brach in Tränen aus.

Dessie umklammerte ihr Handy. »Was ist passiert? Ist etwas mit den Mädchen?«

»Was? Nein! Es ist Dan. Er ist so gemein. Ich halte es nicht aus.«

Dessie entspannte sich ein wenig. Sie schaltete auf Lautsprecher, legte das Handy aufs Bett und begann ihr Kleid zuzuknöpfen. »Was hat er denn getan?« Noch hatte sie einen Rest Hoffnung. Sie wollte so schrecklich gern Sam treffen. Sie fühlte sich ganz fiebrig, so sehr wollte sie es. Vielleicht übertrieb Patricia ja.

»Dessie! Er will mir die Mädchen wegnehmen. Ich habe einen Brief vom Anwalt bekommen. Ich muss dahin. Sofort. Darum musst du auf die Mädchen aufpassen!«

»Was ist mit Mama und Papa? Können die nicht kommen?«

»Keiner hilft mir, verstehst du nicht? Ich bin ganz allein, ich habe niemanden außer dir, ich kann nicht mehr.« Patricia schluchzte laut.

»Natürlich komme ich«, sagte Dessie und schob ihre aufkeimende Enttäuschung beiseite. Während sie sich ein Taxi rief, hängte sie das Kleid wieder auf den samtüberzogenen Bügel. Sie warf ihren Smokey Eyes und roten Lippen im Spiegel einen wehmütigen Blick zu, suchte sich schwarze, enge Hosen und einen kurzärmeligen schwarzen Pulli heraus und stand kurz darauf in Patricias Flur und versuchte ihre völlig aufgelöste kleine Schwester zu trösten. Auch die Mädchen weinten. Dessie umarmte sie und spürte, wie sie zitterten.

»Ich bin dann weg«, sagte Patricia. Sie hatte schon ihren Mantel an und eine riesige weiße Designerhandtasche über der Schulter. Sie tupfte sich mit dem Finger unters Auge und verschwand eilig und mit klappernden Absätzen.

Die Tür fiel zu, und Dessie wandte sich an ihre Nichten, die sie erschrocken ansahen.

»Das Einzige, was jetzt hilft, sind Kekse und Saft«, sagte sie entschieden und ging mit den beiden in die Küche. Während sie Schränke öffnete, Erdbeersaft mischte und auf den Tisch stellte, kämpfte sie gegen ihre Enttäuschung an. Natürlich waren die Mädchen wichtiger, sie bedeuteten ihr alles. Sie hatte sich nur so schrecklich nach Sam gesehnt. Wie damals als Teenager, als sie nichts anderes als Sam im Kopf und Hormone im Körper gehabt hatte.

Sie setzte sich mit den Mädchen an den Küchentisch und knabberte an einem Haferkeks, während sie ihnen zuhörte. Sie schienen bereits fröhlicher zu sein, und ihr Entschluss, herzukommen, fühlte sich absolut richtig an. So war es wohl, erwachsen zu sein, vermutete sie.

Amelie, die Ältere, biss sich auf die Lippe. »Versprich mir, dass du nicht böse wirst, Tante Dessie.«

»Ich werde doch nie böse?« Soweit sie sich erinnerte, hatte sie den Mädchen gegenüber noch nie die Stimme erhoben. Das war der Vorteil daran, Tante zu sein und sie mit Süßigkeiten und Geschenken überschütten zu dürfen. Sie konnte einfach nur lieb sein. Das würde sich natürlich ändern, sobald sie eigene Kinder bekäme. Ups! Eigene Kinder? Wo kam das jetzt her?

»Aber darüber wirst du vielleicht böse«, sagte Amelie und runzelte ihre blonden Augenbrauen.

»Ja, weil wir gelügt haben«, sagte Leonore.

»Gelogen«, korrigierte Amelie sie.

Dessie legte ihre Hand auf Amelies, drückte sie und lächelte. »Ich verspreche, dass ich nicht böse werde. Was hast du denn auf dem Herzen?«

»Mama hat uns verboten, das zu erzählen. Versprich mir, dass du ihr nichts sagst«, sagte Amelie. Sie machte einen ängstlichen Eindruck.

»Schwören, schwören«, flüsterte Leonore.

»Ich schwöre bei allem, was mir heilig ist«, sagte Dessie. Falls es sich um etwas handelte, was Patricia wissen musste, würde sie die Mädchen dazu bringen, sie von ihrem Versprechen zu entbinden, dachte sie.

Amelie schaute in ihr Glas hinab und flüsterte: »Wir haben gesehen, wie Mama dein Handy genommen hat.«

»Aber nur ganz kurz«, sagte Leonore.

»Ziemlich kurz«, ergänzte Amelie.

»Es ist alles gut. Warum habt ihr mir das nicht früher gesagt?«

»Mama hat gesagt, wenn wir das weitersagen, wird sie richtig böse und verlässt uns. Ist sie deswegen weggefahren?«

»Nein, nein«, beruhigte Dessie sie.

»Mama wird immer so böse. Papa war lieb.«

»Ja, aber Mama hat gesagt, wir sollen sagen, dass wir Angst haben vor Papa, sonst dürfen wir ihn nie nie wiedersehen.«

»Pst, das ist ein Geheimnis«, sagte Amelie.

»Ich vermisse ihn so«, sagte Leonore und sah unendlich traurig aus.

»Ich auch. Ganz doll. Glaubst du, dass er sich an uns erinnert? Mama sagt, dass er uns vergessen hat.«

Dessie versuchte, die Fassung zu bewahren. Das war das erste Mal, dass ihr etwas in dieser Art zu Ohren kam. Ihr gegenüber hatte Patricia behauptet, dass Dan ausrastete, die Mädchen drangsalierte und schlug und mittlerweile gar nichts mehr mit ihnen zu tun haben wollte. Was für kranke Sachen machte Patricia da eigentlich? Was hatte sie noch alles erfunden?

»Natürlich hat euer Papa euch nicht vergessen. Er liebt euch doch so sehr«, sagte sie, aber wenn sie ehrlich war, war sie sich da gar nicht so sicher. Sie hatte seit mehreren Jahren nicht mehr mit Dan gesprochen. »Warum hat eure Mama mein Handy genommen?«

»Sie wollte etwas lesen«, sagte Amelie.

Leonore nickte. »Aber auf ihrem eigenen konnte sie das nicht sehen.«

Dessie versuchte sich an das Essen bei ihren Eltern zu erinnern. Patricia war eigenartig und irgendwie aufgekratzt gewesen. Und dann hatte sie ganz plötzlich von dem Fest angefangen, das aus dem Ruder gelaufen war. Und von Sam, an den sie sich vorher angeblich nicht hatte erinnern können. Hing das irgendwie zusammen? Warum hatte sie das Handy genommen? Dessie biss die Zähne so fest zusammen, dass es wehtat. War es Patricia gelungen, das Handy zu entsperren? Hatte sie Sams Nachrichten gesehen?

Die Mädchen wollten fernsehen und standen vom Tisch auf, aber Dessie blieb sitzen, von bösen Ahnungen erfüllt. Sie rief Patricia an, erreichte aber nur die Mailbox. Nach kurzem Zögern suchte sie Dans Nummer heraus. Sie hatten seit der Scheidung nicht mehr miteinander gesprochen, und sie hatte keine Ahnung, wie er reagieren würde. Aber irgendetwas stimmte hier nicht.

Er meldete sich sofort. »Dessie! Was ist passiert? Ist etwas mit den Kindern?« Er klang verängstigt.

»Es ist alles in Ordnung. Ich wollte dich nur etwas fragen. Triffst du dich mit Patricia beim Anwalt?«

»Welcher Anwalt? Wovon redest du? Was hat sie jetzt wieder gemacht? Wie geht es Amelie und Leonore?«

»Es geht ihnen gut, ich bin bei ihnen. Soll ich die Mädchen bitten, dich anzurufen?«

»Möchten sie das denn? Mit mir sprechen?« Seine Stimme brach. »Sie hat gesagt, dass sie mich hassen.«

»Ich sage ihnen, dass sie dich gleich anrufen sollen. Aber ich muss jetzt auflegen, Dan.«

Sie drückte ihn weg. Was zum Teufel ging hier vor?

Schnell rief sie einen Hacker an, den sie kannte, einen jungen Mann in Holland. Er nahm sofort ab. Das tat er immer, er war immer online und rund um die Uhr erreichbar. Die meisten Handydaten waren auf einem Server in Irland gespeichert. Ein guter Hacker konnte an alles herankommen.

»Kannst du mir Zugriff auf ein schwedisches Handy verschaffen?«, fragte sie.

»Klar, in ein bis zwei Wochen.«

»Ich brauche es sofort.«

Sie hörte ihn atmen, das schnelle Klicken seiner Tastatur und wusste genau, wie es in seinem Zimmer aussah. Stickig trotz Klimaanlage. »Dann muss ich alles andere in die Warteschleife schieben. Das kostet.«

»Wie viel?«

Dreißig lange Minuten später und um fünfzigtausend Kronen ärmer hatte Dessie Zugriff auf alles, was in Patricias Handy gespeichert war, Mails, Surfchronik und SMS. Eilig suchte sie Patricias SMS-Konversation mit Texas heraus. Als sie sie las, stellten sich die Härchen auf ihren Armen auf. Abermals rief sie Dan an. »Kannst du die Mädchen abholen? Ich habe jetzt keine Zeit für Erklärungen, aber sie brauchen dich. Hast du immer noch ein Auto?«

»Ja.«

»Dann nimm den Wagen.«

»Bin sofort da«, sagte er.

Als Nächstes rief sie Tom an. Sie legte das Handy in Patricias Flur auf eine gepolsterte Bank und lauschte dem Klingeln, während sie sich bereit machte. Sie band sich das Haar zu einem Knoten hoch und trauerte kurz über die viele Arbeit, die sie sich mit ihrer Frisur gemacht hatte. Dann legte sie Ohrringe, Ringe und Halskette ab – alles, woran ein Angreifer sie festhalten könnte.

»Bist du bei der Eröffnung?«, fragte sie, als Tom sich meldete. Sie fand ein paar Stiefeletten mit niedrigen Absätzen und fester Kappe und zog sie an, dankbar, dass Patricia und sie die gleiche Schuhgröße hatten.

»Ja, aber auf dem Weg nach Hause«, sagte Tom.

Sie starrte zutiefst besorgt ihr Spiegelbild an. »Kannst du Sam sehen?«

»Nein, aber er war gerade eben noch hier.«

»Ist Douglas Ankarcrona da?«

Tom antwortete prompt. »Ja, aber warum fragst du?«

Dessie nickte. Genau wie sie vermutet hatte. »Allein?«

»Mit einer Frau«, sagte Tom.

»Blond, klein, kurvig?«

»Ja. Was ist denn los?«

»Die Frau ist meine Schwester. Sie steckt mit Douglas unter einer Decke. Die beiden haben irgendwas vor.« Dessie ging in die Küche und durchsuchte die Schubladen nach etwas, das sie als Waffe benutzen könnte. Sie fand ein passendes Messer und einen scharfen Korkenzieher. Besser als nichts.

»Ich gebe den Leibwächtern Bescheid. Und ich bleibe hier und suche nach Sam. Wo bist du?«

»Unterwegs«, antwortete sie kurz und drückte ihren Chef weg.

Während Dessie darauf wartete, dass Dan die Mädchen abholte, ging sie unterschiedliche Szenarien durch. Sollte sie Patricia eine SMS schreiben und ihr sagen, dass sie aufgeflogen war? Würde das helfen oder alles nur schlimmer machen?

Im gleichen Moment, in dem es an der Tür klingelte und die Mädchen angerannt kamen, um aufzumachen, rief Tom an. »Sam ist verschwunden«, sagte er kurz angebunden.

»Und Douglas und meine Schwester?«

Sowohl Tom als auch sie hatten jetzt auf Arbeitsmodus umgeschaltet. In ähnlichen Situationen hatten sie schon Hunderte Male zusammengearbeitet. Aber noch nie war es dabei um jemanden gegangen, der Dessie so nahegestanden hatte. Noch niemals hatte ein Mensch, den sie liebte, sich in einer derartigen Gefahr befunden. Und niemals hätte sie sich träumen lassen, dass ihre eigene Schwester der Gegner sein könnte.

»Sehe ich auch nicht.«

Damit stand es fest: Irgendetwas war nicht so, wie es sein sollte. Dessie rief ein Taxi. »Ich nehme deinen Wagen«, sagte sie zu Dan. Das Taxi war für ihn. Sie fing die Schlüssel in der Luft auf, setzte sich ins Auto und fuhr zum Hotel, bereit zum Kampf.

~ 46 ~

»Komm«, sagte Douglas, der neben Sam aufgetaucht war.

»Was?«, fragte Sam.

Douglas lächelte schief. »Ich will dir etwas zeigen.« Er hob sein Weinglas und schniefte. Sam fielen die verräterischen rötlichen Nasenlöcher auf. Kokain. Als junger Mann hatte Douglas eine große Schwäche für das weiße Pulver gehabt, später aber damit aufgehört. Ziemlich dämlich, wieder damit anzufangen. Unentschlossen schaute sich Sam nach Jon um, der sich mit Tom unterhielt. Sollte er die Aufmerksamkeit seines Leibwächters auf sich ziehen?

»Komm«, sagte Douglas noch einmal, diesmal ungeduldig, und Sam gab nach. Es würde ja wohl kaum um Leben und Tod gehen. Douglas war zwar ein Idiot, aber harmlos. Rasch bahnten sie sich einen Weg durch die Menge. Dann durchquerte Douglas schnelleren Schrittes die Lobby, bog um eine Ecke und blieb vor einer geschlossenen Tür stehen.

Sam sah ihn fragend an. Ohne ein Wort öffnete Douglas die Tür und bedeutete Sam, einzutreten. »Ich will dir etwas zeigen.«

»Hier? Doch wohl keine Drogen? Dieses Zeug will ich in meinen Hotels nicht haben.«

»Sei nicht so feige. Geh rein, es sind keine Drogen. Oder traust du dich nicht?«

Sam trat ein, und Douglas schloss die Tür hinter ihnen. Im selben Moment, in dem Sam hörte, wie die Tür abgeschlossen wurde, trat eine Frau hinter einer der Stellwände hervor, die hier lagerten.

Es war die Blondine in Weiß, die er vorhin mit Douglas zusammen gesehen hatte.

Sam verschränkte die Arme. »Was wollt ihr?«

Die Blondine betrachtete ihn von oben bis unten. »Erkennst du mich nicht?«

Sam schüttelte langsam den Kopf. Er hatte keine Angst, aber ihm war unbehaglich, die Atmosphäre war von etwas Unausgesprochenem erfüllt. Douglas schien immer aufgedrehter zu werden. Seine Pupillen waren riesig. Er hatte sein Weinglas ausgetrunken und es abgestellt. Die Frau schien vollkommen nüchtern und klar im Kopf zu sein. Douglas schaute sie die ganze Zeit an wie ein Hund sein Herrchen. Darum bemüht, alles richtig zu machen, um Anerkennung heischend, unterwürfig.

Die Frau legte den Kopf schief. Sie lächelte, aber das Lächeln erreichte kaum ihre Mundwinkel. »Nein? Wir sind uns vor einigen Jahren bei einem Abendessen begegnet. Erinnerst du dich nicht daran? Ich saß neben dir am selben Tisch.«

»Ich bin häufig eingeladen, entschuldige bitte ...«

Die Frau wandte sich an Douglas, und seine Miene hellte sich sofort auf. Zwischen den beiden herrschte eine seltsame Energie.

»Bei dieser Einladung war Sam sehr unfreundlich zu mir, Liebling. Habe ich dir schon davon erzählt? Ich war dort, um zu netzwerken, aber er hat allem, was ich gesagt habe, widersprochen, hat sich eingemischt und mich beleidigt«, sagte sie mit sanfter, betörender Stimme. »Er hat mich zum Gespött gemacht.«

Sie wandte sich wieder an Sam. Ihre Augen waren schwarze Löcher in dem herzförmigen Gesicht, und Sam spürte, wie er eine Gänsehaut bekam. »Ich habe an dem Abend mehrere wichtige Kunden verloren«, fuhr sie unnatürlich sanft fort. »Du hast mich bares Geld gekostet. Aber das Schlimmste war, dass du mich mein Ansehen gekostet hast.«

»Wovon redest du?«, fragte Sam. Er konnte sich an nichts dergleichen erinnern. Vielleicht war er ihr bei einer Einladung begegnet, vielleicht auch nicht. »Woher kennt ihr zwei euch?«, fragte er, denn sie war die Frau, die er zusammen mit Douglas in seinem Hotel gesehen hatte. Dessen war er sich jetzt sicher.

»Wir kennen uns aus dem Internet«, sagte Douglas, wobei er etwas zu laut lachte. »Ausgerechnet.« Wieder schniefte er. Er war schon immer leicht in Abhängigkeiten geraten. Von Alkohol, Drogen, Sex.

Sam sah sich die üppige Frau genauer an. Eine dunkle Erinnerung erwachte in ihm. Nicht an das Abendessen, von dem sie gesprochen hatte, sondern an etwas anderes, Vertrauteres. Aber an was? Sein Gedächtnis ließ ihn im Stich.

»Du hast dich schon immer für etwas Besseres gehalten«, sagte die Frau und zog ihre dünne weiße Jacke aus. Darunter trug sie ein ärmelloses weißes Kleid. Großzügige Brüste pressten sich gegen ihren Ausschnitt. Sie lächelte, als sie bemerkte, dass Sam sie ansah.

Aber er hatte überhaupt kein Interesse an dieser Frau. Um ehrlich zu sein, flößte sie ihm sogar Angst ein. Diese sanfte Stimme in Verbindung mit dem Hass in ihrem Blick. »Immer? Wovon redest du?«, fragte er.

»Oh, Sam, ich habe lange darauf gewartet, aber jetzt werde ich endlich die Wiedergutmachung bekommen, die ich verdient habe.« Sie schenkte Douglas noch ein mädchenhaftes Lächeln. »Das habe ich dir zu verdanken.«

»Das bist du wirklich wert, Baby«, sagte Douglas. Er klang glücklich.

»Du bist der Beste, du bist fantastisch, ein echter Held, weil du mir armem Mädchen hilfst«, sagte sie.

Er hustete. »Ich würde alles für dich tun, das weißt du.«

»Danke«, sagte sie, ging durch das Zimmer und streichelte Douglas im Schritt, während sie Sam dabei anstarrte. Douglas schloss kurz die Augen. Sie warf Sam einen triumphierenden Blick zu. Eine Katze, die mit ihrer Beute spielte.

»Also. Ich dachte mir, Auge um Auge ... was hältst du davon? Dass ich dich demütige, wie du mich gedemütigt hast«, sagte sie in normalem Gesprächston.

War sie eine von den Frauen aus der Dokusoap? Sie redete jedenfalls, als befänden sie sich in einer bizarren Realityshow. Aber nein, er glaubte nicht daran.

»Allerdings kann ich mich nicht daran erinnern, dir etwas getan zu haben«, sagte er.

Douglas beobachtete sie erregt. Er genoss die Situation und hatte sogar eine Erektion. Das war so was von abartig.

Die Blondine seufzte tief und ergeben, als wäre sie kurz davor aufzugeben. Sie wandte sich an Douglas. »Er kapiert's einfach nicht. War er schon immer so begriffsstutzig?«

Douglas zuckte mit den Schultern, und sie sah wieder Sam an.

»Du hast mir alles kaputtgemacht«, sagte sie in belehrendem Ton. Ihre Augen glühten wie Kohlen.

»Wie denn? Ich weiß ja nicht einmal, wer du bist!«

»Jetzt stellst du dich aber dumm. Du hattest nur Augen für Dessie. Du hast mich nicht einmal gesehen. Ist dir nicht klar, wie weh das getan hat? Alle wollten mich, nur du nicht.«

»Oh, Baby«, sagte Douglas gefühlvoll. Er schien nicht eifersüchtig zu sein, eher noch erregter zu werden. Wovon zum Teufel war er so high?

»Nicht einmal, als ich dir einen runterholen und Sex mit dir haben wollte, konntest du an etwas anderes denken als an Dessie. *Dessie, Dessie, Dessie*«, äffte sie ihn nach und schnaubte frustriert. Die sanftmütige Maske glitt von ihr ab, und sie zog eine hässliche Grimasse. Sie wischte sich mit einem Finger die Mundwinkel ab, räusperte sich und glättete ihre Gesichtszüge. Aber ihre Augen glühten weiter.

»Shit!«, sagte Sam, als bei ihm endlich der Groschen fiel. »Du bist die kleine Schwester.«

»Kannst du dich nicht einmal an meinen Namen erinnern?«

»Du bist Patricia, Dessies Schwester. Ich erinnere mich, du hast wie eine Klette an uns geklebt.«

Und sie hatte völlig recht, er hatte immer nur Augen für Dessie gehabt. Aber Dessie war seine große Liebe gewesen, Patricia ein stilles Kind mit großen Augen. Wie konnte sie deswegen wütend sein? Noch dazu nach so langer Zeit?

Patricia drückte ihre Brüste heraus. »Ich verstehe nicht, wieso du sie gewählt hast, wo du doch mich haben konntest.«

»Was hast du da eben gesagt?«, fragte Sam, als ihre Vorwürfe zu ihm durchsickerten. »Was meinst du damit, dass du mir einen runterholen und mit mir schlafen wolltest? War das auf der Party? Warst du auch da?«

All die Jahre hatte Sam sich gefragt, wie er nackt in das Bett von Dessies Eltern geraten war. Er erinnerte sich an Alkohol und Übelkeit, aber danach an gar nichts mehr, bis zu dem Moment, als Dessie ihn anbrüllte, sie hasse ihn, und er nackt war. Dazwischen war nur eine große Leere. Oder? Eine vage Erinnerung an Hände, die ihn anfassten. »Warst du mit mir im Bett? Warum hast du das getan?«

Patricia antwortete nicht. Ihr Blick war leer, und sie lächelte mild.

Sam schauderte es. »Du wolltest Dessie verletzen?«, sagte er langsam.

»Wenn ich dich nicht haben konnte, sollte sie dich auch nicht haben.« Sie sagte das, als wäre es das Selbstverständlichste der Welt.

Douglas kicherte.

Sam wandte sich seinem ehemaligen Freund zu. »Und was hast du mit der ganzen Sache zu tun? Hasst du mich so sehr, dass du in dieser schwachsinnigen Vendetta mitspielst?« Sam machte einen Schritt auf Douglas zu, der zurückschreckte.

»Du bist so ein Arschloch. Hältst dich für was Besseres und denkst, du bist allen anderen überlegen. Ja, ich hasse dich. Du bist ein selbstverliebter Trottel, der nicht mal kapiert hat, wie ich mich fühle. Seit ich Patricia kenne, macht alles einen Sinn. Wir wollen beide, dass endlich was passiert.«

»Du hilfst ihr also, weil du Action brauchst?« Sam sollte schockiert sein, aber Douglas war schon immer so gewesen. Vielleicht nicht derjenige, der selbst den Anstoß gab, aber jemand, der gerne mitmischte, wenn irrwitzige Autorennen, halb kriminelle Aktionen, wilder Sex und teure Drogen im Spiel waren. Patricia mit ihrer dominanten Persönlichkeit, ihrer sexuellen Aura und ihrer Bereitschaft zu Grenzüberschreitungen passte wahrscheinlich perfekt zu ihm.

»So kann man das sehen«, unterbrach Douglas Sams Gedanken. »Und ich liebe sie.« Er sah Patricia sehnsüchtig an. Die beiden bildeten ein gefährliches Duo.

»Du wolltest also Dessie und mich auseinanderbringen, weil ich dich nicht beachtet habe?«, fasste er ihre Worte zusammen.

Patricia verschränkte die Arme und winkte mit ihrem Ringfinger, an dem ein großer Ring glitzerte. »Das erschien mir damals richtig. Ich musste mich verdammt abmühen, damit du hart wurdest. Und dann bist du eingeschlafen, nachdem du von Dessie gefaselt hast. Aber ich habe immerhin Fotos von dir gemacht, wie du mit steifem Schwanz dalagst. Haha! Die ganze Schule hat sie gesehen. Und dann hat man dir die Schuld für Dessies zerrissene Kleider gegeben. Was für ein Glück!«

»Wie konntest du deiner eigenen Schwester so etwas antun? Sie liebt dich.«

»Sie hat sich aber für dich entschieden und gegen mich.«

»Nein, wir waren verliebt.«

»Und ich? Habe ich keine Liebe verdient?«

»Du hast alles verdient, Baby«, warf Douglas ein. »Meine zukünftige Frau«, fügte er dann mit einem strahlenden Lächeln hinzu.

»Genau. Wir sind verlobt«, ergänzte Patricia und ließ abermals ihren Ring blitzen. »Und du und Dessie seid selber schuld. Ihr habt mich übergangen.«

»Wir haben gar nicht an dich gedacht!«

»Exakt. Kapierst du nicht? Ihr habt nur euch gesehen und mich ignoriert.«

Ihre Logik war völlig undurchsichtig. Manchmal klang sie beinahe normal, aber die meiste Zeit wirkte sie eher geisteskrank. Sam schielte zur Tür. Er wollte hier weg. »ich verstehe überhaupt nichts. Was wollt ihr hiermit erreichen?«

Douglas lehnte sich gegen die Tür und blockierte sie mit seinem Körper. »Kapierst du's nicht? Wo du doch so schlau bist. Wo du dich doch für was Besseres hältst und immer alles hinkriegst.« Douglas' üblicher Charme war wie weggeblasen. Er klang verbittert.

Auf einmal begriff Sam. »Ich vermute, dass ihr hinter all den negativen Artikeln steckt? Und den Lügen?«

Douglas und Patricia tauschten einen Blick. »Ups«, lachte Douglas.

»Und dieses Schloss, das du haben wolltest ... So ein Pech aber auch, dass Douglas' guter Freund Karl-Filip es dir nicht verkaufen wollte«, lächelte Patricia schadenfroh.

Daran hatte er noch gar nicht gedacht. Natürlich steckten sie auch dahinter.

»Ihr seid doch komplett irre«, sagte Sam. Wenn er schlau gewesen wäre, hätte er dieses Gespräch aufgenommen. Aber wie hätte er so etwas auch nur ahnen sollen? Er musste irgendwie hier weg. Als er versuchte, die Tür zu erreichen, hielt Douglas ihn auf. »Es ist abgeschlossen. Das kannst du dir sparen.«

»Ihr könnt mich hier nicht festhalten. Meine Mitarbeiter werden sich fragen, wo ich bin.« Er wollte Douglas gerade beiseiteschieben, als Patricia sagte:

»Wenn du dieses Zimmer verlässt, wird es Dessie sehr schlecht ergehen.« Ihre Stimme war noch sanfter als zuvor, aber ihre Worte ließen Sam das Blut in den Adern gefrieren.

Er drehte sich um. »Was hat Dessie damit zu tun?«

Hinter ihm lachte Douglas. »Hast du wirklich geglaubt, dass wir schon mit dir fertig sind? Nein. Wir wollen das Hotel.«

Patricia kicherte. »Wir haben uns gedacht, wir lassen dir die Wahl zwischen deinem geliebten Hotel und Dessie. Ein faires Angebot.«

Sam sah in ihre lüsternen Gesichter. Er hatte nicht gedacht, dass er solche Feinde hatte. Fanatische Gruppierungen, die in ihm ein verhasstes Symbol sahen – ja. Aber nicht Menschen, die ihm als Person feindselig gesinnt waren. Darüber hinaus hatten sie auch noch seinen schwachen Punkt gefunden, seine beinahe übermächtige Liebe zu Dessie.

»Was wollt ihr?«, fragte er wachsam.

»Du sollst uns Lux verkaufen, für eine angemessene Summe. Eine Summe, deren Höhe *wir* bestimmen.«

»Und wenn ich mich weigere?«

Douglas kicherte, und Patricia bedachte ihn wieder mit diesem sanften Lächeln, das Sam kalte Schauer über das Rückgrat jagte.

»Wusstest du, dass Dessie in der Türkei einen Mann getötet hat?«, fragte sie sanft.

»Quatsch.«

»Tatsächlich? Die türkische Polizei weiß nicht, wer die mysteriöse Frau ist, die einen ihrer Landsleute ermordet hat, aber sie suchen nach ihr. Sie hätten sicher gern ihren Namen.«

»Ihr habt keine Beweise.«

Patricia presste sich die Hand auf den Mund. »Oh nein! Meinst du etwa so etwas wie die Tatwaffe? Ein Messer mit ihren Fingerabdrücken? Hm. Glaubst du, das, was ich dem türkischen Ehemann gestohlen habe, als er hier war und ihre Freundin bedroht hat, würde ausreichen?«

»Ich glaube dir nicht«, sagte Sam, obwohl ein großer Teil von ihm ihren Worten Glauben schenkte. Das alles war zu detailliert, um erfunden zu sein.

»Zeig's ihm«, sagte Patricia und nickte Douglas zu. Aus der Innentasche seines Sakkos nahm er eine Ziplock-Tüte mit einem schwarzen Messer. An der Klinge klebte eingetrocknetes Blut.

»Der Beweis!«, sagte Patricia theatralisch.

Sam stürzte nach vorn, um sich die Tüte zu schnappen. Er reagierte, ohne nachzudenken, und wusste nur, dass er ihnen das Messer abnehmen musste. Er kam jedoch nicht weit. Patricia zog einen knallgelben Elektroschocker, den sie, ohne zu zögern, an seinen Körper hielt und abdrückte. Sam schrie und sackte in sich zusammen. Der Schmerz war unerträglich. Er dauerte nicht mehr als ein paar Sekunden, gehörte aber zu dem Schlimmsten, was er je erlebt hatte.

»Versuch's noch einmal«, hörte er Douglas durch den Schmerz hindurch sagen.

Patricia blickte auf Sam hinunter. »Willst du, dass die Polizei in der Türkei davon erfährt? Willst du, dass Dessie ausgeliefert wird? In einem türkischen Gefängnis landet? Wegen Mord? Willst du das? Die arme Kleine ...« Ihre Stimme hatte nicht den kleinsten Hauch von Empathie. Patricia war ganz offensichtlich bereit, Dessie zu opfern, um Sam in einem Spiel zu besiegen, von dem er nicht einmal gewusst hatte, dass er darin mitspielte.

»Sa-am?«, fragte sie.

Sein Hotel gegen Dessies Zukunft. Das war keine schwierige Wahl.

»Was soll ich tun?«, fragte er rau.

»Unterschreib hier.« Douglas hielt ihm ein Stück Papier hin. Das war wahrscheinlich nicht einmal gesetzlich bindend? Sam versuchte seine Gedanken zu fokussieren, aber der Schmerz und die Angst hatten ihn in einen Schockzustand versetzt. In seinem Kopf drehte sich alles.

»Unterschreib«, sagte Patricia sanft.

Sam gab auf, was ihm nicht einmal schwerfiel. Er unterschrieb das Dokument, das besagte, dass Douglas Ankarcrona und Patricia Dickson nun Eigentümer seines Hotels waren. Dann schleuderte er den Stift von sich. Verdammte Irre.

»Gib das sofort raus«, sagte Patricia.

Douglas zeigte ihm eine vorbereitete Presseerklärung auf seinem Handy. Er tippte auf »Senden« und die Mail ging raus. »Fertig.«

»Wollen wir nicht noch ein Video mit diesem kleinen Moslem hier aufnehmen, ehe wir ihn gehen lassen?«, sagte Patricia.

»Reicht nicht das, was wir haben?«

Patricia zog einen Schmollmund. »Komm schon, Baby, tu's für mich.«

Douglas nickte.

»Filmst du, Douglas? Ich will ihn auf den Knien haben.«

»Vergiss es«, sagte Sam.

Patricia verpasste ihm noch eine Ladung mit dem Elektroschocker, und Sam ging brüllend zu Boden.

»Geh auf die Knie, sonst bringen wir das Messer auf direktem Wege in die türkische Botschaft. Dann kann Dessie im Gefängnis verschimmeln. Vielleicht tut sie das sowieso«, sagte Patricia.

»Nein, ich habe doch unterschrieben«, stöhnte Sam.

Patricia fasste ihn unterm Kinn. »Fleh um Dessies Leben!«

»Kamera läuft«, sagte Douglas.

Patricia ließ Sam los. Sie gab ihm eine Ohrfeige und trat dann zurück. »Jetzt fleh um Dessies Leben, du Stück Dreck!«

~ 47 ~

Als Dessie endlich beim Hotel ankam, nachdem sie gefahren war wie eine Wilde und Dans Auto mitten auf dem Kai geparkt hatte, stellte sie fest, dass die Eröffnungsfeier unter Sicherheitsaspekten ein einziger Albtraum war.

Tom musste sie gesehen haben, als sie ankam, denn er bahnte sich bereits einen Weg zu ihr. Sie bedachte ihren Chef mit einem grimmigen Blick. »Habt ihr ihn gefunden?«

»Das ganze Personal sucht nach ihm.«

»Ich gehe rein«, sagte Dessie und drängte sich durch die Menge ins Hotel, um bei der Suche zu helfen. Sie begann bei den Räumen, die leicht zugänglich waren und ein Stück vom Ort der Eröffnungsfeier entfernt lagen, und traf schon bald auf einen abgeschlossenen Flur hinter der Rezeption.

An der Klinke hing ein Schild, auf das jemand ungelenk »Kein Zutritt« geschrieben hatte. Ohne zu zögern, trat sie gegen die Tür. Beim zweiten Tritt gab das Schloss nach.

Die Szene, die sich ihr darbot, war bizarr. Sam kniend auf dem Boden. Patricia mit verschränkten Armen und lüsternem Blick. Und Douglas, der Sam mit seinem Handy filmte.

Dessie starrte sie an. »Was zum Teufel ist hier los?«, brüllte sie.

»Das geht dich einen Scheiß an«, sagte Patricia.

Sam warf ihr einen bittenden Blick zu. »Dessie, pass auf, sie haben den Verstand verloren.«

Sie ging zu Sam und half ihm hoch. Er richtete sich mühsam auf.

»Bist du verletzt?«, fragte sie. Wenn sie ihm etwas getan hatten, konnte sie für nichts garantieren.

»Überleg dir gut, was du ihr sagst, du feiges Schwein«, warnte Patricia ihn.

Dessie starrte ihre Schwester an. »Bist du jetzt völlig übergeschnappt?«

Zwar hatte sie es schon gewusst, es aber live mitzuerleben, war trotzdem ein Schock: dass Patricia und Douglas zusammen waren, dass sie hinter der Sabotage steckten. Ihre eigene Schwester und deren drogensüchtiger Freund, ja, seine Pupillen waren ihr nicht entgangen, planten ... Was? Eben das war ihr noch nicht klar. Was sie aber wusste, war, dass ihre eigene Schwester sie hintergangen hatte und dass es hier um sehr viel mehr ging als nur um schwesterliche Rivalität. Hatte sie die dunkle Seite in Patricia schon erahnt? Hin und wieder vielleicht, auch wenn sie immer eine gute Erklärung dafür gefunden hatte. Das Glitzern in Patricias Augen, wenn etwas nicht nach ihrem Wunsch lief. Ihre unnötigen Lügen über Kleinigkeiten, ihre Manipulationen, das ständige Drama um ihre Person. Vielleicht hatte Dessie die Wahrheit immer gefürchtet, dachte sie bei sich, während ihr Körper und Hirn widerstrebend das Ausmaß erkannten, in dem sie sich hatte hinters Licht führen lassen. Sie hatte die falsche Brille aufgehabt und immer nur das Gute gesehen und das Kranke und Gefährliche ignoriert.

»Mit dir stimmt doch was nicht«, sagte sie zu Patricia. »Ich habe mit Dan gesprochen. Du hast Lügen über eure Scheidung und über die Kinder erzählt. Über was hast du sonst noch gelogen?«

Patricia bedachte sie mit einem höhnischen Blick. »Das wüsstest du wohl gern. Komm!«, sagte sie zu Douglas. Triumphierend verließen sie den Raum.

Dessie überlegte, ob sie sie zurückhalten sollte. Aber sie wollte sich zuerst auf Sam konzentrieren.

»Was ist passiert?«, fragte sie.

Er bürstete sich den Staub von der Hose. »Nichts.«

Sie stemmte die Fäuste in die Seite, stellte sich breitbeinig vor ihn hin und fixierte ihn mit dem Blick. So lief das nicht, nicht mit ihr. »Jetzt spuck es aus, Sam Amini. Was. Ist. Passiert?«

Er blies die Backen auf und atmete dann aus. »Ich habe ihnen mein Hotel verkauft.«

Sie starrte ihn an. »Du hast was?«

»Die beiden sind die, die mich ruinieren wollten.«

»Ja, das habe ich mir schon gedacht. Douglas wird Texas genannt, stimmt's?«, fragte sie.

Sam sah sie verblüfft an. »Woher weißt du das? Das ist einer von diesen albernen Namen, wie sie in der Oberschicht üblich sind, den er schon als Kind hatte.« Er ließ seinen Blick über sie gleiten. »Offensichtlich hassen sie mich beide. Aus unterschiedlichen Gründen, aber ihr Hass auf mich hat sie zusammengeführt, und dann haben sie sich eine Strategie überlegt, wie sie mich in die Knie zwingen können. Und das schon ewig lange. Auf der Party damals, das war sie. Patricia hat all die Gerüchte ausgestreut und mich beschuldigt, dich vergewaltigt zu haben. Und jetzt hat sie Beweise, dass du in der Türkei einen Mann ermordet hast.«

Dessie starrte ihn mit offenem Mund an. »Wie ist sie da drangekommen?«

»Sie haben ein Militärmesser, das sie irgendjemandem aus dem Auto geklaut hat, keine Ahnung. Sie sind total gaga.«

Sie bemerkte, dass Sam ihr nicht die naheliegende Frage stellte, darum beichtete sie es ihm: »Es stimmt, dass ich ihn getötet habe. In Notwehr.«

»Wenn du jemanden getötet hast, bin ich mir sicher, dass du nicht anders konntest. Aber das bedeutet nicht, dass die türkische Gerichtsbarkeit derselben Ansicht ist.«

»Aber wieso wollen sie dich ruinieren? Wie kannst du nur so ruhig bleiben? Warum habe ich den Eindruck, dass du sie gar nicht aufhalten willst?«

»Weil sie wissen, was du mir bedeutest.«

Sie war wohl ein bisschen schwerfällig, denn sie begriff immer noch nicht.

Er musste das bemerkt haben, denn er umfasste ihre Arme und sah sie mit einer solch innigen Zärtlichkeit an, dass ihr der Mund trocken wurde.

»Dessie, ich ertrage es nicht, dass dir etwas geschieht. Du könntest im Gefängnis landen. In der Türkei. Das kann ich nicht riskieren.«

»Aber dafür bist doch nicht du verantwortlich!«

»Ich will dich beschützen.«

»Aber, verdammt, Sam! Meine Schwester ist eine komplett durchgeknallte Psychopathin, und ihr Liebhaber ist ein abgehalfterter Junkie.«

»Sie sind offenbar miteinander verlobt«, warf Sam hilfsbereit ein.

»Können wir uns bitte auf das Wesentliche konzentrieren? Die beiden sind eine kranke und perverse Allianz eingegangen, um dich zu ruinieren. Und du spielst dabei mit? Meinetwegen? Glaubst du, dass ich damit einverstanden bin? Wirklich? Du solltest mich besser kennen.«

»Ich wollte dich beschützen«, wiederholte Sam.

Dessie verdrehte die Augen. »Sam, du musst lernen, wie ein normaler Mensch zu kommunizieren, und dich nicht einfach nur zu opfern. Darüber sprechen wir später noch. Aber zuerst muss ich diese beiden Psychopathen einfangen, bevor sie noch mehr Unheil anrichten. Wer weiß, was sie da draußen anstellen.«

Er berührte ihre Wange, und eine schwindelerregende Sekunde lang blieb die Zeit stehen. »Ist das dein Ernst?«

»Nein, ich scherze immer über solche wichtigen Dinge.«

»Aber sie ist deine kleine Schwester.«

Dessie schaltete bereits wieder in den Arbeitsmodus. Das Adrenalin schoss durch ihre Adern und half ihr, sich zu konzentrieren. Während sich ihr Körper bereit machte, griff sie nach dem Messer und dem Korkenzieher, den sie vorhin mitgenommen hatte, und steckte die Bluse in den Hosenbund. »Ich weiß. Das wird nicht angenehm, aber es ist notwendig. Weißt du, ob sie bewaffnet sind?«

»Sie hat einen Elektroschocker.«

»Klar. Na los, komm mit.«

Sam nickte. »Sofort. Aber, Dessie, darf ich dir vorher noch etwas sagen?«

»Was?«

Er umfasste ihr Gesicht und gab ihr einen langen Kuss. »Ich liebe dich.«

Mitten im Chaos wurde sie von Glück erfüllt. Es durchströmte sie von den Zehen aufwärts, wollte ihre Brust sprengen und zauberte ein strahlendes Lächeln auf ihr Gesicht. »Ich liebe dich auch. Auf geht's!«

~ 48 ~

Sam folgte Dessie, die zielstrebig durch die Menge auf Patricia zusteuerte. Douglas war nirgends zu sehen.

»Bleib hinter mir!«, befahl Dessie ihm über ihre Schulter hinweg.

Mhm. Das würden sie noch sehen. Die Frau, die er liebte, war in Gefahr, und Sam beabsichtigte, ganz dicht bei ihr zu bleiben.

»Ich könnte durchdrehen, dass ich kein Headset habe«, sagte Dessie, wobei sie die Umgebung beobachtete. In ihren hautengen schwarzen Sachen sah sie aus wie eine Superheldin. Wie eine blonde, schwedische Modesty Blaise, dachte er im Stillen. Nur noch cooler.

»Kannst du Tom anrufen? Und wo zur Hölle ist dein Leibwächter?«

»Keine Ahnung, der Neue ist lange nicht so gut wie du«, sagte Sam, während er Tom eine SMS schickte und ihm mitteilte, wo sie sich befanden.

Wenn Dessie Modesty war, wollte er ihr Willie Garvin sein. Allerdings ein Willie Garvin, der mit der Heldin ins Bett ging. Irgendwo wusste Sam, dass seine Gedanken dem Ernst der Lage nicht angemessen waren, aber er war wohl high von Endorphinen und Adrenalin, denn er erkannte sich selbst nicht wieder. Er fühlte sich stark und unbesiegbar. Als Dessie die Tür aufgetreten hatte ... Jesus! Von dem Anblick würde er für den Rest seines Lebens zehren. Und sie liebte ihn. Dessie liebte ihn!

»Patricia! Bleib stehen!«, rief Dessie, und Sam kehrte in die Gegenwart zurück und war wieder hellwach.

Ihre Schwester drehte sich mit einem Ruck zu ihr um. Unter dem Arm hatte sie die große weiße Handtasche. »Hör auf, mich zu verfolgen«, rief sie. »Ich warne dich.«

Sam bemerkte, dass Dessie sich die ganze Zeit zwischen ihm und Patricia hielt. Er wollte ihr sagen, sie solle aufhören, ihr Leben aufs Spiel zu setzen, denn dafür war es viel zu wertvoll. Aber er wollte ihre Konzentration nicht stören.

»Du wirst mich nicht verletzen«, sprach Dessie beruhigend auf Patricia ein. Die vernünftige große Schwester, die mit einer trotzigen Kleinen sprach.

Sam war sich da nicht so sicher. Patricia sah mörderisch aus. Und drüben in dem engen Raum hatte er schon mehrfach den Wahnsinn aus ihren Augen leuchten sehen. Die Frage war, ob Dessie begriff, wie gefährlich Patricia war.

Douglas tauchte mit einem neuen Glas Wein in der Hand auf. Er sah sie grinsend an, als handle es sich hier um eine unterhaltsame Vorstellung. Ein betrunkener Gast johlte, und eine Bewegung in der Menschenmenge ließ Douglas das Gleichgewicht verlieren, sodass ihm das Glas aus der Hand rutschte und auf dem Boden zerschellte. Ganz automatisch wandte Dessie den Blick in seine Richtung, und in diesem Moment machte Patricia einen schnellen Vorstoß, als wollte sie ihr Angst machen.

»Hör jetzt auf, Patricia«, sagte Dessie scharf. Sie ging auf ihre Schwester zu. Es trennten sie nur noch wenige Meter.

»Hör selber auf«, entgegnete Patricia. Sie fixierte Sam mit dem Blick, öffnete ihre Handtasche und holte einen schweren Gegenstand daraus hervor. Sam hoffte, dass er sich täuschte, aber das war leider nicht der Fall, denn dies hier war kein Elektroschocker. Patricia zielte mit einer großen schwarzen Schusswaffe auf ihn.

»Du hast mich zum letzten Mal gedemütigt. Jetzt reicht es.«

»Patricia, bitte, lass uns darüber sprechen«, sagte Dessie und versuchte, sich wieder vor Sam zu stellen.

Sam würde nicht zulassen, dass sie sich opferte, das war ihr doch wohl klar? Er trat einen Schritt zur Seite, und Patricia drehte sich so, dass sich ihre Pistole wieder auf ihn richtete. Sie umklammerte den Griff, und ihr Finger am Abzug bewegte sich.

Im Bruchteil einer Millisekunde warf sich Dessie in die Schusslinie.

»Nein!«, brüllte Sam.

Ein ohrenbetäubender Schuss löste sich. Und dann noch einer. Der Knall übertönte alles andere. Die Menge schrie.

»Aufhören, aufhören, aufhören!«, jaulte Douglas.

Patricia drehte sich ruckartig um und schoss ihm, ohne zu zögern, direkt in die Brust. Die Menge um sie herum war hysterisch, alle drängelten und versuchten zu fliehen.

Dessie sank zu Boden.

Es würde ihr nicht behagen, noch einmal vor ihm in Ohnmacht zu fallen, dachte Sam vollkommen unzusammenhängend. Als ob das wichtig wäre. Alles war zutiefst unwirklich, er sah es wie in Zeitlupe. Kameras wurden gezückt, und Patricia richtete ihre Pistole auf die am Boden liegende Dessie. Sam warf sich nach vorn. Noch ein Schuss löste sich. Diesmal wusste er, dass Patricia ihn getroffen hatte, denn es tat verflucht weh, aber er schützte Dessie, so gut er konnte, mit seinem Körper.

Patricias brüllendes Lachen übertönte die Panik im Raum, doch das Geräusch brach abrupt ab, als Tom Lexington sie überwältigte. Im Chaos öffnete sich ihre Tasche und der Inhalt fiel heraus. Sam sah, wie die Tüte mit dem Messer unter trampelnden Füßen verschwand.

Endlich wurden die lauten Geräusche immer leiser, als drängen sie durch Wasser zu ihm, und dann hatte er auch keine Schmerzen mehr. Das war gut. Er drückte sich enger an Dessie, schloss sie in die Arme und hielt sie ganz fest. Wie angenehm. Frieden. Keine Geräusche mehr. Dessie bewegte sich nicht. Und aus irgendeinem Grund konnte er sich auch nicht mehr bewegen. Seltsam. Sam schloss die Augen. Hielt Dessie im Arm. Und dann spürte er gar nichts mehr.

~ 49 ~

Die Sonne schien, und die Vögel zwitscherten. Das Wasser glitzerte, und die Rosen standen in voller Blüte. Es war ein perfekter Spätsommertag. Dessies Stimmung war allerdings bleiern. Sie stand vor dem düsteren Gebäude des Stockholmer Untersuchungsgefängnisses.

»Soll ich nicht doch mit reinkommen?«, fragte Sam. Über seiner Nase hatten sich Sorgenfalten gebildet, aber ansonsten war er wie immer. Patricias Kugel hatte ihn unterhalb der Achsel getroffen, aber die Chirurgen hatten gute Arbeit geleistet, und er weigerte sich, ein Dreieckstuch zu benutzen, dieser Sturkopf.

»Nein, das möchte ich allein erledigen«, antwortete Dessie, denn sie konnte schließlich auch stur sein.

Sam streckte die Hand aus und berührte ihre Stirn. »Eines schönen Tages darf ich dein Gesicht vielleicht auch einmal ohne blaue Flecken sehen, *ghalbe man*, mein Herz.«

»Nun ja. Wir sollten realistische Erwartungen haben.« Sie lächelte, war sich aber deutlich bewusst, dass sie beide einander ständig berührten, wie um sich zu vergewissern, dass der andere noch da war.

»Jedes Mal, wenn ich daran denke, wie knapp das war, kriege ich einen Herzstillstand«, sagte Sam, als hätte er ihre Gedanken gelesen.

»Es hätte richtig übel ausgehen können«, stimmte sie ihm zu. »Aber es geht mir gut.« Sie war von zwei Kugeln getroffen worden. Die eine war glatt durchgegangen, während die andere in der Nähe lebenswichtiger Organe stecken geblieben war. Einen Zentimeter weiter, und sie wäre verblutet, hatte der Chirurg gesagt. Jetzt würde sie »nur« eine weitere beeindruckende Narbe zu ihrer Sammlung hinzufügen können. Eines Tages konnten Sam und sie vielleicht ihre Narben miteinander vergleichen, ohne einander mit unausgesprochenen Gedanken darüber anzusehen, wie die Sache im Hotel hätte enden können.

»Ich warte hier«, sagte Sam.

»Das brauchst du nicht.«

Sams Gesichtsausdruck war unbeeindruckt. Sie liebte das. Seine Beharrlichkeit. »Wenn du wieder rauskommst, bin ich hier«, sagte er, und damit war es beschlossene Sache.

Dessie klingelte an der Pforte, sagte ihren Namen und wurde hineingelassen.

Nachdem sie ins oberste Stockwerk gefahren war, sich zweimal ausgewiesen hatte, eine Leibesvisitation über sich ergehen lassen und ihr Handy abgegeben hatte, betrat sie ein kleines, kaltes und stickiges Zimmer.

Patricia wurde hereingeführt und setzte sich auf den Stuhl ihr gegenüber. Sie trug unförmige graue Kleidung, und ihr helles Haar hing ihr wirr ums Gesicht. Sie war ungeschminkt und sah herzzerreißend jung aus. Dessie schnürte es die Kehle zu. Patricia war trotz allem ihre kleine Schwester.

»Wie geht es dir?«

Patricia schenkte ihr ein schmales Lächeln und sah genau so aus wie immer. Was wohl eine Fassade war, dachte Dessie. Eine Maske, von der sie sich ihr ganzes Leben lang hatte täuschen lassen. Eigentlich war es Ironie des Schicksals, dass sie, die in der Security-Branche arbeitete und ständig mit Bedrohungen und Gewalttätern zu tun hatte, überhaupt nicht bemerkt hatte, dass ihr eigenes Fleisch und Blut, ihre kleine Schwester, eine Vollblutpsychopathin war. Vielleicht hatte sie es auch nicht sehen wollen? Oder sie war gerade deswegen verblendet gewesen – wie bei einem toten Winkel –, weil es sich um ihre Schwester handelte. Darüber hatte Dessie in den vergangenen Wochen sicher tausendmal nachgedacht und war der Antwort kein Stück näher gekommen. Leila Dibah hatte es wohl am besten zusammengefasst, als Dessie sie angerufen hatte: »Manchmal ist das Leben unbegreiflich, und uns bleibt nur zu akzeptieren, dass es Dinge gibt, die wir nicht verstehen können.«

»Es geht mir gut«, sagte Patricia und klang aufrichtig. Das war ja gerade das Unheimliche: Dessie hatte keinen Schimmer, wann Patricia die Wahrheit sagte und wann sie log, manipulierte oder eine Rolle spielte. Sie wechselte übergangslos vom einen zum anderen.

»Du bist allerdings die Erste, die mich besucht. Aber bald werde ich jede Menge Leute treffen, Journalisten, Krimi-Podcaster und Studenten, alle wollen mit mir sprechen. Sie sehen mich als interessantes Studienobjekt.«

Dessie hatte mit sich gekämpft, aber nun war sie hier. »Patricia. Ich versuche zu verstehen, was passiert ist«, begann sie tastend, unsicher, was sie für ihre Schwester empfand. Der Fall hatte viel Aufsehen erregt, und die Gerichtsverhandlung war schnell vorüber gewesen. Jetzt warteten sie auf das Urteil. Alle waren überzeugt, dass Patricia zu einer langen Gefängnisstrafe verurteilt würde.

Patricia seufzte, als hätte sie die ganze Angelegenheit satt, als hätten sie schon so oft darüber gesprochen. Das hatten sie aber nicht. Nicht ein einziges Mal hatte Dessie vor der Gerichtsverhandlung mit ihr sprechen können. Die Untersuchungshaft hatte allen Beschränkungen unterlegen, was auch bedeutete, dass sie keinen Besuch empfangen durfte. Patricia kicherte, und Dessie schluckte unbehaglich.

»Es ging los, als du plötzlich angefangen hast, von Sam zu plappern, da habe ich mich an alles erinnert.«

»Wann habe ich denn von Sam geplappert?«, fragte Dessie.

»Du hast einmal seinen Namen erwähnt, und da kam alles wieder hoch. Wie Sam nur Augen für dich hatte, als wir Teenager waren. Wie ich ihn gehasst habe. Wie er mich beleidigt hat, als wir uns vor einigen Jahren wieder begegnet sind.« Sie schnaubte. »Er konnte sich nicht einmal daran erinnern.«

Nein, schließlich war Sam ein normaler Mensch, dachte Dessie und versuchte, ein Schaudern zu unterdrücken. Während Patricia, die süße blonde Patricia, die sie hier mit klaren blauen Augen ansah, eine Irre war. Alles war über die vergangenen Wochen allmählich ans Licht gekommen. Lügen über den Vater der Kinder, Lügen über praktisch alles ... Als Dessie einmal angefangen hatte, darin herumzuwühlen, hatte sie immer mehr ausgegraben. Schulden, Drogen, Betrug. Betrogene Menschen und handfeste Drohungen. Eine empathielose Manipulatorin. Eine scheinbar normale Mutter zweier Kinder, hinter deren Fassade sich eine waschechte Psychopathin verbarg.

Der Schaden, den Patricia angerichtet hatte, war noch gar nicht zu überblicken. Beinahe jeden Tag tauchten weitere Menschen auf, die berichteten, dass sie Angst vor ihr gehabt hatten und ihr aus dem Weg gegangen waren. Von den Mädchen ganz zu schweigen. Die Ärmsten. Es war schwer zu begreifen. Der einzige Trost war, dass sie sich bei ihrem Vater wohlfühlten.

»Und nachdem du Sam erwähnt hattest, bin ich dir gefolgt«, fuhr Patricia im Plauderton fort. Das war mit das Unheimlichste, fand Dessie, dass ihre Schwester immer noch einen ganz normalen Eindruck erweckte, wenn sie schwafelte, von sich selbst schwadronierte, von ihren Taten und ihren hochfliegenden Plänen. Dessie wünschte sich, sie hätte einen Mantel dabei, denn je länger sie Patricia zuhörte, desto kälter schien es im Raum zu werden. Ein Teil von ihr wollte am liebsten aufstehen und diesen Irrsinn hinter sich lassen, während ein anderer Teil begreifen und ein dritter nur weinen wollte. Hätte sie nicht doch etwas ahnen müssen? Und wenn, hätte sie dann etwas verhindern können?

Patricia lächelte und zeigte ihre Grübchen. »Ich bin dir auf dem Weg zur Arbeit gefolgt, an dem Morgen, als ihr nach Umeå gefahren seid. Es war fast schon lächerlich einfach und auch ein bisschen spannend. Und da habe ich gesehen, dass es Sam war, den du bewachen solltest.«

Dessie erinnerte sich an das Gefühl, beobachtet zu werden. Was sowohl Sam als auch sie selbst gehabt hatten.

»Da habe ich angefangen, mir zu überlegen, wie ich ihn fertigmachen könnte.«

»Obwohl du damit auch mich treffen würdest?«, konnte Dessie sich nicht enthalten zu fragen.

Patricia blickte sie prüfend an. »Ich liebe dich, wirklich. Aber Liebe ist schon ein eigenartiges Gefühl, findest du nicht? Obwohl ich dich liebe, ist mein Hass auf Sam doch größer. Und dann wurde mir klar, dass Texas Sam nicht nur kannte, sondern sogar sein Konkurrent war. Das war der reinste Glückstreffer, dass wir beide dieselbe Person nicht leiden konnten. Für Texas war das ein Riesenspaß. Es hat sich herausgestellt, dass er sich schon seit vielen Jahren über deinen Moslem geärgert hat, und es wurde mit jedem Jahr schlimmer. Und Douglas ist so auf den Sex mit mir abgefahren. Haha! Das war so was von witzig. Männer. Hauptsache, sie bekommen massenweise Sex, dann tun sie alles, was man will. Je mehr wir gevögelt haben, desto mehr wollte er Sam fertigmachen.«

Und Dessie hatte sich Sorgen gemacht, Patricias neuer Freund könnte ein Psychopath sein, weil alles so schnell gegangen war. Was für eine Ironie! Leila Dibahs Worte fielen ihr wieder ein, dass Beziehungen, die nur auf Sex basierten, ungesund seien.

»Bei jedem Date haben wir uns neue Arten überlegt, wie wir Sam fertigmachen können«, sagte Patricia mit glitzernden Augen. »So viel Spaß hatte ich schon seit Jahren nicht mehr. Es war so herrlich zu spüren, dass ich lebe. Sonst ist das Leben meist nur langweilig und monoton.«

»Wie bist du an die Informationen in meinem Handy herangekommen? Das warst doch du?«

Patricia knibbelte an den Resten ihres Nagellacks herum. »Ich habe dich mehrmals dabei gefilmt, wie du deine Pin eingegeben hast, und dann haben Douglas und ich uns hingesetzt und uns das angesehen, bis wir den Code heraushatten. Und dann habe ich dieselbe Pin für mein Handy benutzt, sodass ich sie auswendig konnte. Als du dein Handy dann auf dem Sofa liegen gelassen hast, war ich schnell.«

»Und die ganzen Lügengeschichten, die ihr über Sam verbreitet habt?«

»Wenn du wüsstest, wie leicht es ist, einem Polizisten, der die Nase voll von Einwanderern hat, ein bisschen Geld zuzustecken, damit er alte

Vergewaltigungsvorwürfe ausgräbt. Oder einem Journalisten, der die Gerüchte liebend gern in seiner Online-Zeitung veröffentlicht, wenn er zwanzigtausend dafür kriegt.« Patricia schien zu überlegen. »Es ist tatsächlich faszinierend, wie bescheuert Männer sind.«

»Hast du gar nicht an Mama und Papa gedacht? Oder an deine Kinder?«, fragte Dessie.

Patricia schüttelte den Kopf. »Ich glaube, so ticke ich einfach nicht.«

Das war eine bemerkenswerte Einsicht, dachte Dessie traurig. Als ob es Patricia doch irgendwie bewusst wäre, dass sie anders war. Anormal.

»Douglas ist tot. Du hast Sam und mich angeschossen, und bei deiner Verhaftung hattest du eine illegale Waffe bei dir. Du wirst verurteilt werden und eine lange Zeit hinter Gittern verbringen, ist dir das klar?«

Patricia zuckte die Schultern. »Ich werd mir was Neues überlegen. Es würde mich nicht wundern, wenn man mir anbietet, ein Buch zu schreiben. Oder die machen einen Film über mich.« Sie lachte ein perlendes, prickelndes Lachen, das Dessie noch in den Ohren klang, als sie das Gebäude verließ.

Die Sonne blendete sie, als sie wieder auf die Straße trat. Sam wartete auf sie, wie er es versprochen hatte. Er war so zuverlässig wie ein Fels.

»Wie war es?«, fragte er leise.

Sie schluckte die Tränen hinunter, die ihr im Hals brannten. »Ziemlich schrecklich.«

Sam breitete die Arme aus. »Komm.« Sie trat auf ihn zu und umarmte ihn fest.

Sie schmiegte sich an ihn, küsste ihn auf den Hals und hinauf zu seinem Kinn und überschüttete es mit kleinen Küssen, bis zu seinem Mund. Sie biss ihn sacht in die Unterlippe und spürte, wie er erzitterte und kurz nach Luft rang.

»Dessie ...«

»Ich weiß, aber ich muss spüren, dass ich lebe«, sagte sie und atmete an seiner Halsbeuge. Das war so eine intime Geste, das würde sie jeden Tag eine Weile machen, beschloss sie.

Er zog sie an sich. »Leben wie ...?«

»Wie in dein Hotel fahren, teuren Champagner trinken und uns die ganze Nacht lang lieben«, sagte sie.

»Bist du dir sicher? Das muss doch hart gewesen sein da drin.«

»Es war ganz furchtbar. Aber ich bin mir sicher. Ich brauche das jetzt. Wegkommen. Mit dir zusammen sein.«

Er küsste sie auf die Stirn. »Also dann. Ich bin dein Willie Garvin und stehe zu deinen Diensten.«

»Willie Garvin und Modesty Blaise waren platonische Freunde«, sagte sie und sah in sein lächelndes Gesicht hinauf. »Willie hatte nie Sex mit Modesty.«

Sam lächelte. »Dieser Willie aber schon«, sagte er selbstsicher und entschlossen. Er öffnete ihr die Autotür.

Dessie setzte sich auf den Beifahrersitz. »Das ist Geschichtsklitterung«, rief sie, als er um den Wagen herumging.

Sam stieg ein, startete den Motor, nahm ihre Hand und legte sich die Handfläche an die Wange. »Kein bisschen. Alle wollten, dass die zwei zusammenkommen und Sex haben. Wir sorgen bloß dafür, dass der Schluss so wird, wie ihn alle haben wollen.«

Nachwort

Ein Buch schreibt sich weiß Gott nicht von allein. Wie immer habe ich auch hier wieder einige Themen behandelt, in denen ich mich nicht so gut auskenne. Tausend Dank euch allen, die ihr euch die Zeit genommen und mich unterstützt habt. Danke dafür, dass ihr mir euer Wissen, eure Weisheit und eure Zeit zur Verfügung gestellt habt. Bei einigen Dingen, die Dessie und Sam machen, habe ich mir gewisse literarische Freiheiten erlaubt – die Verantwortung dafür liegt bei mir.

Auch all jenen, die mich auf andere Art unterstützt haben, möchte ich hiermit danken. Ihr wisst, wer gemeint ist. Herz-Emoji für euch alle.

Noch ein Wort über Rassismus. Während ich *The Promises We Made* schrieb, explodierte die »Black Lives Matter«-Bewegung in den USA und in den sozialen Medien auf der ganzen Welt. Rassismus existiert, sowohl in den USA als auch in Europa. Verschließ davor nicht die Augen, sondern lies darüber und mach dich schlau. Nutze deine Privilegien. Es ist unsere Pflicht, aktiv gegen Rassismus aufzustehen.

Sei ein Verbündeter, kein Unmensch.

Und zu guter Letzt: *The West Wing – Im Zentrum der Macht* ist die beste Fernsehserie der Welt. Und Leila Dibah (der wir zum ersten Mal in *Ein einziges Geheimnis* begegnet sind) ist die coolste Psychologin der Welt. Deshalb habe ich mir gestattet, Leila Dibah ein paar frei interpretierte Äußerungen aus der *West Wing*-Folge »Weihnachten«, Staffel 2, Folge 10, in den Mund zu legen. Sie sind als Verbeugung vor Fernsehserien im Allgemeinen und vor *West Wing* im Besonderen zu verstehen.

Simona Ahrnstedt
Herbst 2020

Leseprobe

Nur noch ein bisschen Glück

~ 1 ~

Nie hätte Stella Wallin es für möglich gehalten, dass ihr so etwas passiert. Sie hatte ja schon so einiges erlebt. Aber das? Wahrscheinlich glaubte jede Frau, dass ausgerechnet ihr so etwas nicht passieren könne, dass ausgerechnet sie nicht so dumm, einfältig und unfassbar gutgläubig sei.

Doch offenbar war sie genau das.

Stella war schockiert. Nein, sie war wütend. Nein, sie war schockiert und wütend.

Sie drückte ihre Chanel-Handtasche an sich, für die sie jahrelang gespart hatte und die sie fast mehr liebte als ihr Leben.

Zuerst hatte sie es natürlich nicht wahrhaben wollen, hatte es ganz einfach nicht glauben können. Aber es war so. Sie war eine betrogene Frau. Ihr Freund hatte sie betrogen. Während Stella mit eigenen Problemen kämpfte, während sie sich endlich einmal auf sich selbst konzentrierte, war er mit einer anderen Frau ins Bett gegangen. Viele Male. Mit ... mit ... dieser ...

Und Stella hatte nichts geahnt.

Sie war betrogen. Und obdachlos, denn die Wohnung gehörte ihm. Und arbeitslos. Weil, ja ... weil.

Betrogen, obdachlos, arbeitslos. Sie war noch unschlüssig, was davon das Schlimmste war.

Sie blickte sich um und fand sich überhaupt nicht zurecht. Die Luft war unnatürlich frisch. Keine Abgase, kein Lärm. Das machte sie ganz nervös.

Sie rückte ihre Sonnenbrille zurecht. Es war ihr gut gegangen vorher. Sie hatte einen ziemlich guten Job gehabt, bei dem sie sich mit Dingen beschäftigen konnte, die ihr am Herzen lagen.

Und eine Wohnung, was für eine Achtundzwanzigjährige in Stockholm wahrlich keine Selbstverständlichkeit war.

Sie hatte ein Ziel und einen Traum gehabt.

Ihr Traum, ja. Den hatte sie schon, solange sie denken konnte. Ein Traum, der zum ersten Mal seit zwei Jahren in Reichweite gekommen war. Der Traum von einer Zukunft, in der ihre Kreativität und ihre Leidenschaft sich endlich entfalten könnten.

Und sie hatte einen Freund gehabt.

Dieser Dreckskerl.

Wie hatte sie nur so gutgläubig sein können? Sie, die niemals naiv gewesen war, die immer für sich selbst gesorgt hatte. Die wusste, dass einem das Leben jederzeit eine Ohrfeige verpassen konnte.

Stella blinzelte durch ihre Sonnenbrille. Sie konnte mit dem platten Land nichts anfangen. Die Luft war so klar und aromatisch, dass ihr schwindelig wurde. Die Stille war geradezu abartig. Sie war in Stockholm aufgewachsen, im dreckigen Stadtteil Södermalm. War schon mit zehn Jahren allein U-Bahn gefahren. Sie liebte das Tempo der Stadt, die vielen Menschen. Dass man nicht auffiel, egal welche Kleidung oder Hautfarbe man hatte. Parks mit Blumen in schnurgeraden Reihen und mit mickrigen Bäumen, umgeben von Beton und Steinen.

Sie schwankte auf ihren viel zu hohen Schuhen von Louboutin, die so gar nicht zum Reisen gemacht waren – nichts, was sie anhatte, war dafür gemacht. Sie trug Sachen für einen Drink in der City und die Taxifahrt bis zur eigenen Haustür, total unpraktisch, aber sie wollte sich hübsch und stark fühlen, deshalb hatte sie ihr bestes Seidentop angezogen, an dessen Entwurf und Zuschnitt sie wochenlang gearbeitet hatte. Eines der besten Stücke, die sie je genäht hatte. Sie wollte sich wie eine Powerfrau fühlen.

Jetzt stand sie also hier auf dem Land, mit geglätteten Haaren, in High Heels, in Seide und Kaschmir, und unterdrückte ihre Angst, so gut es ging. Aber sie hatte einen Plan. Einen soliden Plan. Kein bisschen verrückt.

Sie wollte ihr Haus an einen Gutsbesitzer namens Erik verkaufen. Das Haus sei klein und wertlos und das Grundstück steinig, hatte Erik gesagt, aber wenn sie sich schnell entscheide, würde er ihr einen guten

Preis machen, und sie wollte nehmen, was sie kriegen konnte, denn was sie jetzt vor allem brauchte, war Geld. Außerdem wollte sie nach Hinweisen auf ihre geheimnisvolle Mutter suchen und auf ihren noch geheimnisvolleren Vater, und danach wollte sie schleunigst nach Stockholm zurückkehren, um ihren Umzug nach New York zu organisieren, koste es, was es wolle. Alles ganz weit hinter sich lassen.

Easy peasy.

Natürlich nur, falls das Haus genügend einbrachte. Und falls sie an der Schule angenommen wurde.

Sie verscheuchte ein Insekt.

Ziemlich viele »falls«.

Zuallererst musste sie aber Laholm finden.

Stella rückte ihre Chanel-Handtasche zurecht, griff nach ihrer Halskette, die sie wie einen Talisman immer, wirklich immer trug, und ließ ihren Blick über die öde Gegend schweifen: ein menschenleerer Bahnhof, eine Autobahn und jede Menge Acker.

Wo auch immer dieses Laholm liegen mochte.

~ 2 ~

Der Hahn krähte aus vollem Hals. Ein Lärm, der bis in Thor Nordströms Träume vordrang. Während der Hahn krakeelte, stand Thor auf, steckte den Kopf aus dem offenen Fenster und rief: »Es reicht jetzt!«

Der Lärm brach ab, aber man konnte förmlich hören, wie der Hahn Anlauf nahm, um zur Antwort noch lauter zu krähen. Thor zog seine Sachen an: ausgewaschene Arbeitshosen, weißes T-Shirt und ein altes kariertes Hemd, und ging in die Küche hinunter, um den ersten Kaffee des Tages aufzusetzen und wach zu werden.

Die Sonne schien durch das Küchenfenster. Das eiskalte Wasser des Lagan glitzerte durch die Bäume, und die Hügel leuchteten in sattem Grün. Auf dem Hof war die Frühjahrsbestellung in vollem Gange, und ihm stand ein langer Arbeitstag bevor.

Er öffnete die Tür, und seine beiden Hunde stürmten hinaus.

»Alles in Ordnung?«, fragte er Nessie, als sie von ihrer Kontrollrunde zurückkam.

Der schwarz-weiße Border Collie wedelte mit dem Schwanz. Nessie war ein Hütehund und klüger als die meisten Menschen, die Thor kannte. Er kraulte sie hinter den Ohren, als Pumba, der dicke gelbe Labradorwelpe, in die Küche tapste, immer in Nessies Kielwasser und immer auf der Suche nach etwas Essbarem. Futter war das Beste, was Pumba kannte, und sein Bäuchlein war schon jetzt bemerkenswert prall.

Nachdem Thor beide Hunde gefüttert, eine Tasse Kaffee getrunken und den Rest in eine Thermoskanne umgefüllt hatte, war er so weit.

»Kommt, wir drehen eine Runde«, sagte er.

Nessie preschte aus der Tür, und Pumba wackelte hinterher, so schnell ihn seine kurzen Beine trugen.

Zu dieser Jahreszeit arbeitete Thor vom frühen Morgen bis zum späten Abend. Sein großer Hof umfasste Weiden, Felder, Äcker und Wäldchen, bei deren Bewirtschaftung er zwar Hilfe hatte, aber selbst die Hauptverantwortung trug. Er baute Getreide, Gemüse und Obst an und hielt Tiere.

Als Erstes ließ er die Hühner aus dem Stall. Der stimmgewaltige Hahn warf sich in die Brust, überzeugt, dass er auf dem Hof das Sagen hatte. Thors Hühner lebten in einer strengen Hierarchie, weshalb die Hähne einander bekämpften, wann immer sich die Gelegenheit bot. Die Hühner begannen zu picken, während die Hähne Wache hielten.